《光明日报》

20世纪80年代人物报道作品选

叶　辉　主编

光明日报出版社

图书在版编目（CIP）数据

《光明日报》20世纪80年代人物报道作品选 / 叶辉主编. -- 北京 : 光明日报出版社, 2018.8

ISBN 978-7-5194-4598-0

Ⅰ. ①光… Ⅱ. ①叶… Ⅲ. ①新闻报道一作品集一中国一当代 Ⅳ. ①I253

中国版本图书馆CIP数据核字(2018)第205694号

《光明日报》20世纪80年代人物报道作品选

《GUANGMING RIBAO》20 SHIJI 80 NIANDAI RENWU BAODAO ZUOPINXUAN

主　　编：叶　辉

责任编辑：李月娥　　封面设计：喜　鹊

责任校对：慧　眼　　责任印制：曹　诤

出版发行：光明日报出版社

地址：北京市西城区永安路106号，100050

电话：010-67072197（咨询），010-63131930（邮购）

传真：010-67078227，67078255

网址：http://book.gmw.cn

E-mail：liyuee@gmw.cn

法律顾问：北京德恒律师事务所龚柳方律师

印刷：廊坊市蓝海德彩印有限公司

装订：廊坊市蓝海德彩印有限公司

本书如有破损、缺页、装订错误，请与本社联系调换，电话：010-67019571

开本：170mm×240mm　　印张：22.25

字数：402千字

版次：2019年3月第1版

印次：2019年3月第1次印刷

书号：ISBN 978-7-5194-4598-0

定价：79.00元

序

20 世纪 80 年代是一个让一代新闻人激动的时代，这一虽已进入历史但却逝去不远的岁月，燃烧着整整一代新闻人的激情。作为共和国历史上一段政治开明、经济腾飞、学术繁荣、思想活跃的黄金时代，这也是中国媒体最辉煌的阶段。在这个黄金十年里，《光明日报》的人物报道进入井喷期，数量之多，影响之大，前所未有，为中国所有媒体所罕见。

20 世纪 80 年代《光明日报》的人物报道极具典型性，常常引起巨大的轰动。譬如张志新、遇罗克的报道震惊全国，人们在为烈士惨烈的死而悲愤的同时，也开始反思极“左”带给国家、民族和人民的巨大伤害；栾茀的报道激起人们对主人公坎坷经历的同情，也促使人们对造成一代知识分子悲剧命运的原因进行深入的思考；韩琨所代表的星期天工程师的历史作用和旧制度对进步作用的阻挠；蒋竹英英年早逝引发社会对中年知识分子负担过重、待遇过低的关注；谢中秋出走对阻碍人才流动桎梏的猛烈冲击；张华和华山抢险大学生的英勇壮举所展示出来的是时代的精神……所有这些人物报道都显示出鲜明的时代特色，深刻地影响着当时的社会，发挥着促使历史问题和社会问题解决的作用。因此可以说，20 世纪 80 年代的人物报道极大地推动了党的中心工作，推动了社会和历史的进步。

80 年代是《光明日报》人物报道井喷的时期，也是人物典型常常引起轰动的时期。其中最多的一年——1983 年，仅仅在一版头条上刊发的人物报道以及与人物相关的报道就有 120 篇，这样的规模和数量绝对是空前绝后的。

毫无疑问，从总体上看，这些人物报道——包括人物报道中的批评报道始终给人以正能量，给人勇气，给人鼓舞，给人奋发上进的力量。重读这些报道，会把读者带进改革开放的时代，透过这些人物的命运，读者能更鲜明地感受改革开放波澜壮阔的历史进程。

80年代是改革开放过程中特别重要的历史阶段，经历了十年浩劫的思想桎梏，改革开放大幕开启，中国迎来了思想上的大解放，各种文化思潮此起彼伏，纷至沓来，使人眼花缭乱。《光明日报》的人物报道，便带着各自的色彩进入人们的视野，影响着人们的行动。邓加荣和理由笔下的李谷一的气声唱法，樊云芳全息摄影报道中优点突出缺点也突出的徐成，陈禹山饱含激情撰写的张志新、苏阿芒，苏双碧冒着巨大风险率先为《海瑞罢官》平反呐喊的他笔下的吴晗，都从不同的侧面反映了当时社会现实中人物的命运，揭示出这些人物身上所蕴含着的重大的社会问题。这些人物报道都曾在社会上引起巨大反响，推动了人们思想的解放，也极大地推动了党的各项工作。

《光明日报》能够如此集中地以人物报道的形式反映当时的社会现状，这与这家媒体当时的业务氛围有很大的关系。那是一个特别值得怀念的时代。80年代的《光明日报》人与人之间的关系简单而真诚，发稿不需要拉关系，对稿件的评判标准只有一个：稿件质量。向编辑部奉献好稿，这是记者对编辑最好的馈赠。评优秀评职称评奖金无须活动，都是按照一个标准来执行，那就是对报社的贡献。而每次全国记者会的开会间歇，大家互相串门谈论的话题几乎都是新闻业务，而人物报道是人们议论最多的一个业务话题，能写出一篇好的人物报道，这是所有记者所期待和追求的。正是在这样的业务氛围里，《光明日报》的记者们精心研究写好人物的方法，深入实际，深入生活，尽最大的努力写好人物，发更多的人物报道，并为了这个目标而乐此不疲。

90年代后，人物典型也失去了原有的轰动效应，读者很难因为读到一篇人物典型报道而激动得流泪，也很少会因为受一篇人物通讯的影响而立志从事新闻工作。在现代社会中，在正常的资讯发达的社会里，新闻回归了自己的本源。

日本著名报人森本哲郎说："极而言之，报纸是从人开始，到人结束。所有的新闻都是人创造的。"

审视人物，观照人物，探究人物，成了新闻活动中最具挑战性也是耐人寻味的内容。

今年是改革开放40周年。有意思的是，一提起80年代，人们总习惯于从1978年算起，因为1978年是中国的改革元年，而这一年召开的十一届三中全会被公认是改革开放的起点。因此，这本新闻人物作品选遵循这种习惯划分，所选的人物作品也从 1978 年开始。但 1978 年《光明日报》的人物报道还不突出，数量不多，全年在一版头条刊发的人物报道仅 10 篇左右，二版头条 30 多篇，因此，全年仅选了 3 篇。其中《深入宝库采明珠》写的是屠呦呦研究青蒿素的经历。屠呦呦是中国本土唯一一位诺贝尔奖获得者，而《光明日报》是第一家对她的研究进行首次报道而且是长篇报道的媒体。“文革”剥夺了个人科研写作的成就，一切功劳都归于集体，在这一惯性作用下，这篇通讯写的是屠呦呦，却没有点屠呦呦的名。因此文在人物报道中具有特殊意义，因此入选。《最高的荣誉》是“文革”后《光明日报》最早以本报记者名字署名发表的报道之一，很有代表性，故也入选。

《见证辉煌——〈光明日报〉20 世纪 80 年代人物报道回眸》是我按中宣部关于四个一批人才自主选题项目所申报的课题，历时两年多，这一课题勉强完成。《〈光明日报〉20 世纪 80 年代人物报道作品选》是这个课题的副产品，现在奉献给大家，仅供参考。

本书所选的人物报道主要与本课题研究相关，并不全面，不是从写作技巧上考虑，也不是选优秀新闻作品，因此，有些报道用今天的眼光看很一般，但鉴于这些报道都在当时产生过深刻的影响，甚至推动了当时的中心工作，因此入选。对于那些没有被选入的优秀的新闻作品，笔者只能表示遗憾。

编者

2018 年 11 月

目　录

1978年

1979年

· 1980年 ·

· 1983年 ·

· 1984年 ·

1985年

·1986年·

·1987年·

·1988年·

深入宝库采明珠
——记抗疟新药“青蒿素”的研制历程

本报记者 王晨

（1978 年 6 月 18 日）

1977 年 10 月末，在祖国南方一个普通公社卫生院里，弥漫着紧张、急迫的空气，一场全力抢救病危黎族儿童的战斗正在进行。

病儿只有 5 岁，3 天前因患恶性疟疾住院治疗，医务人员已经给他用氯喹治了一个疗程。人们都知道奎宁丸，氯喹就是继奎宁之后用化学合成方法制成的一种抗疟药，是自第二次世界大战以来国际公认的“王牌”抗疟药。但是，自 20 世纪 60 年代发现了抗氯喹原虫株，产生了严重抗药性以后，氯喹的疗效已经大大降低了。这一回，又是完全无效。病儿高烧不退，昏迷不醒，严重贫血，后来又发生消化道出血。眼看危在旦夕，医务人员们心头像扎上了千万根针！

就在这关键时刻，医务人员经过研究，给病儿注射了一种我国自己试制的新型抗疟药，病儿情况很快发生了变化：用药 39 小时后，能动嘴了；61 小时后，完全清醒；验血发现，疟原虫已经全部转阴，病儿终于得救了！

这种高效、速效、低毒的抗疟新药叫“青蒿素”，它已经多次显示出良好疗效了。了解这种药的研制过程的人们，高兴地把它比作从祖国药学宝库里发掘出来的一颗明珠。

向难关挑战

1967 年 5 月的一天，北京一个单位的会议室里，汇聚着有关部门的领导和几个省、市的科研人员。他们遵照伟大领袖毛主席的指示，在敬爱的周总理亲自关怀下，即将全面展开防治疟疾的研究。

要知道疟疾的厉害，可以读读唐代诗人白居易的一首诗："闻道云南有滤水，椒花落时瘴烟起。大军涉步水如汤，未过十人二三死。"诗人描绘的那种令人恐怖的"瘴烟"，就是疟疾。在那黑暗而漫长的岁月里，疟疾伴同着水旱洪涝、连绵战争而猖獗流行，吞噬了不知多少劳动人民的生命！人们为"打摆子"所苦，对它讨厌极了。

解放后，这种局面已经发生了根本的变化。但是，疟疾仍然是世界范围的常见传染病。特别是在氯喹这类治疗疟疾的主要药物，越来越降低了作用以后，寻找新型抗疟药的任务，就越来越急迫地提到了各国医学科学家的面前。很多方法，试过了，很多实验，失败了。这是药学研究中的一道难关，是一项关系着亿万人民保健灭病的光荣任务。

党和人民的期望和重托，激励着科研工作者们树雄心，立壮志，攀高峰，破难关。他们说：我们有祖国医药学这笔得天独厚的丰富遗产，只要遵循毛主席关于"中国医药学是一个伟大的宝库，应当努力发掘，加以提高"的教导，努力运用现代科学知识和方法，就一定能从祖国药学宝库里发掘出抗疟新药。

从中草药里发掘筛选抗疟药物的工作开始了。从南方到北方，从内地到边疆，几个省、市派出了一个个科研小组，一支支找药队，活跃在南方的崇山峻岭，行进在北方的平原沟壑。他们风餐露宿，开展普查，走到哪里就向那里的群众请教。那几年，正是林彪、"四人帮"疯狂破坏的时候，他们挑动武斗，制造混乱，把一些研究单位搅得乌烟瘴气；他们阻塞交通，停车停船，逼得科研人员肩挑行李，背着实验设备步行下乡。不管受多大压力，冒多大风险，科研人员都勇敢地坚持进行工作。四年多过去了，收集整理的单方验方近万个，中草药数千种，付出了艰巨的劳动。但是，到底哪一个方子中的哪一味药是最理想的抗疟药呢？科研工作者们在顽强地探索着，探索着……

"绞汁法"的启示

"难道氯喹'王牌'就不可替代，祖国药学宝库再也挖不出宝来吗？"1971年初夏，参加协作研究的中医研究院中药研究所的科研人员，正苦苦地思索着。

主要担负这项研究工作的是一位解放后从北京医学院毕业的实习研究员。她曾经把中医研究院十几年积累的治疟方收集成册，从中选择了200多方药进行了动物筛选实验，没有得到成果。祖国医药学书籍记载最多的治疗疟疾的药物是常山，经过大量研究，它虽然有一定效果，但毒性太大，病人服后剧烈呕吐，而且药源困难。那个实习研究员曾经这样问自己：一个氯喹不可超越，一个常山已经到顶，我们就真的无路可走吗?

就在这时，党组织让她去广州参加专业会议。我们敬爱的周总理对这次会议非常关心，对抗疟药研究亲自做了重要指示。这使科研工作者们受到极大的鼓舞和鞭策。那个实习研究员暗暗下定决心，要尽快闯出一条新路，让周总理放心!

新的攻关又开始了。科研人员请教老中医，翻医书，查《本草》，分析群众献方，扩大筛选药源，即使有一丝希望的也不放过，又对100多种中草药进行复筛。头两遍虽然一无所获，但他们发现，用作对比实验的葡萄糖酸锑钠，当它的有效剂量不足时，也会出现低效或无效的结果。纯度相当高的化学药尚且如此，成分复杂、杂质又多的中草药，当没有掌握其客观规律时，它的有效成分很可能无法集中，以致显不出有效的结果。而一旦改进了方法，是有可能从低效、无效向高效转化的。

可是，到底怎样改进方法，究竟哪一种药可能有高效抗疟作用呢?科研人员还是没有理出头绪。他们翻看了古今大量的医药学著作和资料，从《神农本草经》到《本草纲目》，从各种治疟方到现代《中医杂志》，从总结祖国传统医药学经验入手，吸取着丰富的营养，寻找突破口。突然，那个实习研究员被东晋葛洪的医著《肘后备急方》中的一段话吸引住了："青蒿一握（一把的意思），水一升渍，绞取汁尽服之。"她思忖：许多医书都记载着青蒿抗疟，过去我们和别的单位也都试验过，没有发现明显的抗疟作用，所以把它丢掉了又拾起来，拾起来又放弃了。1600多年前的葛洪，为什么在这里特别强调要用绞汁法呢?这个问题真使她绞尽了脑汁，蓦地，她想道：古代用绞汁法而不用通常的水煎法，会不会是存在着温度干扰的问题呢?换句通俗的话来说，青蒿是不是怕热呢?

科研人员立即改进方法，开始了提取青蒿抗疟成分的新的化学分析研究。他们历尽艰辛，得到了一种青蒿提取物，它是实验记录本上的第191号样品。

1971年10月4日，实验第一次出现了令人鼓舞的好征兆。第191号样品用于鼠疟模型，出现了百分之百的效价，疟原虫全部转阴。科研工作者抑制不住自己的激动心情，一鼓作气，加班加点，继续去粗取精，又找到了对鼠疟效价更集中而毒副作用更低的有效部分。功夫不负有心人，新型抗疟药已经曙光在望了。

探索无止境

青蒿抗疟有效部分对鼠疟有效，对其他动物如何，它的抗疟成分究竟是什么，毒性怎样？科研工作者要走的路程还很长很长。

猴疟又被治愈了，科技人员加紧进行药理毒性试验，这是用动物来试验一定剂量的药物有没有毒性。将青蒿抗疟有效部分给狗灌服以后，出人意料地出现了异常的病变。有的同志受抗疟药“无毒就无效、有毒才有效”的传统观念影响，认定青蒿抗疟有效部分的毒副作用大得很，还一一列举菊科蒿属植物可能具有的毒性，好像青蒿抗疟有效部分也都具有，简直像要宣判它的死刑。青蒿研究组的同志根据中药用药习惯和鼠疟、猴疟实验的结果，不同意这种意见，一时争论得十分激烈。科研人员解放思想，大胆争鸣，与外单位一起，反复分析讨论狗的病理切片，得出了青蒿抗疟有效部分低毒的正确结论，弄清了狗的病理异常与药无关，为初步临床实验打下了基础。

1972 年 7 月，中医研究院东直门医院住进来三个特殊的“病人”。她们每天按时吃自己带来的药，严格接受医院的各种身体器官功能检查，做了一周的详细记录。原来，科研人员为了检验青蒿抗疟有效部分的药理试验结果，尽快上临床实验，决定先通过自身试服，来验证毒副作用反应。结果十分令人满意，这种药的正常有效剂量不会对人体产生毒副作用。有人曾经问自身服药的同志：“你们不怕出危险吗？”她们说：“想到人民的利益，按照科学办事，什么危险也不怕！”这是一种多么崇高的精神！

探索，是没有止境的。科研人员在初步临床实验取得成效的基础上，开始对青蒿抗疟有效部分进行分离提纯。他们热烈地谈论着：早在 1000 多年前，我们的祖先就发现了青蒿的抗疟疗效，这确实是一个伟大的成就。现在，我们要用现代科学方法，挖出祖国医药学宝库里的宝藏，为创造中国统一的新医学、新药学贡献力量，这是何等光荣的责任、何等灿烂的前景啊！

科研工作者们满怀信心地投入新的战斗。他们克服重重困难，一次又一次地试验着，终于在 1972 年年底，从青蒿抗疟有效部分里找到了一种结晶，它正是青蒿中的抗疟有效成分。辛勤的劳动终于结出丰硕的果实：青蒿素诞生了！

云南省药物研究所和山东省中西医结合研究院等单位也很早对当地产的黄花蒿进行了研究。1973 年，他们在不同的条件下，采用不同的办法，也提取出了与青蒿素的化学成分完全一样的黄花蒿素。

真正的考验

对于一种新药物来说，真正的考验在临床实验。如果临床结果不准确，或者可能把药断送在实验室里，或者可能把病人断送在病床上。各地都在加紧进行临床研究。攻克了间日疟，人们又向恶性疟、脑型疟进军。

同那些实验室研究人员相比，搞临床研究的医药卫生人员从事的是一种更艰苦的战斗。他们长期战斗在边疆、海岛，有时为一个病人、一个数据，爬高山、蹚急流、钻密林；有时自己背上病人、抬上病人，一走就是几十里；他们为病人输过多少自己身上的鲜血，算也算不全；他们守护病人度过多少不眠之夜，数也数不清！

这是1974年深秋的一个夜晚，祖国西南边疆某县陡峭的山路上，急匆匆走着两个人。他们是广东中医学院的医务人员，要去抢救一个症状凶险的脑型疟病人。从清早五点就出发，已经整整赶了一天路的医务人员，一心惦记着病人，忘记了寒冷和疲劳，也顾不得这一带常有野兽出没的危险，终于及时赶到了那个公社卫生院。

病人是一位佤族青年孕妇，一进院就发生死胎流产，接着便昏迷了过去。一天前虽然给病人灌服了青蒿素，但没有看到明显好转。医务人员知道，脑型疟是疟疾中最危险的，孕妇脑型疟的死亡率又一向最高。青蒿素靠得住吗？对他们来说，这时，不仅需要很高的胆略，更需要严密的科学态度和对人民极端负责的革命精神。广东中医学院的医务人员，多年来坚持研究疟原虫在体内的发育、繁殖规律，积累了比较丰富的经验。他们经过仔细、认真的检查，断定用青蒿素杀灭疟原虫是有把握的，只要立即给病人输血，辅以其他的综合性对症处理，病人就能转危为安。果然不出所料，50小时以后，病人清醒了过来，10天后就病愈出院了。

广东中医学院同云南药物研究所以及当地医务部门协作，提出了系统有力的临床验证报告，首次证明青蒿素在治疗恶性疟、抢救脑型疟方面优于氯喹，一举打开了局面。

在斗争中放射光芒

青蒿素研究在继续深入。从资源调查到生产工艺，从临床验证到基础理论，全国几十个研究单位开展了社会主义大协作，新成果不断出现。

提取方法改革了。过去采用的方法，成本高，操作繁杂。云南省药物研究所创造出一种新方法，十分简便易行。山东省中西医结合研究院先后制出了片剂、微囊、油混悬剂、水混悬剂和固体分散剂，加以比较，从中初步找到了较好的剂型。

为了尽快攻克基础理论这一关，首要的是要搞清青蒿素的化学结构。中医研究院中药研究所与中国科学院上海有机化学研究所、北京生物物理研究所合作，经过一年多的努力，运用现代科学技术，测定出青蒿素的化学结构是一种新的倍半萜内脂，是我国首次发现的一个新抗疟化合物。

1975 年年底，科研人员得知国外也在进行青蒿的某些化学研究时，要求将我们自己的研究成果发表，为国争光。那时，“四人帮”加紧了篡党夺权的阴谋活动，他们在卫生部的那个党羽，早就对青蒿素研究心怀不满，现在又来大兴问罪之师了。她气势汹汹地责问：“为什么要和外国人争呢？”她胡说发表青蒿素化学结构是“迎合了资本主义医药投机商的需要”，强令从《科学通报》杂志要回已经排好的论文清样，蛮横地不准发表。她抓住这件事，诬陷支持科研人员的革命老干部，打击科研单位党组织，迫害知识分子。在把别人打下去以后，她又摇身一变，又是批示，又是讲话，妄图窃取青蒿素研究成果，为“四人帮”篡党夺权的罪恶阴谋服务。“四人帮”党羽的丑恶表演，给科研人员带来了巨大的困难，也从反面教育和锻炼了他们。他们不屈服，不受骗，坚持科研，用实际行动迎来了粉碎“四人帮”以后的大好春天。

1966 年，国外一份文献上曾经说：“看来，要解决耐药性恶性疟原虫问题还在遥远的未来。”青蒿素的诞生，打破了这种悲观的预言，标志着我国药学研究的新水平。更可喜的是，很短的时间里，青蒿素研究又取得了一系列新进展。通过结构改造，为研制新类型的抗疟药打开了路子；同时还发现了它对其他一些疾病的特殊疗效，展现出更广阔、更光明的前途。科研人员决心把这项研究深入开展下去，让从祖国药学宝库里发掘出来的这颗明珠，放射出更加夺目的光辉。

贴心人——记数学研究所五学科室党支部书记李尚杰

本报记者　林玉树

（1978 年 5 月 29 日）

人们欢迎李书记

1976 年夏季。空气是这样的沉闷！

这一天，大自然并没有刮风下雨，打雷闪电，但是陈景润的耳边却响着惊雷般的声音，心头掀起小山似的波涛：

“为什么要把李书记调离五学科室？！”

1972 年 9 月底，李尚杰来到中国科学院数学研究所五学科室，担任了党支部书记。近四年中，李书记的一举一动，陈景润看得一清二楚。现在回想起来，就像最近发生似的，感到十分亲切。

李书记刚上班不久，就来到他的身边，问学习、问工作，了解他的工作条件，为他要来了桌子，安上了电灯……

多年来，他单身过惯了，尽管病魔缠身，都是靠自己熬过来的。想不到这一年春节，李书记代表党组织给他送来苹果，表示慰问，把党的温暖送到他的心坎上……

那一年，“四人帮”在科学院的亲信胁迫他写所谓的批判文章，诬陷敬爱的邓小平同志。他不肯捏造事实。他立即去找李书记汇报，得到很好的指点。他顶住了“四人帮”掀起的恶浪狂风……

陈景润想：李书记和我们科技人员这样亲近，他不能走啊！

陈景润去找当时数学所的“领导”，要求把李书记留下来。答复是：李书记身体有病，不适合在五学科室工作。组织上照顾他，把他调到所办工厂去担任党支部副书记。

把病号调到工厂去，还叫“照顾”，这怎么说得通呢？倔强而又执拗的陈景润满腔义愤，他又去找科学院的“领导”反映情况，恳切地要求把李书记留下来。但是他没有成功。李尚杰早被“四人帮”在科学院的亲信视为“不顺手的干部”，不仅被调离，而且被气病了！

乌云岂能遮望眼，真理终将胜邪恶。英明领袖华主席一举粉碎“四人帮”，十月胜利的浩荡东风，吹遍全国。李尚杰同志又回到五学科室。他的病好了，身体也更加壮实。同志们望着李书记，心里真有说不出的高兴！

这是1977年夏天的事情。一天，记者去采访青年数学家杨乐、张广厚。

大高个张广厚憨笑地问：

“我给你反映个情况，好不好？”

“好啊。”

“你不要写我们两个了，你还是写写李书记吧。这几年，要不是他领着我们顶住‘四人帮’，坚持搞科研，我们要干出成绩来可难喽！”

一向文静的杨乐也插了话，说：“的确。像李书记这样热心科学事业的干部，这几年过得真不容易。你能不能在这里多调查些日子呢？”

从那时起，近一年的光阴又过去了。每次，记者去数学研究所采访，总要问问李书记的情况，听到看到的事情越来越多，李书记的形象也越来越明晰。下面就向大家介绍一些有关李书记的事迹——破浪前进的带头人常言道：人心胜黄金，同心亲更亲。对敬爱的周总理的真挚感情，对“四人帮”倒行逆施的刻骨仇恨，把李尚杰和科研人员的心紧紧地连在一起。

李尚杰1972年刚到五学科室不久，严重的考验就迎面袭来。这年10月，在毛主席革命路线指引下，根据周总理的多次指示，周培源同志写了一篇题为《对综合大学理科教育革命的一些看法》的文章，强调基础理论的学习和研究，在《光明日报》刊登。报纸刚刚发行，油墨未干，“四人帮”就发动了猖狂的进攻，把这篇文章说成毒草，把加强基础理论研究打成“妖风”。特别恶劣的是，这场进攻延续了很长时间，到1973年冬，他们还把加强基础理论研究说成是“复旧”“右的东西抬头”，明目张胆地攻击周总理。斗争是激烈的，“四人帮”在中国科学院的亲信，从一开始，就步步紧跟其主子的后尘，参与了这场反动的“围剿”，一次又一次地要求各单位批判周培源同志的文章，批判所谓的“理论风”。

批判“理论风”，李尚杰想不通。五学科室有五方面的研究工作——数论、代数、函数论、几何拓扑、泛函分析，门门都是基础理论研究，要是批什么“理论风”，将来工作怎么开展呢？他决定听听大家的意见。在了解情况的过程中，他发现，当周培源同志的文章发表以后，科研人员思想活跃，议论纷纷；一听到要批判“理论风”，许多人如荷重负，默不作声。李尚杰明白了：群众心里有话不敢说，他们也想不通啊！

在这一段时间里，李尚杰说得很少，想得很多、很深。回忆把他带到苦难的少年时代。他是天津人。解放前，由于生活所迫，他 11 岁就当了学徒。在中国人开办的“洋行”里，他看到听到的都离不开一个“洋”字，什么“洋布”“洋丁”啦，样样都要从外商那里进货。他是多么希望我们的国家，尽快富强起来啊。解放以后，他参加了第二野战军，转战西南。后来，他转业到中国科学院工作，亲眼看到在毛主席革命路线指引下，我国科研事业兴旺发达的景象。原子弹爆炸了，卫星也飞上了天。少年时代的幻想，变成了活生生的现实。这一切，离开了基础理论研究，哪能行！想到这里，李尚杰心头豁然开朗。他暗暗地下了决心：加强基础理论研究，不能批！从此以后，不管当时的“领导”催得多么紧，外边人家批得多么“热闹”，李尚杰稳坐钓鱼船，硬是按兵不动。他所主持的五学科室，从来没有开过一次批判“理论风”的会。

1974 年春天，“四人帮”干扰破坏批林批孔运动，搞“三箭齐发”，揪孔老二的“徒子徒孙”。这股风刮得更紧，浪卷得更恶，大字报铺天盖地。李书记看了大字报以后，发现其中有一股矛头是对准五学科室一位老同志的。罪名有二：一是这位同志在接待外宾时，把外国科学代表团成员，称作人民友好往来的使者，据说，这叫作向资产阶级屈膝投降；二是这位同志把数学叫作百花园，据说这是把数学当作供资产阶级游览的场所，是“复辟回潮”。因此，应该“批判”！

李尚杰说：“且慢！我得调查研究一番。”

这位老同志，在“文化大革命”中曾经受过批判。现在，所里当时的“领导”要对他开展“批判”，还有什么难呢？为什么李尚杰偏偏要“调查研究一番”？原来，李尚杰从来就不看人下菜碟。他认为，批判一个同志是件严肃的事情，人家确实犯了错误，当然应该批判；如果没有犯错误，怎么能乱批一气！他找这位老同志谈心，详细了解这位同志接待外宾时谈话的全过程。李尚杰对这位老同志说：“你没有错，我不会组织人来批判你。”给这位老同志吃了定心丸。

后来，“领导”多次催他开“批判会”，老李总是一句话：“还在调查研究！”一直拖了几个月也没有批起来。这件事情发生以后，李尚杰看清了“四人帮”在科学院的亲信企图搞乱基层，乱中夺权的阴谋。他把“四人帮”及其亲信恨透了。

李尚杰走得正，做得对，科研人员看在眼里，记在心上，心与他更贴近了，再“机密”的话，也敢同他谈。性格直爽的张广厚，早对“四人帮”及其亲信的倒行逆施不满。有一天，他实在憋不住了，怒冲冲地对李尚杰说：“三点水（指叛徒江青）倒了台，我请客！”李尚杰看着这个有为的年轻人，笑了，说：“广厚啊，有话在这儿讲不要紧，可千万别在外边讲。现在斗争复杂着呢！反正你记住：兔子尾巴——长不了！早晚他们得垮台。”

张广厚果然没有出事。然而，在语言学院进修外语的研究实习员李树杰却捅了一个“大娄子”。有一天，大李回所里办事，他向几个同事讲了有关江青的“坏话”。这件事被上面发现了。这还了得！所里要查，院里也要查，火急得很。

李尚杰说：“这件事我当时并不在场，我得调查一下。”

上午，李尚杰立即找到大李，两个早已知心的共产党员，亲切地聊了起来。

李尚杰问：“你怎么不看场合，到处乱说呢？”

“我是高兴啊！”

李尚杰又问：“上面怎么查你的？”

“他们要把我说的话同邓副主席联系起来，我不能那么干！”

“对！一定要实事求是，千万不能诬陷好人。你安心在那儿学习，家里的事我替你顶着点！”

当谈话快要结束的时候，大李忽然拉住李书记的手，说：“老李，这件事可别对我爱人说哪！”

李尚杰点了点头，和蔼地说：“我一定保密，不让她担惊受怕。”

这个所谓追查“谣言”的案件，拖了将近一年。到李尚杰调离前夕，他才用半小时不到的时间，草草了结。在很长一段时间里，大李的爱人被蒙在鼓里，不知道有过那么大的一场“灾难”呢。

支持科研工作的热心人

数学家们在取得成绩以后，总是说，他们的成绩与党的关怀分不开，其中也有咱们李书记的一份功劳。

李尚杰同志逢人便说，他做的只是一个党员应该做的事情。如果党派了另一个张尚杰、王尚杰来五学科室，可能比自己做得更好。数学家攀登科学高峰，为国争光，是他们刻苦钻研的结果，自己也从中分享到一分喜悦。

的确，李尚杰支持科研工作，是把它当作党的事业的一部分来做的。他遇到过暗礁、险滩。但是，他斗争着，前进着。

来到五学科室以后，李尚杰了解到杨乐、张广厚在函数论研究方面的意义，积极热情地支持这两个青年人，向科学高峰攀登。

当然，事情并不是一帆风顺的。斗争早在等待着他。在“四人帮”的干扰破坏下，基础理论研究遭到很大的冲击。有一度，“领导”要求他们搞所谓的“开门办所”“联系实际”，到车间，到工地，到农村去。李尚杰想：这可怎么办呢？这么一冲，准把杨乐、张广厚的研究冲断了。他心里说：不管它怎么个“开门”，怎么个“联系实际”，首先得保证杨乐、张广厚的研究时间啊！想着想着，老李眼前一亮，有办法！恰巧，当时地毯厂七·二一大学来要求支援。他答应了，叫杨乐、张广厚去。每星期只给他俩安排两个半天的讲课任务。这样，就保证了杨乐、张广厚有大量的时间开展科研工作。

那阵子，搞基础理论研究是很讨嫌的，好话听不到，坏话一大堆。张广厚住的地方，离研究所很远。可总得不到解决。他感到很委屈。有一次，这个小伙子想不开了，急冲冲地去找李尚杰，劈头一句话就是：“我不想在所里干下去了，我要求调动！”

李尚杰问：“为什么呢？”

张广厚说：“我家住得远，我又患视网膜炎。碰到刮风下雪天，上班不方便，这就甭提了。单说每天浪费这么多时间在路上，我受不了！调到别的单位，我也照样搞科研。”

李尚杰劝他不要调动工作，他说啥都不松嘴。这时，李尚杰说：“那你打个报告吧，我给你反映一下，看看领导批准不？在批准之前，你不要中断科研工作。”

张广厚当场就写了一个要求调动工作的报告。

过了一个月，张广厚来问李尚杰：“批准了没有？”李尚杰说：“还没有信呢！”

又过了一个月，张广厚又来找李尚杰问结果，李尚杰还是那么一句话：“还没有信呢！”

第三个月过去了。张广厚的思想疙瘩解开了。他去找李尚杰，说：“老李，我不请调了，你去把我的报告要回来吧。”

李尚杰高兴了。他打开抽屉，取出张广厚的报告，笑着说：“你的报告在我的抽屉里躺了几个月。我早想，你还得搞基础理论研究，哪能让你离开数学所呢！”说得张广厚心里热乎乎的。

杨乐住在中关村，他的爱人却在离家较远的北京工业大学教书。这样，许多家务事都落到杨乐身上。每天下班以后，他一边要照料小孩，一边得忙着做饭，十分辛苦。李尚杰听到这个情况后，经常到杨乐家里去看望，帮助他解决一些困难。他知道孩子们特别喜欢吃地瓜，他家里一旦买到了，总要用网兜提几个地瓜给杨乐送去。有一天晚上，他去看望杨乐的时候，发现电灯特别暗。一打听，原来是管子坏了，一时买不到新的来替换。杨乐本来就近视，现在晚上要搞科研，灯光暗了，怎么办呢！李尚杰看到这个情况，立即记在心上。他叫自己的二女儿替杨乐买灯管。经过一段时间的奔波，灯管终于买到了。此后，杨乐家里的灯管经常要亮得很迟很迟。他正是在这根灯管下面，与张广厚合作，取得了函数论研究方面的重大突破。

把党的温暖送到家家户户

五学科室共有 45 名科研人员。人们说，李书记做的不单单是 45 人的政治思想工作，他做的是 100 多人到 200 人的政治思想工作。为什么这么说呢？原来，他不仅把党的政治思想工作做到科研人员的心坎里，还做到家属身上。他随身带的小本子上，记着每个科研人员的家庭情况。谁家的孩子今年上大学，谁家的女儿刚刚去插队，谁的家里新近添了娃娃，谁的家里眼前碰到困难……哪一桩，哪一件，他都了解得一清二楚。他随时随地注意做好家属的工作，关心他们的生活，把党的温暖送到家家户户。

1973 年冬天的一个早晨，北京下了一场大雪。李尚杰在锻炼身体的时候，冒着纷纷扬扬的雪花，特地跑到中关村大马路去。他一边踩着大雪小跑，一边想着今儿个雪下得大，谁家住得远，骑车来上班不方便，谁家住在平房里，炉火暖和否……跑着想着，想着跑着，不觉间跑到 332 路公共汽车中关村车站。他转身一看，研究员陆启铿，正艰难吃力地骑着三轮自行车，拉他的爱人到车站赶车，送她到城里上班！陆启铿夫妇双脚都有点毛病，平日里行动不方便，碰到坏天气，那难处真是说不尽！能不能想办法把老陆的爱人调到附近工作呢？一个想法在李尚杰脑海中闪现。

上午，陆启铿刚开始工作，李尚杰找上门来了。李尚杰问：“老陆，你爱人在城里工作，有什么困难吗？”

陆启铿看到书记关心自己的生活，一肚子的话儿忽然倒了出来：“难哪！碰上刮风下雨大雪，她上班就不便了。平日里，她回来得晚，许多家务事都压在我一个人身上。我俩脚又不方便，难哪。”接着他无可奈何地说，“可是我没有办法啊！”

老李答应帮助他，用组织的名义，帮他把爱人调到附近中学教书。经过一段时间努力，这个方案却没有实现。不久，老李又让陆启铿写个报告，向院里一位领导同志反映情况。果然有效。陆启铿的爱人调进了数学所。困难解决以后，两口子工作得更加努力了。

五学科室主任田方增60多岁了，老两口只有一个独生女儿。有一年，他的女儿得了重病，住在医院里，病情十分危急。老两口轮流在医院值班，护理孩子，忙得不可开交。老田走了，室里业务组织方面的工作也堆到了李尚杰身上。恰巧，当时又有外事活动，李尚杰更加难以脱身，没办法抽出时间去看看老田夫妇。咋办呢？这天中午下班以后，李尚杰一进家门，就对爱人孙玉枝说："你认识老田吗？"

"认得。过去，他常到我们家呢。"

"他的女儿有病住医院，我一时又走不开，你帮我去看望一下。"

孙玉枝一向对自己爱人的工作十分支持，当即答应了。下午，她按照老李的吩咐，买了一瓶橘子汁，赶到医院慰问。老田夫妇看到李书记的爱人来看望，心情非常激动。从此以后，几年时间过去了。老田和李书记团结战斗，密切合作。同志们都说，他们两人团结得像一个人一样。

研究实习员王连祥的爱人刚调到海淀路大华衬衫厂工作，两口子高兴极了。可是，一时间领导解决不了他俩的住房问题，每天他们还得从西郊赶回东郊去休息。困难大着呢！李尚杰知道了他们的困难，体贴他们的生活，亲自帮助他们解决。他对王连祥说："我的办公室晚上闲着。以后，要是碰上坏天气，你俩就暂时在我办公室里住住。"后来，王连祥解决了住房问题，他说什么也忘不了这一段经历。他感激地说："当时听老李说那一句话，我心里挺暖和的。不管我住没住办公室，反正我感到党在关怀我！"

继续前进

李尚杰深知自己在科研方面是个外行，因此他认真诚恳地向专家学习，向书本学习，非常尊重专家的意见；对于学术上的争论，他从来不乱扣政治帽子，从来都是给予充分有力的保护，在政治上起到了很好的保证作用。

这几年，人们看到李书记一刻也没有闲过，他忙碌地工作着。

他到图书馆借来了《自然科学简介》这本书，认真地阅读了起来；

他向老田了解每个科研人员眼前从事科研项目的意义和进展情况，仔细地倾听吴文俊研究员介绍几何拓扑的理论；

所里举办了英语讲座，年近五旬的李尚杰也参加了，他是其中年纪最大的一个学生；

孩子们晚上自修数学，他也跟着一道儿学习……

一天，李书记在研究员吴文俊的桌面上看到一份从国外进口的杂志。封面上印着一个老科学家正在观看树木年轮的照片。李尚杰感到很奇怪，当即向吴文俊提了许多问题：这个老科学家是搞数学研究的吗？数学家还要研究树木年轮吗？……

吴文俊说："这是一个研究奇点问题的数学家。"接着，滔滔不绝地介绍起奇点问题在植物生长、化工生产上的应用。

李尚杰是个有心人，这些话都听到他心里去了。他向吴文俊了解室里有谁在从事这方面的研究。吴文俊说："奇点问题的研究是一个重点课题。目前在国内只有助理研究员李培信在进行这一方面的工作。"

"李培信！"这个名字有好几天在李尚杰的脑海里转悠。

李培信学风严谨，工作扎实。可是，因为他长期解决不了两地分居的家庭问题，有一段时间，他有思想负担，曾经多次提出调动工作的要求。对于这样的同志，李尚杰不是远离他，而是接近他、关心他、帮助他。李尚杰主动地找他谈心，鼓励他安心从事科研工作，还积极地为他解决两地分居问题。李培信想到这件事，说："李书记为了我的工作，真是花了不少心血。"在一次学科规划会议的准备会上，他做了关于奇点问题的介绍，引起与会同志的广泛兴趣。目前，他还在继续努力！

有一个助理研究员在1974年病休期间，还坚持搞代数语言学的研究，取得了一定成果，曾经受到国内有关部门的注意。他写了一篇论文，寄给某刊物。由于"四人帮"的影响，这个刊物在回信中大扣政治帽子，说他是在同苏修学者讨论问题。

果真是这么回事吗？否！李尚杰向有关专家调查以后，深深知道这位同志在病中从事的这项研究，具有一定的意义，根本不是某刊物所做的断言。于是，李尚杰鼓励他努力做好科研工作，还表扬他带病坚持工作的革命精神。

当记者采访结束的时候，李尚杰满怀激情地说："我在数学上是个外行，但我热爱党的科学事业。五届人大、全国科学大会向我们提出宏伟的目标，我一定要响应华主席的号召：学习、学习、再学习，团结、团结、再团结，努力学好科学知识，努力做好党的工作，为尽快实现四个现代化贡献一份力量！"

最高的荣誉

本报记者　卢云

（1978 年 3 月 25 日）

一

如此辉煌的人民大会堂的灯火。

这是 1978 年 1 月的最后一天。煤炭战线的一个群英大会，在这里经过十天喜气洋洋、热浪滔滔的发言、讨论、祝贺、庆功之后，达到了高潮。早在 20 世纪 20 年代中期，中国共产党诞生不多久，我们党的伟大的创始人，我们的伟大领袖和导师毛主席，就称许煤矿工人是一支特别能战斗的队伍。在抓纲治国的夺煤大战中，这支具有光荣革命传统的战斗队伍，又涌现了无数的英雄豪杰。这一天，正是大会闭幕的日子。会上，分别授予了一批先进人物以劳动英雄、劳动模范称号，还命名了一批大庆式企业和特别能战斗的队组。在 36 名劳动英雄的队列中，来自辽宁省煤炭研究所的一位中年工程师，十分引人注目。他方才走上大会主席台，领受了大会颁发的奖章、证书和奖状。他默默地垂眼看着胸前刚戴上的一枚奖章，上面那"劳动英雄"四个大字，在雪亮的灯光下发出熠熠的光采。

他轻轻地打开劳动英雄证书，一字字念着："授予辽宁省煤炭研究所邢昭芳同志全国煤炭工业战线劳动英雄称号……"当念完落款"煤炭工业部"时，他再也抑制不住感情的激浪，眼里涌出了幸福的泪水。在"四人帮"及其帮派体系人物蔑视的眼中，他是"臭老九"，可在党的暖如春风的怀抱里，他是"金凤凰"。这，怎不叫人感到幸福呢！

二

1970 年初夏，一个阳光灿烂的早晨。阜新煤矿的一个坑口，来了一个眼生的人。这人三十六七岁，头戴一顶矿工帽，身穿一套作业服，脚蹬一双黑胶靴，走在一群上早班的矿工当中。他，就是邢昭芳。到了煤巷掘进工作面，邢昭芳要求班长派活干。老班长、共产党员王师傅有心照顾他，说："邢工，你刚下井，就看看溜子，帮着倒倒车吧！"

"邢工"——姓氏后面加个"工"，这是工人们对工程师的习惯尊称。自从"无产阶级文化大革命"以来，老邢就不曾听过这种称呼。乍一听"邢工"，他感到讶异，以为自己的耳朵听错了。这是在离地面数百米深处的井下，这是一个沸腾的世界。各种声响，汇成山呼海啸般的煤海交响乐。在这里，人的听觉是会失灵的。老邢凝神地看看老班长，说："王师傅，我是来接受工人阶级再教育的，别尽让我干轻活。""邢工，这——"这次，老邢听清楚了。"邢工！"这个称呼，对几年来有点"自惭形秽"的老邢说来，包含着多么大的尊重、多么深的情感！他心头涌起一股暖流，一把从班长手里抱过电钻。只打了两个眼，就累得他大汗淋漓，肩膀头又酸又疼。王师傅急忙抢电钻，要替他干。他不肯撒手。就这么磨呀练呀，不过十天半月，一口气能打十几个眼了。装药、放炮、攉煤、架棚、推车这一套活儿，也都学着干。老班长看在眼里，喜上眉梢，人前人后，赞不绝口："老邢，嘿，真行！"

那会儿，老邢所在的"八一"掘进队，正在搞快速掘进创高产，为国家多出煤。老邢在跟班劳动中看到，工人在掘进工作面用瞬发雷管爆破，每一遍炮要放四次；每放一茬炮，要接一回线。为了争速度，抢时间，放炮员常常不等炮烟消散，就又赶往工作面上去接线放炮。老邢跟着放了几次炮，在煤巷陡坡上，顶着浓烈的炮烟，不停地来回跑，呛得他喘不过气来。他心里暗暗算了一笔（账）：一个小班如果放四茬炮，矿工们就得在陡坡上顶着炮烟跑 16 次，一来一回就是 32 次。不说尽吃炮烟儿，光跑道就累得够呛。可矿工们说："干社会主义，咱矿工不怕吃苦，不惜气力。可就是这么整太费时间。"为了向时间要煤，矿工们想了许多点子，但要不断创高产，却卡在爆破作业时间上。

这一天下班后，热气腾腾的掘进队队部办公室里，挤满了人。老班长叫大伙儿抓住生产中的"牛鼻子"议论议论。一个生满黑楂儿连鬓胡子、神情又豪爽又威武的老矿工，听了几个人的发言，觉得不解渴，霍地从蹲着的地上立起来，用重炮般响亮的大嗓门说："电，国民经济的先行官，向我们要煤；钢，这位大元帅要升帐，向我们要煤。革命需要煤，人民需要煤。"他焦灼地把右拳砸在左掌心里，"我们怎么着才能拿出更多的煤呢？要没有什么好法子，咱就放翻身炮！"

老邢坐在一个角落里，沉着头，听大伙儿谈。他平素不爱在人多的场合发言。听到要放翻身炮，吓了一跳。放翻身炮，就是放炮工人接上炮线后，只躲在几米远的地方就引爆，翻转身接着干。这虽说能缩短一些放炮时间，但太危险了。这么干，是违反煤矿保安规程的，是不合法的。想到这里，他冲口说：“万一出了事，谁担？”老班长应声说：“只要能把煤炭尽快搞上去，咱们工人甘愿担这个风险。”话音一落，几十双眼睛都盯在老邢身上。老邢感到几十道光柱的压力，恨不得地上裂道缝，马上钻进去。他拿起挎包，拔腿就走。老班长在凳子腿上磕了磕烟锅，叫住他：“邢工，别走。你来跟班劳动，不光是给班里增加个劳动力；你是搞爆破技术的，你得给咱们闹技术革新当好参谋，拿拿主意呀！”老邢脸上红一阵白一阵，心里头直打鼓，他嗫嗫嚅嚅地说：“我，我主要是来接受再教育的。这，这，这——我也没什么招儿！”

“吱呀”一声，邢昭芳推开门，走出去。他感谢这扇门，立刻挡住了人们的视线。

三

回到宿舍，老邢躺在床上想心事。房门关上了，几十双眼睛好像还盯着他。在那几十个人热切的、期待的目光当中，那眼角布满皱纹的是老班长王师傅。王师傅，五十开外了，是个七级工，干瘦干瘦的，身子骨也不硬朗。可干起活来，却有股子虎劲儿。什么重活、脏活、危险活，他都是抢在前，干在前。每次放炮以后，他都拿根棍儿，先进入工作区，敲帮问顶，检查顶板支架有没有危险。王师傅为革命多出煤，大干、拼命干的精神，使老邢感动极了。“老班长，您这么大岁数了，干得这样猛，不累？您是班长，动动嘴，指点指点就行了。”老班长用深邃和锐利的目光看着他，安详地说：“在日本鬼子时期，我是在皮鞭下干活；在国民党时期，我是累断筋骨也糊不了一家的口。今天，在毛主席领导下，我们工人翻身当了国家的主人，毛主席把这么大的一个矿山交给咱们。咱给咱自己干活，给社会主义干活，哪能不甩开膀子干?！”老班长的话，句句打动了老邢的心弦，他那深邃而锐利的目光，此刻仿佛在恳切地叮嘱着：“改进爆破技术，是矿工的迫切愿望。老邢，你可要跟咱矿工心往一处想，劲往一处使啊！”

改进爆破技术，老邢心里不是没有想法。“文化大革命”以前，他和同志们一起，研制过一种在毫秒爆破中使用的毫秒雷管。他想，重新把这项试验搞起来，也许对工人创高产有好处。但转念一想，煤矿保安规程“爆破”一节里，是禁止在瓦斯煤层使用毫秒雷管的，这不是违禁吗？可是他的实践经验告诉他，毫秒爆破比瓦斯涌出的时间快，瓦斯来不及从煤层中涌出，就爆破完了。因此，毫秒爆破能在瓦斯煤层中使用。想到这里，他仿佛又看到王师傅那直视着他的目光，那么正直、无私，映现着一个共产党员高尚的灵魂。

第二天，他把在瓦斯煤层采用毫秒爆破的方案，拿到了诸葛亮会上。矿工们喜得围住老邢又叫又嚷："老邢，咋不早说？""老邢，你当参谋，咱们'三结合'一块儿搞。"

经过上级党委的批准，成立了一个"三结合"小组。改进爆破技术的试验开始了。邢昭芳和工人们吃了老虎胆。他们的试验实际上是要改变法规的条文。稍微懂得一点煤矿安全知识的人，都为他们捏一把汗。然而，老邢知道马克思的书里有这句名言："在科学的入口处，正像在地狱的入口处一样，必须提出这样的要求：'这里必须根绝一切犹豫，这里任何怯懦都无济于事。'"（《马克思恩格斯选集》第二卷第 85 页）

开初的试验，发生了事故。起爆以后，工作面上，煤块抛积成山，七八架棚子被砸倒在地上，有的摇摇欲坠。老邢和小组的同志一道，立刻投入紧张的抢险战斗。有人说："崩了七八架棚子，扶棚子的时间，比你节省放炮的时间还要长。这种爆破方法有啥优越性？"一锹挖不出一个矿井来。科学实验哪能马到成功。有的师傅在现场仔细查看了煤层的断面，发现它是凹凸不平的，这可能跟炮眼的角度和炸药的药量有关系，提出了改进的意见。有的师傅说："断面不那么平整，说明炮眼的次序上还有点讲究。十几个炮眼，得排个队，讲究点纪律性。"有的师傅说："雷管只能串联，一并联，起爆时间就不准了，爆破效果就不好。"众人拾柴火焰高。"三结合"攻关好。这些闪烁着奇光异采的智慧，像一粒粒珍珠。老邢用自己的心血把它们串联起来，使试验方案修改得更切合实际。科学实验，具有无私的品格。它只会把成果奉献给专心致志、一丝不苟的人。

斗争，也在思想领域里展开。书到用时方恨少。敢不敢钻研技术，把实践提到理论的高度？老邢起初对"白专"之类的大帽子，谈虎色变，望而生畏。工人师傅给他撑腰，壮胆，叫他不要怕。老邢想，矿工为革命多出煤，死都不怕，我怕啥！从此，他横眉冷对，气度从容，一心扑在科研上。有时候，思想上仍不免有微尘的侵袭。一次，"三结合"小组在井下进行一次新的爆破试验。事有凑巧，几乎在起爆的同时，邻近的一条旧巷道，由于回柱时绞车电缆走火，升起一个蓝色的火苗，发生了局部瓦斯爆炸。着火是由于旧巷道瓦斯集聚，一霎时，火就自行熄灭了。到实地做了调查的刘师傅，告诉老邢说："事儿不大，跟咱们的试验无关。"但老邢却耷拉着脑袋，心怦怦直跳。新法爆破不会引起瓦斯爆炸，取得了上百次试验的数据，他有把握。但是，他的业务知识告诉他，瓦斯事故有很多原因，事故一发生，有时就查不清了。在瓦斯煤层搞毫秒爆破，不管什么原因引起的瓦斯事故，肯定第一个受到怀疑。他暗自责怪自己：谁叫你偏要揽这个课题干！这真是“木匠戴枷——自作自受”。收了工，洗了澡，上食堂胡乱吃了一点饭，就回宿舍了。前脚刚进门，一直察颜观色，紧紧尾随着他的刘师傅就跟着来了。“老邢哪，在瓦斯煤层搞毫秒爆破，这个‘禁区’咱们闯定了。可不能遇上点风吹草动，就一步三回头啊！”老邢一把抓住刘师傅的手：“刘师傅，刚才我是有些动摇啊！”这一夜，刘师傅和老邢这两个共产党员，敞开胸怀，谈得很晚很晚。

四

“三结合”小组的同志，冲进瓦斯“禁区”，在矿井的十个瓦斯煤层，进行了几十万发毫秒雷管爆破试验。毫秒爆破试验成功了！

有人却说，在一个矿井的煤巷里试验成功，并不能保证在别的矿不出问题。

你光说能应用不行，还得说出爆破时每一瞬间瓦斯的涌出量有多少，浓度究竟有多大。没有这些数据，就不能推广。

邢昭芳知道，要有瞬间瓦斯采样器，才能测出这样的数据。而这玩意儿，国内没有。“老邢，你是工程师，咱就不能自己搞出个测量仪器吗？！”小组的一位师傅说。可老邢在东北工学院是学采煤的，对仪器设计，好像“擀面杖吹火——一窍不通”。党组织叫他们成立一个攻关小组，竭尽全力，突破难关。

老邢没日没夜地查找各种外文资料，寝食俱忘。有一天，终于从一本外国杂志上，发现了瞬间瓦斯采样器的一张照片。他高兴极了，盯着它瞅了好半天。可照片很小，还没有火柴盒大，又只是一个外形，结构根本不知道，能解决啥问题？他冥思苦想，动手画了一张设计图。随后，拿到研究所试验工厂去制作。一台样机，制作成了。但一试，不灵。一次次修改图纸，一次次重新加工，试了 13 次，都失败了。

试验工厂有位徐师傅，是攻关小组的成员。“这采样器采用真空式，行吗？咱井下高高低低，坑坑洼洼的，这家伙一挪动，就进气儿了。”老徐对老邢说，“不能照着胡芦画瓢，得闯自己的道。”徐师傅，是个有心人。他蹲在地上，瞅着样机出神，一看老半天。有人瞧着不顺眼，跟他开玩笑：“人家工程师都搞不出来，我看你还想上天摘月亮呢。”“我是攻关小组的，能不动脑子！

只要需要，上天摘月亮，我也去。”有人背后说：“和尚刚剃了头发，就有了道行?！我看他牵着驴儿当马骑，外行想办内行的事呢。”这些话传到徐师傅耳里，老徐一笑：“别打门缝里看人，把人看扁乎了。”果然，徐师傅有门儿。他找到老邢，比画着说：“你看，把真空式换成活塞式，把两个活塞装在一根轴上，就像圈秏子一样，利用雷管爆炸，气浪推动活塞移动，“吧嗒”一声，两个活塞把通风口全堵上，突然把瓦斯给圈在里头。你看它还有个跑?！”老邢听了，眉开眼笑，连连拍手。“这个活塞运动的原理，我怎么没有想到呢。我是一条道走到黑，进了真空的门，就出不来了。”他跟徐师傅一道，共同设计了一张封闭式瓦斯采样器的草图。经过试验工厂制作，具有我国独特风格的第一台瞬间瓦斯采样器，制造成功了。拿到试验室和工作面试验，样机的灵敏度很高，完全合乎设计要求。老邢在工作面用它测定了 400 多个数据。画出的曲线表明，毫秒爆破在瓦斯大量涌出以前就完成了，安全是有保证的。这，为在瓦斯煤层应用毫秒爆破，提供了理论根据。

五

研究项目的试验成功，并不意味着科学实验的结束。老邢用“三结合”小组的名义，给上级打了推广报告，希望这项新技术成为公共的财富，在全国矿井里开花、结果。

有人不同意在全国煤矿推广应用这项新技术，理由是：“全国有那么多类型的矿井，你在一个矿区搞的数据，怎么能拿到全国去推广？”老邢接受党和工人阶级的委托，风尘仆仆，不辞劳苦，先后到了河北的峰峰、开滦，黑龙江的鸡西，贵州的盘江，进行扩大范围的推广试验。

一个秋高气爽的日子，老邢带着北国的风尘，来到地处云贵高原的一个新建的矿井。

在一个煤巷的掌子头，又一次试验就要开始了。老邢最后一次检查了现场，往巷道口撤去，准备起爆。放炮员扭动起爆器，掌子头却静悄悄的，没有响起隆隆的炮声。老邢对放炮员大声说：“再一次起爆！”

放炮员又一次扭动起爆器，依然毫无声息。

“哑炮，哑炮！”大家惊讶地看着。

一个矿工拿起电钻说：“打几个平行眼儿，把它崩了重来吧！”

老邢制止说：“不！往后再发生哑炮怎么办？”发生哑炮，在试验中还是头一回，究竟是什么原因，要弄清楚。他随手拿起一把镐，要奔险区去排除哑炮，查找原因。

“三结合”小组的曹师傅，这个从黑龙江鸡西矿务局来支援贵州煤矿建设的老工人，早把镐拿在手里，一把拦住他：“这活儿危险，我去！”在井下，老邢多次碰到这样的情况：在突然发生意外的情况时，工人师傅总是冒着危险，帮助技术人员安全转移。有一次，试验工作需要在顶板条件不好的巷道进行，工人师傅宁肯担风险，也要保护他的安全，终于帮助他获得了第一手资料。工人师傅总是这样说：“你们是新中国培养的技术人员，是我们社会主义祖国的宝贵财富。保护你们，也是保护革命啊！”此刻，老邢听了曹师傅的话，一股热浪，涌上心头。

“哑炮问题，我们搞科研的人应当去解决。雷管我熟悉，我去！”

“万一刨不准，碰着雷管、炸药，要出事儿，太危险！”

“你去，不一样危险！”

“我一个人去，伤也只能伤我一个人。”

“工作面那么大，你一个人不行！”

争到最后，老邢和曹师傅一道，弓着腰进入险区。其他同志做好抢救准备，以防万一。

工作面上，一根根炮线连着煤层里的雷管和炸药。他们沉着地、小心地走到煤些跟前。老曹示意老邢拽着炮线，他自己拿起镐，蹲下身来。“咚，咚！”随着镐起镐落，第一个炮眼的周围刨开了。曹师傅用手扒掉煤块，抠出炸药，从引药中挖出雷管。老邢用指甲刀剥开雷管，发现雷管的药头有问题。接着，他们又开始刨第二个、第三个……老邢学着曹师傅的样子，跪在地上，用镐刨，冒着随时可能爆炸的危险，从炮眼里抠炸药，抠雷管。煤块划破了他的手指，鲜血顺着手背流，滴进黑色的煤海里。他们聚精会神，屏息静气，从上午 11 点直干到下午 3 点，一口气刨完了 18 个哑炮，揭开了这次哑炮的秘密。

在向现代科学进军的战斗中，也会碰到董存瑞要炸的碉堡、黄继光要堵的枪眼。

六

“轰隆隆，轰隆隆……”一批批毫秒雷管，在我国南北十多个煤矿的几十条巷道里，其中包括在十个超级瓦斯矿井中，接二连三地爆破着，为这一项新技术的成熟催生。邢昭芳徜徉于祖国的山水之间，遨游于煤海的激浪之中，忘了一切。

“父病危，速归！”收到电报，他想到老人风烛残年，如不回去，可能再也见不到一面了。但试验正在紧张进行，战士不能下岗。他把电报掖在口袋里，心思又集中到科学实验上去了。没几天，父亲病故的噩耗传来。邢昭芳怀念在旧社会操劳大半辈子，十分眷恋新社会的父亲，默默地流下了眼泪。想到试验工作取得了关键性的突破，他又感到可以告慰于逝去的亲人。他身体不好，患有肝炎、肾炎。他把医生开的病休诊断书放在衣袋里，压在枕头下，仍旧照常下井，仍旧不眠不休。有人看到他嘴唇发紫，面色发黄，直打哆嗦，知道他病又发了，劝他注意身体。他说：“我要像蚕一样，将最后一根丝都吐出来，贡献给国家。这话是周总理说的。”

1972 年，敬爱的周总理，在病中对科学技术工作做了多次重要谈话和指示，宣传和贯彻毛主席的指示精神。他大声疾呼，要把基础科学和理论研究抓起来，同时又要把理论研究与科学实验结合起来。

1973 年 4 月，人们终于公认：在瓦斯煤层应用毫秒爆破，在安全上是可靠的。它是爆破技术上的重大革新，是加速煤矿建设的一项重要措施。

历史的车轮驶进了 1975 年。世人瞩目的四届人大召开了。身患重病的周总理根据毛主席的指示，再一次为中国人民描绘了一幅发展国民经济的宏伟蓝图。喜讯传出，四海腾波澜，九州尽欢颜。不久，伟大领袖和导师毛主席，委托邓小平同志在周总理病重期间，主持中央日常工作。邓副主席以雷霆万钧之力，狠抓了工业、农业、科技等各条战线的整顿，开始出现了万物复苏、万马奔腾的生动局面。

煤炭工业部在全国开展社会主义劳动竞赛，推广井巷快速施工的新技术。毫秒爆破，是其中一项。全国很多煤矿，如阜新高德矿三二二掘进队，抚顺胜利矿四一〇三掘进队，老虎台矿九六三掘进队，一支支特别能战斗的队伍，用这项新技术和其他先进技术结合，多次创造全国煤矿煤巷、半煤岩巷掘进月进尺最高纪录。万里煤海，耸立起一座座新的觇标。

毫秒爆破在全国的推广应用，为我国煤矿技术填补了一项空白。邢昭芳和“三结合”小组的同志们，在长征途中攀越了一座险峰。

七

在社会主义新中国，凡是有发明创造的科技工作者，都会受到国家和人民的尊重，受到整个社会的尊重。研究所党委授予邢昭芳“优秀的共产党员”“先进的科研工作者”等光荣称号，年年给他发奖状，戴大红花。所党委做出决定，号召全所的同志向他学习。矿工们喜欢自己的工程师。邢昭芳走到哪儿，哪儿就鼓掌欢迎他，给他送喜报，戴大红花。人走了之后，一封封表扬信又飞向了研究所。

鲜花瓣上有人抹牛粪，褒扬声中有人播贬辞。在“四人帮”横行的日子里，人妖颠倒、黑白混淆、霜欺红花、雪侮兰草。污水向老邢劈头泼过来，说他是“老绵羊”“技术第一”，是个“业务篓子”，根本没有“反潮流”精神。甚至有人声嘶力竭地叫嚷，要批这个“唯生产力论”的“典型”，还要批党委的“决定”。

邢昭芳确实没有“四人帮”所说的“反潮流”精神，因为他一没有头上长角，二没有身上长刺，他只知道跋涉在煤海里，永不疲倦地跋涉在煤海里，走一步，留一个脚印。要说真正的反潮流精神，他有。在“四人帮”当道的时候，“四人帮”的死党、辽宁的太上皇，授意组织一次科技会议。邢昭芳准备在会上大谈红与专的辩证关系。他先是准备讲一讲毛主席的教导：“政治和经济的统一，政治和技术的统一，这是毫无疑义的，年年如此，永远如此。这就是又红又专。”然后谈谈自己的体会，“实践使我逐步认识到，钻研技术并没有错，问题在于为谁钻技术，是为革命还是为个人成名成家？一个革命的科技人员，只有在无产阶级政治统率下，对技术精益求精，才能更好地为建设社会主义、巩固无产阶级专政服务。”就像蝙蝠最怕太阳一样，修正主义最怕马克思主义，形而上学最怕辩证法。邢昭芳没有得到在大会上发言的机会。他把讲话稿珍藏了起来。他坚信：会有云绽天开之日，会有大声说话之时。

八

现在回到那个热气腾腾的大会。

英明领袖华主席十分关怀煤炭工业的发展，接见了出席全国煤炭工业学大庆赶开滦群英大会的全体代表，同大家一起照了相。

被授予“劳动英雄”称号的36位先进人物，披红戴花，在万众欢腾声中走上主席台。党和国家领导人同他们合了影。摄影机记录了这珍贵的时刻。邢昭芳从接受奖章、证书和奖状的那一刻起，感到这一切，都像是在梦中，但又并非梦境。啊！灯光是这般辉煌，心头是这般明亮。

被污辱与被损害的日子，已经被埋葬了。

那个难忘的10月，难忘的历史性的伟大胜利，给一切要革命的人开辟了锦绣前程。

在我们伟大的社会主义祖国，一个知识分子能同工人一道，获得“劳动英雄”的称号，这是党和人民给予的最大的奖赏、最高的荣誉。

· 1979 年 ·

一份血写的报告——记党的好女儿张志新

本报记者　孙钧　苗家生　陈禹山

（1979 年 6 月 5 日）

这篇通讯歌颂了一个普通的共产党员张志新同志为真理而献身的革命精神。当林彪、“四人帮”这些庞然大物横行无忌，顺之者昌，逆之者亡，天空中黑云翻滚的严重时刻，她敢于高举起真理的火炬，向这伙最凶恶的敌人宣战。直到临刑，观点不变。她的英雄事迹，使我们想起了在敌人刑场上高唱国际歌的千千万万个先烈。

张志新同志为什么能够为真理而献身？最根本的一条，就是她有着强烈的革命责任感，时刻想的是党和国家的命运、前途，想的是党和人民的利益。“一个人不管是生或死，只要是为了革命就是有意义的！”她在生命的最后日子写下的语言，反映了一个共产主义战士的崇高品质。当前，实现四化就是党和国家的前途所系，就是亿万人民的根本利益所在。我们要学习张志新同志忠于党、忠于人民的高贵品质，时刻把党和人民的利益、社会主义祖国的兴旺发达，放在我们的心上，彻底地为党和人民的利益而战斗！

——编者

（一）

1970 年 7 月 1 日清晨，当霞光透过辽宁省盘锦地区看守所的小铁窗洒进牢房的时候，一个女“囚犯”从床上站起来，把一朵用手纸制成的小红花，端端正正地戴在胸前，庄严而立，面向东方……

她叫张志新，是中共辽宁省委宣传部干事，因为坚持真理，被林彪、“四人帮”及其在辽宁的死党一伙投入监狱。在狱中，她精神和肉体上惨遭摧残，但她坚贞不屈，忘我奋战。6月30日晚，在微弱的灯光下，她把手纸裁成一片片，又把木板床上的紫檀色油彩一点点地刮下来，用水润湿，粘在纸上，然后放在手心里，贴在胸口上，用自己的体温把它一片片地烘干，精心地制成这朵小红花。这朵小红花，凝聚着一个身陷囹圄的共产党员的心意！入狱后党的第一个生日到来了，她要纪念这个光辉的节日。

张志新是在1969年9月24日被捕入狱的。被捕前，在盘锦“五七干校”早已被列为“专政对象”。在数不清的批斗会上，她这样反复地申明自己的观点：

“中央‘文革’到底是集体领导还是江青自己在那（里）说了算？江青历史上到底是干什么的？”“武斗、分派、联合不起来，我就觉得严重了，是有人在那里搞什么名堂。”“把很多电影、戏剧都批了，现在就剩下了几个样板戏，唱唱语录歌，这样搞下去祖国的文化艺术不是越来越枯竭和单调了吗？因此，我对江青就有很多想法。”

“林彪说，主席的话一句顶一万句，主席的指示理解的要执行，不理解的也要执行。这种局面不会维持长久了，这样下去，局面是不堪设想的。”“（我）对林彪提出的‘毛泽东思想是当代马列主义发展的顶峰’的论断，很反感，顶峰不是到头了吗？”“林彪是促进（党内）‘左倾’路线发展的主要成员，是影响‘左倾’错误不能及时纠正的主要阻力。”“我对林××没有什么信赖。”

“‘文化大革命’以来，（我）对那些事都想不通，好多人打倒了，是否都是叛徒、特务？”“打倒这么多人，从司令部来看，中央委员、中央政治局委员中有问题的人比例这么大，（我）有些为国家命运和前途担心。”“走资派要当敌人来打，（我）思想上就是不通。老干部总是给党做了些好事，做了些工作。有些人确实犯了错误，应该打，但是否都当敌人来处理？”“这些人打倒，不一定都是反对毛主席的，可能有什么名堂。”

此外，她在充分肯定毛泽东同志的丰功伟绩的同时，情深意切、光明磊落地对自己的领袖的某些工作，提出了自己的意见和看法，表达了她对自己的领袖的热爱和深沉的阶级感情。

对彭德怀同志上书言事被定为“反党”，她认为应当平反；关于所谓61个叛徒集团的案件的处理，她指出这是不公正的；对党内的民主生活遭受破坏以及其他一些重大的理论和实践问题，提出了自己的看法。

所有这些，显示了这位普通的共产党员高度的马列主义水平和对党对人民的赤胆忠心。后来，司法部门一位领导同志在复查张志新案件，翻阅这些材料时，一边看一边掉泪，连声说："人才难得啊！"

"文化大革命"开始的时候，张志新曾经以极大的热情投入斗争。但随着运动的深入发展，面对林彪、"四人帮"一伙在全国范围内疯狂地进行篡党夺权，她深深地感到不安。平日，她文静少言；这时，她无法沉默。她在为党和国家的前途担忧。有人问她："你担忧什么呢？"张志新坦率地说："现在毛主席身边那几个人可靠吗？江青、叶群这些人。"

这份血写的报告就是从这里引起的。

（二）

1968年冬，张志新被下放到盘锦"五七干校"，接着就进了"学习班"。当时干校的生活对出身大城市知识分子家庭的张志新来说，是很艰苦的。但每天下地回来，她总是摘一把连当地老百姓都不再吃的苦菜，洗干净和着窝窝头吃。她知道日后革命征途艰险。她就这样有意识地开始锻炼自己的意志了。

无论是口头还是书面交代，张志新都毫不保留地说出自己的想法。有一次，来了几个人找她交代"问题"。张志新连续讲了几个小时，系统地阐述自己对一系列有关党和国家前途、命运的重大问题的看法。她讲的每一个观点，在当时都被认为是极端"反动的"。那几个人把记录稿递给张志新，问："这些是你的观点吗？"张志新仔细地看了一遍，说："是我的观点。不过你们记得不完整，我可以再给你们写一份。"接着，她很快写了一份近万字的《交代观点的书面补充材料》。

"四人帮"在辽宁的那个死党，看了这份材料暴跳如雷，吼叫着："这样的人得整起来！"

批斗会上，要张志新认罪，交代思想。张志新说："我认为我没有错，所以准备走下去，否则没有好处。过去开了我的会，办了学习班，强迫我低头认罪，我也强迫自己想这些问题，但是这样做没有好处，那是自欺欺人。打个比方：我没有旧社会的体会，但就像在旧社会，自己心里有了对象，父母要包办，强迫自己嫁到另一家去，这个滋味太不好受了，很痛苦。不行，我还是要走自己的路！我自己思想斗争很激烈。投降还是不投降？不投降，后果不会好；投降，自己又做不到。以前我还想过自己的事，算自己的账，两个家庭（亲属）加起来21个人，这些人就是都抛掉了，又有什么了不起！阶级斗争就是这样。我是个共产党员嘛！为了自己的家，忘了自己是共产党员这不行！"

张志新有两个孩子。她被打成“反革命”那年，女儿12岁，儿子3岁。丈夫起初留在城里工作，以便照顾孩子。但张志新出事后，他也被下放到“五七干校”劳动。

年幼的孩子日夜想念妈妈和爸爸。妈妈在家的时候，下班回来，教女儿读书、弹琴，弹的第一首歌曲是《草原上升起不落的太阳》。还常常给儿女讲革命故事。一次，妈妈带女儿看《江姐》的演出。当看到江姐英勇就义时，女儿哭了，妈妈一边给女儿擦眼泪，一边对女儿说：“不能光流泪，要学习江姐的革命精神。”后来，妈妈又给女儿买了长篇小说《红岩》，教育女儿向革命英雄人物学习。妈妈对女儿的要求自小就很严格。有一次，女儿和邻居的孩子打架，回家不敢说。妈妈对女儿说：“为什么不说呢？错了就应该改嘛，要从小培养诚实、正直的品质。”

对女儿学习、做事情没有坚持性的缺点，妈妈耐心地进行教育，要女儿天天写日记，要是哪一天没有写，就追问原因，对女儿说：“做事情没有毅力，没有坚持性，将是一个无用的人。”妈妈下放干校离家的时候，买了一本《毛泽东著作选读》甲种本和一双袜子给女儿，说：“你要好好学习。听姥姥（保姆）的话，要带好小弟弟……”从此，女儿不但再也见不到妈妈，再也得不到妈妈的教诲，而且在学校里还进了“黑帮子弟学习班”，连走路也无法抬起头。

逢年过节，女儿看到邻居小伙伴的爸爸妈妈都回家了，她拉着小弟弟站在家门前，从太阳出来一直盼到太阳落山，也不见爸爸妈妈归来。有一天，爸爸回来了。女儿忧伤地问：“爸爸，听人家说妈妈成了反革命了，是吗？”爸爸心如刀割，哄着孩子：“瞎说！妈妈以后是会回来的。”对妻子到底犯了多大的“罪”，他不知道，只听说她“态度很坏，一直顽固地坚持反动立场”。他了解自己的妻子。她是个诚实正直、对党有着深厚感情的人。他不相信自己的妻子是“反革命”。看着眼前幼小心灵遭受创伤的女儿和患着肺病、胃病的小儿子，看着眼前这个冷落悲凉、妻离子散的小家庭，他满腔愤慨和忧愁。他想了又想，决定教女儿给妻子写信。

几天以后，张志新收到了女儿的一封信，信上写着：“妈妈，我和弟弟都很想您。我求求您：您承认错误吧！您承认了错误就是我的好妈妈了。”张志新看完女儿的信，又前前后后想了一遍，然后拿出一张纸，给女儿写回信：“妈妈一定坚持真理，修正错误，做个好妈妈。”

一天，女儿放学回来，邻居王阿姨一把把她拉到自己家里，说：“街道搞卫生在喷药，你不能回家！”正在这个时候，有几个人在张志新家里翻箱倒柜地抄家。已被逮捕的张志新也被押回家来。她向押送人员提出，希望让她见见两个孩子，但遭到拒绝。王阿姨止不住地掉泪，到门外张望了一会儿，对张志新的女儿说：“林林，你快到你家门前那几棵树旁去！”林林向自己的家走去。这时，她看见了妈妈戴着手铐，被几个人押着从家里走了出来，推上了停在家门前的吉普车。吉普车开动了，林林跟在后面追，大声呼喊：“妈妈……妈妈呀……”车开远了，消失了。林林坐在地上号啕大哭，呼喊着：“妈妈……”

（三）

张志新被捕入狱后，在狱中那样艰难的条件下，仍然孜孜不倦地学习《马克思恩格斯选集》《列宁选集》《毛泽东选集》和鲁迅等的著作，写下了数十万字的读书笔记和心得体会。她用马列主义的真理武装自己，无私无畏地投入残酷的斗争。

针对审讯人员提出的问题，她写了上万字的“一个共产党员的宣言”。她写道：“经过第一次提审已经十多天，在这段时间里进行了学习和考虑，坦率地讲，没有解决认罪的问题。具体地说，就是立场观点不变，态度如前。”“检点言行没越过党纪国法的规（定和）范（围）。她知道自己是个党员，所以虽有疑虑，但从未和任何人私下散布过（包括自己的爱人在内），都是经过一定组织形式允许和运动中勒令做的交代。至于和极个别的同志提出过一点问题，但那些问题根本构不成犯法违法。全部观点言行综合一起，也构不成什么反革命的罪行。”“我之所以至今不能认罪，因为我对路线斗争及与之有关的一系列问题的疑问，起之有因，看法观点立之有据，坚持不放有理。”“我认为在热爱党、热爱领袖毛主席、信赖以毛主席为首的无产阶级司令部这个问题上，我和广大劳动群众、世界革命人民是站在一个立场的，仅仅是目前的表现形态不同而已。”“经风雨见世面，全身心地投入运动，监狱牢房以及更为严峻的考验会有助改造世界观，只有在斗争的征途中无所畏惧，才能在追求真理的过程中把自己雕塑成器。前提和目的只有一个：捍卫党的原则和革命的利益。这就是我要走的道路。”“扪心自问确实不是为了什么个人。如是出自个人，难道家庭父母子女不值得挂牵？远离双亲、子女一年、两年，若坚持立场观点不放，也许就永远不能相见。世界上母亲千万个，哪一个没有慈母心（暂允许抛开阶级分析观点来比喻），难道唯有我张志新的心最毒狠！？不，凡是了解我的人都不难得出评论。”

是的，熟悉你的人都了解你，党和人民了解你。你像一支红烛，只有一条心，旺旺地燃着生命的焰火，为了党和人民的事业，一直在放出热和光。党和人民怎么能忘记：你在天津河北师范学院上学那年，朝鲜战争爆发，为了抗美援朝，保家卫国，你响应党的召唤，投笔从戎；你的工作多次变动，你从没二话。党叫你干啥，你就干啥。大学毕业后，党叫你当资料员，你是先进工作者；叫你当教员、干事……你出色地完成各项工作任务。你那高度的工作责任感和严谨的工作作风，领导和同志们没有一个不称赞的。三年暂时经济困难时期，你身患肝炎，但你关心他人比关心自己更重。同志们出差家庭是否有困难，邻居哪家有困难，你都放在心上，常常不顾一天工作的劳累和身体的不适，登门问寒问暖，帮助解决困难。你对同志像春天那样温暖；对敌人像冬天那样冷酷无情。在运动中错斗了你的战友，你没有半句怨言，在狱中还想念他们。你相信他们绝大多数是要革命的，可能革命得比自己要好。对党的每一项决议，要是你有不同的看法，就提出来保留自己的意见，而在行动上照党的决议去做。你是个很有修养的共产党员。你英勇地坚持同错误路线斗争，实践着你 1955 年 12 月 15 日在入党志愿书上立下的誓言：“在任何的环境下都将坚持革命斗争，接受一切考验和任务，永不动摇，永不叛党，为了共产主义事业贡献出自己的一切。”现在，你正是面临着这样一场严峻的考验了。

又一次审讯开始了。那是 1970 年 1 月 3 日。张志新整装后走出牢房，昂首挺胸跨进审讯室。

审讯员指着张志新大声责问：“你为什么这样嚣张攻击林 ××？”

“我不是攻击，这是我的看法。”张志新从容地回答。

“你对伟大的中国共产党是攻击是拥护？”

“我这不是攻击。我是一个共产党员，提出我的看法是符合原则的。”

“由于你的立场不同，所以你进行攻击和诬蔑。你是一个反革命，所以你就攻击无产阶级司令部！”

“我是用马克思列宁主义观点来看待的。”

“张志新！对你的罪行怎样认识？”

“通过我学习，谈不到罪行。”

“我们希望你应当考虑你的前途！”

“我没有什么考虑的，离开了党那就没有个人的前途，谈不上个人的前途问题。”

“张志新！今后想怎样办，能不能挖犯罪根源？”

“从我个人来讲，没有什么可挖的。我讲的那些是对的。”

“你和党有什么阶级仇恨？”

“我没有。我是共产党员！”

审讯就这样结束了。面对这样一位“犯人”，林彪、“四人帮”及其在辽宁的死党一伙，恼羞成怒，束手无策，便祭起了他们那套法西斯“法宝”来。他们给张志新同时加上脚镣手铐，用种种残忍的手段折磨她，还剥夺了她用笔战斗的权利。张志新无比气愤，找来了一片小木签，蘸着墨水，写下了一篇《质问、控诉、声讨！！》书：

“我的笔是被你们当作枪给缴去了，但指挥这支枪的思想你们却永远也缴不掉！”“你们以为一个女共产党员就这样被随便凌辱的吗！行凶者、帮凶助威侮骂者，你们可以逃之夭夭吗？不！我要向党向人民控诉你们，要声讨你们。你们若不认错，将会受到历史的严惩！这笔账是要算的！”“你们若是无产阶级，你们为什么那么怕真理！没有听说无产阶级、共产党的专政机关殴打犯人、辱骂犯人，生活上虐待犯人、刁难犯人！你们所作所为是哪个‘无产阶级’？”“你们以为利用上述恶劣手段、可耻勾当就可以软化革命者的意志，可以向错误路线投降吗？这除了说明你们手中没有真理，在真理面前束手无策、软弱无能外，你们什么也得不到！”“坚持真理永不放弃！有什（么）办法尽量使出来吧！”

（四）

1970 年 8 月 24 日，张志新被加上“现行反革命”的罪名，判处无期徒刑，被拉到公判处决大会上陪斗，并被用海绵堵住了嘴巴，同两个要被处决的犯人一起绑赴刑场陪斩。张志新面对这出拙劣的“杀鸡给猴看”的丑剧，怒火万丈。

事后又提审张志新，问她有什么感想。张志新怒目而视：“我的立场观点未变。如果再出现今天这样的宣判，我是不甘心的，死不瞑目！”

尽管遭受种种非人的折磨，张志新毫不动摇，坚持真理，坚持斗争。“四人帮”在辽宁的那个死党咬牙切齿地说：“判无期（徒刑）以后，一直相当反动，看来是死心塌地”“在服刑期间这么嚣张，继续进行反革命活动，多活一天，多搞一天反革命，杀了算了！”

1975 年 4 月 3 日，张志新被加处死刑，立即执行，不给上诉期，不通知家属，也不通知张志新的原工作单位。这天下午6时，办案人员到监狱向张志新宣读死刑判决书。张志新镇静如常。办案人员问："你还有什么话说吗？"张志新说："需要对这个判决认真看一下，再回答。"她的要求遭到拒绝。张志新说："不给看无法回答，不要再问了。""我的观点不变！"

第二天临刑前，张志新被秘密地带到监狱管理人员的一个办公室。接着来了几个人，把她按倒在地，惨无人道地剥夺了她用语言表达真理的权利，然后拉到全监狱犯人面前宣判。党的好女儿张志新脸不变色，昂首挺胸，怒目而视。为了捍卫真理，为了党和人民的利益，她英勇地献出了自己宝贵的生命。那年她才45岁。

四年后，人们从张志新的"反革命罪证"材料中，发现她十年前被打成"反革命"、隔离审查后给丈夫写的这样一封诀别信：

曾真：

结婚十四年我们生下了一男一女，我没有也无力完成自己的义务，希望你很好地抚养下一代，对林林要耐心，要好好爱护她。叫她不要早婚……好好学习，锻炼身体。改正"没有坚持精神"的缺点。让她好好照顾小弟弟。不要伤心，要坚强。

……彻底把我忘却，重新开始新的生活！……对不起你。

十几年辜负了党的培养！一个人不管是生或死，只要是为了革命就是有意义的！

我决心要为革命献出一切！

中国共产党万岁！

伟大的祖国万岁！

毛主席万岁！

志新

一九六九年一月五日晚

曾真和两个孩子读着这封牵动肝肠的信，声泪俱下，泣不成声。曾真强收住眼泪，给离开了人世的战友写回信："我和两个孩子永远把你铭刻在心中！"

今年3月21日，中共辽宁省委召开大会，为张志新同志彻底平反昭雪，追认她为革命烈士。中共辽宁省委书记徐少甫代表省委在大会上讲话。他说：

张志新同志“是我们党的好党员、好干部，是中华民族的优秀儿女，是我们学习的好榜样！”这，就是党和人民给张志新同志做出的公正评价。

党的好女儿张志新同志，用自己的行动，用自己的血，写下了这份报告。今天，我们把它奉献给千千万万个共产党人，奉献给正在向四化进军的亿万人民，让我们学习革命烈士张志新的崇高的革命精神，在新长征的道路上为真理而斗争！

“伯乐”和“千里马”之间

本报通讯员　孙懋德　本报记者　张天来

（1979 年 1 月 30 日）

1978 年 11 月，在大连举行了一次计算结构力学学术交流会。在新落成的渤海饭店的礼堂里，白发苍苍的钱令希教授在做学术报告。听讲者是来自全国各地的 140 多位代表，还有大连工学院的教师、旅大市的工程技术人员。钱令希宣读的论文《优化设计的一个方法》，是他和他的助手、青年力学家钟万勰共同完成的。大家都在传颂这老一代力学家和青年力学工作者合作追赶世界先进水平的佳话。熟悉情况的人，很有感触地说，钱令希和钟万勰，很有点像古代“伯乐”和“千里马”呢！

（一）

让我们从 1962 年讲起。

在这一年年初的广州科学技术工作会议期间，两位著名的力学家钱学森教授和钱令希教授，商量着一件有关人才交流的事情。钱学森说，大连工学院在科学院力学研究所做研究生的一位青年教师，在实验方面表现了很好的才能，他们很需要，想留下。如果大连工学院需要人，可以到力学所去挑一个。钱令希欣然答应了。

不久，钱令希来到了北京。他找到了在力学所工作的一个学生。学生向老师详细介绍了钟万勰。一听这个名字，钱令希就立刻想起了 1957 年在全国力学学会成立大会上宣读论文的那个年轻人。后来，这个年轻人又和别人一起写过具有创见的论文，有的还被拿到国际学术会议上去宣读。教授借来了钟万勰已经发表的几篇论文，仔细审阅。当他看到他和别人合写的有关薄壁构件的文章，把有位世界力学权威的理论都改进了，不禁连声称赞："不一般，不一般！"

但是，完美无缺的人毕竟是没有的。钟万勰走上研究岗位不久，在 1957 年主要由于说一位教授不够"右派"而竟然受到开除团籍的处分。当时，年轻人感到压力大，心情苦闷，很难工作下去。钱令希想："一头钻进科学中去的人，对党能有什么坏心眼吗？"于是，他详细了解了钟万勰的情况。事实完全清楚以后，钱令希放心了。他相信在新中国长大的钟万勰是一棵好苗子，要下决心把这棵苗子移到另一个环境，让他在党的阳光雨露下茁壮成长。

1962 年 9 月的一个大清早，钟万勰在大连一跨出火车站，就惊喜地发现，钱令希教授正满面春风地立在车站的出口处迎接他。

到了学校，教授向他详细介绍了工作的情况，然后同他商量："《结构力学》这门课是咱们专业的一门重要的基础课，过去一直是我自己上，现在交给你怎么样？"教授让钟万勰讲课，用意是在让他系统地加强理论储备，能做到深入浅出，经得起学生寻根究底的追问，这样就可为日后攀登高峰打好基础。钟万勰曾在清华大学、中国科技大学兼过课。他在大连工学院的教课效果也很好。钱令希教授很快就把协助指导研究生的担子，也放到了他的肩上。年轻人的精力旺盛得很，课余还积极参加教研室的科学研究活动。

这棵好苗子在滨海的城市里果然枝叶繁茂地成长起来。第二年，在全国塑性理论与极限分析学术讨论会上，钱令希教授和钟万勰首次合作，提出了一篇关于极限分析的一般变分原理的学术论文，引起了力学界的重视。

后来，一个较大的难题出现在他们面前。当时，钱令希教授领导的固体力学研究室，接受了一项国家急需的关于复杂壳体稳定性的重要研究课题。这种形状的壳体，在国外文献上找不到一点可以参考的资料。钱令希要钟万勰去探索一下解决这个问题的途径，同时，也给了他一把入门的钥匙。钟万勰不知疲劳，苦心探索。一个星期以后，他找到了这类壳体特别容易压坏的一种不利形势。他反复核对了这一工作成果，然后向教授做了汇报。钱令希听着他的汇报，看着他的图纸，认为这是一个创造性的发现。因为找到了不利形势再逐渐去找有利形势，那可就容易得多了。教授高兴得连连说："这下行了，我们有办法交卷了！”

后来的实验，证实了钟万勰的理论是正确的。

（二）

1967年夏天，数理力学系教学大楼的一间小屋里，三位顽强的科学战士，正挥汗如雨，为国家认真整理着几年来壳体研究的科学资料。那位年长的，是被打成“牛鬼蛇神的保护伞”的钱令希教授；年轻人就是钟万勰。在大字报上，他也受到了莫须有的攻击。有人在大字报上对钱令希挑来钟万勰这件事进行攻击，他毫不后悔，坚信钟万勰不是坏人；钟万勰呢，也根本不理会这一套胡言乱语。不久，当人们纷纷“杀上社会”，学校里静下来的时候，他们又同青年教师裘春杭一起，把过去几年积累起来的各种资料摊开，认真地进行分析和整理。别以为避暑胜地到处凉爽宜人，在这间小屋里，炽热的西晒太阳可烤得他们一个个汗流浃背。到8月23日，十几份研究报告终于整理出来了。钱令希教授又亲自把它包好，送到了邮局。那一大包原始资料，教授也把它存放在一位可靠的同志家里。

第二天，当这一场大规模武斗在旅大市掀起的时候，钱令希教授庆幸他们走到了时间的前面，感叹地说：“此乃天意！此乃天意！”

然而，更加严峻的考验还在后头。

一夜之间，钟万勰被打成了“现行反革命”，关进了“牛棚”，罪名是他曾散布过一个“小道消息”；钱令希也受到牵连，被挂黑牌，批斗。但是，他们并没有退出科学阵地。

钱令希教授和工厂、科研单位的同志保持着书信往来，及时回答他们提出的各种工程力学问题。早在60年代，他就看到由于电子计算机的出现，给力学工作开辟了广阔的前景，曾指导过几位研究生学习这方面的著作，进行必要的准备。现在，他自己又博览国际上有关计算结构力学方面的论著，积极为将来的科研工作打点理论基础。这些工作他都是晚上或节假日悄悄地在家里干的。

钟万勰在被监禁的小屋里，背着“现行反革命”的沉重包袱，却在进行着另一种方式的顽强战斗。他没有纸，没有笔，没有参考书，也没有资料，只是用唯一可以自由支配的大脑向科学高峰继续攀登。在长期的力学研究当中，钟万勰锻炼出了一种很强的记忆力。他的大脑简直像一台精度很高的电影放映机，多年来的研究工作都可以像一部部的影片，随时重新放映出来。三年前，他找到了那个壳体的不利形势，现在，能否找到一种比较好的有利形势呢？他在大脑中一边放着电影，一边进行着理论推导。这个监禁“罪人”的小屋就成了他的工作室。不久，他弄到了一些纸张，高兴得了不得，就更加勤奋地计算和书写起来。就这样，被监禁近一年，钟万勰写出了一篇题为“腰鼓形壳体的稳定性问题”的论文。

一天，钱令希教授走在校园的路上，钟万勰从后面追上了他，把一卷东西塞到了他的口袋里，说：“我写了一点东西，你给看看。”说罢，就走开了。钱令希激动地翻了一下，什么都清楚了。他自言自语地说：“想不到他又干起来了！”

过了几天，教授把论文还给了钟万勰，说：“这个东西很好，很有意思，你整理一下寄出去吧！”

（三）

在繁华的上海市中心的青海路上，一座高达156米的电视塔直插入云，巍然耸立。这座电视塔是1972年国庆节前一次整体吊装成功的。这样大的整体吊装工程，在上海建设史上，还是头一次。

吊装那天，现场人山人海。从早晨直到下午两点左右，吊装成功了。人群欢呼、跳跃起来，钟万勰也跟着大家欢呼、跳跃。

钟万勰对这个庞然大物能一次吊装成功是做了贡献的。他运用他学习理论物理当中掌握的群论，编制出了上海电视塔空间结析分析的计算程序。当时，人们对这座电视塔的整体起吊，最不放心的是怕塔身在吊装中变形，拧成麻花。钟万勰只花了一个月左右的时间，画出了计算吊装的流程图，在电子计算机上进行了非常精确的计算。根据这个计算结果确定的吊装过程，比预定的还要安全。

钟万勰没有停留在解决实际问题上，他还在解决问题的过程中发展着科学理论。就在上海电视塔的吊装过程中，他写出了很有价值的《群论在结构力学中的应用》论文。

在上海取得的计算结构力学的初步研究成果，使钱令希教授喜出望外。1973年年初，他向党总支书记提议，派出一支小分队到上海，更大规模地开展这方面的工作。不久，教授自己也到上海来了。

亲爱的读者，让我们在这里说一段插曲吧。钱令希教授很爱惜人才，对钟万勰的进展更是高兴不已。但是，这位老科学家想的是，钟万勰年纪已四十左右，爱人在同济大学做教员，夫妻长期两地生活，很不方便；当时“四人帮”疯狂迫害知识分子，钟万勰的才能和积极性在大连工学院得不到充分发挥；上海有计算中心，有大量的工程问题需要解决，钟万勰在这里可以发挥更大作用。于是，不管钟万勰同不同意，教授亲自找了几个学校和设计院的领导人，向他们推荐钟万勰这个优秀人才。可是就因为档案里有 1957 年的那个处分和“文化大革命”中所谓“现行反革命”这两个材料，没有一个单位敢要。教授用一个科学家的信誉，对一些领导人说：“钟万勰这个人，业务上我完全担保，政治上我认为很好，他热爱社会主义，工作不为个人打算。”一位设计院的党委书记直率地问教授：“既然是人才，那为什么不留在大连，放到上海来？”教授也剖心置腹地回答：“我不是卸包袱。作为我的助手，他在大连工作很得力；但我想他在上海更能发挥作用，一个人能顶几个人工作。”书记同意要了，人事部门的同志看了档案还是不要。在“四人帮”的反革命谬论的毒害下，一个在新中国长大的为国家做了这么多贡献的科学工作者，竟然遭到如此对待。

不过，钟万勰自己确实不在乎这件事。老教授多次同他谈，他都是这样一句话：“不去想它，这样不是很好吗？”许多人都知道，有一次大连工学院一位负责同志路过上海，钟万勰的爱人拉他找这位负责同志谈调动工作问题。爱人滔滔不绝地阐述着理由，钟万勰却一声不响。时间讲长了，回头一看，钟万勰早就从口袋里掏出他的铅笔、橡皮和稿纸，修改起他的计算机程序来了。

（四）

粉碎“四人帮”以后的第一个春天，在大连工学院数理力学系教学大楼的一间教室里，连续举行了六次关于组合结构分析程序 JIGFEX 的学术报告。主讲人是钟万勰，一连讲了六个单元，还没有讲完。

在听众当中，钱令希教授最高兴了。他非常懂得钟万勰报告的分量，更知道钟万勰是在怎样的条件下完成这件工作的。

那还是 1975 年的夏天，校医院大夫给钟万勰做阑尾切除手术，发现他的腹腔里有一个鸡蛋大小的块结。几位大夫都说是“癌”，叫他马上到大医院治疗。钱令希给钟万勰在铁路医院找到了一个床位。

这时候面临着绝症威胁的钟万勰，在病床上还是那样，又是读，又是写，又是算。他开始研究的，正是组合结构分析程序问题。他要对前一阶段用于处理某些特定对象的小程序进行概括和抽象，编制通用性比较强的组合结构分析程序，解决大型结构的分析问题。

钱令希到病房里来看望他。他放下手里的书，和教授说起他的新打算。眼看着这样一个在死亡的威胁面前仍在钻研科学的人，教授的思想也不平静。但是教授懂得，钻业务，钻得深了，人的脑子反而单纯了，不想别的了。教授一句安慰的话也没有讲，反而风趣地对钟万勰说："你现在倒挺轻松，什么事也不管，就是看书。医生可顶紧张啦。关于你的病情，我同他们讨论过好几次了。"

开刀了，块结割掉了，原来只是一块不妨事的肉芽肿。经受过了这场考验，在出院后回上海老家休养的病床上，钟万勰继续向科学高峰攀登。在国外，像编出这样功能较齐全的程序系统，往往要投入大量的人力和财力，而钟万勰这时却是躺在病床上单枪匹马闯进了这个科学殿堂。他采用"子结构分层组合"这种把一个大型结构分作若干层次进行计算的办法，效率高，程序结构复杂，美国也是70年代初才达到这种水平。

离开病床，钟万勰和几位战友，在上海应用这个程序对几个复杂的整体组合结构进行了多次计算。二十四层楼那样高的庞然大物——大型斗轮挖掘机的初步设计结构分析，就是用这种程序算出来的；极其复杂的空间结构物——万吨轮和双体的船舶结构，以及重庆长江大桥等桥梁结构，用这种程序进行强度分析，也取得了很好的结果；用这种程序还初步进行了海上采油平台的结构计算。这些过去不可能准确分析的复杂结构，由于电子计算机的应用和复杂结构分析程序的出现却成了现实。

工作汇报从信中不断地传给钱令希教授。他高兴得一有机会就向领导和同行们宣传这一工作的意义和这个年轻人的成就。他说："钟万勰比我强。我这么大年纪，搞不了这样繁重的工作了，可钟万勰精力还旺盛得很。"有人反问他："你是一级教授，力学专家，怎么能说钟万勰比你强？"教授回答得很干脆："钟万勰培养的人，将来也要超过他的。学生要是不比先生强，那我们的科学还怎么发展？"

但是，钱令希教授到底是"老马识途"，他知道要在关键的时候给钟万勰以必要的指点。

钟万勰在1977年春节之后回到了大连。钱令希兴奋地听取了他的汇报。

教授说："你要把这个工作成果好好总结一下，写成报告。"钟万勰迟疑了一下。教授知道，要是在国外，这些工作会给一个人带来什么样的物质利益，但钟万勰却一点也不想通过著书、写文章去要名要利。他只想往前冲，不大想把已经取得的成果好好地加工整理提高。他不大想写，还怕被扣上"白专道路""名利思想"的帽子。教授理解钟万勰的心情，但是他也懂得，做了工作不总结，那不是科学工作者应有的态度。而且做报告，写论文，除了交流科学成果以外，对科学工作者本身也是一个提高。他对钟万勰加重语气地说："一定得写出来，不写不行。我要推荐给学报，建议发表你的文章。不过，在文章发表之前，你要先做几次学术报告，接受群众的检验。"

很快，在钟万勰做过六次学术报告之后，他的关于一个多用途的结构分析程序的两篇论文，刊登在大连工学院的学报上。我国第一个有较先进水平的组合结构分析程序——JIGFEX，就这样产生了。

去年春天的一个夜晚，北京某饭店的一个房间里，钱令希教授正在灯下聚精会神地写着一份材料。原来，他在全国科学大会上听了邓副主席、方毅副总理的报告，对于珍惜人才的意义，有了更深的认识，他想自己有责任让院党委进一步了解钟万勰的工作成就。此刻，在他眼前，清楚地展现着钟万勰二十年来攀登科学高峰所走过的路程；在他的笔下，满怀激情地描绘着钟万勰对发展我国科学事业所做出的一份不算小的贡献。这是他第一次心情舒畅地用自己朴实无华的语言，来为钟万勰这个长期被人批判但又顽强地向科学进军的坚强战士，写一曲赞歌。

不久，在大连工学院正式建立了工程力学研究所，钱令希教授担任了所长，被破格由讲师提升为教授的钟万勰担任了优化设计研究室主任。他们继续共同合作攀登高峰，正在计算结构力学的一个重要方面"优化设计"的研究上，夺取着新的胜利。

一个人才、一匹"千里马"，是要经过许多"园丁""伯乐"来发现和培养的。以钟万勰来说，除了小学、中学的老师对他的成长起了作用外，在同济大学学习的时候，他就得到著名力学家李国豪的重点培养；到了科学院力学研究所，著名力学家钱伟长、胡海昌又给了他许多指导。我们的教师，我们的专家，都应该为培养"千里马"做出贡献。随着四个现代化高潮的到来，人们一定会看到，在祖国的科学阵地上，将有越来越多的"千里马"在飞奔。

重在表现政策的胜利——地主家庭出身的教师龚福永入党记

本报记者　李维中

（1979 年 11 月 8 日）

龚福永 1957 年高中毕业后，回到家乡重庆市巴县曾家公社，先后在好几个乡的学校教书。他带领学生开荒种地，实行勤工俭学、半农半读。到 1971 年，先锋大队的所有儿童都免费入学，在山村普及了初中教育。龚福永一心扑到办学上，40 岁了，还没有结婚。社员们都称赞他，1977 年推选他出席了县里召开的教师代表大会。可是，由于龚福永出身于地主家庭，长期入不了党。有一年，重庆第二师范学校的教师带着学生到先锋大队学校参观，在学校住了一个星期。欢送会上，第二师范学校的一个学生代表讲话，表示要像龚老师那样，忠诚于党的教育事业。这话，触动了龚福永的心事，眼泪不禁夺眶而出。坐在旁边的一位教师悄悄问他："龚老师，你怎么啦？""没有，没有什么。"龚福永摇摇头，强作笑颜。那位同学讲完，他和大家一起鼓掌，但心里却很不平静。他回乡近二十年了，吃在学校，睡在学校，忙在学校。他有入党的愿望，但一想到自己的出身不好，就犹豫起来。粉碎"四人帮"后，他才鼓起勇气，提出了入党申请。

一天，市委书记丁长河同志一行人从公社出发，沿着十多里蜿蜒崎岖的山路，步行来到学校参观，只见教室整洁清爽，地里种的黄栀子、一见喜、杜仲等中药材碧绿茂盛。丁长河同志详细地询问了学校的发展情况和今后的打算，并对如何进一步办好学校提了一些建议。丁长河同志像一个老朋友那样，亲切地对龚福永说："听说你还有些顾虑，怕有人看不起你，现在这些顾虑还有没有呀？党的政策是重在表现嘛，我看大队和社员们都支持你。"这些话使龚福永受到很大鼓舞，激动得热泪盈眶。

在返回公社的路上，丁长河同志问公社党委负责同志："先锋大队学校有几个党员？"回答是一个也没有，学校由龚福永负责，校长由大队党支部书记兼着。丁长河同志说："龚福永这样好的教师，可以抓紧培养嘛。"

市委书记丁长河尽管工作千头万绪，却常常惦记着龚福永的入党问题。他多次询问，得到的回答总是：本人已经提出书面申请，发展入党，还得经过“长期考验”。

去年7月，在成都召开的全省教育工作会议上，丁长河找到巴县文教局局长，又一次问起龚福永的入党问题。

文教局长说：曾家公社中小学党支部已经讨论通过龚福永入党，让他填了入党志愿书，可是材料报到公社党委却“卡壳”了。公社党委对龚福永的先进事迹并无异议，只是有的同志坚持认为，发展像龚福永这样的地主家庭出身、又在本乡本土工作的教师入党，新中国成立以来，还没有“先例”，需要“看一看”再说。

丁长河同志笑了起来，说：“什么事都要等有了先例才办，社会怎能发展？发展龚福永这样的同志入了党，创了先例，就会有第二、第三例。”

这次会后不久，丁长河同志在听取市委组织部门关于在全市知识分子中发展党员的情况汇报时又插话说：“在知识分子中发展党员，要抓典型，重在表现的政策不能只是在嘴上说说，一定要有行动。龚福永的入党问题，我问过好几次了，听说还没有解决，原因究竟在哪里？可以去调查一下。”

根据市委的指示，市委组织部会同巴县县委组织部、县文教局、虎溪区委的同志来到曾家公社，对龚福永入党的问题进行调查。调查组来到龚福永住家所在的竹林大队，大队党支部书记称赞龚福永说：“我们好些党员同志不如他呢，咋个不够党员条件呢？这样好的同志已经考验二十年了，还要考验到啥时候啊！”调查组回到公社，公社党委对发展龚福永入党仍然有意见分歧，有的同志死抠住龚福永是地主家庭出身，不同意发展。调查工作结束，一份题为“像龚福永这样的教师可不可以入党”的调查报告送到了已经担任了市委第一书记的丁长河同志的案头。丁长河同志在报告上做了批示：“要重在政治表现。”调查组再次来到曾家公社，同公社的党委成员交换意见。有人说：“公社那么多贫下中农子女，为啥不发展入党，偏偏要发展龚福永那样的地主子女？”“龚福永每月还拿五元钱给他的地主母亲，这是阶级界限不清。”调查组针对这种思想耐心地讲政策，讲四个现代化对教育的要求，说得有些同志思想开了窍，终于统一了思想认识，同意发展龚福永入党。去年10月，龚福永被批准为中共预备党员，出席了重庆市的教育工作会议，在会上被命名为模范教育工作者，后来又担任了先锋大队学校的副校长。先锋大队学校也被评为全市教育战线的先进单位之一。

终生做一好公仆——记八十二岁的中国社会科学院顾问陈翰笙

本报记者　王晨　邓加荣

（1979 年 9 月 27 日）

今年盛夏的一天晚上，我们去访问陈翰笙同志。静悄悄的院落里，只有小西屋里亮着灯光，走近一看，里面的情形立即吸引了我们：一张简朴的饭桌前，围坐着六七个男女青年。陈老手摇一把芭蕉扇，正在一字一句地教授英文。尽管天气又热又闷，汗水湿透衣衫，陈老和青年们却都是一丝不苟，聚精会神。面对着这幅动人的“夜学图”，我们不由得想起人们谈到的陈翰笙同志的许多故事。不倦的战士陈翰笙同志今年 82 岁，是一位有传奇般经历的革命老人。1915 年，他刚刚 18 岁，就以优异成绩考取了留学生。七年工夫，这个有志气的中国青年先后就学于美国芝加哥大学、哈佛大学和德国柏林大学，刻苦用功，学业专精。

1921 年获芝加哥大学硕士学位，三年后又获柏林大学博士学位。当他 1924 年回国在北京大学任教时，年方 27 岁，是当时北大最年轻的教授。

学业上的成就，没有使陈翰笙陶醉，更没有浇灭他心中那团忧国忧民的烈火。他认识了同时也在北大任教的李大钊同志，并协助大钊同志进行革命活动。在大革命的激流中，他认准了共产主义是唯一正确的学说，抛弃了显赫的地位与舒适的生活，毅然走上了革命道路。1933 年，他在党内一些同志协助下，在中国南部农村进行经济调查。严峻的考验接踵而来，在广西桂林，在上海码头，他几度遇险，靠党组织和进步人士的帮助才避开了国民党的通缉，在国外继续为党工作。

1951 年，陈翰笙同志奉周总理之命，从美国回国。总理了解他多年在海外的工作，要他做外交部副部长。他诚恳地说：“吃西餐要用叉子，吃中餐要用筷子，我是一个筷子料，不要拿我当叉子用。还是让我搞点研究工作吧。”总理理解他的心情，要李克农同志帮他找了一幢房子，配了几名助手，开始了国际关系的研究工作。

许多年又过去了，陈翰笙在自己的岗位上一直勤勤恳恳地工作着。他是我们党内研究国际问题造诣很深的专家，撰写了《印度和巴基斯坦的经济区域》等一系列著作，1972年他已75岁高龄时，又开始编写一部几百万字的《华工出国史料汇编》。今年，他为了迎接新中国成立30周年，不分昼夜地勤编勤写，终于在国庆前夕将这部卷帙浩瀚的《华工出国史料汇编》全部脱稿，送交中华书局付印。他曾经风趣地对一位朋友说："虽说今年我已82岁，然而我仿佛感到自己才28岁。"这话说得非常形象。他的确像一个28岁的青年，因为在他的身上还充满着青春的活力。

作为一位学者，陈老总是那样的勤奋。在他每周工作的日程表上，只有两个半天作为机动时间，用来接待来访和处理临时事务，其余都是用来写书，或者同几个研究所谈工作，给大学讲课等等。他每天早晨5点多钟起床，一直干整整一天的工作，冬去春来，天天如此。

不寻常的老师

1972年年底，陈老作为一个"待分配干部"，赋闲在家。对一位战士说来，还有什么比赋闲更令他感到痛苦的呢？在"四人帮"横行的日子里，陈老曾经写下这样的诗句："而今幽居东华门，岂可长此成闲散。"于是，他便在家里教外语，把心血倾注在青年们身上。后来，虽然陈老分配了工作，义务教学生学外语却一直没停，七年中他教过的学生有一百多人。

在业余来学习外语的青年中，有一些是当时被打成"走资派"或"叛徒""特务"的老干部或老知识分子的子女。最初，有些好心的朋友和亲属怕陈老担政治风险，劝他找个理由推掉算了。陈老有点恼火了，他说："他们能在工厂里工作，为什么不能在我这里学习呢？我们是共产党，不能搞封建株连那一套！"

后来，有人要陈老交出学生名单，陈老坦然地交出了，并且注明了他们父母的情况，丝毫不怕自己因此也会受到牵连。

为了教好这些年轻人，眼患重疾的陈老不但亲自选定和推荐教材，编发语法说明，而且常常跑图书馆，将最新的国际消息原文和外文书籍中有价值的章节改写、缩编后，附上翻译好的中文，给学生们参考。这不仅使学生们扩大了英文语汇，丰富了知识，更主要的是在"四人帮"的禁锢下，打开了青年人的眼界。陈老教书的方法挺特殊，每次都是由学生们提出题目，再做各种练习。翻开学生们的课堂练习簿，1976 年 4 月 10 日的听写练习是一段外国记者的报道，题目是：已故的周总理。句子翻译成中文是这样的："我们可以说，毛主席是设计新中国的领导者，而周总理则被人们认为是主要的建筑师。他的从各方面都无可指责的一生，使他成为少数享有世界声誉的政治家之一。只有那些反革命分子，才阴险地企图中伤这位伟大的人。"

陈老讲课中鲜明的政治观点、精湛的外语水平、广博的中外知识，给予学生们以很大的教育和感染。学生们因而与他建立了深厚的感情。一位学生在写给陈老的一封信中说："我觉得每和您接触一次，就使我去掉许多错误的东西，从而吸取正确的东西。不管过去、现在或是将来，您都是我最好的老师。"

简朴的生活

陈老对特权思想很反感，衣食住行非常简朴，始终保持着老共产党员的本色。

他冬天穿的一件大衣，是 40 年前在国外买的；一件棉袄，里面破成了蜘蛛网似的，就连内衣内裤，也总要补了又补，不轻易买新的。家里人要给他添衣服，他总是说："不用买，旧的穿着也没关系。"

"文化大革命"以前，他曾是第一、二、三届人大代表。有时他到上海视察工作，总要去妹妹家看看。每次他都是自己乘公共汽车，从不坐公家小汽车。近年来，他上了年纪，组织上特别关照司机，凡是陈老用车，可以马上出车。但他从不因私事坐公家汽车。1975 年，他有大半年时间天天从家里到广渠门外一个地方扎针治眼病，陪他看病的学生小杨劝他："陈伯伯，你眼睛这么不好，还是要个车子吧！"陈老却说什么也不肯，总是兴致勃勃地同小杨一起去挤公共汽车。遇上儿童、老人（有的比他年纪还小），他还主动起身让座。最近在五届政协二次会议期间，陈老为了给国家节省一点汽油，每天都留在旅社吃饭、休息。他的学生们说："我们很少见到像伯伯这样严格要求自己的老干部，他的一举一动都使我们受教育啊！"

陈老住的房子，很不宽敞，有的已经相当破旧。房子里陈设朴素简单，除两把藤椅外，只有一个用了几十年的双人沙发。至今，这位高级干部家里还没有一台电视机。他一天只知道工作、工作，只有工作才是他生活的第一需要。正像他在过去写的一首诗中说的："亮节不因时显晦，高怀岂与事低昂。"

这种永葆革命情操的高风亮节，同那些追求享受、大搞特权的低级趣味，是多么鲜明的对照啊！

走出陈老的家，我们深深为这位高龄革命老人的高尚品格和精神境界所感动。

心里边一直想着他在“七十六初度”这首诗中的两句言志之作：“终身做一好公仆，献曹于国心乃急。”在新长征的行列中，人民多么需要这样的好公仆、这样的老战士啊！

上海的“雪莲”——访彭加木同志

本报记者　金嘉诚

（1979年3月24日）

经过十四年以后，1977年7月间，中国科学院生物化学研究所副研究员彭加木，又来到了天山脚下的中国科学院新疆分院协助工作。新疆，曾是彭加木做过科研开拓工作的地方。

十四年，在人们的一生中，是一个不短的岁月。对于彭加木来说，这十四年是难以忘却的，他经历了一场生与死的搏斗。

十年前，社会上流传着一个情节十分离奇的故事：在上海破获一起潜伏特务“梅花党”的案件。彭加木就是故事中的主角之一，“梅花党”的重要成员。这个传闻的故事有很多版本，有油印的，也有手抄的，情节有所不同，有些情节恐怕只有在小说、电影中才能找到。比如什么“梅花党”特务的名单，是从彭加木家里一架钟后面的墙里搜出来的，就是其中的一种说法。

1968年年底，“四人帮”及其在上海的余党，在上海的一些科研单位制造了一个假案，即“两线一会特务集团”，把凡是新中国成立前在伪中央研究院工作过的研究人员，都列为“潜伏特务”而隔离审查。彭加木是1948年秋天参加伪中央研究院工作的，自然不能例外。这以后，“梅花党”的故事在社会上流传就更广了。

这个骇人听闻的消息一传出，在上海生物化学研究所正直人们的心里，引起了无数的疑问。彭加木坚强无私的高贵品质，赤胆忠心奋不顾身的革命精神，许多值得讴歌的先进事迹，又浮现在人们的眼前。

1956年，彭加木响应党向科学进军的号召，满腔热忱来到祖国边疆，开创科学研究工作。但是，正当他生龙活虎地在边疆工作的时候，他患了纵隔障恶性肿瘤。1957年3月，彭加木被迫住进了医院。这时他已不能平卧，呼吸困难，脸部浮肿，眼球突出。在这生命垂危的时刻，他仍然想着边疆的工作：新疆需要的仪器、药品大概已经运到了，不知道开箱安装没有？云南化学实验室里，那些经过短期训练的青年同志，现在不知道怎么样了，工作上会遇到困难吗？在病床上，他写下这样一首诗：

昂藏七尺志常多，改造戈壁竟若何？

虎出山林威失恃，岂甘俯首让沉疴！

多么顽强的意志，多么豪迈的诗篇！他坚强地忍受着疾病给他带来的痛苦，忍受着治疗给他带来的痛苦。钴六十的深度照射，高剂量的氮芥针剂，使他见了饭就恶心呕吐。他咬紧牙关，强迫自己吃饭。因为他要尽快地治好病，重返边疆。

经过几个月的治疗，彭加木的病情终于好转了。这时，他马上连着写了三封信，要求组织上让他去新疆。他说："无论任何严重的疾病或是各式各样的困难，都不能摧毁我对工作的信心。我相信必定能够胜利。我甘愿忍受一切痛苦。为了社会主义事业，为了建设边疆，我希望尽一切力量、能力，可以做到十分就做十分，能做五分就做五分，活一天就要干一天。"在以后的七年里，他六次到新疆，陕北的沙漠、海南岛的丛山也留下了他的足迹，实践他为科学事业"甘当铺路石子"的誓言。他为发展祖国边疆的科学事业做了许多工作，他的先进事迹，1964年，全国几家主要报刊都做了详细报道。他的硬骨头精神深深地扣动着人们的心弦。

人们心里在问，一个国民党的潜伏特务，能有这样关心祖国科学事业发展的精神吗？这样赤胆忠心为革命事业的一位共产党员，怎会和国民党潜伏特务联在一起呢？然而，"四人帮"及其在上海的余党，硬是把彭加木"隔离审查"了。当年曾经采访过彭加木、写过《生命似火》的作者，后来成为"四人帮"在上海掌握文教大权的一个余党，竟然在"隔离审查"彭加木的决定上签了名。

他们为什么要对彭加木如此横加迫害呢？除了他们企图通过搞出一大批

“特务”，把罪恶的矛头指向陈毅同志等老一辈的无产阶级革命家以外，还由于彭加木反对他们提出的“顶峰论”。彭加木认为，随着无产阶级革命事业的深入发展，马列主义、毛泽东思想也是要不断发展的，“顶峰论”是违反马列主义基本原理的，是反毛泽东思想的。彭加木的言论，大大触犯了名曰树旗实为砍旗的林彪、“四人帮”及其余党，因此，他们一定要把彭加木置之死地而后快。

在隔离审查期间，彭加木受到许多非人的折磨。他们经常进行轮番审问、夜间审问，搞得彭加木不能睡觉；不按照他们的要求回答问题，还要受刑。这些对于重病初愈的彭加木来说，是吃不消的。彭加木体力极度衰弱，人一天比一天消瘦。但他决心活下去，他相信，他的这些不白之冤一定能够得以昭雪。

彭加木被隔离了一年多。为了证明他是“梅花党”，他们把彭加木家里所有与梅花有关的东西都集中在一起作为罪证。后来在退还抄家物资时，彭加木竟发现其中还有两幅不知从什么地方抄来的梅花画轴。或许是因为找不到更多的“罪证”吧，他们不得不给彭加木解除隔离。但是，他们又将彭加木弄到干校去强制劳动，专拣重活让他干。

这时，他的体力已经衰弱到抵不上一个瘦弱的女同志。就这样完了吗？他想到了自己在癌症得到抑制，刚回到家里时的情景。那时还需要打针，打针以后反应很大，全身皮肤发烫，不能躺下，不能吹风，见到风就全身起鸡皮疙瘩。他没有哼一声，拿出笔、砚，站着练毛笔字。他想：“这也是一种轻微的体力劳动。”现在比那时候要好多了，要加强锻炼！为的是他还要重返边疆工作！他拿出当年与癌症做斗争的毅力，坚持跑步，下河游泳，在劳动中争干重活。这样，他的体力逐渐恢复了。

“四人帮”及其在上海的余党，尽管把他从“棚”里放了出来，所谓“两线一会特务集团”案已被否定，但他们仍然说彭加木是“特务”。因为彭加木曾经在新疆一些地区进行过资源考察，他们就说彭加木刺探秘密。他们派出外调人员到天山南北去寻找证据。然而，得到的回答是，彭加木进入这些地区是经过有关部门同意的，有的是由当地公安部门陪同去的。他们无可奈何了。1972 年年底，他们不得不让彭加木回到了实验室。

“四人帮”的干扰破坏，使彭加木失去很多宝贵的科研时间。回到实验室后，彭加木便加紧开展了研究工作。“文化大革命”前，彭加木进行过水稻黑条矮缩病的研究，后来被迫停了下来，现在他不但要继续研究下去，还要根据周总理的指示，在深入实践的基础上，努力把研究工作往高处提。

他曾到广东、广西、福建、江苏、浙江、山东、河北等省、区，对柑橘黄龙病、小麦丛矮病、水稻黑条矮缩病、水稻黄矮病、桑树萎缩病的病因和防治方法进行了广泛的调查，并且对其中的一些病毒病因做深入的研究，取得了不少成绩。如小麦丛矮病，是一种叫“稻灰虱”的小虫子传播感染的，由于对病毒的结构研究得比较清楚，他制备的抗血清对稻灰虱非常敏感。现在，他不用整个病毒，只用病毒中的“核衣壳”也能制备抗血清。又如对桑树萎缩病的病因，国际上有争论。有的认为是由一种介于细菌与病毒之间的“类菌质体”引起的。彭加木和研究组的同志解决了桑叶粉碎后发黏问题，从而找到了病毒，得出桑树萎缩病是“类菌质体”和病毒的复合感染的结论。这是一个新的发现，使这一研究向世界先进行列跨进了一步。

但是，“庆父不死，鲁难未已”，“四人帮”不倒，国无宁日。1976年，“四人帮”在全国刮了一股所谓反击右倾翻案的妖风。当时被“四人帮”及其余党控制的上海市委，发了许多“供批判”用的白头材料，这些材料的矛头都是指向周总理和其他老一辈无产阶级革命家的。彭加木看了十分反感。他在班组学习会、党组织生活会上，明确表示这种来历不明的材料是黑材料，不能批。“四人帮”安插在上海市科技组的那个人到生化所，逼大家写“反击”的大字报，写批判邓小平同志的大字报。彭加木对邓小平同志主持中央工作时所采取的一系列重大措施，十分拥护，他坚决顶住这股逆流，一张大字报也没有写。当时生化所的领导对彭加木施加了种种压力，在全所党员大会上不指名地批评他。一股要整彭加木的邪风，正向他袭来。生化所布置了开展所谓“共产主义教育运动”，要以彭加木所在研究室为重点，已经开过两次会了，第三次要点名批判的会即将开始。不少同志为彭加木捏一把汗，彭加木的爱人和孩子也劝他抄抄报纸，写几张大字报敷衍敷衍。彭加木坚定地说：“我彭加木的名字就是不签在这样的大字报上。”不久，“四人帮”及其余党、亲信，来不及开这第三次会，就被扫进了垃圾堆。从此，彭加木获得了真正的解放。加在彭加木头上的“特务”等一切诬蔑不实之词才得以全部推翻，彻底地平了反。

1978年，他又去了新疆，在那里，他和老同事们共同研究植物病毒这个课题。10月初，彭加木从新疆回到上海。最近，我去采访彭加木，看到他精神焕发，身体健壮。他告诉记者说，他又一次向组织上提出了调边疆工作的要求，决心为发展边疆的科学事业，做出更大的贡献。

维护高考制度　严惩徇私舞弊——山西纪律检查部门严肃调查王小平高考作弊案

中央人民广播电台记者　王生明　新华社记者　储少彬
中国青年报通讯干事　马小泉　本报记者　樊云芳

（1979 年 4 月 24 日）

我们在采访中了解到，1977 年高考中，山西省雁北地区发生了一起轰动一时的严重作弊事件，现已反复查证核实。这一事件情节恶劣，影响极坏，雁北地区广大群众，对此案将如何处理极为关心。

作弊者王小平，其父是原中共雁北地委书记、现任省委常委。1976 年 2 月王小平插队到雁北地区广灵县作疃公社百疃南庄大队，同年 7 月在当地入党，并担任大队团总支书记。1977 年 12 月他在雁北地区广灵县广灵中学文科第四试场，参加了全国高等院校招生考试，以文科考试总分 304 分的成绩，录取到北京大学法律系。录取通知一公布，在广灵县，特别是雁北地委大院内，引起了知道王小平底细的人惊奇和怀疑，因为他原来在学校时学习成绩很差。人们认为其中有鬼，舆论为之大哗。1978 年上半年，省、地招生办公室陆续收到群众的揭发信件，中共山西省委认为作弊事件情节恶劣，影响极坏，要求雁北地委、广灵县委进行调查。经过三个多月的认真调查了解，到年底基本查清了作弊过程。今年 2 月，山西省委纪律检查委员会和省招生办派出工作人员，协同地委、县委再次组成调查组对此案进行了复查。经过调查组广泛接触群众，反复查证核实，最后得出结论：王小平作弊切实无疑，证据确凿。

原来，王小平在 12 月 3 日高考前两天，领到准考证 173 号。晚上他便把第四试场正监考员刘以义（广灵县委党校副书记，当时广灵中学工作组组长）叫到他的住处，王小平对刘以义说："考官大人，坐下吧！后天考试呀，我的座位是 173 号，看看在后边不在，如果不在最后，给变动一下。"刘以义答应照办。第二天上午刘以义又去了广灵中学，看到 173 号不在最后，就和另一个人搬动了座位。把试场原摆三行座位，改成四行。这样王小平的座位就排在靠墙一排的最后一个，为作弊做了准备。

12月4日，高考前一天晚上，王小平又把刘以义叫到他的住处，说："明天考试呀，要你给办点事，递递试题，递递试卷。"并告诉刘以义他的试卷是两套，试场内发一套，试场外有人拿一套代为答题，答好由刘以义带进试场传给他。接着两人研究了传递动作，演习一番。但是第二天由于搞不到两套试卷，这个计划落空了。

12月5日晚上，王小平又叫刘以义到他的住处，让刘以义叫广灵中学业务水平较高的数学教师安某给他做数学试题。当下王小平给这个数学教师写了个条子："安老师：明天考数学，请你帮帮忙，有老刘和你面谈。王小平。"刘以义带上条子到了安老师家，向他交代了做题地点。12月6日，安老师很早来到广灵中学内刘以义的宿舍，刘以义见他来了，就出去反锁上门去了考场。开考后，刘以义拿上试题送回宿舍，交给安老师答题。大约半个小时后，刘以义取上答案，带回试场传给了王小平，王小平抄在答卷上。

当日下午考史地前，王小平在第四试场附近见到刘以义，让刘以义叫副监考员梁某给他做史地题。考试开始后，刘以义无法传话，恰巧梁某去厕所，刘以义便拿上试题走到场外，叫上梁某一起进了刘以义的宿舍。梁某做地理题，刘以义做历史题。做好后两人一先一后回到试场，刘以义把答案传给王小平。

王小平身为共产党员，就这样利用他父亲是地委书记的特殊身份无视党纪国法，指使刘以义胁迫其他两人合伙作弊，为非作歹，欺骗国家。更令人气愤的是，今年2月18日，当调查组的同志到北京大学与王小平本人对证时，王小平不仅矢口否认自己有任何作弊行为，反而破口大骂："这是政治陷害！目的是要整倒我爸爸，我是牺牲品。""我用党籍保证，我没有作弊……退一步讲，就算他们（指监考员等）作了弊，我也不知道呀！与我有什么关系？他们让我做了，是他们违法，又不是我违法，要处理去处理他们，那也处理不着我，谁叫他们让我做？"他还说："刘以义、安某等人的交代材料，都是调查组逼供信逼出来的，他们给我捎了话，一定案就翻案！"要出一套流氓无赖腔。3月5日傍晚，调查组的同志回到广灵县，可是王小平已赶在他们前头从北京回到广灵。王小平到刘以义家，取了刘以义写的一封"翻案信"，又让他写了两页新的"翻案材料"。晚上王小平派人叫来梁某，说："这件事快结案了，要处理你们呀！你写个材料把它否了吧，刘以义已经写了。"于是梁某写了否定以前交代的材料。3月6日上午，王小平给县委招待所打电话，叫给他派一辆小汽车。中午，他坐车到广灵中学，打发人叫上安某一起坐车到县委小招待所，然后取出刘、梁的“翻案材料”，对安说：“看，他们都写了，你也写一个吧。”安某只好也写了一个材料。王小平拿着这几份材料找到调查组，企图推翻作弊一案。调查组的同志指出王小平私自索取证明材料，违反了组织原则，当场给以严肃的批评。在广大群众的支持下，调查组经过认真细致的工作，进一步证实王小平作弊确凿无疑，是赖不掉的。

对此，雁北地区及广灵县的干部群众无不感到极大的愤慨。他们尖锐地提出：王小平为什么竟敢这样目无党纪国法？对这种无法无天的行为不严加惩处还行吗？山西省委根据广大群众的强烈要求，为了维护党纪国法，严厉打击徇私舞弊的歪风邪气，严格执行高考制度，要求中共雁北地委、广灵县委对王小平、刘以义等人做出严肃处理，并将处理意见上报省委。

王小平、刘以义等人高考作弊大白于世，充分说明：现在已不是林彪、“四人帮”横行时的天下。在我们社会主义国家绝不能容忍为非作歹的恶行。被林彪、“四人帮”破坏的党的优良传统一定要恢复。无论什么人倚仗什么权势，违法乱纪，自以为如何得计，都逃脱不掉人民群众的揭发批判和党纪国法的制裁。

风物长宜放眼量——记大连海运学院副教授杨烈宇坚持搞科研的事迹

本报通讯员　马育文　旅大人民广播电台记者　宋言荣

本报记者　苗家生

（1979 年 4 月 19 日）

在我国东北的大连和旅顺之间，有座龙头山，山脚下有个百人小厂——龙头机械厂。几年前，它还不为外人所知，如今却成了远近闻名的推广离子氮化新工艺的一个中心。这个厂不仅已经向全国各地提供了六十多套离子氮化设备，在快艇、坦克、内燃机车、柴油机、拖拉机、机床等热处理工件中收到了显著的效果，而且还为全国各地培养了三百四十多名离子氮化技术人才。

谁能想到，和工人一起研制成功这项新工艺的，竟是二十多年前被错划为“右派”，历尽艰辛的一位原大学副教授杨烈宇。龙头机械厂的工人们亲热地叫他“杨师傅”。

离子氮化，是国际上70年代开始应用于生产的一种提高工件表面耐磨损、耐疲劳、耐腐蚀等性能的热处理工艺。西方资本主义国家垄断离子氮化新工艺，一台100安培的离子氮化炉卖价高达100万美金。虽然龙头机械厂是农村社办小工厂，但杨烈宇却打定主意：一定要攀登这个高峰。这是1976年冬天的事。

厂支部书记王贵廷动员全厂工人同杨烈宇一起攻关。旅大市的许多工程技术人员和工人师傅，听说龙头机械厂要搞离子氮化炉，也大力支持。只用了短短几个月时间，在龙头机械厂简陋的厂房里，一台50安培的离子氮化炉制成了。1977年2月间，旅大市技术协作委员会组织有关单位对这个炉子进行技术鉴定，结果完全合格。接着，杨烈宇进行了多种项目离子氮化的研究。辽宁省机械局闻讯后，在龙头机械厂召开了全省离子氮化攻关会议，请杨烈宇做了介绍。

1977年的一个冬日，旅大地区的天气显得特别冷，火车路轨上差点都冻起冰碴。由龙头车站出来一个女同志，匆匆向龙头机械厂走来。她是大连合成纤维研究所的研究人员，由于研究工作急需一种耐磨性能好的钛阀，已经跑了很多地方没有得到解决，便慕名来求教“老师傅”杨烈宇。

钛，很轻，很韧，耐腐蚀，但不耐磨。“能不能让它耐磨呢？”这位女同志问杨烈宇。

钛金相组织改变必须在摄氏温度880度以上，而离子氮化炉正常的工作温度最高只能达到650度，又该怎么办呢？杨烈宇下定了决心，对厂领导说：“不管有什么困难，解决钛阀的任务我们接下来吧！”

杨烈宇像刚占领了一个高地的战士那样，又准备向新的高地发起冲锋。他先把一些小片的钛放进正在工作的离子氮化炉里，仔细地研究着，他有时向炉子投进氩气，有时投进纯氨、纯氮或混合气体，认真地进行分析。他常常把从炉子里取出来的钛放在手心里掂来掂去，放在金相显微镜里反复观察。就像观察一个人的性格那样观察着钛金相组织的变化。经过一番奋战，工业纯钛离子氮化试验终于成功了。

就是这样，杨烈宇在离子氮化和离子轰击扩渗处理新工艺的进军中，攻下了一个又一个堡垒，攀登了一座又一座高峰。

就像一些旧社会过来的知识分子一样，杨烈宇经历了一条坎坷的道路。1960 年他虽然摘掉了右派分子的帽子，但“文化大革命”中又成为林彪、“四人帮”迫害的对象。在遭到无数次批斗之后，他和老伴被驱赶到离旅大市四百多里的庄河县石山公社落户。不久又被打成“特务”，揪回学校，关了两年。在经过一番“审查”之后，又回到庄河县石山公社村西头那两间破草房子。生产队安排的什么重活，他都能干。天长日久，社员们渐渐发现，杨烈宇磨刀磨得锋利，斧头淬火淬得好使，就让这老教授做起磨剪子镪菜刀的活计来了。

1975 年年初，四届人大召开了。敬爱的周总理根据毛主席的指示，在会上描绘了在 20 世纪内把我国建设成为实现四个现代化的社会主义强国的宏伟蓝图。杨烈宇胸中燃起一团烈火：国家有希望了，自己也有希望了。他从房架上取下了一本本精心保藏的书，理了又理。他静心地等待着有这么一天：学院的调令来了，他又重返学校，走进实验室，为实现四个现代化出力……

春节前夕，杨烈宇终于盼来了学院的书信。看完后，他惊诧了。这不是调令，而是一份通知他就地退休的信。这突如其来的打击，使他满心的希望顿时变成了泡影。

但是，群众记着这位老教授。那些过去曾经在旅大市技协跟他结识的工人朋友到处打听他的下落。一天，大连金属制品研究所的工人技术员孙盛祥出差来到庄河县，得知杨烈宇在这里落户，便专程去探望他。他见自己的老师竟被迫害到这种地步，鼻子一酸，眼泪流了下来。“文化大革命”前，孙盛祥是一个只读了几天书的普通工人。在工厂的介绍下，杨烈宇收留他做学生。杨烈宇利用自己的业余时间，教他学习了两年大学《金属热处理》等课程，使他具有了一定的技术水平。在杨烈宇的具体指导下，他和工人一起搞出了两项重大的科技成果。

晚上，师徒俩躺在炕上倾心地谈着金属科研的前景，杨烈宇鼓励孙盛祥在科研上要立足国内，搞好赶超……谈到自身的经历和遭遇，他没有发一句牢骚，说一句丧气话。孙盛祥被杨烈宇的精神深深地感动了。他决心穿针引线，为老师重返科研岗位创造条件。回到大连后，孙盛祥把杨烈宇的情况向旅顺口区龙头公社机械厂党支部书记王贵廷做了介绍。王贵廷积极向公社党委推荐。党委委员们说：知识分子是国家的宝贝，这样的人才，我们要。于是，龙头公社党委聘请杨烈宇当了龙头机械厂的技术顾问。

1975 年秋天，杨烈宇一家迁到旅顺口区龙头公社。社员们欢迎他们的到来。一位社员腾出了准备给儿子结婚的房子让杨烈宇住。党支部书记王贵廷把自己的液化气罐送给杨烈宇使用。人们担水，送柴，忙着帮助他安置家当。家没安妥，杨烈宇就一头扎进工厂里去了。好似鱼儿入水，鸟儿入林，杨烈宇又有了用武之地，为四个现代化出力的愿望实现了。

杨烈宇常说：一个搞应用科学的人，要处处想着国家、想着生产。在近三十年的科研道路上，杨烈宇正是这样走过来的。早在50年代，他进行了低碳马氏体的研究，并为应用于船机缸体修补材料，闯出了一条新路；60年代初，我国遇到了暂时的经济困难，杨烈宇来到农村，用土高炉生产出的白口铁，研究出了铁模铸造高耐磨抗折铧犁，解决了当时旅大地区春耕生产的急需，推广到辽宁省各地农村。接着，他又研究成“钢锹大批连续等温淬火”新工艺，使大连一个工厂生产的钢锹成为国际市场的名牌货，受到有关部门奖励，在全国推广应用。

来到旅顺龙头机械厂，杨烈宇开始了一种新的耐热金属材料的研究。

长期以来，我国使用的高温构件多是采用高镍铬钢。镍铬是稀缺金属原料，在我国主要靠进口。能不能利用我国丰富的矿产资源代替呢？这是杨烈宇在较长一段时间里思考的问题。过去曾有人试验过代替材料，不是抗氧化性不好，就是脆性大，效果都不理想。杨烈宇知难而进，决定用我国蕴藏量丰富的稀土、铝、铁为原料进行研究。

他每天翻阅大量的中外资料，进行一次又一次的对比试验。老伴说：“你让我们过几天安稳日子吧！万一试验失败了，人家说你搞破坏怎么办？”女儿也站在了妈妈这边。这时候，社会上正在大反所谓“右倾翻案风”，杨烈宇不免有些踌躇。工厂党支部书记王贵廷看出了杨烈宇的心事，鼓励他说：“只管大胆地干，出了问题我们担着。”

在农村社办工厂搞科研，设备、仪器很少，就连那些必备的试验材料也缺的很。冶炼过程中，需要投放一种脱气用的有毒药品，杨烈宇怕发生意外，亲自操作，不让工人靠近，毒气排放出来，工人们没事，给他当助手的二女儿却中毒住进了医院。

在工人们的配合下，一种新型耐热材料——稀土高铝耐热球墨铸铁试制成功了。这种新材料具有原料易取、成本低、综合性能好等特点，是高镍铬系耐热材料好的代替品。有关部门经过鉴定，认为这种新材料在冲击值和铸造工艺方面已经达到了国际水平，在旅大市科学大会上获得了重大科研成果奖。

山沟里飞出了金凤凰。求援、订货的信件、电报从全国各地飞来。龙头机械厂一下子出名了。

1977 年 7 月，这个厂为鞍钢七号高炉改建承担了部分冷却壁的铸造任务。他们以质量优良、工期不误受到表扬。冷却壁发货不久，七号高炉会战总指挥王崇伦同志打来了电话，请这个厂的“老师傅”杨烈宇（王崇伦当时不知道杨烈宇是大连海运学院副教授）立即到鞍钢来。当天下午又发来了急电。原来七号高炉风口大套的铸造发生了困难。承担这个任务的工厂铸造了三十个，几乎都是废品。大套安不上，就要耽误工期。会战指挥部非常着急，他们请杨烈宇帮助攻关。

杨烈宇和工厂的两名同志立即冒雨赶赴鞍山。在鞍钢，杨烈宇审视着图纸。这是一项特殊的设计，结构十分复杂，铸造难度很大。杨烈宇也从没接触过这样的铸造件。

王崇伦陪着杨烈宇一起驱车来到了七号高炉现场。一下车，杨烈宇立刻被七号高炉那宏伟磅礴的气势吸引住了。这是我国第一流的也是最大的高炉。成百上千的英雄建设者们在这里忘我地劳动，要做到当年设计、当年施工、当年投产。杨烈宇大步走上炉台，手把着等着大套安装的风口，心中暗下决心：我们要急国家之所急，干国家之所需。

在有关会议上，杨烈宇大胆地提出了对风口大套铸造的修改意见。他讲得很有气势、很有道理，话音刚落，王崇伦等几个领导同志就决定，任务请龙头机械厂协助完成。

回到工厂，杨烈宇立即把方案交给了正在等待他们归来的工人。第二天他和铸造车间的工人开始制作砂型。第三天杨烈宇头戴防护帽和工人们一起开始浇铸了。突然，储存铁水的冲天炉前炉出铁口自动打开了。一个工人冲了上去，没堵住。杨烈宇操起泥堵枪，一个箭步冲了上去，铁水堵住了，杨烈宇的耳朵却被飞溅起的铁水渣烫伤了。他全然不顾，继续指挥浇铸。经过几个小时的冷却，开箱了。经过机床切削后检验，风口大套完全合格，证明杨烈宇设计的工艺完全可靠。一个月以后，二十六个高质量的风口大套按期运到了鞍钢七号高炉工地。王崇伦同志伸出了双手，跷起大拇指，向龙头机械厂的工人致谢，向“老师傅”杨烈宇致谢。

从 1958 年到现在，整整二十年过去了。在漫长的岁月里，杨烈宇始终默默无闻地工作着。尽管他的论文不能用他的名字发表，推广他科研战果的会议不让他参加，他的事迹也很少有人知道，但是，他深知他的科学研究工作，人民需要，党需要，国家需要；人民支持，党支持，国家支持。因此，他把每获得一项科学成就都看成最大的乐趣。回到自己的书房里，他常拿起青年时代所喜爱的口琴，吹奏起来。这琴声冲出他的书房，冲出公社给他盖的四间瓦房，飞到广阔的原野。

今年 1 月 15 日，大连海运学院党委在全院大会上，宣布改正杨烈宇被错划右派的决定，恢复他副教授职称，并任命他为学院学术委员会副主任委员、航海技术研究所负责人。现在，杨烈宇副教授正以更大的干劲，行进在新长征的行列中。

可贵的“向前看”精神

文章来源于《光明日报》

读了通讯《风物长宜放眼量》，我们为杨烈宇副教授被错划成右派后，始终坚持向前看，坚持从事科学研究的事迹所深深感动。

党中央一再号召全党和全国人民，要团结一致向前看。为什么一定要向前看呢？因为我们是革命者，我们从事的事业是为绝大多数人谋利益，不是为自己或少数人谋私利。我们认识世界，总结经验，纠正错误，完全是为了更好地改造世界。因此，尽管前进的路上有时会出现曲折，但革命事业的目标是明确的，前途是光明的。懂得了这一点，一个真正的革命者，不论遇到多么严峻的考验，经受多么巨大的挫折，总会首先想到党和人民，想到光明的未来，不灰心，不颓唐，始终保持昂扬的奋斗精神。从一定的意义上说，能不能坚持向前看，是对一个人革命的信念是否坚定的检验。杨烈宇同志经受住了这个检验。他受到的打击是那样沉重，那样接连不断，持续那样长的时间，但是他坚信党和群众会把自己的问题搞清楚，坚信自己的科研工作是人民需要、党需要、国家需要的；是人民支持、党支持、国家支持的，他不但没有被精神上的压力压垮，反而在极其困难的条件下取得了达到或接近世界先进水平的科研成果。他的事迹生动地说明：向前看是革命者的本色，是忠于党忠于人民的高尚品质和宽阔胸怀的表现。

杨烈宇同志的事迹使我们想到正在进行的落实党的政策，解决历史遗留问题的工作。做好这项工作，各级党组织要实事求是，有错必纠，被落实政策的同志则要向前看。过去，由于林彪、“四人帮”的破坏，也由于我们工作中的偏差，不少人挨了整，受了冤屈。这些人的冤案、假案、错案，应当彻底昭雪平反。但是也要看到，过去有过去复杂的情况，解决过去的问题是为了更好地前进，今天我们的国家还有困难，新的更艰巨的任务正等待我们去完成。在这种情况下，就需要大力提倡向前看，坚定不移地相信党的领导，相信广大群众，努力做到个人利益服从国家利益，局部利益服从全局利益，暂时利益服从长远利益。要像杨烈宇同志那样有一股革命者的志气，把个人的冤屈，抛在一边，为党为人民力争多做贡献。

向前看，不是说不再需要总结经验教训，不要抓紧落实政策了。我们从杨烈宇同志坎坷的经历中可以看到，冤、假、错案使这么好的同志蒙受了多么深重的冤屈，给革命事业造成了多么严重的危害！每一个有无产阶级感情的同志都不会容忍这种局面再继续下去了。我们一定要把落实政策、解决历史遗留问题的工作切实抓紧抓好，不能拖延，休再贻误。但是，我们解决这些问题的目的，是为了调动各方面的积极因素，促进安定团结，加速实现四个现代化的任务。向后看归根结底还是为了向前看。回顾历史，总结经验教训，不能把大家弄得心灰意冷，而是要从错误和挫折中吸取教训，看到光明，坚定信心，振奋精神，鼓舞斗志，去研究新情况，解决新问题。只要我们正确地总结过去的经验教训，我们就一定可以在新的征途上迈开更大的步伐前进。

我爱你啊，美丽的中华——记勤奋自学的语言文字工作者苏阿芒

本报记者王莉华　路清枝　陈禹山

（1979 年 4 月 29 日）

60 年代中期，维也纳国际世界语博物馆塑造了一尊叫苏阿芒的中国青年的塑像。他还不足 30 岁，但有名望的外国作家也称赞他。1968 年瑞典出版的第一期《希望》杂志的封面上刊登了他的大幅照片，并加上醒目的大标题："我们文坛地平线上在东方闪耀着一颗新星。"

苏阿芒，原名叫苏承宗。他"在东方闪耀"的时候，还是天津街道的一

个社会青年。1954 年，他中学毕业后，没有考上大学，便开始发愤自学，通过艰辛的努力，不同程度地掌握了 21 种外文，其中英、法、德、俄、意大利和世界语六种，他能看，能听，能说，能写。从 19 岁开始，他就用意大利文和世界语进行文艺创作，写了大量诗歌、文艺评论和散文。世界上五十多个国家和地区的报纸杂志刊登过他的作品和评论文章。不久前，意大利马达洛博士给他来信说，5 月份要来中国，要同他研究关于将他在意大利发表过的三十多首和尚未发表过的二十多首诗汇集出版的问题。

苏承宗，今年 42 岁。新中国成立的时候，他还是一棵娇嫩的"幼苗"。在党的阳光雨露下，他茁壮成长。但生活的道路并不都是平坦的。他上中学的时候，父亲去世。他没有兄弟姐妹。母亲领着他过日子，生活虽然有保障，但颇为艰难。最为难堪的是，在林彪、"四人帮"猖獗的那些日子里，年轻的苏承宗蒙受不白之冤，被捕入狱，在牢房里度过了长达十年零六个月的年华。但他非常倔强。他有理想、有抱负，在牢房里也没有停止过学习。他的青春之火一直在熊熊燃烧。他对祖国的未来充满着信心和希望，对自己的未来也充满着信心和希望，就像陈列在维也纳国际世界语博物馆里的苏阿芒塑像，腰杆挺直，极目远方。

有人问苏承宗："你为什么能在那样艰难的环境里还坚持学习呢？"他说："青春是宝贵的。我觉得，要为祖国做贡献，无论在什么样的情况下，都不应该虚度年华。"

是的，他没有虚度年华。多少年来，他每天坚持学习、工作十多个小时。他 75 岁的老母亲这样回述他青少年时期的生活：他不爱吃零食，积了点钱就拿去买书。放学回来，放下书包，就待在家里看书。拿棍子赶他，他也不出去玩。没考上大学，他就更加努力了。他不顾吃，不顾穿，大冬天屋里炉子灭了，也顾不得生火。他每天很早就起来，不是看书就是写字，常常忙到第二天凌晨一两点才歇息。1958 年，由于眼力用过度了，他眼底血管破裂，把眼睛搞瞎了。经过治疗，病情刚刚好转，他又起早贪黑地学习，眼底血管又一次破裂，他又什么也看不见了。这样反复了多次，连续了好几年。最后大夫告诫他：如果他再这样不注意保护眼睛，破裂的血管万一无法愈合，他就会永远成瞎子了。老母亲抱怨地说："你身体单薄，为什么就不多歇歇呢，整大学那些洋文干吗呀？！"苏承宗说："妈妈，你不知道，学好了洋文，就能把我们祖国的文化介绍给世界各国人民，还可以把世界各国人民的文化介绍到祖国来，增进我们同世界各国人民的相互了解、团结和友谊。"

打上中学起，苏承宗对文学和外语就产生了特殊的兴趣，英语和俄语学得非常好。毕业后，没机会上大学，他就上业余“学校”，找人帮助他学习德语和法语。1955 年，有一对意大利侨民夫妇从青岛移居天津。他上他们家去，说他愿意交学费，请求他们教他学习意大利语。这两位意大利人免费收下了这个热心求学的学生。从语音、语法教起，到修辞造句、写作。苏承宗记忆力极好，又勤学苦练，很快就掌握了意大利语。1957 年，他的书信和评论文章就在意大利出版的《第七日》周刊上出现了。

苏承宗说：“多学一门外语，就好比在自己的脑海里多打开一扇窗户。”有些外文他要学，但怎么也找不到老师，就借助于已经掌握的外文，依靠字典，进行自学。世界语和另外十多种外语就是这样学习的。他的世界语学得很精通。

从 1956 年起，他开始用外文进行写作。他以诗歌的形式向世界人民介绍聂耳、屈原、杜甫、郑成功、詹天佑等中华民族的优秀人物；介绍为民族解放事业而英勇献身的我党的优秀儿女余祖胜等烈士的事迹；介绍我国的万里长城、洛阳的龙门石窟、呼和浩特的王昭君墓等名胜古迹。他也写些反映社会主义祖国新风尚的诗，翻译我国的民间故事和寓言。他用七种外国文字写过文章。他的文艺评论等文章被译成近二十种外国文字，而他自己也把近二十种的许多外文作品译成世界语。他的世界语作品在国外引人注目。他被称为“年青的天才的中国世界语诗人”。1957 年，他被吸收加入国际世界语协会。1966 年，他被选为全世界世界语者青年组织中央委员。他万万没有想到，他的成就竟给他招来横祸，使他经历了一段苦难的历程。

1968 年 4 月 20 日，几个公安人员闯进苏承宗的家，给他戴上手铐，宣布他被捕了。后来他才知道自己犯的“罪名”是“里通外国”。被捕后，又要他交代对“文化大革命”的看法，他把自己对江青的不满写了下来，结果“罪上加罪”，成了“现行反革命分子”，判处有期徒刑十五年。他在狱中谈了一些国外情况，被认为是想越狱潜逃，加罪延长刑期五年，共二十年，强迫劳动改造。

苏承宗珍藏在家里的外文书刊，成了“里通外国”的“罪证”，有些被抄走，有些堆在院子里烧了。这些“罪证”中，有一期意大利出版的 1963 年 2 月号《信使画报》，刊有这样的一首意大利文诗及其中文影印手迹：

我爱你，中华

世界上有许多美丽的地方，
它们常常引起我的幻想。
埃及古老的金字塔，
俄罗斯神秘的白夜，
塞纳河畔迷人的黄昏，
和挪威午夜的太阳。
但是我最爱的却只有你呵，
美丽的中华！

这首诗的作者叫苏阿芒，就是被林彪、“四人帮”刮起妖风，诬陷为犯了“里通外国”罪，被捕入狱的苏承宗。

苏承宗写过不少甜蜜的爱情诗，但他一直是个单身汉。他非常爱书，和书结下了不解之缘。书，成了他日常生活中不可分离的伴侣。1965 年，日本大本教国际联欢节主办全世界世界语赛诗会，苏承宗写了一首诗寄去参加比赛，荣获了优等奖，得奖金 5000 日元。但他怎么也不要，最后把钱捐给国际世界语协会亚非基金会，只要求给他几本书。他身陷囹圄，向监狱负责人提出的第一个要求是，请准许他母亲给他带些书来，并准许他看书。他的请求得到了批准。他叫老母亲给他订一份我国出版的世界语版的《中国报道》杂志和一份意大利出版的意大利文版的《新团结》报，并把家里藏着的幸存的字典和书籍，在探监的时候一并带来。在劳动之余，犯人们在打扑克，下象棋，而苏承宗在看书。牢房的电灯是长明灯，这给他带来了方便。他常常可以像在家里的时候那样，学习到深夜或第二天的凌晨。他写过许多格言诗，其中有一句：“死亡不是生命的终结，而是永恒的开始。”他看到犯人中有些青年人，就想到应该把自己的外文知识传授给他们。他想，即使自己死了，也后继有人。他又向监狱负责人提出，建议组织青年犯人学习外语。但没有被采纳，倒成了犯人们谈话的笑料。但也有青年犯人愿意学的，他就自编教材帮助他们学习。有一次，监狱的管理人员问苏承宗：“你将来出狱，打算做什么呢？”他不加思索地回答：“我还是用外文这工具，为国家做贡献。”他不承认强加给他的种种“罪名”。他在狱中写了这样一首世界语诗，题目是《诗歌永不屈服》：

诗歌是火，诗歌是光，
它将冲破紧闭的牢房，

越过高墙，越过电网，
在人们的心中找到回响。
诗歌将永不屈服，
不管诗人将遭受多少痛苦。
没有纸，也没有笔，
只有无比的愤怒！

在监狱中，苏承宗共写了五六十首世界语诗，表达他的理想和对自由的渴望，也是对林彪、“四人帮”的控诉和战斗。这些诗是不能用笔写在纸上的。他只能把一篇篇的诗文印在自己的脑海里，藏在自己的心坎上。“四人帮”垮台后，他用中文写了一首诗，歌颂以华国锋同志为首的党中央，请人拿到晚会上去朗诵，因为他已身患重病，半身不遂，行动困难，只能静静地躺在牢房里看书或构思他的诗作。

1978 年年底，中共天津市委在落实政策中，从群众来信来访中获悉苏承宗案件的情况，立即进行深入调查。调查结果表明，苏承宗的问题纯属冤案。1979 年 1 月 19 日，宣布撤销原判，彻底平反。接着，又对他的生活和工作做了安排，决定安排他在文化系统做编辑，充分发挥他的专长。

现在，苏承宗住在医院里治病。由于党组织的关怀，大夫们的精心治疗，他的健康恢复得很快。当记者到医院访问他的时候，他正在聚精会神地把《周恩来诗选》翻译成世界语。他几乎每天清晨 5 点多就起床，一直工作、学习到深夜十一二点。他还准备翻译《臧克家诗选》和编写一本意大利语的文法。有些社会青年找他，请他帮助学习世界语，他很高兴，给他们编教材，又是辅导，又是批改作业，诲人不倦。同时，他还酝酿写四化为题材的世界语诗。他对记者说：“这方面的题材很重要，因为世界各国人民都关心着我们的四化建设。”

· 1980 年 ·

划破夜幕的陨星——记思想解放的先驱遇罗克

中国社会科学院新闻研究生　王晨　本报记者　张天来

（1980 年 7 月 21、22 日）

编者按　鲁迅先生说：悲剧“是把人生的有价值的东西毁灭给人看”。在“文化大革命”这场“史无前例”的大悲剧中，亿万人民眼睁睁地看着多少“有价值的东西”，包括最可宝贵的人才在被“毁灭”啊！

下面这篇通讯描述的就是思想解放的先驱者、一个不可多得的人才遇罗克如何被“毁灭”的悲剧。他的思想，他的才华，他的抱负，对国家、对人民该是多么“有价值”，如果能让他顺利成长起来，对我们的事业该是多么有用处！可是，在“唯成分论”风行的日子里，受歧视，遭打击，绝了他前进的路，最后，在现代迷信泛滥，封建专制猖獗的十年动乱中，这样一位异常优秀而又风华正茂的青年被彻底“毁灭”掉了。

遇罗克成长的最大特点，就是他在身处逆境，不断受到打击的情况下，刻苦学习和逐步掌握马克思主义。他所以能在“文化大革命”一开始就对各种错误思潮和倒行逆施进行批判，他所以能在“文化大革命”的种种考验，包括监狱和法庭的考验中，做到像他自己要求的“开始坚强最后还坚强”，直到献出生命，就是因为他始终信仰马克思主义，始终热爱社会主义。这一点更是难能可贵的。

今天，我们读着他感动人的事迹，看着他启发人的文章和日记，吟着他激励人的“乾坤特重我头轻”的一类诗句，该从这个悲剧中汲取什么教训呢？值得我们每一个人好生想一想。

几千年来，我们中华民族的英雄豪杰，似群星灿烂，彪炳于历史的太空。那些扭转乾坤、功昭日月的巨星，那些有创造发明、能利国福民的明星，将永远被人们称颂。然而，人们也不会忘记，当银汉低垂、寒凝大地，我们民族蒙受巨大苦难的时候，那拼将自己全部的热，全部的力，全部的能，划破夜幕、放出流光的陨星。虽然看来它转瞬即逝了，却在千万人的心头留下了不熄的火种。

恰似长夜的十年动乱中，被残酷杀害的青年遇罗克，就是这样一颗过早陨落了的智慧之星。

“走自己的路，这就是结论”

1957 年，遇罗克的父亲（水利电力部华北电业局的工程师）和母亲（一家公私合营工厂的私方副厂长）双双被错划成右派。从那一年起，不但一家人的生活水平大大降低，连遇罗克的操行也由过去年年的“优”突然变成了“中”。仿佛从金色的塔尖上跌落下来，小罗克开始尝到人世间的辛酸了。

15 岁的遇罗克是多么留恋过去无忧无虑的日子，多么想念小学校里那总是笑眯眯地勉励他天天向上的班主任王老师啊！

他想起了，作为新中国第一批少先队员，在灿烂的阳光下，在鲜红的队旗前，参加入队仪式的情景。当王老师走到第一排排头，把鲜艳的红领巾授给他的时候，小罗克的心简直要蹦出胸膛！向着火红的队旗，他举臂敬礼，一个庄严的念头在心里回荡：“亲爱的党啊，为了共产主义远大理想，我们时刻准备着！”

在老师教育和社会影响下，小罗克努力提高觉悟，刻苦读书，决心做一个对社会主义有贡献的人。

王老师特别欣赏他那初露才华的作文，他的不少作文成了供大家学习的范文。同学们见他瘦小的个子，小大人的神气，和那副小近视眼镜，都亲热地管他叫“小学究”，遇到问题常来问他。没有歧视，没有隔膜，师生们相处得多好啊！孩子们有一个共同的目标：学好本领，快快长大，好去参加祖国的建设。

那么，是遇罗克后来不够努力了？不是，他一上中学就写了入团申请书，还给自己制订了新的学习计划。“每天不看完五十页课外书，我绝不睡觉！”妹妹罗锦天真地问：“要是你困了呢？”罗克回答：“古人能头悬梁，锥刺股，卓娅能用冷水浇头，我为什么不行呢？困了，就同自己的瞌睡虫做斗争！”

是遇罗克背上家庭包袱，自暴自弃了？也不是。反右中，罗克和妹妹有一天开抽屉时，发现了妈妈写的“检查材料”。被高压“压”出来的“交代”，尽是夸大不实之词。罗克读毕愣了好一会儿，半天才缓缓而又坚定地说：“不管爸爸妈妈怎样，咱们应该抱定一个信念——照革命导师的话去做，真理永远是真理。走自己的路，这就是结论。”

他学习劲头不减，入团决心不变。但是，接连发生的变化，一个又一个的问题，使他难以理解。

给课外文学小组讲学的两位老教师，学识渊博，谈吐幽默，深得同学们的欢迎。反右开始不久，他们就销声匿迹了。过了些日子，叫同学揭发这两位老师的问题。罗克在会上一直沉默着没说话，从脸上可以看出他内心很痛苦。散会后他对同学小王说：“徐先生讲《红楼梦》时说薛宝钗稳重大方，像个共青团员，一句笑话怎么能叫攻击团组织的右派言论呢？大家听讲时全笑了，如果说有问题，我们每人都有份！”

尔后，大炼钢铁的浪潮把学生们席卷进去。校园里建起十几座小高炉，鼓风机日夜轰响。罗克最初觉得挺有意思，他和同学一起终日奔走于炼钢炉前。当他也像别人一样兴致勃勃地从炉子里钩出一块蜂窝状的铁块时，他有点疑惑了：“这就是钢吗？”细细端详一会儿，他执着地说：“我在工厂里见过钢，不是这个样子。这还是碎铁，只不过是把它烧结了。”一句大实话，当即招来一顿声色俱厉的训斥。

遇罗克心里就是不服。后来这些“蜂窝钢”一直堆在校园里，日晒雨淋使它生了锈，“蜂窝”里居然长出了野草。遇罗克旧话重提：“是钢为什么不拉走？”结果，他又一次因“否定大炼钢铁伟大成果”而受到了批判。

那一年，组织学生下乡劳动。有个生产队长介绍说，他们这里计划亩产120万斤小麦。罗克同一位要好的同学暗地算了一笔账，他说，要是按一麻袋装200斤计算，120万斤得装6000袋，得在一亩地里码六层，这怎么可能呢？后来领导号召谈下乡以来的想法，罗克他们俩就天真地把憋在心里的想法谈了出来，不料又受到了“辩论”。事后罗克瞪着充满疑问的眼睛问那位同学：“这是怎么回事？”那位同学说：“我怎么知道，认倒霉呗！”

遇罗克对非要学生参加的空话连篇的“辩论”十分反感，他从这个时期开始钻研一些马克思主义哲学和经济学著作。他对同学说：“这样不去读书，坐而论道不会有什么好处的。”他对将他作为“白专”的典型告诫大家很想不通，一次对一位好友委屈地说：“怎么才叫红呢？我每天只在家睡觉，平时不在学校就在图书馆学习马列著作，这叫不叫红呢？”“红，就是要在运动中站在前列”，那位同学“开导”他。罗克固执地说：“如果我想不通，或者这个运动方向不正确，那我一辈子也红不了。”那同学又说：“也许等我们长大了，就不搞运动了。”他叹了口气，说：“但愿能少一些对我们党和人民没有什么益处的运动。”

尤其使遇罗克恼火的是，几乎每一次的打击，都要同他的家庭联系起来。这时，有的老师看见出身好的同学就笑脸相迎，看到出身不好的同学却冷眼相看，很使遇罗克愤懑不平。“我以为，人们所受的影响，主要来自社会而不是家庭。”1959 年下半年的一天下午，罗克同一位同学谈及这个问题，从北池子一路谈心，一直走到北海公园。他感慨地说：“马克思、毛主席、鲁迅，家庭出身都不是无产阶级，可他们都成了无产阶级革命家、思想家。如果说他们主要生活在旧时代，受到的家庭影响尚且如此之小，到了新社会为什么要把家庭看得这么重呢？”后来，他们还谈到什么是政治觉悟，罗克说：“无产阶级的阶级觉悟，首先是觉悟到自己阶级的使命和对重大政治是非问题有比较正确的判断，随风倒绝不是觉悟高的表现。”同学问：“你这种看法谁承认呢？”罗克认真地说：“这不在乎人们承认不承认，唯心主义者不承认物质，物质依然存在。”

遇罗克没有被命运的一次次打击击倒，他照样发愤努力，从思想上、学习上提高自己。高考临近了，遇罗克清醒地估计到这一关的考验，尽管他知道自己的文理科成绩在班级和年级里都是拔尖的，他还是报了地质专业。他想，报考这个冷门也许比较容易用优异的考试成绩掩盖父母的“政治问题”。而且要是这个志愿得以实现，将来他可以走遍祖国山川，一边寻找宝藏，一边了解社会，挥笔写作，也会对人民做出贡献。有人劝他：“听说地质队员的生活可艰苦了。”遇罗克特意抄下了一段加里宁的话与之共勉：“凡是创造自己幸福的人，应该做全体工人与农民的幸福的匠人和创造者。当他成为一切人幸福的匠人时，他就会成为自己自身幸福的匠人了。”为了实现自己的理想，他坚持天天跑步，练哑铃。在他经过的地方，常常响起欢快的歌声，那是他最爱唱的《地质队员之歌》：

是那山谷的风，吹动了我们的红旗，
是那狂暴的雨，洗刷了我们的帐篷。
我们有火焰般的热情，忘记了饥饿与寒冷，
背起我们的行装，踏遍了层层的山峰……

“我没有金色的衣裳”“有一颗赤子之心”

自从父母被划成右派，弟弟妹妹们发现，罗克哥哥一下子真成了大人。他常常用一只手支着头，长久地趴在桌子上读书；有时还抬起头来，凝望着窗外，陷入深深的思索之中。

父亲劳改去了。剩下一家六口全凭母亲几十块钱度日，给小罗克的零用钱更少了。喜欢吃小吃的他再不去买一支冰棍，一口零食，也不要一件新衣服，只是用不知多少日子才攒下的一点钱买自己喜爱的书籍。马克思的《政治经济学批判》、苏联作家的《金蔷薇》等，就是这时买下的。

住房比过去小多了，一家挤在一间半小屋兼厨房里，出出进进，纷纷攘攘，罗克怎么能看得进书呢？他问母亲：“能不能把装煤的小屋腾出来，让我住和念书用。”“那怎么行？没窗没门，又黑又潮，是住人的地方吗？”“没关系，我去和房管所商量，请他们来修一修安个门。”

不久，这间夹在两屋之间只有五六平方米的小屋果然修好了。门上四块小玻璃和一个小小的后窗，只能把微弱的光线透进屋内，而且还很潮湿。母亲生怕他住出病来，可除了今后常常晾晾被褥以外，又有什么别的办法？

“妹妹，快来帮我布置一下。”有了这间房，罗克特别高兴。他们用旧报纸糊了顶棚，又自己钉了个木桌，找来一块旧被里当桌布。他的小书架上，书堆得满满当当。

“墙上一定得挂点什么。”他对妹妹说。“挂风景画吧！”妹妹说。“不，我这有鲁迅的诗笺，徐悲鸿的画‘逆风’‘奔马’，你看怎么样？”妹妹拍手叫好。罗克还亲笔写了“山雨欲来风满楼”的条幅挂在床头。从这几幅淋漓酣畅的字画和生气勃勃的墨迹，就可以多少了解主人有怎样的心胸和情愫了。

从此，这间小屋的橘黄色的灯光经常从黄昏亮到深夜，遇罗克读了多少凝结着人类思想精华的著作啊！政治的、经济的、哲学的、历史的、文学的，还有天文、地质、地理、数学，凡是能找到的，他都找来读。革命导师的许多著作，他读了；全套《资治通鉴》，他读了；中外不少文学名著，他读了；甚至《新旧约全书》他也读了。除此之外，他还学会了两门外国语，其中俄语已达到不用字典读懂小说的程度。他像一块吸水的海绵，一刻也不停地吸收着人类创造的精神营养。

在所有领域中，他特别喜爱哲学，反复读过不少中外哲学家的名著，从古希腊的柏拉图、中国的孔孟直到黑格尔、马克思。他不止一次地对别人说："只有了解每一个学派的思想，他选定的信仰才是坚定不移的。"当他驾着求知的小船，航行在古今哲学的浩瀚海洋时，他发现唯有马克思主义哲学，像一座光芒四射的灯塔，引导人类前进；又像一把锋利的解剖刀，帮助人们认识社会，认识人生。经过深思熟虑，他说："我坚信辩证唯物主义和历史唯物主义是最正确的。"一找到锐利的思想武器，他就首先勇敢地解剖自己。他在日记中写道："如果不敢把自己哪怕是丑恶的念头暴露出来，那就是不敢承认自己的思想。一个连自己思想都不敢承认的人，是十足的胆小鬼。如果每个人都把自己的思想亮在光天化日之下，看看哪些应该坚持，哪些应该改正，这个世界便会少许多虚伪和欺骗。"他下定决心："坚持共产主义思想体系中的唯物辩证观点，立志做个完人。"

高考越临近，罗克的心绪也越紧张。他对自己的功课是知底的，"高考门门不能下 90 分！"可他又担心家庭问题会影响高考的录取。

是的，在教育部门存档的成绩单表明，他考得确实很好。然而，考得好就能录取吗？仅仅因为父母"问题"的影响，他的操行成了"一蹶不振"的"中"哟！1960 年夏末发通知那天，班上只有两个人什么也没接到，一个是有盗窃行为的学生，一个是门门功课一直名列前茅的遇罗克。

整整一天，罗克坐在自己的小屋里，不说一句话，不喝一滴水，不吃一口饭。他的担心终于成了可怕的现实。这对一个上进的青年来说，是多么巨大的打击！亲人们过来过去都小心翼翼，生怕发出一点声响。一片愁云笼罩着这个家庭。

遇罗克再也不能沉默下去了。他打开小灯，铺开稿纸，一只手插进黝黑、蓬乱的头发里，一只手奋笔疾书：

我没有金色的衣裳，
没有金色的衣裳……

这是一个热爱社会主义的青年的心灵在呼喊，也是对唯成分论的控诉和批判！

那一夜，小屋里的灯光亮的时间更长，微弱的光线把遇罗克的姿影投射在"逆风"与"奔马"的国画上，主人的心情和他喜欢的艺术作品的意境是多么合拍：逆风能锻炼出骏马，逆境能磨炼出巨人！

“妈妈，我考虑过了，咱们家经济条件确实困难，但希望让我再考一次大学，作为社会青年去考，也许就没人从中作梗了。”母亲咬咬牙关答应下来。

罗克为第二次考试继续紧张准备。每天一大早他就出发到北京图书馆去，像上学一样严格遵守作息时间。中午吃一点从家带的饭，直到图书馆关门才离开，回到家里是夜以继日，挑灯苦读。

一位考上大学的同学跑来安慰他，罗克对他说：“我觉得不一定只有上大学才有出路。生活的道路是宽广的。我准备去工厂或去农村，我要走向社会，走向生活，上社会大学去。”分手之际，他为那位同学抄录了青年马克思关于选择职业的那段名言：“如果我们选择了最能为人类福利而劳动的职业，我们就不会为它的重负所压倒。”“我们感到的将不是一点点自私而可怜的欢乐，我们的幸福将属于千万人。”青年遇罗克，正是选择了这样一条生活之路。

鉴于家庭经济情况，第一次高考后，罗克边准备功课，边准备参加工作。母亲原本希望他去工厂，但他自己觉得，去农村能更好地了解社会，更好地锻炼自己，便自愿报名到京郊人民公社当农民。1961 年春节前夕，他的申请被批准了。

接到通知的当天下午，等不及过春节，罗克就兴冲冲地来到大兴县红星人民公社一个菜园小队报到。他磨炼自己的心情是那么真诚，对待艰苦的农活是那么热情，使他很快同社员们结下了亲密的友情。许多社员亲切地叫他“伊拉克”，选他当了记工员。他同几个境遇相似的青年伙伴，劳动之余刻苦攻读，认真切磋：从苏格拉底与希庇何斯论“美”，到电井池液面高度与出水口流量的函数关系；从王安石的“孟尝君特鸡鸣狗盗之雄耳”，到夏目漱石的“四碗炸虾面，但不得笑”。间或吟诗练字，创作小说诗歌。

“少年幸遇读书风”，这是遇罗克在农村写下的诗句。他所居住的那间拥挤的宿舍，虽然终年人来人往，附近电井抽水声很少间断，粪池气味熏人，夏秋蚊蝇肆虐，读书之风却经久不衰。夏天，为了在灯下静坐读书，罗克总是“重装上阵”，三伏天穿起老蓝布制服，将裤脚、袖口掖紧，外加一盒清凉油。他就是在这里，穿着铠甲似的衣服，一晚一晚地在灯下读着列宁的《哲学笔记》、恩格斯的《反杜林论》，还有《世界哲学原著选读》……

1962 年，大学扩大招生的消息传来，遇罗克和同伴们为之振奋。这回考大学该有点希望了吧？罗克他们积极应考，试后觉得很有把握。不料，又是名落孙山。这时，传来蒋帮企图窜犯大陆的消息，征兵开始了。罗克他们又立即报名。“大学不要，我们上前线去，战斗会证明我们有一颗赤子之心！”然而，他们连检查身体的资格也得不到。新打击落在旧创口上，更觉疼痛，更感惶惑。

1963年秋后，罗克为了更好地读书，到附近村里租了一间农舍来住。这间小屋狭小而低矮，四壁是黄褐色的泥墙，一铺后山炕占去地下近一半面积，伸手几乎能摸到报纸糊的顶棚。菜园小队的许多青年家在这村里，时常有人来找他聊聊，或托他在城里办点杂事。但都不多坐，因为墙上贴着一张纸条，严格要求客人："谈话请勿超过十分钟。"

在另一间小屋住的青年认为这有些使人难堪，罗克说，无论"鸿儒谈笑"，还是"白丁往来"，耗费时间是一样的，所以无暇多顾了。

一个寒冬之夜，窗外飘着雪花。屋里暗弱的灯光下，脸盆里残水结冰，一阵阵寒气袭人。就在这时，罗克披着棉袄走进那位青年的屋里，他举着一本书，连声赞叹："写得太好了！你也应该看看。"

原来是卢梭的《论人类不平等的起源和基础》。

"你看这段话说得多好啊——'法学家既郑重宣布了奴隶的孩子生下来就是奴隶，换句话说，他们也就肯定了人生下来就不是人。'太彻底了。"

青年接过书，看到书上有很多罗克写的批语，如"智慧""矛盾""不通""远见""无与伦比的文字"……

就在这样的陋室里，这样的溽暑寒冬的环境中，遇罗克在苦读的同时，写下了大量的文章，创作了不少文艺作品。他文思敏捷，才华横溢，涉猎面既广且深。1962年《北京晚报》发表了他写的短篇小说《蘑菇碉堡与菜花老人》，1963年《大众电影》发表了他写的《评电影"刘三姐"》，更大量的理论文章和文学作品却因作者"家庭问题"而不能发表。

出身！出身！什么时候才能掀掉这块压在身上的大石头呢？遇罗克提笔写了一首诗，表达了他的不屈的赤子之心：要在自己选定的道路上坚决地走下去。

千顷雪原泛夜光，诗情人意两茫茫。
前村无路凭君踏，路亦迢迢夜亦长。

1964年年初，他因病回城。临走前，他在自己小屋的壁墙上留下一首诗，其中两句是：

物去人飞陋室留，
斯人知唱不知愁。

“诗言志。”短短两句，足见他的革命乐观主义的精神境界。

“在历史面前，正是他们在发抖”

遇罗克养病期间，每天仍然去首都图书馆读书。两个月以后，他被分配到科技情报所做翻译资料的合同工，后来又到一所小学代课，虽然由于认真负责，他在这些单位都曾受到表扬，但是，一翻档案，谁敢要两个“右派”的儿子？

没有一个固定职业，遇罗克就自己抓紧时间读书和写作。1964年秋，他与人合作将小说《播火记》改编成京剧剧本《绿林行》，请京剧院行家看过，认为不错。但因为牵涉所谓“路线问题”，当然不能排演。他又写了梅花大鼓词《焦裕禄演戏》，立即被北京曲艺团采用。转过年的春天，仍在农村的一位好友忽然接到遇罗克一封求助信，请他代答一大串解析几何和微分学习题。好友不明白，怎么罗克突然又对数学感兴趣了？不久他去罗克家才发现，原来他为了读懂康德和黑格尔的原著，正在自学《高等数学讲义》。

1965年11月，反动文痞姚文元抛出了《评新编历史剧〈海瑞罢官〉》，一个精心制造的大冤案开始了。乌云压顶的海面上，罗克就像一只渴望战斗已久的海燕，挺身而出了。

多少个日夜学来的马列主义观点，多少次苦读掌握的文史哲知识，多少回写作练就的犀利文笔，此刻从笔端奔涌而出。短短的时间里，一篇一万六千多字的《论“清”官非“官”》完成了，一篇一万五千多字的《人们需不需要海瑞——与姚文元××商榷》草就了，又一篇一万四千多字的《从〈海瑞罢官〉说到历史遗产继承》问世了，篇篇文章像阵阵排炮直射姚文元一伙的要害。

在《论“清”官非“官”》中，他肯定了“清官身上是有人民性的”，指出“对于清官身上的这些人民性我们要不要继承？姚文元……表示不能继承。谁要继承谁就是要搞垮人民公社，谁就是要为反革命分子申冤，其罪莫大焉！”“清官比贪官更坏。……这是多么奇怪的逻辑啊！”这样的文章却不能见报。《从〈海瑞罢官〉谈到历史遗产继承》，投到陈伯达把持下的《红旗》杂志，被退了回来，遇罗克在当天的日记中用嘲笑的口吻写道：“报纸上一些无聊文人大喊：‘吴晗的拥护者们态度鲜明地站出来吧！’今天有一篇态度鲜明的文章又不敢发表。”

1966 年 2 月 13 日，他寄给《文汇报》的《人民需不需要海瑞》一文被压缩，排在四版最下角发表，题目被改成《和机械唯物论进行斗争的时候到了》。他在这篇文章中点名批评了姚文元的种种谬论。尽管他看到版面编排对他不利，尽管父母亲友都为他担心，他却在日记里为自己感到自豪。他写道：“平心而论，《文汇报》大部删的也还不失本来面目，文笔依然犀利，论点也还清楚。敢道他人之不敢道，敢言他人之不敢言，足以使朋友们读了振奋……天下之大，谁敢如我全盘否定姚文元呢？谁敢如我公开责备吴晗不进一步把海瑞写得更高大呢？……真理是在我这一边的，姚文元诸君只是跳梁的小丑。‘尔曹身与名俱灭’，在历史面前，正是他们在发抖。”在这场几乎完全一边倒的“论战”中，这位 23 岁的“黄口孺子”就是这样不畏权势，向不可一世的大人物发起了反击。

一场“史无前例”的大动乱终于开始了，晴朗的天空霎时间被搅得乌云翻滚，地暗天昏。政治生活如此反常，多少人为之惊慌，多少人感到迷惘，遇罗克却表现出惊人的冷静，他以一双锐利的眼睛，刺过铺天而来的夜幕，对发生的一切做了锐敏的观察和无情的批判。

他坚决反对现代迷信。早在一月的日记中，他就感到“今天的学说正在走向神秘之途”，“如果赫鲁晓夫真的全盘否定斯（大林）是马克思主义理论家，我是反对的。但是如果在他的理论面前顶礼膜拜，也同样不正确。”在 2 月 6 日日记中，他批判陈伯达不该用吹捧封建统治者的词句颂扬毛泽东同志，他写道：“人民的力量何在呢？”“陈的这个错误是最起码的。由陈来主编《红旗》，欲不教条，诚大难哉！”5 月 4 日日记中写着：“共青团中央号召，对毛（主席）无限崇拜、无限信仰，把真理当成宗教。任何理论都是有极限的，所谓无限是毫无道理的。”在 5 月 23 日日记中还写道：“乒乓球队获胜是因为毛泽东政治思想挂帅，那么，人们不禁要问，篮球队不也学习毛主席著作吗？苏联队不是没学吗？为什么中国队败给苏联呢？讲不出来了。这是用政治讲不通的问题。知道走错了路，而又不敢回头的人，必然用歪理来解释真理。”

他坚决反对“文化大革命”的搞法。他称“高炬”（江青化名）是“一个莫名其妙的高炬”。在 5 月 13 日日记中写道：“‘文化大革命’，闹得不可开交。满都是工农兵发言，发出来的言又都是一个调门。我想这次假使不是反对邓拓，反对的是姚文元，只要报纸上说姚是反革命，那么，这些工农兵的发言用不着修改，就可以用在姚文元的身上了。”6月4日日记中对运动中的狂热极为不满，他写道：“热情带有极大的盲动性……学校大哗，每个学生都效仿北大七同学，给领导大刷大字报。所谓北大七人的大字报，也无非是骗局而已。”这时，他已来到北京人民机器厂当学徒工，他在7月29日日记中写道：“开全厂大会，宣布中央两个文告，今后运动方向是直指当权派……这根本不是什么阶级斗争”“总之，这跟文化毫无关系，也跟阶级毫无关系。”

他激烈抨击毁灭文化的倒退行为。他的日记中记载着：“《谢瑶环》剧本文学性颇强，亦足具艺术魅力，今以‘左倾’教条主义诽之，以过火的政治论之，则几成大恶不赦矣！”“看了受批判的电影《舞台姐妹》，正如影片中所说的（说的是新中国成立前国民党禁演《祝福》）：‘连这样的戏都不让演，还让演什么呢？’”“晚上看到受批判的电影《红日》，这么一部深受束缚的片子所以受批判，就是因为里面有一些东西是真实的。今天要求的绝不是什么‘革命的浪漫主义’和‘革命的现实主义’，而是要求的是‘革命的空想主义’。要一切死人活人给我们说假话，欺骗人民。希望现实也去迁就那些假话。”

他坚决反对别有用心地煽动一部分青少年的狂热性。他在6月17日日记中写道：“小牌坊小学四年级的一个李老师自杀了，小学生冲动起来，连校长也给打了。小学生是没有分析能力的，这种盲动，真的像新市委所云：‘是可爱的’吗？欧洲十字军东征的时候，儿童也从家里跑出来东征去了。结果呢？被商人卖给萨拉森做奴隶去了。”8月23日又写道：“去王府井，果然不成样子。各种纸条贴满墙壁，门面字号全砸了。……还有人扬言，要烧北京图书馆不符合毛泽东思想的书。……据说红卫兵砸人家的，理由是没有主席像，或在像后面放了人家的像，翻到翻译小说就烧掉，好一个焚书坑儒。”

他还嘲笑了在极“左”思潮影响下刮起的那股改名之风，他在8月22日的日记中写道：“听说红卫兵把王府井各个铺面全改名字了。现在市内叫东方红的大街不下五条，叫红旗的铺面不下五十个。一切能引起旧的回忆的东西统统消灭了；但新的东西又是这么贫乏，因此只好有五十多面红旗了！”

他对揪斗的所谓黑帮特别同情，并对他们始终不承认黑帮的气节格外赞颂。在8月3日的日记中他写了揪斗厂里的一个当权派的情形，当时下雨了，群众或有雨具遮雨，或找个地方避雨，只有这个当权派淋着，日记中写道：“我若有伞，我就想去给他打一下。鲁迅说：‘敢摸着叛徒尸体痛哭的是中国的脊梁’”……遇罗克对这个当权派过去搞空头政治是很不满的，但他在日记中又写道：“我绝不同意群众言不由衷地质问：‘你为什么删改八条？为什么不让我们学毛著？为什么不接受印刷毛选的单面印刷机？’这是荒唐的，似乎只有此才算是罪过。……把干群拉到敌我矛盾上来，害处多么大啊，既制不服对方，又说不服自己。为此让他淋到大雨里，岂不枉哉？”8月8日的日记中又写到斗这个所谓黑帮时说：他“始终不承认自己是黑帮，这种气节是值得学习的。假使他认为是对的，就死也不能说是错。革命，只能信托给有气节的人”。

尽管遇罗克冒着显见的风险参加了战斗，但他深知未来的考验将是更为严峻的。一个深夜，他骑着自行车路过故宫角楼，凝望着哗哗的护城河水和黑黝黝的古代建筑，仿佛有一股怒涛般的感情，不断地冲击着他的心胸。在这天的日记上，他问自己：“努力够了吗？吃苦够了吗？挫折够了吗？读书够了吗？修养够了吗？都不够，可以休息吗？能够自满吗？前途还漫长着呢！”

更大的考验到来了。1966年8月28日中午，罗克把妹妹罗锦喊到自己的小屋，指着床上堆着的东西，镇静地说：“为了避免不必要的麻烦，我想把这些不必保留的日记、文稿、笔记都烧掉。在烧之前，真希望有个人能了解我。想来想去，只有你。”他又拿起一本蓝皮的“北京日记”，接着说：“这本日记，记的是我今年以来的思想，是我一生中最为成熟的一段思想，说什么也舍不得烧。你能帮我藏到一个比较安全的地方吗？过了抄家风就拿回来。”

妹妹答应了。第二天一早，她把哥哥的日记夹在自己的日记本中，出外寻觅存放的地方，可是，在当时的一片“红色恐怖”之下，哪有个安全处所啊！天快黑时，她才把东西暂且先藏在劳动人民文化宫前的一个地方，不料第二天就被发现了。这些闪耀着真理光辉的日记，被当作“变天账”出现在“红卫兵战果展览会”上，接着，又成了遇罗克的“反革命罪证”。

几天之后，深夜1点。“当啷”一声，家门被推开了，遇罗克身穿一件米黄色风衣站在门前。深蓝色的夜空把他的脸庞反衬得更加苍白、严峻，锐利的目光直刺前来抄家的人群。他目光炯炯，神色从容，有如一尊凛然不可亵渎的雕像。

“你先给我跪下！”有人朝罗克的后脖颈狠狠一击。

“你打人？！”罗克猛然转过头来，冒火的眼睛逼视着对方，竟使那家伙一下缩回了手。

“你是什么出身？知道不知道？”又一个人跳了出来。此时他们的声调压低了。

罗克却高声说道：“党和毛主席一贯教导我们，一个人的家庭出身是不能选择的，道路却完全可以自己选择。请问，你们是怎样看待出身问题的？”

几个家伙被问得理屈词穷。正在这时，遇罗克厂里来人把他带走了，因为他竟敢反对大名鼎鼎的“左派”姚文元。

《从〈出身论〉一发表，我就抱定了献身的宗旨》

1966年9月×日

今日释放回家。小屋洗劫一空，破破杂杂，收拾干净，重读《共产主义运动中的左派幼稚病》1～75页，并记了笔记。

壁上鲁迅的笔墨不禁使我扪心自问：

难道，人们就此屈服了吗？

回答是：不。

如果我自欺了，或屈服于探求真理以外的东西，那将是我一生中最难过的事。我要做一名马列主义的忠实信徒，为共产主义事业而献身！”

这是遇罗克从工厂“学习班”回来写的第一篇日记。就在这天晚上，他开始撰写《出身论》。过去长期存在的唯成分论的“左”的倾向，现在已经发展到赤裸裸的封建血统论了，批判它，澄清它，具有极大的现实意义。

小屋里静寂无声，一股沉闷的空气压得人透不过气来。从小后窗望出去，只见月落星稀，茫茫一片，长夜难消，曙色尚迟。罗克立起身，走了几个来回，一首慷慨悲壮的《夜半散步寄怀》脱口而出：

人生时刻夸豪杰，此心愿与寥廓同。
海思阔兮涛裂岸，人须达兮闷填胸。
有限聊当充无限，多情应是最钟情。
风雪一扫环宇赤，火热需销两极冰。

十多年来，埋藏在心底的怅惘、不平、愤慨、觉醒，此刻像地下运行的岩浆，终于找到了突破口。他决心向戕害青年的反动的封建血统论宣战！

“家庭出身问题是长期以来严重的社会问题。”他的第一句话就是这样写的。

“这个问题牵涉面很广。”他做了一个粗略的统计，指出“非红五类出身”的青年是一个庞大的数字。“由于形‘左’实右反动路线的影响，他们往往享受不到同等政治待遇。特别是所谓黑七类出身的青年，即‘狗崽子’，已经成了准专政对象。”“出身几乎决定一切。”“多少无辜青年，死于非命，溺死于唯出身论的深渊之中。面对这样严重的问题，任何一个关心国家命运的人，不能不正视，不能不研究。”

他剖析了流毒极广的一副对联“老子英雄儿好汉，老子反动儿浑蛋”，指出：“这副对联不是真理，是绝对的错误。”“它的错误在于：认为家庭影响超过了社会影响，看不到社会影响的决定性作用。说穿了，它只承认老子的影响，认为老子超过了一切。实践恰好得出完全相反的结论：社会影响远远超过了家庭影响，家庭影响服从社会影响。”

他在论述：“人是能够选择自己的前进方向的。这是因为真理总是更强大，更有感召力。你真的相信马克思列宁主义是无比正确的吗？你真的相信毛泽东思想是战无不胜的思想武器吗？那么，你就不应该认为老子的影响比什么都强大。”

当笔锋转向“重在表现问题”时，罗克首先论证了出身与成分完全不是一回事，驳斥了“唯出身论”，指出：“究竟一个人所受影响是好是坏，只能从实践中检验。这里所说的实践，就是一个人的政治表现。”“在表现面前，所有的青年都是平等的。……谁是中坚？娘胎里决定不了。任何通过个人努力所达不到的权利，我们一概不承认。”他痛斥血统论的卫道士：“依照他们的观点，老子反动，儿子就浑蛋，一代一代浑蛋下去，人类永远不能解放，共产主义就永远不能成功，所以他们不是共产主义者。依照他们的观点，父亲怎样，儿子就怎样，不晓得人的思想是从实践中产生的，所以他们不是唯物主义者。”

文章列举大量事实控诉了血统论对青年的毒害，最后发出呼号：“同志们，难道还能允许这种现象继续存在下去吗？我们不应当起来彻底肃清这一切污泥浊水吗？不应当填平这人为的鸿沟吗？”“彻底的唯物主义者是无所畏惧的！”

这不是一篇墨写的文章，而是一位勇敢捍卫真理的战士用泪用血用生命写成的战斗宣言。

10 月深秋的北京街头。被一片“打倒”声弄得头晕目眩的人们，忽然在许多公共场所读到一份油印的《出身论》，仿佛漫天阴霾中透出一片晴日，多少人在阅读，在抄录，在沉思，在议论。

原来，《出身论》完稿后，他先寄给党中央，没有回音，继而准备发表。但是当时的小报不肯刊登这篇文章，怎么办呢？这时，一个在广州串联的弟弟来信告诉罗克一种最简便的用刮板油印的方法，他立即从每月 16 元学徒工的工资里拿钱买来纸张，借来钢板，和妹妹弟弟一起油印了几百份。

"哥哥，你为什么要用'家庭出身问题研究小组'这个名义呢？"罗锦问。

"因为我不喜欢战斗队一类浮而不实的名称，我希望这个名称能使每个家庭都来认真地研究一下家庭出身问题。"

《出身论》引起的反响，甚至出乎遇罗克的意料。深为赞同《出身论》观点的北京四中学生牟志京、王建复等人，按照油印稿上的联系地址，找到遇罗克的弟弟遇罗文，商议办起一份《中学文革报》，全文刊载《出身论》。第 1 期 3 万份小报，一抢而空。很快重印 6 万份，又立即售尽。

围绕出身问题，遇罗克又一鼓作气写了十多篇文章，发表在《中学文革报》等小报上。他在文章中说，反动对联是"从封建社会的山大王窦尔敦那里借来的"，特别点出了血统论的封建根基。他还推荐刊登了一篇几位初中学生支持《出身论》的文章，因为文章分析了封建社会里世袭制度、科举、宗教等与血统论的关系，他认为写得很有道理。刊登这些文章的《中学文革报》为此声名大振，《出身论》在许多地方不胫而走。

难以数计的来信从全国各地飞来。开始，邮递员每天送来一大堆来信，不久，邮递员"拒绝"送了，因为，实在多得他拿不动，编辑部便每天派人用麻袋去装。来信中恳切的支持，愤怒的控诉，热情的希望，无时不在激动着罗克的心。来信人不仅有所谓"黑七类"子女，也有"红五类"的后代。贵阳一位青年在来信中说，他在街上读到《出身论》，触文伤情，痛哭失声，无法读下去，跑回家待一会儿再来读，又哭得读不下去。几次读，几次哭，才把全文读完。遇罗克被深深地感动了。他觉得这些来信不仅使他了解到人们对《出身论》的反应，还给他提供了许多血统论猖獗的情况，就与同伴一起记下了一些来信人的地址，还同一些人进行通信联系。谁能料到，到后来这也成了他"组织反革命小集团"的"证据"。

当然，《出身论》也招来了强烈的反对和咒骂。报纸被撕碎，被抢走，卖报的和读报的被围攻，被殴打，是常有的事。1967 年 4 月 14 日，"中央文革"成员戚本禹出来表态，公然说《出身论》是反动的。面对来自权力顶峰人物的强大压力，年轻的遇罗克始终坚强不屈。四五月间，他五次上书毛主席，明确表示：戚本禹"在 4·14 的会上说我（一个最普通的学徒工）写的《出身论》代表了反动的社会思潮，我不同意。"他诚恳地汇报了《出身论》的主要论点，驳斥了对它的诬陷，光明磊落地申明"家庭出身研究小组"就是自己，表示还希望向中央系统汇报写这篇文章的大量依据和情况。但是，五封书信，均无下文。罗克忧思万千，他在5月8日给弟弟罗文的信中说：“只恐血统论根除旷日，革命前途受挫，多少青年不能发挥积极性，终成我国隐患！诚可痛矣！”一次，一群人把他整整围攻了一下午，名为“辩论”，其实是又推又打。正当家人着急时，罗克斗志昂扬地回来了，他对家人说：“有了今天的锻炼，我以后不会叛变了。”

局势对他们越来越不利。不久，他上街去，发现有人老跟着他。

对于未来的危险，遇罗克早有准备。他在给广东一同志的信中说：“我只有一半自由了，我的身后总有人跟踪，我的朋友开始受到讯问，我的信件都被邮检了。”“尽管我们不是阴暗角落里的跳蚤。不过……整个一部历史也并非一册因果报应的善书。罚不当罪的绝不是没有。”

这时，中学红代会压《中学文革报》发表声明承认《出身论》是反动的，遇罗克和绝大多数同志坚决反对，报纸只好被迫停刊。也有好心的朋友劝遇罗克低头认个错，罗克坚决地回答：“我不能背弃自己的信念……我的小市民家庭算得了什么，我个人的生命又算得了什么。即使为此而进了监狱，若干年后也总会有人回忆起：在那样危险的暴风雨的岁月里，他发出了维护真理的勇敢的声音！”

处境虽然险恶，罗克泰然自若，又研究起经济学方面的问题来了。1967年下半年，他撰写了一篇《工资论》。他建议建立新的工资制，由工龄形成工资里最基本的不变部分，其余部分按本人的贡献发给。他还曾以自己的工厂为例，这样对同伴说：“工厂想要一部新设备，先要由技术员向厂领导提出，工厂再向市里申请，市一级再转部一级，一个部再通过几个部，转来转去，一部设备批下来就需要几年，机器到手也算不得先进了。这种计划经济，很有必要改善。”一个青年在当时就能看出这些问题，他的思想是多么锐敏啊！

尽管遇罗克旗帜鲜明地批评了某些社会弊病，但他对我们党和社会主义制度的信念是从不动摇的。他对《中学文革报》的女同学小陶说：“社会主义制度的光明面毕竟是多的。”他在一份材料中还写道：“我是准备将自己的一生全部投入最后消灭了剥削制度的共产主义社会中去的，这个志向我是很坚定的。”“我热爱党，是因为她解放了千百万被压迫的人民……我向往党所领导的战争年代。”

1967年年底，罗克像往常一样，做了“1967年的总结”，写了“1968年的读书计划（104册）”。在长达7000字的“总结”中，他写道，血统论横行“是‘社会主义’时期一个奇怪的现象。以中国之大，竟无一人大胆的抗议、强烈的控诉，实在是时代的耻辱。我尽了历史必然规律性所负（赋）予我的任务，或者说由于主观的努力，比别的人先走了一步。即使我不做这件事，也会有别的人做的。”他回顾了《出身论》以及前后写成的十几万字文章，自豪地写道：“这些文章遍及大江南北，长城内外……翻印的估计有一百万份以上，不知影响了多少人。”他深知与封建主义做斗争的艰巨性，他写道：“我知道与强大的传统势力宣战不会有好结果的。但我准备迎着风浪前进。”“假使我不是把生命置之不顾，我就绝不能写出这样的任何一篇来。从《出身论》一发表，我就抱定了献身的宗旨。我想，历史是会把我的这一段活动当作注脚的，它是会估价我的功过的。历史会看到，在跃进了一个时代的社会主义社会中，封建的意识形态还怎样广有市场，和它战斗还会有多少牺牲。”最后，他深情地写道：“这就是战斗。任何惩罚是压不倒那些为正义而斗争的战士的。他相信真理，他就不怕牺牲。战斗的甘与苦全部在这里。”

一天深夜，几个年轻伙伴正聚集在罗克的小屋里，罗克进来了。那天他谈话的兴致很高，当谈到一些青年思想混乱，有的甚至想出国时，罗克讲了几句令人铭心刻骨的话——多少年后，同伴们一想起罗克，耳边就响起了他那正气凛然、斩钉截铁的声音：“我早就想好了，第一我永远不会背叛祖国；第二我永远不会自杀，什么时候你们听说我自杀了，那准是谣言；第三我绝不会承认我是反革命，我永远说我是无产阶级的革命战士。”

“未必清明牲壮鬼　乾坤特重我头轻”

就在写完总结的第 5 天，遇罗克被捕了。捕前他曾请一位好友给自己用李大钊的名句“铁肩担道义，妙手著文章”写个条幅。条幅还未写来，他就上了囚车。他把革命先烈的诗句铭刻在心底，开始了更为艰苦的斗争。

在狱中，遇罗克实践了自己在 1966 年 8 月 26 日日记中的誓言：“我想：假若我也挨斗，我一定要记住两件事：一、死不低头；二、开始坚强最后还坚强。”

当晚 7 时 45 分至 11 时 35 分，进行了第一次“预审”。遇罗克一开始就申明：“我不知道为什么叫我到这里来。”他说，“几年来，我没有做过任何一件对不起党和人民的事。”“我的日记是表达我对党的热爱的，我永远跟着共产党。”

“你不要在这里演戏，我们把你抓到这里来就了解你的问题，你早就在我们的视线之内了。”然而，近 4 个小时的审讯，他们什么也没得到。

“烈，豪杰！铡刀下，不变节。”在频繁进行的几十次审讯中，遇罗克大义凛然，唇枪舌剑，同封建法西斯专制展开了不屈不挠的斗争。预审庭宣布：“你公开点名攻击姚文元就是攻击无产阶级司令部。”遇罗克说：“我不知道姚文元是无产阶级司令部的人。”当预审庭说他攻击中央首长时，遇罗克说：“我认为陈伯达是‘左倾’教条主义者。”“陈伯达用封建时代的词句歌颂毛主席是不合适的。”预审庭又问：“你为什么攻击江青 ××？”罗克毫不掩饰地回答：“我认为我们这样大的国家，不应该只有八个样板戏。”预审员气得大骂：“浑蛋！无产阶级司令部的人让你攻击遍了，资产阶级司令部的人，你一句也没有批判……”

对强加在自己头上的“恶毒攻击”罪，遇罗克绝不接受。他多次在法庭上、自述里，倾吐了对党的深厚感情，同时也无保留地陈述了自己的一系列观点。他在材料中写道：“我过去认为，1959 年到 1963 年期间，如果没有错误，就不会那样困难。”他还在法庭上说过：“我对无限崇拜、无限信仰毛泽东思想的提法，有不同的看法。我认为各种理论都不是绝对的，是发展的。对群众学习毛主席著作，我认为占时间太多。”这些当时被看作“恶毒攻击”的话，其实不是现在人们公认的真理吗？

身陷缧绁之中，遇罗克还是非常渴望读书。他给家里写了一张纸条，开列了十几本马列著作和鲁迅著作，还要一本俄文本《毛主席语录》。哪知狱中除了《毛泽东选集》，别的什么也不准看，更不用说读外文了。

“咱们聊天吧！”遇罗克向也是受迫害的几位难友提议。他同在水泥厂工作的青工聊水泥生产过程，同在美术学院学美术史的学生聊美术，无形中又学到许多知识。狱中学习时，罗克有机会就给大家讲毛主席诗词里的典故，有时还引申到唐诗宋词、平仄规则等等。他讲时的神态，哪里像个囚徒，俨然是个“教授”。他还给大家讲黑格尔等人的哲学著作，可惜大多数人认为太抽象，难听懂。

“你能听懂吗？”罗克问学美术的大学生。

“能。”

“你对哲学有兴趣吗？”

“不大感兴趣。”

“不行。学哲学不单是对客观世界了解的过程，也是对自己的思维进行锻炼的过程。学哲学能使你对周围事物的看法有所提高。”

后来，他们两个又一起搜集古典诗词，从《诗经》直到清代，能记起来的都抄在撕成条条的用来写检查的纸上。两个多月工夫，积累了不少诗词。不料，在一次查号中被没收了。

由于违犯狱规和“态度不好”，遇罗克多次被戴上背铐和重铐。这是很紧的铐罚，吃饭时打开，血液刚开始循环，毛细血管又胀又痒，疼痛钻心。饭后刚好受了一点，铐又被立即扣上，更加难受。不可名状的痛苦，折磨着这个纤弱的书生。背已经微微驼了，顶开始渐渐秃了，脸色更白、更黄，看不到躯体内为真理而斗争的烈火还在熊熊燃烧。

虽然“恶毒攻击”和“组织反革命小集团”的罪名根本不能成立，在林彪、“四人帮”把持下的法庭还是决心以“思想反动透顶”“大造反革命舆论”等罪名置遇罗克于死地。在第44次审讯中，当审讯人员骂他是“死反革命”时，他听到话音里的杀机，起初有点愕然，难道凭这点材料就定死罪吗？继而他镇定下来，冷冷地说：“我还年轻，还没有对党和人民有所贡献，死了不好。”在之后的又一次审讯中，罗克再次强烈地抗议：“不能把我没有的东西加在我头上，我是拥护社会主义的，要相信在新中国成立后成长起来的新中国青年是有觉悟的。”

谁能听进他的话呢？在又一次审讯中，审讯人员恐吓道：“遇罗克，你顽固透顶！你的下场可想而知。给你两分钟考虑后果！”

审讯人员和记录员都出去了，屋里只剩下遇罗克一个人。两分钟后，忽拉拉涌进十几个人，围着他坐了一圈。气氛骤然紧张起来。

“遇罗克，考虑好了吗？”

“考虑好了。我的牙膏用完了，请让我家给我送一袋牙膏来。”

在真理即死亡面前，遇罗克像我们民族的无数英雄一样，昂起了高贵的头。

“罗克，你为一篇《出身论》去死，值得吗？”那位学美术的大学生问他。

“值得……你对家庭问题没有体会，而我两次高考，成绩优异，都没有考上。像我这样的并不是一两个啊。可以说，从我们能奋斗的那天起，就是被社会歧视的。

“我没有想到一篇《出身论》会影响这么大，全国各地那么多感人肺腑的来信，常使我读着流泪。我永远忘不了，有姐妹俩，哭着找到我们一再说‘收下我们吧！哪怕整天给你们端水扫地都愿意’。为了他们，值得一死。”

但是，世界上哪有一个无辜的人愿意含冤死去呢？遇罗克向法庭提出：

“希望政府能将某些检举材料核实一下，并听一听我个人的申诉。”这个最起码的要求，也被拒绝了。在这种人妖颠倒、是非混淆的情况下，遇罗克被判处死刑。

在生命的最后时刻，遇罗克没有恐惧、没有悲伤，有的是惊天地泣鬼神的凛凛正气，有的是不怕死不变节的耿耿丹心。生死早已被他置之度外，唯一遗憾的是还有许多书未读，还有许多文章未写，还有许多事情未做，那只有留给朋友、弟妹，留给后来的青年同伴去完成了。让我们永远记住他在狱中的诗篇吧！这是一个共产主义战士的真实写照，是一位思想解放的先驱者的临终遗言：

《纪行》
淮河黄河与海河，风尘万里泛浊波。
人声沸腾应拟是，歌哭痛处有漩涡。
恶浪恶浪奔驰速，风雪日夜苦折磨。
认定汪洋是归宿，不惧前程险阻多，
多少英雄逐逝波。

《赠友人》
攻读健泳手足情，遗业艰难赖众英。
未必清明牲壮鬼，乾坤特重我头轻。

1970年3月5日，北京工人体育场。在一阵疯狂的口号声中，在一片高高举起的“红海洋”里，遇罗克被“宣判死刑，立即执行”。认识遇罗克的同志亲眼看到，被剃光头发，身挂大牌的遇罗克昂然挺立，不肯低头。当警察来押他时，他拼命挣扎，不肯把戴着脚镣的双腿向前迈出一步。为了坚持真理，藐视专制，遇罗克就是这样威武不屈，壮烈献身。

一颗罪恶的子弹夺去了他的生命。一颗正在升起的新星陨落了。那一年，他才27岁。家人去领他的遗物，看到有一副眼镜、一支钢笔和一件从未穿过的新背心，直到死他也没舍得穿这件背心。

十年之后，我们到北京东四附近的一个四合院，探访遇罗克的遗迹。他的一家人已经迁走了，他的小屋也改建他用。真正是“物去人飞”，一切都似乎不存在了。但是，作为思想解放的先驱者的思想又怎么能够消灭得了呢？看今日，他生前痛恶的现代迷信，他坚决反对的封建血统论，正在受到日益深人和彻底的批判；他的那些经济主张，正在化为现实；他所热望的社会主义民主，正在大力发扬。他用自己的鲜血在人们心头播下的火种，终于映红了祖国的长空和大地。

1979 年 11 月 21 日，北京市中级人民法院为遇罗克平反，正式宣告：“遇罗克无罪。”

“历史是会估价我的功过的。”遇罗克的预言完全得到了证实。被钉在历史耻辱柱上的不是英雄的遇罗克，而是万恶的林彪、“四人帮”一伙。这位思想解放的先驱，这位捍卫真理的勇士，通过历史的凯旋门，重新回到了我们中间。他的短短一生迸射出的光辉，将永远闪耀在人民的心中！

附记：本文在采写过程中，得到遇罗克同志的亲属、难友、同学、朋友和一些同志的大力协助，尤其是他们撰写的有关遇罗克的回忆录，给本文提供了不少第一手的素材，谨在此表示衷心的感谢。

信仰、信任、信心——著名核物理学家王淦昌入党记

本报通讯员　孔凡岱　本报记者　朱军　林玉树

（1980 年 1 月 22 日）

1979 年冬天的一个下午，在北京郊区原子能研究所一座静谧的大楼里，所长办公室党支部召开支部大会，讨论我国著名核物理学家王淦昌的入党申请。

王淦昌，身材魁梧，穿一件褪了色的蓝色上装；红润的大脸盘上，戴一副眼镜；高高的额头两边，留着稀稀疏疏的白发。他今年已经 72 岁了，还显得那样的精神焕发，浑身充满着活力。他用江南一带的口音，向同志们介绍自己半个多世纪以来的经历，庄重地申请加入中国共产党。他的嘴唇微微地颤动着，他的眼睛忽然感到模糊了。他习惯地摘下眼镜，擦擦镜片。但是，他没能使视线明亮起来。此刻，他抑制不住激动的心情。他有多少话要对党倾诉啊！

王淦昌的话音刚落，他的入党介绍人和与会的党员就接二连三地发言。会议室里充满着严肃而热烈的气氛。

同志们说，王淦昌同志信仰马列主义、毛泽东思想，信任共产党的领导，对党的事业充满必胜的信心。

同志们说，王淦昌同志长年如一日坚持奋战在科研第一线，为发展我国的原子能事业做出了卓越的贡献……

一句句真切的话，就像是小溪的流水，潺潺地流着。王淦昌同志：党和人民了解您！

（一）

1960年年底，王淦昌搭上列车，离开杜布纳到莫斯科中国驻苏使馆去。

四年来，他曾代表中国参加苏联杜布纳联合原子核研究所的工作，任副所长、研究员。现在他坐上列车，听到的不是加速器中变压器发出的声音，而是车轮有节奏的声响。他从科学的世界里，又回到了现实生活中来。

他知道：我们国家面临暂时的经济困难，赫鲁晓夫单方面撕毁合同，企图卡我们的脖子。我们党和人民经受着多么严峻的考验！

他坚信：党一定会带领我们渡过这一难关，共产主义的伟大事业，一定要在中国胜利。然而，作为一个科学家，自己应该怎么办呢？

他打开了存折，这是四年来他节衣缩食积存的十多万卢布（旧币）。他要用这些存款帮助党、帮助人民克服眼前的困难……

一到中国驻苏使馆，王淦昌就把这笔钱交给了党组织，表达他对党无限热爱的赤子之心！

在林彪、“四人帮”制造的十年浩劫中，王淦昌也受到了冲击。但是，这些屈辱并没有使他动摇自己的信念。就像坚信科学的真理一样，他坚信我们党将最后扫除林彪、“四人帮”造成的这场瘟疫，党总有一天要取得胜利。

那是黑云压城城欲摧的日子。“四人帮”掀起了所谓反击右倾翻案风的黑潮。报刊连篇累牍地刊登所谓批邓的文章。在巨大的压力之下，王淦昌心里一清二楚：邓小平同志没有错！老一辈无产阶级革命家一定能力挽狂澜，使马列主义的光辉重新普照中国大地。

他鄙视所谓批邓会议。有时，实在迫不得已去参加那种会议，王淦昌也绝不发言，更不肯举起手来喊什么口号。他说：“叫我去喊口号，我的手举不起来啊！”有一次，王淦昌在前门饭店参加一个会议，当时在“四人帮”策划下，清华大学贴出了不少所谓批邓的大字报。会议组织者要大家去看大字报，王淦昌十分气愤，公开表示反对。他说：“去看大字报，完全是浪费时间，毫无意义。”

不久，在“四人帮”这伙野心家的摧残之下，我们敬爱的周总理与世长辞了。多次受到周总理教诲的王淦昌，悲痛地与总理的遗体依依告别，热泪洒在总理的灵前。王淦昌心里说：周总理啊周总理，人民的希望寄托在您的身上，而您却离开我们太早了！

清明节前，正在北京出差的王淦昌和同志们一起恭恭敬敬地送了一个花圈到天安门人民英雄纪念碑前。

这可是一件“大逆不道”的事情。果然，种种非议喧嚣一时，甚至谣传王淦昌是被绑架去天安门的。有人为此给王淦昌写信查问。

面对这种情况，王淦昌怒火万丈。他提起笔来迅速地写了回信，说：

“花圈：是我自己要去送的。

目的：悼念敬爱的周总理！

你们还有什么不明白的地方，可以直接来问我。”

在斗争的关键时刻，王淦昌表现出坚定的无产阶级立场，大义凛然！

严冬时刻盼日出。人们终于盼到了这一天：华国锋同志为首的党中央一举粉碎“四人帮”，红旗漫卷长城内外、大江南北。人才辈出，群星灿烂的科学春天到来了。不久，王淦昌调任中国科学院原子能研究所所长。他深刻认识到，只有在党的坚强领导下，科学事业才能发展起来。他所在的原子能研究所，当时还缺少一位常务党委副书记。王淦昌自觉争取党的领导，他想到了过去的老战友李毅同志。

李毅是一位久经革命斗争考验的老同志。1955年8月，他从部队转业到近代物理研究所（原子能研究所的前身），曾和王淦昌同志共事过一段时间。“文化大革命”中，他无端地遭到迫害，备受摧残。现在，李毅同志刚刚解放出来，等待安排工作。当时上级党组织已考虑让他到原子能所担任领导工作。王淦昌多次登门拜访，主动争取李毅的帮助。李毅高兴地想道：面前这位两鬓斑白的党外科学家，把党的科学事业，当作自己的事业，真不简单呵！后来，经过上级党委的批准，李毅同志又回到原子能研究所。从此，这两个老战友，亲密无间地战斗在同一战线上。

（二）

在庄严的党支部大会上，同志们争先恐后地发言，像一块块石子，投入平静的湖面，激起层层波澜。王淦昌信仰共产主义、信赖党的领导的事迹，令人感动；他一心扑在科学事业上的崇高品德，也叫人赞不绝口。

青年时代，王淦昌曾提出用 K 俘获实验来证实中微子的存在这样一个很好的设想，并因此受奖；在杜布纳联合原子核研究所，他所领导的实验小组又发现了反西格马负超子。他从杜布纳回国的时候，已经是一位成就卓著的科学家了。

回国以后，他接到上级的通知：要他任某研究院副院长，到西北地区去领导一项重要的国防科研任务。从北京到西北，对于某些人来说，也许是一件困难重重的事情。但是，对于王淦昌却不然。国家的利益，工作的需要，就是无声的命令。他很快就走上了新的工作岗位。无论是在缺氧的高原，或是在偏僻的山沟，他始终站在科研第一线，为改变我国原子能科学技术的落后状况和赶超世界先进水平做出了巨大的贡献。

有一次，一项国家级实验工程已接近尾声。同志们向王淦昌汇报进展情况。王淦昌不断地点头，称赞大家的工作，接着，他站了起来，说：

“好吧。现在让我去检查一遍！”

同志们劝他说，你年纪大了，工程又快完成了，现在进去检查有危险！

王淦昌说：“你们年轻人都可以进去，为什么我不能去呢！”他执意要去检查，谁也没法阻拦。

周总理对重大国防试验提出了“严肃认真、周到细致、稳妥可靠、万无一失”的要求。王淦昌总是身体力行，亲临现场。他和同志们一样值班，一起度过不眠之夜，直到试验完成。

“文化大革命”中，由于林彪、“四人帮”推行极“左”路线，这个研究院的许多科研人员受到批判。王淦昌也被当作批判对象，靠边站了！但是，不管怎样的逆境，都不能挫折他的事业心。

有一年，周总理指示这个研究院，要做好一项重要的国家科学试验的总结。王淦昌满心愉快地接受这项任务。可是，许多被冲击过的同志还没有得到平反，政策还没有落实，有的人精神还不能振作起来。

面对这种情况，怎么办呢？王淦昌亲自到科研人员家中，挨家挨户地做工作。他对大家说：“这是周总理交给我们的任务，我们一定要干啊！”人们看到，老院长并没有因为受冲击而闹情绪。他以大局为重的行动，就像高昂的冲锋号音，激励着大家前进。一个“试验总结”的领导班子，很快就组成了。王淦昌和同志们夜以继日地进行工作。

王淦昌不爱看电影，因为他不肯把时间消磨在娱乐上。但在全国科学大会期间，他同他过去的一些学生欢聚在一起，有一天，他对学生们说：

“喂，昨天晚上我看了一个好电影！”

学生们一听，愣了，问：“王老师看了什么好电影？”

王淦昌说：“巴甫洛夫到八十多岁高龄还能从事科研，我要能像他那样就好了！”

学生们笑了：王老师偶然看了一部叫《巴甫洛夫》的电影，他在古稀之年还希望自己能再为党的科学事业再多干些年哩！

王淦昌是说干就干的。深夜，他伏案疾书，博览文献，攻关不止；清早，他黎明即起，锻炼身体；白天，他深入科研课题组，与大家一起商讨科研的方向。他担任第二机械工业部副部长职务以后，却照常工作在基层。他亲自选定了一个科研课题：带电粒子惯性约束可控聚变反应的研究，决心为原子能的利用做出新的贡献。

王淦昌常常对他的学生们说：“外国再好，也是外国的东西。我们是中国人，我们要尽快地赶上去！”他看到我国四化建设中能源是个重要问题，为了发展核能，他不顾年事已高，在科学会堂做了三个小时的学术报告。在一次出差路上，他还在南京、上海、杭州连续三次长时间地做了核能的科学报告。他大声疾呼，四处奔走，决心为四化开辟新能源。

（三）

参加支部大会的 21 名党员，一致举手通过，赞成王淦昌同志加入中国共产党。

王淦昌同志：党欢迎您！

王淦昌深情地望着面前的党员同志们，半个多世纪的往事，在他的心中翻腾。

他从小丧失双亲，孤苦伶仃。在国民党反动派统治下，他从事科学研究，从来没有受到过应有的尊重。他提出过重要的物理设想，在国内却做不成试验；他获得过一点点镭元素，却遇到日本帝国主义的大举入侵，他只好随身带着这点元素到处流亡……

新中国成立以后，他才体会到祖国的关怀和党的温暖。伟大的党为我们的国家开创了科学研究的新时代。科研队伍不断壮大，科研成果日新月异：我们有了原子弹、氢弹，将来我们也一定会有自己的核电站……

王淦昌同志在新长征路上大步迈进着！

一个农民养猪专家的故事

本报记者　梁衡

（1980 年 11 月 14 日）

去年 4 月的一天，山西省忻县温村公社的院子里进来一位黑脸膛、戴着近视眼镜的社员。他一见到公社书记王金龙同志就说：“我请求当大队养猪场的场长，到年底保证上缴利润 3700 元。我找大队，大队不同意，这才来请公社给我做主。”

王金龙书记问明，这是大王大队的社员岳安林。大王猪场已连续亏损了十一年。书记说：“安林，你就有这么大的把握？”岳安林说：“多出的钱全部交队里，短下的钱全由我一人包赔！”说着掏出一个 5000 元的存折，“啪”的一声压在桌子上：“大不过是这么多，甘愿立下军令状！”王金龙真正感动了。他说：“我们的队干部都要像你这样的干劲，什么都好办了！你干吧，如果真的完不成指标，公社替你担一半罚款。”最后大队和岳安林签订了合同，在人员、饲料等固定的条件下，猪场一年向队里上缴利润 3700 元，若不足此数，每 100 元罚工 40 个；如果超过，每 100 元奖工 15 个。

合同订了，县、社领导和社员群众都替他捏着一把汗。岳安林却胸有成竹。上任第一天，他把猪场的五个人召集到一起约法三章：（1）实行联产计酬，每增肉 30 斤，记一个工，超者奖，不足者罚。（2）民主治场，全场六个人，每人一天，轮流任值日场长，人人都得听从指挥。（3）八小时工作制，剩余时间，读书学习，定时进行业务考试。80 分以上者奖，60 分以下者罚。

约法之后，他把负责育肉猪的饲养员叫来，给了他一张纸。只见上面写着："玉米粉五十斤，豆饼十五斤，鱼粉三斤，食盐半斤，硫酸铜、碳酸钙等半斤……"原来是一张饲料配方。他说："你照这去喂，一两不许变动。猪不长肉你来找我；不按配方，完不成指标由你负责。"接着他又把母猪饲养员叫来，给了另一张配方。又对化验、保管等一一做了吩咐。

这岳安林办猪场可真与众不同，他不是忙着去垒墙出圈，却首先搞什么优势杂交、猪群整顿、同期发情等。猪场原有 52 头母猪，有不少是十年以上的老猪，早已不能产崽，甚至行走不动，终日卧着晒太阳，每天要白白消耗许多精饲料。他过去多次提议淘汰掉，可是原老场长说："这些猪生儿育女有功劳，走不动了也要养着。"现在他一朝掌权就立即杀掉了 24 头，甩掉了一群"包袱"。他又很快补进了一批品种优良的精壮小猪，活蹦乱跳，顿时猪场一派生机。

他的八小时工作制实行没两天，就有两个饲养员来找他说："你这个活我们干不了。"他说："好，你们两人的工作全交给我。你们跟着我看上一天。"只见他先把猪按品种用途、吃食习惯分了槽，又把料一次配好，装在一个平车上，按路线投料。这个猪吃着，那个猪喂着，井井有条，不多走一步冤枉路，不浪费一刻钟，全部工作干完，只用了六个小时。这两个饲养员看了一天，目瞪口呆。晚上，他把大家叫到一起，掏出一本华罗庚教授编的《统筹法话本》，在纸上画了一张"饲养统筹图"，说："你们看，这样安排活路，从加料到喂完，一个全过程就可以省出三个小时。"

岳安林今年 37 岁，1961 年从学校返乡后就苦钻养猪技术。这些年来，他背着一个地富子女的帽子，常挨批斗打骂，备受凌辱。可是这个有志者竟自学了四国外语，阅读了大量国内外资料，在全国性刊物上发表了论文，被邀请出席全国养猪会议，受聘到大学、中专课堂上讲课，却总不得在队里一显身手。这次破釜沉舟才争得一个机会。别的猪场，除了料房，就是猪圈。他这里却还有化验室，有温箱、天平、量杯、试管，有供水管道、太阳能暖圈。别的猪场常是满地粪土、柴草，他这里却打扫得干干净净，当院的墙上刷着一块大黑板，上面是密密麻麻的饲料配方公式、试题标准答案。场里职工和外省、外县来这里代培的学员，常在黑板前讨论问题，这里简直是一所养猪学校。

人们持着各种各样的议论，就等着年底看结果。结果呢，这年年底，他们六个人共育成上市肥猪 104 头，平均每人生产猪肉 3201 斤，出栏率达到 123%。这个数字高出全国平均出栏率的一倍多。用料与产肉的比例为三比一，而全国平均数是五比一。最后一结算，全场盈余 11860 元，比合同规定超出

8000多元。按合同岳安林应得奖励工1000多个。可是他却把大家召集在一起，总结完一年的工作后说："成绩是靠大家的劳动取得的，这些奖励工都分给大家。我这样干的目的，只是想通过实践证明一下：科学技术加上科学管理，集体猪场就不会赔钱，就能办好！"最后他只领了530个工，是全场工人中最低的报酬。他说："作为一个场长，理应这样。"

李谷一与《乡恋》

本报记者　理由　邓加荣

（1980年10月8日）

时针指向午夜，录音室里灯火辉煌。电视片《三峡传说》的编剧兼导演马靖华焦躁地踱来踱去："这难道是歌唱离别故乡的感情吗？太激烈了。我需要的是轻柔的、自然的……就像说话一样。这个片子情愿不播出，我也绝不迁就音乐！"

作曲家张丕基，一副毫不妥协的神情："我情愿不要音乐，也绝不修改！"

这是艺术问题的争吵，互不相让，火气冲天，复杂又单纯。如果没人来打破僵局，看样子得吵到大天亮。双方把求援的目光一齐投向李谷一的身上。

李谷一刚刚唱完这首歌，单就个人的情趣来说，她喜欢它，因为它容纳了丰富的声乐技巧，感情庄严，曲调高亢，为演唱者展开广阔的音域，适合她的胃口。录音工作已经完成，交差了账，心安理得，又何必给自己找什么麻烦呢？须知，这些天来她实在太累了。但她凭直觉感到，这首歌很难在群众当中流行。干脆一句话，除去她和某些专业演员，别人谁也唱不了。这不能不算做一点遗憾，导演的意见也不无道理。于是她向作曲家说："老张，再写一个吧。这是我们第一次合作，我保证给你唱好。"

编导和作曲家达成协议：由编导改写歌词，作曲家重新谱曲。

李谷一返回中央乐团住处。马靖华留在办公室赶写歌词。张丕基回家休息时已是凌晨两点多钟。辛苦的夜晚，短暂的宁静，这就是后来音乐界、评论界、观众中一场轩然大波的序幕。

有人说，李谷一不唱《乡恋》是不是更好？或者，《乡恋》的第一稿不做修改，原样播出，是不是就能避免造成不良的“社会效果”，并躲过一场灾祸？

——不见得。

在当今的歌坛新星中，很少有人像她那样引起众多的争议，也很少有人有像她那样曲折的艺术经历。她生长在湖南长沙岳麓山下一个知识分子的家庭，15岁考进湖南艺术学院学习舞蹈，接受严格的身体训练，至今两肩肌肉仍很发达，还能拿大顶。她在舞蹈系学了两年，又被花鼓戏剧团招为演员，打下民族戏曲的功底。不久适逢中南地区会演，剧团报上去的剧目是《补锅》，开演前一个多星期团内发生人事变动，匆忙决定由她来顶替主要角色，虽然是临阵磨枪，她却演得惟妙惟肖，一鸣惊人。她还唱过民歌，唱过京剧，从1967年开始学习西洋发声技巧，十年寒窗，磨砺精深，形成自己的艺术风格。中央乐团的一位同志说：“她很会唱歌，很会表演，行腔咬字清楚，高音明亮结实，台风很可爱，一举一动都恰到好处，这和她从小学习戏曲、舞蹈有关系。她的声域宽，上得去，下得来，真声假声连接自然，流畅贯通，嗓子甜，有才华，音乐感很强。真是难得的人才……”

一个人倘若出了名，她所得到的赞扬和非议历来成正比。三年前，当她在首都舞台上初露头角时并没听到什么争议。她用浓郁的民歌情调演唱的《夫妻识字》，使老一辈人闻到了陕北高原的气息，唤起温暖的回忆；对于遭到十年禁锢而不知世上还有音乐艺术的年青一代，听来也觉耳目一新。人们从各自的角度出发，关心她，期待她，注视着她的发展，有人希望她永远像可爱的延安小妞那样，有人盼望她冲破一切羁绊，也有人要求她走严肃音乐的传统之路。而她就是她，众口难调，每迈出一步，就失掉一部分听众，也赢得新的听众。当她唱到《边疆的泉水清又纯》时，有人就发出刹车的信号——“到此为止”。当她唱到电影《小花》的插曲时，有人几乎不能容忍了。总之，她自觉又不自觉地卷入了一场艺术的、政治的、社会的旋涡，在演唱《乡恋》之前，围绕她的“倾向”问题酝酿着争论，已成一触即发之势……

……次日清早，作曲家张丕基还在酣沉的梦中，有人来敲家门。睁眼一看，小女儿把一张纸放在床前。他匆匆浏览一遍，这是《乡恋》歌词的修改稿，写得很顺，便靠在床头轻声地哼吟。这位作曲家本是革命烈士子弟，50年代在哈尔滨上学期间接受苏联音乐理论的系统教育，后来又读过两次大学，毕业于上海音乐学院和中央音乐学院，二十年来致力于严肃音乐的创作，从精神气质到艺术个性都趋于高雅、凝重，他的作品在“文化大革命”中无一例外地被划为“大洋古”之类。而这次，他也变得身不由己，好像被施了魔法似的，一反常态，从心中流淌出来松弛的、平易的、低回的旋律。8点钟，他准时来到办公室上班，半小时后谱好《乡恋》的第二稿。

编剧惊异地说：“嗬，这么快！”

作曲家说：“词顺就谱得快。”

两人相视而笑，昨夜的一场争论已经释然。这天大雪纷飞，他们当即派人前往中央乐团，把词谱送到李谷一的手里。

晚上，中央人民广播电台的录音室里，米黄色的天花板和深褐色的墙壁散射着柔和的灯光。李谷一站在房间的一角，穿一件绛红色的毛衣，身段轻盈，举止从容，而脸色显得很疲惫。当弦乐器和电吉他奏出过门的一刻，人们都屏住呼吸。这首歌将引起什么样的“社会效果”？谁也没有去预测。人们担心的是，李谷一接到词谱只有一天多的时间，毕竟太仓促了。她能够表达导演和作曲家所期待的要求吗？

她唱了。编剧和导演所规定的情景，作曲家所描绘的意境，唱得比想象中的更好：

你的身影，你的歌声，
永远印在我的心中。
昨天虽已消逝，分别难重逢，
怎能忘记你的一片深情……

这是一首面对着绮丽的三峡风光倾诉乡思离愁的抒情歌曲。姑且不去评价它在艺术上的高低、演唱方法的优劣，只说说录音室里的气氛。这是一首表达个人情绪的小品，如同悲欢离合构成了唐诗宋词中百读不厌的题材，最容易牵动人之常情，这首歌也触发了埋藏在李谷一心中的感受。她唱得真挚、凄婉、平白如话，如泣如诉，忧悒中怀有美好的憧憬。唱到动情之处，两颗晶莹的泪花夺眶而出。在场的导演、编辑、作曲家和技术人员傻傻地听着，如醉如痴，陶然忘机，在每个人的心中勾起一段往事的回忆。乐曲结束时，导演竟然忘记发出指令，去关掉录音机的按钮。

“刚才你哭了！”作曲家对李谷一说。

她揩去了泪痕：“我想起了我的家乡岳麓山……”

时值新年前夕，李谷一回到中央乐团后一片忙碌。联欢会、茶话会、演唱会……累得喘不过气来。《乡恋》一事，早忘在了脑后。在她的节目单上，《乡恋》只是即兴小品，唱过去就算了，并没有打算把它保留下来。如果不是一点火星引爆了一场争论，也许，命中注定它将是无声无息的。

今年2月，《北京音乐报》率先对《乡恋》发起讨论。随后，读者的信件如雪片般飞来，展开热烈的争论，众说纷纭，莫衷一是。有人认为这首歌是“灰暗、颓废的”“低沉缠绵的靡靡之音”；有人认为是“明朗、健康的”“优美动人的佳作”。有人认为它是“毫无价值地模仿外来的流行歌曲和香港歌星的唱法”，有人认为“要允许模仿，学习的法则就是从模仿别人开始进而创新”。有人认为西方和港澳的流行音乐甚至包括轻音乐在内，“多数是同那里的咖啡馆、酒吧间、跳舞厅、夜总会等资本主义社会的娱乐生活密切相连的”，有人认为流行歌曲也有最为可贵的一点——“易记易唱，未必没有存在的价值”。还有人对演唱时离麦克风的远近，喘气次数的多少，打击乐器的伴奏一一提出商榷……翻阅这些争论文章，令人惊异的是，对于同一首歌曲在听众当中有着截然不同的感受、理解和反映，甚至对歌词含义的理解都相去甚远。有人认为歌词中的“你”指的是情人，因此断定这是消极的情歌，有人认为作者把家乡比作爱人，感情真挚而朴实。有人认为歌词中的“我”系指王昭君，让古代的王昭君唱今日的流行歌曲，与人物的身份不符；也有人认为“我”就是“我”，作者与演唱者的第一人称，跟王昭君毫无关系……

叽叽喳喳的、七嘴八舌的、甚至立论和命题都缺乏同一性的争执，展现了文艺界清新的气象——搞“一言堂”的岁月已一去不复返了。

这时的李谷一在做什么？她忙得焦头烂额，疲于奔命。自从中央乐团部分地实行经济核算制度以后，浩繁的、沉重的演出任务加在她的身上，加在全体演员、职员的身上。而她所在的综合乐队更是负重如山。她已经累得两次声带出血了。第一次是在前年的一场内部演出之后。但在去年整整一年的时间里，并没有得到休息和恢复。她的负担是一般人难以想象的。拿《小花》来说，为这部影片演唱插曲的前夜，她还站在秦皇岛的舞台上为观众演出，她的节目安排提前两个小时，以便及时脱身。深夜12时赶到火车站，清晨6时抵达北京，8时出现在北京电影制片厂的录音棚里，上午录制《妹妹找哥泪花流》，下午录制《绒花》。第二天又登上火车，前往北戴河，6时下火车，剧场7时开演，这当中还包括在后台化妆的时间。她把轻松的歌声送到听众的耳中，而她的身心又是多么劳累啊！她是三月杜鹃，声声啼血。声带出血，肾脏尿血，心脏也出现早搏的症状。去年她为十部电影片、电视片配制插曲，仅这一项就为乐团挣得好几千元的收入，她付出的代价是声带再一次受伤。难道她不能减少一点演出任务吗？指标完不成，领导有难处，观众不答应。她在北戴河少演了一场，失望的观众就向台上丢桃子，众怒难犯。她处在一场灼热的旋风之中，艺术需要探索，经济需要改革，“四人帮”摧残乐坛所造成的青黄不接需要有人来填补，听众的饥渴需要得到满足……成堆的问题落在一个年轻的女演员的双肩，这副沉重的担子够她挑的。

3月，李谷一在报纸上发表文章:《在实践中探索》，是答谢，也是答辩，说清了一些问题，另一些问题则说不清。她对演唱中运用轻声和气声的处理而引起的不同看法，发表了自己的见解。她认为轻声和气声的运用是表现歌曲内容和情绪的手段之一。这种手段在西洋唱法和我国戏曲、民歌的演唱中都是存在的，不能与外来的和港台的流行歌曲相提并论。

至此，围绕《乡恋》问题的争论基本上是限于艺术范畴。但在善良平和的争论声中，有人奏起尖锐的音符，对艺术家进行难堪的人身攻击，把李谷一比作“酒吧歌女”，说她“格调低下”“对观众的庸俗趣味曲意奉迎”，这些同志是以维护民族风化、抵御西方侵蚀为己任的，但是他们针对一个女歌唱家使用的挖苦性语言，在西方的文艺评论中也不多见。还有的同志把当今社会上出现的喇叭裤、港式头与音乐牵连在一起，甚至把艺术问题和青少年犯罪现象也混为一谈。进而有人疾呼:“亡国之音唱不得！”于是，艺术问题化为政治问题，过分夸大音乐的社会功能，而我们的社会主义江山在批评家的笔下被描绘得多么脆弱！

4月，李谷一正在南方巡回演出的途中，接到召开音乐座谈会的通知，从上海坐飞机赶回北京。会上，音乐界一位负责人点名提到《乡恋》，其他从事轻音乐创作的同志也人人自危。李谷一的性格是泼辣的，她像诉说委屈的孩子，情绪激动:“说我拼命地学港台歌星，我怎么学呢？我的工资只有四十九块五，连一台录音机都没有，忙得又没有时间，拿什么去学！我在《乡恋》中主要用的是轻声，不是气声，能不能搞清楚了再批！我在《绒花》中用了轻声和气声，为什么用？我想到革命先烈为了解放全中国付出鲜血的代价，他们的精神感动了我，这是表达感情的需要。我唱的歌有歌颂党的领导的，有赞美军民关系的，有表现兄妹之情的，有歌唱祖国山河的……说我是黄色歌女，我的歌黄在哪里？我的有些歌是带有忧伤色彩的，因为我是经过‘文化大革命’的人，我同情惨遭迫害的革命的老前辈和那些无辜的人们，我有人的正直的良心。表达人民的爱憎，这就是我歌唱的灵魂！我今后倒要好好研究外来的音乐，我要买一台录音机，搞声乐的人能不研究吗？提起来都脸红……”

李谷一是坚强的。音乐座谈会散了，与《乡恋》有关的人员仍然背着卸不掉的包袱，李谷一匆匆离开北京，继续去南方演出。今年上半年她总共演出二百多场次了，返回北京的第二天，她拿起扫帚清扫宿舍，忽然打了一个喷嚏，试了试嗓子，竟然沙哑失声，一个音也说不出来了。经过医生诊断，血管破裂，鲜血外溢，染红了整个声带。

这是她第三次出血。

养病期间她的心情是焦急的、烦闷的。她是为声乐艺术、为广大群众、也为她所在的乐团而效力泣血的。有人曾开玩笑地说她是团里的“摇钱树”，她的确尽力支持领导的工作。即使在身体不支的情况下，听到领导的动员或接到催促的电报，她也置病情于不顾，投入演出任务。人是需要得到一点儿照料的，起码是精神的安慰。而她得到什么呢？她的手里保存着一封信，那是中央乐团的一位领导同志在几个月前写的，《乡恋》受到公开批判以后，经过别人交到她的手中。这封信对她的艺术倾向给予否定，指出她没有第二条路可走，否则只有到她适合的土壤去发展——动用行政手段进行干涉，像是最后通牒，也像逐客令！

这封信，与多次要她投入繁重演出的指令，出自同一位领导同志之手，未免不近情理。鞭笞一个演员的心灵，同时要求她发出优美动听的歌声，这是多么难以忍受的辛酸和刑罚啊！

和这封信形成对照的，是来自全国各地的听众的信。就《乡恋》一事，她收到上千封来信，其中九百九十几封都对她表示热切的同情和支持。也许有人会说，这些信多出自异端青年的手笔吧。实际情况可不是这样。写信的有工人、农民、解放军战士、大学生、教师、上了年纪的老人、严肃的工程师、文艺界的同行……自从李谷一被点了名，一时成为人们口头流传的新闻人物。在当今生活中人们普遍奉行一条准则——从道义上同情弱者。人们在剧场里，在电视旁，关切地注视着她的举手投足、微末细节，神经变得极为敏感。人们关注的是她在压力面前是不是有所畏缩？请看这样一封来信：“你好！不久前看了《歌曲之友》电视节目之后，很多人便议论开了：‘她这是怎么啦，唱得都不敢动情了’‘……跟中学生背课文一样，放不开了！’我也有同感，觉得很不安，便决意写这封信给你……多么令人费解！当我们一些年轻的作曲家、歌唱家，刚刚试图探索和吸取异国歌曲的长处时（当然，开始时总不免幼稚，甚至模仿多于创造），就有同志说东道西起来，甚至对新近评选出来的听众喜爱的十五首歌曲也横加指责，我认为这样不一定妥当。为了四化建设，我们当然需要响彻云霄的好进行曲，但也不应排斥带有中国民歌风味的健康有益的流行抒情曲。从某种意义说，车尔尼雪夫斯基的话是对的：一代人有一代人的美！从这种意义上说，你的探索是可贵的，有前途的……”还有的信更加直言不讳：“李谷一同志，要顶住！我支持你，一定要顶住！”

上千封支持的信件，几封反对的信件，多么不成比例。它展示了当前文艺评论界的特异现象：一旦某作品受到干涉和指责，人们就对它兴趣盎然，价值倍增。即使它还有缺点，批评得有些道理，也不能摆脱这个反常的逻辑。而另一些作品一旦列为样板，并用行政手段加以推广，它的吸引力就骤然下降，或者干脆不听。奇怪吧？

更奇怪的事发生在体育馆的大厅里。当中央乐团来到上海演出时，深夜两点钟就有人冒雨排队买票。18000 人的体育馆，全场爆满。李谷一几次谢幕，几次返场。最后一个节目报出《乡恋》时，看台上掌声雷动。唱完后群众的情绪达到沸点，仍不放她走。结果，这个声乐演员不得不借鉴运动员的仪式，在体育馆绕场一周，向观众招手告别……

音乐界有的领导同志惊叹：《乡恋》不能再演下去了，因为这当中派生了其他因素！

“其他因素”怎么产生的？音乐界的领导担负着党所赋予的联系群众的枢纽作用。但在三年多来，音乐界的某些同志和群众之间隔着一堵墙——声音之墙。演员的歌声、群众的呼声和掌声都被反射回去，充耳不闻，却一味追究所谓“社会效果”。而那些不受群众欢迎的作品效果，为什么不首先追究？于是，隔阂日益加深，这就是“其他因素”产生的原因。

“其他因素”在天津表现得更加突出。李谷一在天津体育馆演出时，原订的节目单上没有《乡恋》。观众高喊：“《乡恋》！《乡恋》！”呼声潮起潮落。乐队奏出了过门，李谷一开口演唱了，但是，观众的兴趣所在并不完全是欣赏艺术，全场和着音乐的节拍齐声鼓掌，直至曲终。他们的掌声是对李谷一的支持，也是对那些横加干涉艺术的做法的抗议！

生活在变迁，艺术在发展，观众的心理在转移。用音符去体现政策，用旋律去区分路线，用节奏去转变立场，有人试图这样做过，但收效甚微。那些为“四人帮”而高呼“就是好！就是好！”的乐章，从内容到形式都被群众抛弃了。人们在饱受十年噪声的折磨之后，神经需要松弛。目前对流行歌曲和轻音乐所表现出的过于热衷，是对十年浩劫的惩罚。

李谷一和一代歌坛新秀们所做的探索，社会效果是积极的。我们盼望她能从前辈的指教中和各种不同的评论中吸取营养，开拓一条更加宽广的创新之路。当然，对她的实践需要加以引导，广大听众的艺术修养有待进一步提高，而音乐界的领导也有改善的必要。文艺界也应吸取“沉船”事件的教训，人才的价值绝不低于物质的价值。

她在扬帆起航，祝愿她能经住风浪。

活着的张志新——郭维彬

本报记者　陈禹山

（1980年9月9日）

初秋的北京，天高云淡，阳光分外灿烂。西郊，树木葱茏。9月1日下午，一辆小汽车驶进了西苑旅社。车上走出一个人，人们一看就认出，她是康克清同志。康大姐径直走进七号楼的一个房间，见到一位下腰微弯的中年妇女，马上走过去，紧紧地同她拥抱，说：“你是我们中国妇女的光荣！”……

在场的人看着这般情景，想起这位中年妇女身上过去发生的事情，有的眼圈湿了。但她没有眼泪，明亮的双眸闪烁着光芒。

这位受人敬仰的中年妇女叫郭维彬，是哈尔滨铁路局图书馆的工作人员。十三年前，即所谓“文化大革命”开始后的第二年，她就看出了这场“史无前例”运动的后果的严重性。为了捍卫党和人民的事业，她把个人的一切置之度外，挺身而出，揭露林彪、康生、江青一伙的真面目，以及他们鼓吹现代迷信的罪恶目的；为刘少奇同志等一批被打倒的老一辈无产阶级革命家鸣冤叫屈，要为他们翻案，因而被以“现行反革命罪”逮捕入狱，长达十一年之久，受尽了骇人听闻的折磨、摧残。她曾两次被判处死刑，立即执行，只是由于一个正直的医生给开了一张她患有“精神分裂症”的诊断书，才使她免于一死。她的思想光芒像张志新，她的斗争精神像张志新，她的革命意志和胸怀，也像张志新。不同的是，张志新已离开了人世，而她幸存了下来。最近她被增补为全国政协委员，现正在北京参加第五届政协第三次会议。会议的代表们无限感慨地说："郭维彬就是活着的'张志新'！"

当年张志新所遭受的惨绝人寰的迫害，她无法亲自向党和人民倾诉；张志新被判处死刑，立即执行前，气管被割断，那时，她想些什么呢？她的心灵深处在呼喊什么呢？亲爱的读者，让我们来听听活着的"张志新"郭维彬同志给我们的回答吧。

心，是鲜红的

郭维彬今年44岁，是三个孩子的母亲。她被捕那年大女儿11岁，小女儿才1岁。她个子不高，身体异常单薄，由于三节腰椎骨被打坏，腰板已伸不直，所以显得更加矮小、孱弱。她说起话来，柔声细语，时而带笑，时而深沉，像凯旋的老战士，讲着疆场上发生的一切。

1967年8月的一天，神州大地到处响起了"打倒刘少奇"和"祝林副统帅永远健康"的噪音。哈尔滨铁路局也在闹腾。但局图书馆的一角却很平静。图书管理员郭维彬陷入沉默。当权者发觉，就前来要她写大字报表态。她是个对党的事业忠心耿耿的诚实人，不愿意眼睁睁地看着党受损失，人民遭苦难。她说："我有自己的看法。刘主席是一个忠于马列主义的无产阶级革命家，是毛主席的亲密战友"；"林副主席我怀疑不是毛主席的亲密战友"。此外，她肯定毛主席过去领导中国革命创建的丰功伟绩，但对毛主席亲自发动和领导的"文化大革命"提出了异议。一个纯朴的公民说了几句心里话，却惹来了一场大祸。郭维彬当天就被捕了。

接踵而至的是批斗、拷打，要她交出"黑心"。其实，她的心是鲜红的。"文化大革命"开始的时候，她也像千千万万的纯良朴实的公民一样，"一千个拥护""一万个支持"。她想，党在"继续革命"，祖国的航船正驶向更加美好的彼岸，应当奋力向前划。但是，她不久就痛苦地看到，一批批革命前辈和人民群众被打落水，党在流血，祖国在呻吟。她心中的希望渐渐变成了失望，她不得不陷入沉思。她从在北京看到的大字报想到全国的现状，又从全国的现状想到党的历史。也不知道经过多少个日日夜夜的思索、学习，她的心亮堂了，认定了"文化大革命"推行的是一条极"左"路线。她对这条极"左"路线的形成做了分析之后，大声疾呼说："中国就要改变颜色了，或者说已经变了，我们绝不能等闲视之"，"应该起来推翻'文化大革命'的错误领导、错误决定”。她指出，林彪表面拥护毛主席，歌颂毛主席，实际上“他不过是想借助毛主席的威信骗取党和人民的信任，大搞反革命复辟”。他是“埋在毛主席身边的定时炸弹”！郭维彬提出“打倒林彪”“把江青从党中央赶出去”“推翻中央文革”！

她引用党史和毛主席著作中的大量资料，书写了很多材料，具体说明刘少奇同志在每个革命历史阶段的伟大功绩，并得出结论说：刘主席同毛主席一样，是“英明、杰出的典范”，是伟大的马列主义者。郭维彬还为邓小平、彭德怀、彭真等老一辈无产阶级革命家鸣不平，要为他们恢复名誉。

铁窗虎胆

郭维彬身在牢房，心向党，忍受着种种非人的虐待，英勇地同林彪、“四人帮”一伙进行斗争。1967 年 10 月 30 日，监狱提审郭维彬。她昂然走进审讯室。提审员问：

“你最近反省的怎么样，又想了一些什么问题？”

郭维彬镇静自若地回答：“前几次我已经说了，我没有什么错误，为了坚持真理，我宁可忍受一切摧残。”

“最近你在这里想些什么，你说一说嘛！”

“直到现在，我没有认识到我有什么错误，你们可以对我进行专政，你们看着处理吧！”

“你拥护谁，反对谁？”

“拥护正确的，反对错误的。”

“谁正确？”

“我认为刘少奇、邓小平是正确的，多少年来他们是在毛主席的领导下沿着无产阶级路线，进行无产阶级革命，他们是忠于毛泽东思想的。”

“这是谁和你讲的？”

“我自己是这样认识的。”

“你写的反动言论，帮了谁的忙？”

“我认为不是反动言论。”

“矛头指向谁？”

“中央文革！”

审讯、批斗接连不断。1969 年 11 月 7 日，监狱又提审郭维彬。

“现在你对刘少奇的态度怎样？”提审员问。

“是热爱的，他能够捍卫毛主席革命路线，我从内心热爱刘少奇。”郭维彬说。

“林彪是哪个司令部的人？”

“是毛主席司令部的人，但是是伪装的。”

“你为什么这么反动？”

“我不反动，做刘少奇的学生，为革命而献身。”

“你今后怎么办？”

“怎么处理怎么办，准备上劳改队。”

“你的反动观点多久能变过来？”

“我是正确的，等全国人民都起来批判林彪为止。那时我能变过来。”

郭维彬还不断通过写书面申辩进行斗争。

1969 年 11 月 5 日她在《真金子不怕火炼与兔子尾巴长不了》中写道：真理是最雄辩的，不管反动派怎样歪曲和阻挠，而真理最后会战胜一切的。……比如对我的迫害和诬告也是如此，尽管他们用尽了黔驴之技，但事实是客观存在的，是不以人们主观意志为转移的，诬告是打不倒人的，相反却搬起石头砸自己的脚。然而对于正义的人就是“真金子不怕火炼”。

在党的“九大”前夕，她写给管教员的信说：不管你们把我当成什么人（敌人也好，罪人也好）看待，但我的态度是中肯的、开朗的、毫无隐讳的……我没有在人民面前犯罪，怎么能成为人民的敌人呢？相反我倒觉得我已做了人民的忠实女儿。当然这个女儿我不一定能当好，但我毕竟还是做了人民的女儿。

我倒不能说我一尘不染，但我实在没问题，既然我没问题，又为什么不放我回家？如果有问题又为什么不处理？拘留教育对我是极大的人身污蔑和政治迫害、变相屠杀。我绝不再忍受。我抗议，我向有关方面提出强烈抗议……凡事都该有个求实的精神，这乃是共产党人的本色。如果离开这一点，还算得什么马列主义者呢。没有根据的语言便是胡说乱道，是会被人们鄙视和唾弃的。最后我向管教员重申我要求马上提审我，无论怎样关押我，我的立场观点也是不能改变的，并且我准备做最后的牺牲。

党的“九大”召开的时候，郭维彬上书毛主席，提出为刘少奇平反，恳求毛主席说话，解放刘少奇。但监狱管理人员不给转递，郭维彬开展绝食斗争。她对监狱的管理人员说：“这信不就是这一点言论么，又不是定时炸弹，毛主席看一下，就把他毁了？！如果你们不把信转递上去，我就不停止绝食。”这次绝食斗争，一直坚持一个多月。看守人员给她戴上械具，强行鼻饲。直到看守人员表示答应把信转递上去，郭维彬才结束绝食斗争。

1969 年 12 月，哈尔滨市人民保卫组以“顽固不化、坚持反动观点”的罪名判处郭维彬死刑，立即执行。因哈尔滨医科大学教授娄焕明开了一张她患有“精神分裂症”的诊断书，省里才没有批准，改判为无期徒刑。1976 年 12 月，肇源县法院再次判处郭维彬死刑，立即执行，呈报地区法院。地区法院在案卷中发现这张诊断书才没有批。郭维彬因而得救。

血泪的控诉

在监狱里，郭维彬生活艰难。请听她的血和泪的控诉：

几乎每天早上 8 点吃完饭就开斗争会，直到 2 点、3 点，吃完饭，还斗争，斗到 8 点半或 9 点，天天如此，一天不落。他们叫犯人斗犯人。我天天挨斗，一直被斗了一年零八个月。入狱前，我的肋骨就被打断，没有取出，也没有得到治疗，得了胸膜炎，变成脓胸腔。腰椎骨被打坏了，腰不能伸直，不能走路，只好扶墙走，扶墙站。因为我是重病号，卧床不起，后来好了些，我就写材料，和林彪、江青他们干。我在监狱里想，林彪、江青他们肯定是不能长久的，正如我在材料中所写的他们是兔子尾巴长不了。即使我死了，将来广大党员群众和人民群众会起来反对他们，把他们打倒。我一直在等待着死。在监狱里头和我有同样罪名的犯人同情我，我就劝她们，我说，你们不要讲话，保存你们自己，你们把要讲的话告诉我，我来说。我已是判了死刑的人了，我还怕什么，不就一死吗？！林彪自我爆炸了，“四人帮”被揪出来了，这些事情我在小号里什么也不知道。1978 年 5 月的一天，管教干部对我说：“郭维彬，你出来，你做准备，出来！”我当时想，可能是要处决我了。我洗洗脸，梳梳头，换了件衣服，就出来了。来到办公室，我一看是铁路局公安处的熟人，他们告诉我说：“给你平反了！”把我接了出去。今年 2 月，五中全会后，我才得到彻底平反。

亲爱的读者，听完这段血泪的控诉，你在想些什么呢？为什么一个嫩弱的女子、纯朴的公民，一不杀人，二不放火，只说了几句真心话，竟遭到如此的摧残？我们应当永远吸取这段历史的深刻教训！

新的征途

郭维彬从监狱出来，面对她的是一个被拆散了的家庭。在她被打成“现行反革命”，被捕入狱后，她的爱人和孩子受到了株连。在她被判处无期徒刑后，爱人被迫离婚，后又建立了家庭。这是谁之过呢？郭维彬没有抱怨，说：“由于我，他受尽了苦，感谢他把孩子带大。”她没有悲伤，没有眼泪，然而，她那明亮的双眸闪烁着火样的光芒。

哈尔滨铁路局的领导对她十分关怀，让她住院治疗，给她安排了住房，把她的女儿从农村调回来安排了工作，这次评工资，她被提了两级，现在每月工资59元。局领导同志问她生活上还有什么要求。郭维彬说：“人民生活水平还低，我现在生活很好了。‘四人帮’摧残了我的身体，但摧残不了我的脑子，我可以学习，还可以为党和人民工作。我要求工作。”她还深情地向党表达自己的心愿：要求加入中国共产党，她从小失去父母，在伯父家长大。1951年，15岁，她就参加了中国人民志愿军，因年纪小，个子矮，没有被批准赴朝鲜前线，留在部队文工团工作。后来，党把她送进中学学习两年，就到地方工作。在她的心目中，党就好比母亲。在十年动乱中，她舍生忘死同林彪、“四人帮”进行斗争，也是为了捍卫真理，保卫党的。现在，党给了她第二次生命，她心里更是向着党。

9月1日夜晚，政协全国委员会副主席刘澜涛来旅社探望郭维彬，赞扬她，并勉励她说：“你还年轻，要好好保重身体，为党工作。”郭维彬激动地说：“在‘文化大革命’中，我只说了自己的心里话，现在党和人民就给了我这么大的信任。我文化水平不高，今后一定好好学习，工作，为四化添砖加瓦。”

记者请郭维彬以自己的切身体会谈谈党和国家过去十年动乱的教训时，她沉思片刻，说：“前车之覆，后车之鉴。”谈到现在，她说，要注重发展教育事业，加速培养四化人才。

过去是不能忘记的，但她那明亮的眼光瞧着未来。现在，她在第五届全国政协第三次会议上，和代表们共商国家大事。虽然她那深受摧残的身体尚未复原，但她已踏上新的征途！

室主任谈镐生——中国科学院力学所基础研究室纪事

本报记者　林玉树

（1980 年 1 月 5 日）

在中国科学院力学研究所基础研究室采访，的确是一件愉快的事情。

这个研究室成立于 1978 年 12 月。现有科研人员 33 名，室主任是国际上知名的力学家谈镐生教授。一年之间，他们写了 46 篇论文，其中有 24 篇在国内各种学术刊物上发表，有六篇刊登在科学院权威杂志《中国科学》上。他们还研制成功两项具有世界先进水平的尖端产品：范良藻研制成功 KL–1 型压力传感器，已经通过专家鉴定；谈洪、王永光和十一室的乐瑶、阎明山共同研制出激光双焦点流场分析仪，已引起各方面的注意。这两项产品的批量生产，将为我国节省大量的外汇。

为什么这个研究室能在短期内做到既出成果又出人才呢？记者访问了 25 位科研人员，他们都异口同声地说：“这是咱们的室主任领导得好！”

关于谈镐生教授的故事，就像北京“葡萄常”的葡萄那样，一串串、一串串的……

第一个故事

研究室成立以后，谈镐生对兼职的业务秘书李荫亭说：“一个研究室能不能办好，关键在于既出成果，又出人才。首先要培养人才。只有培养出高水平的人才，才能做出高水平的成果。”他顿了顿，又接着说：“培养人才的一个有效办法是让他们学习。学习为了工作，学习也就是工作！”

谈镐生提出了组织大家学习的办法：对于中年科研人员，要引导他们结合科研项目进行学习；对于青年科研人员，则要用两年的时间指导他们学习基础知识，第三年再向他们要成果。从此以后，这个室出现了老带中、中带青的生动局面，大家都在为提高科研水平而努力地学习着。

熟悉情况的人都知道，谈镐生一向重视培养人才的工作。这件事应该从他带“地下黑研究生”谈起……

1965年，谈镐生从美国回到祖国。他还没来得及施展自己的才能，“文化大革命”的洪流就席卷而来。有一次，一些人怀疑他有“特嫌”问题，质问他：“在美国，你工资高、生活好，为什么要回国呢？”

谈镐生愤怒地回答说：“我是中国人！”

质问谈镐生的人哪里知道，人生的意义怎么能局限在贪恋舒适的物质生活呢？他是多么热爱祖国，希望贡献自己的智慧，为国家多培养一些人才啊！

谈镐生靠边站了。他天天上办公室，总有一个戴红袖章的人监视着他。

开始，戴红袖章的人经常变换；后来，来了一个青年人，却长期同谈镐生坐在一起。谈镐生发现，这个青年人同别人不一样：他戴副眼镜，说话轻声细语，从来不骂人、不打人。每天，他总是夹一本书来读，有时还不断地埋头计算着。谈镐生想：这青年真不容易啊，在这样的岁月里还坚持学习，中国是有希望的！

有一回，青年人问谈镐生一道积分题目。谈镐生立即帮他解了出来。在交谈中，谈镐生才知道青年人名叫关德相，是个研究生，在所里从事科研。从这一次以后，这个“红袖章”与“被改造”的对象，接触更加频繁了，相互之间建立了感情。关德相有难题愿意请教谈镐生，老谈呢也欢迎关德相到自己家里来。

1972年的一天晚上，关德相带李荫亭去看望谈镐生。两个青年人说：“我们想学点知识，现在就拜你为师吧！”

谈镐生非常高兴地接收了这两个“徒弟”。他详细了解他们学过的课程，指导他们重学概率论、数理统计、量子力学、相对论和湍流等课程，打好基础。

正当关德相、李荫亭鼓起学习热情的时候，他们遭到了非难。有些人批判谈镐生“私自带地下黑研究生”；有的还以领导的身份阻挠关德相、李荫亭与谈镐生接触。两个青年人只好含着热泪去和谈镐生告别，中断学习。

学习怎么能中断呢！谈镐生按捺住满腔的怒火，对两个青年人说：“你们在以后的时间里，除了学习基础知识以外，还要加紧学习英语。”他选了两本英文原版的科普书籍给他们，叫他们抓紧时间翻译……

基础研究室成立以后，谈镐生又继续指导关德相、李荫亭，手把手地教他们。1979年，他们在《中国科学》杂志上连续发表了两篇具有较高水平的论文。其中，《海底扩张的驱动机理》一文，还得到我国地学界老前辈尹赞勋和傅承义的赞扬。关德相、李荫亭说："冰冻三尺非一日之寒，我们的进步与谈老师的指导分不开！"

第二个故事

助理研究员徐硕昌，原来在另一个研究室工作，是搞工程的。但是，他对变分原理很感兴趣。一有空闲，他就阅读变分法方面的书籍，还试着用变分法去解决一些难题。有的人批评他"不务正业"。徐硕昌感到烦恼：我的手头只有一把斧子，用来劈柴还行，叫我用它来切菜，咋办呢？

正在这时，基础研究室成立了。他要求到谈镐生领导的研究室来从事变分法的研究。他的希望实现了！

可是，徐硕昌到室里来以后，他又产生了一个烦恼：他掰着指头计算，自己已经快40岁了。十年的浩劫使他浪费了黄金一般的时间，现在开始攻关，能行吗？

心里面一打嘀咕，干起活来就没有劲头。他想去请教谈镐生。

他从力学所出来，沿着中关村的大马路，往谈镐生的住处走去。他是硬着头皮去的，是准备去挨骂的。

万万没有想到，谈镐生把他引进屋里以后，认真地听着他倾诉苦衷。他知道中年科研人员的思想动态，他体谅大家。他感到有责任鼓励大家勇于登攀。

谈镐生问："你知道19世纪数学大师维尔斯特拉斯吗？"

徐硕昌说："知道。近代数学的严格逻辑正是他建立起来的。"

"他是怎样成功的呢？"谈镐生又问。

"……"徐硕昌没有回答。

过了一会儿，谈镐生又接着说："他当过小学教师。40岁上才开始研究数学，后来成了著名数学家！"

谈镐生娓娓动听地叙述科学家的故事，告诉徐硕昌：你还不到40岁，只要自己努力，一定能把十年荒废的时间抢回来。要坚韧不拔地把工作进行下去，千万不要自暴自弃啊！

谈镐生的话，像一股暖流涌进徐硕昌的心田。他比挨了一顿骂还难受，他暗暗地下决心要争气，要不辜负谈镐生的指导。

谈镐生看到徐硕昌已经明白了道理，话锋一转就转到学术问题上来。

谈镐生自己也是研究变分法的行家里手，在这一方面还建立过卓越的理论呢！1956年以前，他由于在流体力学中做出了杰出的研究成果，在美国获得教授的职称。1957年起，他又涉足流体力学的一个新兴领域——稀薄气体动力学，建立了自由分子流场中导弹弹头形状优化理论，并推广了变分法中的一个定理。

谈镐生对徐硕昌谈论变分法研究的方向，他对学术的精湛见解，使徐硕昌十分兴奋。徐硕昌说：几百年来，哥伦布问题一直没有人去解决。他想攻关，但是怕失败。

哥伦布问题，就是一只生鸡蛋和一只熟鸡蛋在平盘上转动的问题。谈镐生对这个问题非常熟悉。这个问题如能解决，对于研究导弹的运动具有一定的指导意义。谈镐生鼓励徐硕昌去攻克这个难关。

1979年这一年，徐硕昌没有白白度过。在谈镐生指导下，他成功地用变分法解决哥伦布问题，写出“变分方法在陀螺中的应用”的论文。

第三个故事

谈镐生尊重别人劳动成果的故事，是很多很多的。下面这个故事要涉及两个助理研究员，一个叫徐建军，一个叫朱如曾。

徐建军原来是从事物理化学研究工作的。后来，他转入了“天体物理”的研究领域。

为了鼓励徐建军向天体物理的深度挺进，谈镐生注意安排他与世界第一流的科学家接触，使他了解世界上这方面研究的进展情况，并且活跃学术思想。有一年，美籍天体物理学家林家翘回国讲学，谈镐生亲自登门拜访，请林教授指导徐建军。

徐建军在林家翘教授领导的研究小组内和大家一起认真地学习，他发现林家翘教授建立的星系密度波理论，只从二维模型出发尚不够，应该从三维模型出发，进行更进一步的讨论。

他有这个想法，但是还没有付诸行动。他想听听谈镐生的意见。谈镐生从力学的角度考虑徐建军的意见，支持他大胆进行探讨。

有一回，徐建军写成了一篇论文。组里的同志读过之后，隐隐约约地感到有些地方欠妥，但都说不清问题所在。徐建军不敢把论文拿出去发表。晚上，他把论文送到谈镐生那里，请谈镐生审阅。

次日一上班，谈镐生走进徐建军的办公室对徐建军说："你在黑板上再把计算推导一遍。"

徐建军自信已演算了多少遍，拿起粉笔疾速地在黑板上写起来。忽然，他的笔停住了：他发现自己做错了一步！

谈镐生看着面前这个学生，对他说，写论文一定要严格要求。并指点他在选择坐标系上下功夫。坐标系选好了，问题才比较容易解决。

三维星系密度波的研究，已经纠缠了徐建军许多时间。叫他再选好坐标系，他露出了畏难的神色。谈镐生开导他，叫他不要怕难，要再坚持一步，胜利往往在再坚持一步之中。

去年年初，徐建军果然选到了一个漂亮的坐标系，解决了三维密度波的问题，把林家翘教授的工作推进了一步。

徐建军感激谈镐生。在论文写成后，特地把谈镐生的名字署在前边。

谈镐生看到这个署名以后，不动声色地把自己的名字勾掉。

当徐建军的论文要寄出去的时候，谈镐生发现自己的名字又被署在前边了。这时，他感到有必要讲清楚了。他把业务秘书李荫亭和徐建军找来，恳切地说：

"我是你们的指导老师，指导你们科研是我的责任。我不能侵吞你们的科研成果！请以后不要在论文上署我的名字。"

不管徐建军怎样解释，谈镐生就是不肯署名。徐建军只好满怀感情地在论文结尾处，写上一句话，感谢谈镐生的指导。

朱如曾编译一本叫《激光物理》的书。在编译过程中，谈镐生是一字一句地进行校正的，并对编写的方法和重点做了重要而具体的指导。临出书之前，朱如曾执意署上谈镐生的名字。谈镐生不同意。他对朱如曾说："书是你编译的，怎么能把我的名字署在你的前边呢？"

朱如曾讲了几条可以把谈镐生署在前边的理由，谈镐生就是不肯点头。后来，他们达成了一个协议，书是由朱如曾编译的，谈镐生担任审校。

这样谈妥之后，书才出版。

大家的话

基础研究室的同志们说：谈镐生在我们室里很得人心，把一个室办得欣欣向荣。这是因为他有一套管理研究室的崭新办法：

第一，谈镐生主张科研人员可以在国家规划及研究所的计划范围之内自由选题。他说，自由选题促进科研工作的例子屡见不鲜。瓦特发明蒸汽机，爱迪生发明电灯，贝尔发明电话机……在科学史上，科学家总是选择自己感兴趣的选题作为攻关的目标。这一切在今天仍值得我们借鉴。我们要是能在一定范围之内让科研人员自由选题，那一定可以进一步调动他们的积极性！

第二，要随时检查每个科研人员的科研进展情况。有检查，才能有压力，在科研人员中造成你追我赶的气氛。这样，不仅可以克服中年科研人员中存在的“吃大锅饭”的倾向，就是青年科研人员，也坐不住了。青年人说：“这两年老谈让我们学习，第三年我们要不出成果，就落后了！”

第三，在建室的时候，谈镐生曾庄重地宣布：“不准把歪风带进研究室。”他在强调互相帮助、协作攻关的同时，特别强调不许侵吞科研人员的研究成果。不许室主任揩课题组长的油，也不准课题组长揩组内科研人员的油。一个人做的科研成果，署一个人的名字；两个人共同做的，署两个人的名字。要尊重大家的劳动。他还一再告诫大家，不要搞人事摩擦，从而分散科研精力。当课题组长和一般组员在学术上发生争执时，可以把问题提交给他，由他裁判。

谈镐生教授试行的这些管理办法，当然在力学所里也引起了一些不同的看法。大家说：多亏党委的支持，多亏党委书记汪之力同志的支持！汪之力同志经常深入这个研究室，坚定不移地支持谈镐生的工作。他说：“这个研究室，既出成果，又出人才，党委不支持他们，还支持谁呢？！”

在党的阳光照耀下，基础研究室这棵刚满一周年的嫩绿幼苗，一定会茁壮地成长起来……

非党的知识分子当了副省长——记杨纪珂副教授

本报记者　余士锟　胡羊

（1980 年 8 月 16 日）

中国科技大学杨纪珂副教授今年年初在安徽省第五届人民代表大会上，被选为副省长。多少年来，选领导干部都是在现职的各级领导中打圈圈，这次却是选拔知识分子当副省长，消息传开，人们甚为惊讶！

事非偶然

杨纪珂副教授早年在国内学习冶金，后来留学美国研究应用数学。新中国成立后，他怀着建设社会主义祖国的愿望回国。几十年来，他勤奋治学，辛勤地为社会主义培养建设人才。为了把数学应用到实际中去，他写了大量的著述和译作，涉及理、工、农、医、科学史等各个方面，共 32 本，加上发表在各种学术刊物和报纸上的文章几十篇，总计不下 450 万字。

杨纪珂副教授知识面广。前年，中国科学院的领导同志请他去参加全国农业现代化实验基地县会议，他在会上发言，意见中肯，受到很多人的赞赏。开会回来，安徽省委组织领导干部学习科学知识，省科委请他去办《农业现代化》《遗传工程》两个专题讲座。他的讲演，深入浅出，受到大家好评。此后，安徽各地请他去做科普报告，他总是满腔热情地答应。他的广博的知识和求实精神，使他在安徽成了“知名人士”。

去年，国民经济实行调整、改革、整顿、提高的方针，杨纪珂提出实行质量管理的倡议，受到省委书记顾卓新同志的重视，批示要在工厂企业试验推广。他的学生从日本引进了全面质量管理方法，已经成了这方面的专家。他热心地协助经济部门把这位专家请来，传授全面质量管理方法。一年来，安徽工业战线辗转相传，学习了这种管理方法的干部、工人有 10 万人左右，运用它来管理的企业已有一百多个，收到了不同程度的经济效果。在这些实践的活动中，表现出他除博学多才外，还有较强的组织领导能力。

从技术经济政策抓起

杨纪珂是研究应用数学的。他对某些经济建设项目，由于技术上的可靠性和经济上的合理性考虑不够造成的巨大损失，感到非常痛心。他当了副省长以后，就把技术经济政策的研究作为自己工作的重点，要为党和政府在经济建设上做出正确决策提供科学根据，避免经济损失，谋求最佳效果。

安徽需要研究的技术经济问题很多，杨纪珂在省委和省人民政府的支持下，选出《皖西自然资源开发及综合利用》和《两淮煤炭资源及综合利用》两个专题，组织跨行业、跨学科的综合考察。

皖西山区位于淮河上游，新中国成立后根治淮河，在这一带修筑了五座大型水库，并利用三条邻近、基本平行的史河、淠河、杭埠河，在流经的区域，开渠挖沟，修建涵闸，组成史淠杭灌溉系统。原设计要灌溉农田一千多万亩，由于少量配套工程没有做完，现在只能灌溉农田800万亩。即使如此，这个地区的粮食产量还是占安徽全省粮食产量的七分之一。如果把应该做的工程做完，粮食产量还可增加。它是花钱少、见效快、收益大的经济建设项目之一。去冬今春，省科委和科协曾经部署六安地区和省有关学会组织水利、林学、农学、土壤、水产等方面的科技人员，讨论过如何充分发挥史淠杭灌渠的作用和建设高产稳产田的问题，省科委副主任王劲草同志和其他科技人员也做过一些考察。这些考察和讨论，积累了不少资料，涉及很多方面，提出了一些按照自然规律和经济规律亟待解决的问题，以及解决这些问题的措施和意见。这些意见曾向省委常委做过汇报。现在需要在过去工作的基础上，进一步做好系统的综合的调查论证，提出更好的意见和方案来。

两淮煤矿煤炭品种齐全，储量丰富，特别是它地处华东，邻近江南缺煤或少煤的省、市，交通比较方便。以往两淮煤矿的产量大、运量也大，运到各地的煤炭绝大部分都作为燃料烧掉了。在经济上和资源上的浪费，相当惊人。这些问题，有不少人看到、想到，提出过一些建议。由于体制上的障碍和财力、物力上的困难，没有及早进行解决。现在迫切需要从经济效益上和资源的合理利用上进行考察论证，提出合理的开发利用方案，供党和政府作为决策的依据。

在省科委、科协的积极支持下，杨纪珂副教授对这两个综合项目的技术经济考察论证的积极性很高。他认为对皖西地区的考察，需要把过去研究过的关于建设高产稳产田的课题予以扩大，改为《皖西自然资源开发及综合利用》，不仅要避免自然资源的破坏和浪费，恢复生态平衡，而且要使山区人民更快地富裕起来。为了搞好这两个考察，需要组织许多学科的专家参加，他在北京与中国科协协商，组织包括煤炭、化工、铁道、金属、环保、系统工程、水利、农学、林学、畜牧、农业经济、经济地理等13个学科的专家，到安徽会同本地的专家一起，共同进行考察。省委、省人民政府支持这个意见，并委托他代表安徽省人民政府与中国科协签订了协议。现在这些专家们已经进入现场，开始工作。专家们在安徽工作期间，杨纪珂和他们一起研究问题，常常废寝忘食。

领导支持　下属尊重

杨纪珂同志是一位非党的知识分子，担任副省长以后，是否有职有权？

实际情况已经回答了这个问题。

省人民政府的各个部门对杨纪珂同志是很尊重的。省科委召开全省科技工作会议，标准计量局召开全省标准计量工作会议，都请他去做报告。省内无论工业、农业、计划、财贸等部门，对杨纪珂的建议，都能认真地办理，并将办理的结果向他汇报。一次，杨纪珂同志看了全省进出口工作会议送给他的简报，他在上面批示，要提高某些农副产品“在国际市场上的竞争力，必须对这些物产的原料与加工及其产品进行科学技术的研究，必须调查清楚国际市场上对原料、半成品和成品的需要情况”。省外贸局立即照办，并给他写了书面汇报。另一次，杨纪珂在省农业科学院一期《情况简报》上看到1980年的科研计划安排，就在上面批了一句“希望增加一些农业经济研究项目”，不久农业科学院汇报：已决定建立一个农业经济研究室，逐步开展这方面的工作。

杨纪珂同志自己对省委、省人民政府的负责同志和部门的负责同志也很尊重，表现出有较好的组织纪律修养。他对重大问题，都及时向省里的主要负责同志请示、汇报，或提交省长办公会集体讨论。他对下级态度谦逊，批示的文件都用“建议”“希望”“考虑”等商量的口气。他工作很忙，每天4点多钟起床到正式上班以前，要干很多事。他除了在省人民政府理政以外，还在安徽农学院兼着一门《数量遗传》课程的教学任务。他的工作热忱和谦逊的作风，在广大干部中产生了很好的影响。

·1981年·

追　求

本报记者　樊云芳　山西日报记者　丁炳昌

（1981年3月26日）

（一）

X光片子清晰地显示出：在左股骨与骨盆的衔接处，有一片发亮的物质，它侵蚀、破坏了周围的骨组织，这，就是凶恶的肿瘤——骨癌。

北京某医院的主治大夫放下片子，摇了摇斑白的头颅：太晚了，癌细胞已经扩散，按照常规，这个病人最多还能活两三个月。

他步履沉重地走到窗前，把前额贴在玻璃上，深深惋惜的目光，久久地凝视着庭园中央——这张X光片子的主人。

这个斜躺在手推车上的羸弱的病人，虽然下肢已经不能动弹了，但仍用两只手抓住椅子的扶把，艰难地、顽强地做着仰面俯卧撑。

这个病人刚从太原转来。病历卡上这样填着：栾茀，52岁，太原工学院副教授、山西煤炭化工大学筹备组领导成员。大夫还清楚地记得，就在他入院的第二天，在给他做了困难的全身检查后，他们之间曾有过一场不平常的谈话。

"大夫，"栾茀铅青色的嘴唇翕动着，声音低微然而清晰，"请您告诉我，我还有多少时间？"

"看你想到哪儿去了？你会好起来的。"

病人凄然一笑："请不要安慰我……我只想知道，还有多少时间，可以让我再干一些事情？"

"嗯，你什么也不用干，好好养病吧。"

"啊，不行，没有时间了！"他的语气不仅是焦灼的，甚至是绝望的。

“你还想干什么呢？”大夫向病人俯下身子。

病人抬起胳膊，张开颤抖的十指：“我手头正在写作和翻译十来本科技书，还积累了30万张科技略语卡片……出版社告诉我，这些书都是目前需要的。”

大夫心里一沉：哦，这些事即使对于一个健康的人，分量也够重的，何况他……

“还有，”沉默了片刻，他继续说，“煤炭化工大学刚刚上马，师资不全，校舍无着，我跑不动了，但还可以拟教学计划……”

他的眼眶里渐渐蓄满了泪水：“可现在，干不成了，撂下了……”

病人睁大泪光闪烁的眼睛，急切地探询：“大夫，我还能有多少时间？一年？两年？”

得不到回答，病人失神的黑眸变得更加暗淡，两只颤抖的手慢慢地垂落床沿。“一切……都来不及了。”他轻轻地吐出这几个字以后，就合上了眼皮，两颗晶莹的泪珠，沿着灰白的脸颊滴落枕边。

（二）

1949年5月的一个清晨，在台湾大学的校园里，贴出了一张题为《群魔乱舞》的大漫画：身穿大礼服的美帝发出傲慢的嘲笑，拿鼓槌敲一只乌龟，扁平的乌龟壳上标着一个“蒋”字，乌龟的四只脚爪又各牵出一条细绳，拴着四个丑态百出的小妖：官僚、买办、特务、军阀。

漫画轰动全校。当局追查作者，但作者栾茀却已经潜入一条满载香蕉的货轮，并随着这条货轮回到了大陆。他风餐露宿，日夜兼程，终于赶上了开国盛典。

雄伟的天安门，庄严的国歌，学生队伍中的栾茀，凝视着第一面五星红旗徐徐升上祖国的蓝天。

他的心在狂跳。在他的视野里，浮现了那永远不能忘怀的一幕。

在台湾一家饭馆里，他和一个同学亲眼看见，一个外国人走进来，用手指夹着几张纸币，“哈喽！”招呼几个浓妆艳抹的妇女。纸币在一窝蜂拥上去的年轻妇女头顶上飘洒，她们尖叫着、推搡着，伸手去抓、去抢。外国人走到门口，又回过头来，朝那些妇女投来轻蔑的一瞥，就像在观察一群抢肉骨头的狗。

这一瞥竟像一根铁钉钉入栾茀的心房，一瞬间，他几乎喘不过气来。为什么这些姐妹会沦落到如此地步？丧失人格，是因为丧失了“国格”，没有一个独立富强的祖国，也就不会有中国人的人格和尊严。

他的脸热辣辣的，他的心因为受伤仿佛在流血。

雄伟的天安门，庄严的国歌，栾茀把头高高昂起。民族自尊的血液在年轻人的血管里沸腾，他热烈追求的目光，深情地凝视着徐徐上升的五星红旗。这面浸透了中华民族优秀儿女鲜血的旗帜，这面象征着文明古国新生与昌盛的旗帜，在天空中飘扬，国歌在大地上回荡，栾茀年轻温雅的脸上，洋溢着一种深沉的激动。

可眼前这个躺在病床上奄奄一息的病人，哪还有开国盛典上那个英姿勃勃的青年的影子呢？

漆黑的鬈发已染成斑白，红润的颜面已被苍老与灰黄所代替。真是岁月无情啊！噢，唯有他的一双眼睛，还保持着当初的那种纯真、那种执着、那种热烈追求的神情。特别是现在，黑夜降临，万籁俱寂，在癌痛倍施淫威的时候，为了抵抗它、顶住它、压倒它，这个垂危的病人陷入了一种亢奋的精神状态。

回归祖国大陆这么多年，他，都干了些什么呢？

他是太原工学院化工系一位前后共主讲过十三门课程的副教授，他把自己的碧血融进一本又一本讲义，奉献给一届又一届学生。

有些课程，譬如说《物理化学》吧，本来有现成的教科书，如果照本宣科，也无可非议。但他不肯。他像一只辛勤的蜜蜂，到外国科技资料的百花园里，采集来世界各国在物理化学方面的最新成果和最新理论，采集来美国的、德国的、日本的、法国的几千例有代表性的习题，充实到新讲义里。他期望喝了这种蜜汁的大学生，能把他们深邃的目光、攀登的标尺，定在珠穆朗玛峰的峰顶！

他亲自刻印讲义。这难道也是大学教师的事吗？不，但嫌雇来的人总是刻不好，就只有自己动手了。1960 年，每天只有三四个窝窝头充饥，他全身浮肿，经常饿着肚子在灯下刻了一张又一张。经他手刻印的 120 万字讲义，从第一页翻到最末一页，找不到一个漏字和涂改过的字，每一个词、每一张图表、每一个数字，都像印刷出来的一样端正、清晰、准确！怪不得许多学生已毕业 20 年了，别的讲义都丢了，唯独舍不得丢他的讲义。他们说，不知为什么，一翻开栾先生的讲义，就会产生一种奋发向上的力量。

编译书籍，是他生命的另一个重要内容。他阅读英文、俄文、德文和日文，就像阅读中文那样流利，对于拉丁文、法文、意大利文、波兰文、荷兰文，他也略知一二。“文化大革命”中，在“牛棚”里，在“触及灵魂”又触及皮肉的批斗的间隙，他又自学了西班牙文和世界语。后来，他又自学了丹麦文与挪威文。有人把他笔译的外文书籍、文献资料和科技影片数了一遍，正好15个语种！

他哪来这么多时间和精力？他不也是个凡人吗？噢，从学生时代开始，他就有了夜读的习惯。这个夜读不是指读到10点、11点，而是读到午夜以后，甚至通宵达旦，日复一日，年复一年。他用这个原始古老的办法，使属于自己的生命延长了一倍。甚至反对过他的人，也承认他毅力超群，精力过人。

1958年订“红专”规划的时候，他给自己提出了“三士”的目标：政治上的共产主义战士，学识上的博士，体质上的大力士。他是足球运动员，全院5000米长跑冠军。每天早晨，他举杠铃，练气功，晚上用冷水擦身。他自豪地指着身上一块块隆起的肌肉——这些肌肉就是举重运动员也要刮目相看地说：“看看，我将成为大力士，我要为国家工作五十年！”

他吝惜一分一秒，就像葛朗台老头吝惜每一个法郎，但有时，他又像欧也妮小姐抛撒财富一样，把时间大把大把地抛却。他家的门永远朝着每一个学生、甚至每一个慕名而来求教的不相识的人开放。不管白天晚上，也不管自己的事情多么紧迫，只要有人进来，他马上就搁下手里的事，来详尽地回答你的问题。你想编书？写论文？搞科研？好极了！他会翻箱倒柜，找出自己所收藏的有关书籍、文献，包括他利用出差机会从北京、上海等大图书馆里摘抄来的资料手稿，一并放在你的面前：“好好干，写成后，我帮你推荐出版！”这些刻意收藏的书籍，这些精心摘录的卡片，早已构成了他的血肉，他的细胞了，如今，他却慷慨地把它们分解出来，移植到别人身上去发挥活力。

因为他会画画，所以常被拉去搞展览会、搞壁报、搞宣传。有时忙完了回来，他也叹息：“唉，这太占时间了！”但转而他又自言自语：“不过这些也是党的工作，总得有人干呀！”于是，他又觉得占时间也值得，而且下次还照样高高兴兴地去，尽心竭力地干。

有一天，他上街钉鞋，那个孤独而穷困的老皮匠向他诉苦，年老眼花了，生意不好。他听后去布店买了一块白布，花一个半小时精心地画了一幅钉鞋广告，第二天，专程去送给那个老头：“把它挂起来吧，生意会好一点的。”十年动乱中，“造反战士”们逼他交代“动机”。天啊，这类事情他随做随忘，何谈“动机”？

他的生命，有一小丁点儿属于花草与小动物，这就是他的娱乐。他曾把亭亭玉立的竹节海棠、肥厚碧翠的仙人掌、娇懒艳美的紫罗兰杂种在一个大花盆里，然后自得其乐地打趣说："看，这是我的西双版纳！"那一年，他回山东老家探亲，进门后，向久别重逢的老黄猫问好，还拉着它的两只前爪跳舞。哦，这个外表温文尔雅、戴着一副深度近视眼镜的学者，既爱他的讲义，也爱大黄猫；既醉心于深入知识的圣殿探索奥秘，也不拒绝领略西双版纳的诗情画意，您感到奇怪吗？

就是这些事情，五花八门，构成了他回归祖国怀抱 31 年的生活。当然，还有一些重要片段，要在下文里才会讲到。

（三）

他累了。经过与癌痛进行一夜抗争，他筋疲力尽了。当淡青色的晨光涂亮窗帘时，他，却沉入了朦朦胧胧的梦境。

他的妻子魏蕴瑜轻轻地走进来。自从得知他的"死刑"，这个工学院外语讲师的心一直被一种深深的内疚与悔恨煎熬着。

栾茀是在 1977 年年底扭伤的。他去山西大学联系工作，跌了一跤，第二天左胯就红肿起来。但无论是他，还是她，当时都没有在意。因为栾茀的身体是那样壮实，精力是那样充沛，而且他又刚刚被借调到省化工厅担任了实际上的副总工程师，煤炭代替讲义，迷住了他的心，他渴望在山西的土地上尽快立起焦化炉，铺设煤气管道和输油管道，把热和光输送到全国各地。在这种时刻，他哪里还会理会什么扭伤呢？

过了几个月，胯关节的红肿有增无减。

一天早晨，栾茀推着车从楼道里出来。他想上车，但右腿不听使唤，两次都没举起来。第三次他咬着牙，使劲一举，膝盖碰在书包架上，车把一歪，连人带车跌倒了。他把车推到墙边，先扶着墙坐上车，再一蹬，车往前走了。车轱辘在旋转，从西郊的太原工学院转到北郊的太钢，从太钢转到了南郊的山西大学。又从山西大学转到了煤炭化学研究所。晚上 9 点 15 分，车轱辘转回宿舍楼，下车后的栾茀扶着墙，左腿疼得钻心彻骨，右腿像灌满了铅，他简直连站也站不住了。

邻居的小孩敲着三楼二单元的门："魏阿姨，快开门，栾叔叔在下面上不来了……"

妻子和孩子一左一右架着栾茀，艰难地拾级而上。

夜晚，魏蕴瑜拿热毛巾敷在他的左胯上：

“老栾，不能再拖了，明天一定要去医院看病。”

栾茀正聚精会神地阅读《德国的煤炭综合利用》。魏蕴瑜伸手取走了书。他搔着鬈发，抱歉地笑了：“对不起，明天恰恰没有时间，省里领导找我有事。”

在省委办公室。省委书记王大任对栾茀说：“你前些时起草的《山西省煤炭综合利用刍议提纲》里，提到要创办一所煤炭化工大学，省委已经批准，你尽快起草一个建校实施方案。”

“什么时候要？”栾茀的双眸闪闪发光。

“一星期之内，越快越好。”

“我明天就可以拿出来！”

“那怎么可能呢？现在已是晚上 7 点多了。”王中青副省长提醒栾茀。

“试试看吧。”

栾茀一回家就铺开了摊子，妻子三次端来晚饭，都被他挥手端走了。她只好把六块烤馒头片和一只梨放在他手边。

他案头的灯一直亮到天明。

魏蕴瑜起床后一看，嘿！他老先生连地方也没挪一下，馒头片和梨原封未动，但长达 14 页的建校方案已经誊写装订完毕，栾茀正用红笔给封面加上精致的花边。

画完最后一笔，他兴奋地站了起来。但突然，一阵痉挛性的疼痛像放电一样，从左胯射向下肢，他不由自主地跪倒在地上。

魏蕴瑜惊呼着，向他扑过去。

儿子和妻子轮流为他按摩左腿，平躺在床上的栾茀双目紧闭，冷汗淋漓。

一种不祥的预感闪过魏蕴瑜的心头，她断然地说：“老栾，今天无论如何得去看病！”

栾茀睁开眼睛：“不行啊，我得赶快把建校方案送到省委去。”他撑着床沿艰难地坐起来，下了地。

“呃，已经不疼了。不信？看我给你表演表演！”说着，他缩起左脚，竟然就用一条右腿，跳了起来，从床边一直跳到门口。

7 月，栾茀的行动已经非常艰难了，但他还咬着牙，上北京向国家科委、煤炭部、化工部汇报建校事项。临走时，他竭力安慰忧心忡忡的妻子：“不要担心，这次汇报回来，我一定去看病。”

但谁能料到，他回来的第二天就躺倒了，从此就再也没有站起来……

（四）

一条春蚕，一生中最大的事情就是吐丝，吐完丝，结完茧，它就安安静静地进入了长眠，而把柔软的、洁白的、光亮的茧留给人间。如果丝还没有吐完，就要被迫离开这个世界，它，一定会感到“此恨绵绵无尽期”。

不是吗？就为了有朝一日，能为生养自己的母亲吐出最白、最亮、最细软的丝，栾茀曾咬着牙熬过了昨天。

这里记述的就是“史无前例”的昨天发生的故事。

夜，台灯映照着脸盆里的水，水渐渐地由清变红。魏蕴瑜用手巾蘸着水，替趴在桌上的栾茀揩洗颈脖里的血迹。原来，这天下午，“大特务”“大洋奴”栾茀，脖子里用细铁丝挂着暖气片，被棍棒驱赶着跑步，细铁丝深深地嵌进了皮肉。

换上了干净衬衣的栾茀，替妻子擦去泪花。他从地上拾起撕成一页一页的手稿，找出针线，仔细地装订着；拾起散乱的科技略语卡片，重新分放到一个个木箱子里。

手稿、卡片、木箱，一齐在魏蕴瑜眼前跳动着，她的耳畔响起了栾茀遥远的声音：

“我想编一本科技略语词典，为科技工作者提供一个工具。”在汾河岸边的槐树林里，年轻的工学院助教拉着新婚妻子的手，一边漫步，一边轻声细语地叙说自己的计划。

“略语词典？”魏蕴瑜眨着眼。

“是呀，我国现在还没有这样的词典，可人们一翻开外国科技文献，就感到非它不可。”

“可编词典要有过硬的资历、渊博的学识，你能胜任吗？”北京大学外语系毕业生的声音是温柔的、甜美的。

栾茀的脚步放慢了。“试试看吧。”他突然转过身含情脉脉地望着妻子的明眸：

“你帮着我——我们一起搞，好吗？”

“我能行吗？”她想，但话到嘴边，却变成了，“试试看吧。”

两人拉着手相视而笑。

为了收集略语，他们真可谓阅破万卷书！一个又一个节日、星期天、寒暑假，都毫不吝惜地进贡给了图书馆。为节省来回奔波的时间，栾茀常常带上冷馒头和萝卜条，中午就央求管理员把他反锁在阅览室里，一直看到晚上。每次出差回来，他首先要做的，也就是从提包里取出包扎得里三层、外三层的略语卡片。当然，这些卡片一如他的书稿和讲义，端正、清晰、准确，就像印刷出来的一样。

卡片越积越多，从抽屉移到木箱，又从一个木箱分装到几个木箱。

一次，栾茀带了一部分卡片到某个大出版社，出版社的编辑简直抱住箱子不肯放了：

"您稍加整理，就可出版！据我所知，还没有人收集得这样全的！"

但他还迟迟不肯出手，他还在努力收集，希望奉献给科技工作者一本最好、最完整的词典。

可现在呢？木箱子被当作"四旧"踢翻了，卡片遭到践踏，收集卡片的人被定成了"特务""洋奴"……

其实，栾茀心里，此刻也在经历着九级风暴。

下午，"造反派"逼问他，"你为什么不去美国留学，要回山西来啃窝窝头？"

他该怎样回答？

是呀，他当时可以有很多选择。高才生，又通晓英、德、日三国文字，如果去美国留学，凭着他的刻苦，他的坚韧不拔，也许已经在某一门学科上有所成就，鲜花和荣誉会在他面前铺开一条成功之路。

但是，人要有人格，国要有国格。为了使外国人不再像观察牲口一样看他的同胞，为了使他们也用平等的、友好的、尊敬的口吻谈论他的祖国，他回来了。他的最大心愿就是为她贡献自己的知识和才能。

"特务"！可笑！他是一个穷学生，父亲是个小职员，家庭生活的拮据使他过早地学会了自立，中学毕业的他，曾经在美国驻台湾当局的"新闻处"当过三个月临时代理编辑，这就是"特务嫌疑"的全部根据！

审查吧，批斗吧，他只有一句话：路遥知马力，日久见人心！他不相信党会嫌弃一个从台湾归来的赤子。

尽管白天被批被斗，而深夜回到卧房的时候，仍然是夫妻俩最忙碌与最富生气的时刻。栾茀在书桌、书柜与床之间拉起密密麻麻的铁丝，挂上他心爱的卡片，一面翻阅资料，一面不断地往里补充；坐在一旁的魏蕴瑜，则在外文打字机上替他打印各种书稿。

打字机弹奏出悦耳动听的音乐，卡片不断地延伸、延伸……

但现在，这条吐丝的春蚕已经奄奄一息了。

（五）

接到栾茀病危的电报，工学院党委做出了两项决定：第一，立即向省委有关领导汇报，向各方面呼救；第二，委派化工系总支书记王玲赶往北京，探望栾茀。

此时此刻，这个垂危的病人在想些什么？会说些什么？作为党组织的代表，见面后该如何去安慰他？鼓励他？王玲思绪万千，恨不得一步跨到栾茀面前。

看来，栾茀对王玲的到来期待已久，一见面，他暗淡的眸子突然焕发出光彩，苍白的面颊也激起淡淡红晕。

“老栾，党委派我来看望你。”王玲的眼圈红了。

“谢谢党组织。”栾茀低声回答。

“同志们都很想念你。”

“谢谢同志们。”

王玲从提包里取出两个装潢精美的药瓶，并努力露出笑容：“看，组织上让我给你带来了进口药。”

“……”

“还给你带来了橘子、麦乳精，你需要增加营养。”

“……”

“老栾，你要乐观……”

突然，王玲吃惊地住了嘴，因为栾茀冰凉而颤抖的手抓住了王玲的手腕，同时，他的两片嘴唇抖得像孩子一样，只有伤心欲绝的人才会有这种表情。

“老王，来不及了。”他呜咽着。

“什么来不及了？”

“我活着，来不及做一个党员了。我要求过多次，党说要接受长期考验。来不及了，再考验也只有两个月了。”

“……”

“是党，给了我们这一代知识分子以理想和信仰，我多么希望能在党旗下宣誓。我死后，请求组织上审查我的历史和全部工作，我总算追随共产党三十年……”

这个虔诚的“遗愿”，像一团烈火，烘烤着大家的胸膛，多少平凡而动人的事情像奔腾的潮水一样从人们的眼前涌过。

化工系的教师们怎能忘记，在“牛棚”里关了四年的栾茀，上午刚宣布“解脱”，晚上，就给党支部送来了第六份入党申请书！

第二天，他又接受任务，高高兴兴地到北庄农场当食堂管理员去了。为了给大家办好伙食，栾茀经常推着自行车，翻过一道陡坡，到二十多里外的屠宰场买猪下水。他挽起袖子，帮工人们宰猪、煺毛、剔骨。于是他受到优待，满载而归。

他给大伙熬骨头汤，撇出浮油炒菜，他把猪下水做成五香肠、猪头肉。这一来，大伙碗里的内容大为丰富，原来要求调到山下的同志现在也舍不得走了。

一天晚上，一个同志走过栾茀住的库房，只听见里面有个小孩哭得声嘶力竭。他进去一看，原来是栾茀撇下刚接来的儿子，不知道跑到哪里去了。他陪着孩子焦灼地等着。快下一点了，这到底是怎么回事？

终于，门外有了自行车的响声。他急忙迎出去，果然是栾茀回来了。好家伙，栾茀的车把上挂着盛猪血的洋铁桶，书包架上横一根木棍，挂着两大堆猪头、猪肝、猪骨头，这些东西加在一起，少说也有百把斤！

等车推进房里，那个同志更发愣了，只见这个学者的衣服上沾满了猪血、猪毛，脸上由汗水和泥土画出了一道道“蚯蚓”。

但他却微笑着，露出洁白的牙齿。

那个同志本来已准备好一连串责备的话，现在，他什么都明白了：这个关了四年“牛棚”的“特务”，有一颗金子般的心。

煤大教师张正端的书桌里有几封信，他反复地看着、读着，耳畔回荡着老师亲切的声音：

“知道你们这些年无论是在科室还是在车间，都能坚持学习，使我很受鼓舞。”“你们要编《换热器及其计算基础知识》一书，方向是正确的，也符合客观需要，我鼓励你们踏实地前进，我愿与诸位一道学习。”“希望你们那个可贵的青年集体，有所建树！”

栾茀的这些信写于 1973 年。当时，还是黑云压城城欲摧！编科技书是有罪的。在困难中，他们几个年轻人想起了母校的老师栾茀。于是，就收到了栾茀热情洋溢的回信，还收到一些资料摘录手稿和《换热器的计算》这本俄文书。

过了几天，张正端去栾茀家，一老一少，就换热器，接连谈了七个半小时。

夜 10 点 45 分，张正端向老师告别。栾茀把他送到门外。

“对了，关于换热器的分类，我还要说几句。”他拉住张正端，在家门口又滔滔不绝地说了一个小时。

他把张正端送到楼下，刚要握手告别，忽然又想起来了：“你们注意，书要写得实用、通俗，让工人们一看就懂，就会用……”想要打断他的话是不可能的，张正端站在楼梯口，又听他讲了半个多小时。

这一次，他们真的握手告别了，互相道了“再见”。但张正端刚走了几步，栾茀又追上来了：“等一等，关于换热器的计算，我还要谈五点。”

午夜 1 点半。在空旷的马路上，在幽静的路灯下，栾茀在起劲地讲着，张正端在认真聆听，并掏出本子用心地记着。

现在，书已经出版了。但支持过、扶植过、哺育过这本书的人却倒下了。难道我们再也听不到您的教诲，再也得不到您有力的手的帮助了吗？但在我们心目中，您是我们的良师益友，做人的榜样。

原工学院老院长赵宗复的老伴，听到栾茀得了癌症，竟像傻了似的，待了半天，才哭出声来：“真是好人哪！永世难忘啊！……”

是的，她永远不会忘记，工学院的全体党员也永远不会忘记，就在各级党组织被“砸烂”“夺权”的最严峻的年代里，这个普通的群众，毅然挺身而出，把自己的命运和工学院“头号走资派”“头号反革命分子”连在一起！

那是 1970 年，工学院迁回太原。当栾茀得知赵宗复跳楼身亡，遗下孤儿寡妇生活艰难的情况后，悲愤交加。

他私下里对有的同志说：“赵院长不是自杀，是殉节！应该在他死的地方立一块碑！”他说，说赵院长是叛徒，打死我也不信。他德高望重，但平易近人；他学识渊博，但不耻下问；他知人善任，爱惜人才，难道会有这样的“叛徒”吗？难道能这样对待一个曾经为自己国家流过鲜血的老同志吗？栾茀，在那封建法西斯专政的年月，竟冒天下之大不韪，每月挤出 10 元生活费，寄给这个“大叛徒”的家属。

1971 年的大年初一，漫天大雪。赵家老老小小都瑟缩在冷冰冰的家中，闭门不出。自从老院长出了事，这个家庭好几年没来一个“拜年”的客人，他们自然也不敢把“晦气”带给别人。

突然，门开了，进来了一个披着满身雪花、冻得嘴唇发紫的人，这就是栾茀，他特意从20里外赶来。

“你……”老太太的嗓子哽塞了。

“我来接小禾禾去我家过年。”栾茀亲切地把已故老院长的小女儿拉到身边，抚摩着她的头发，巡视着这间破烂、寒酸的屋子。

老太太说不出话来，只有用一串串的泪水接待这位客人。不，不是客人，是亲人！是一个久别归来的亲人！

等老太太安静下来，栾茀告诉她，自己已经给周总理写了一封信，反映赵家的困难，信寄的是挂号，还署了姓名，周总理一定会收到的。

“这样要连累你的！”赵宗复的老伴大惊失色。

“不写，我们也连在一起了。”栾茀淡淡地一笑，“不是说‘叛徒’‘特务’是一丘之貉吗？”

信，由国务院办公室批转太原工学院。因为信里写的都是事实，加上上头有批示，栾茀没有遭祸。同志们每当讲起这件事，都要跷起大拇指，说：“他，是这个！”

听了工学院的汇报，一贯沉静稳重的省委书记王大任，显出了少有的激动。他轻轻地，像是对自己，也像对别的同志说：“如果我们每个党员，都像栾茀同志那样……”

过了几天，副省长王中青亲自给工学院党委送去了王大任的信。信中建议工学院党组织讨论吸收栾茀入党的问题，要在生前解决，不要在死后追认，“他现在最需要的是组织的温暖。”

（六）

明天就要开支部大会了。下午，党支部把入党志愿书送到栾茀手中——此时，他已从北京医院转回太原，躺在家中。

晚饭后，他让魏蕴瑜扶自己坐到书桌旁。左胯是“禁区”，只有右半个臀部可勉强着椅。他就那么半蹲半坐地趴在桌上，填写着入党志愿书。

看他实在吃力，魏蕴瑜说：“让我来代你填，我会跟你一样认真的。”但他毫不迟疑地拒绝了：“不用，这是我一生中的大事，我要自己填。”

就像小学生临摹正楷，每一点，每一个勾都那样认真；又像在雕刻一块洁白的玉石，要把自己的情感全部灌注到这件珍品中去。

坐在一旁的魏蕴瑜时时停下手里的织针，凝视着这个熟悉的侧影。不知为什么，泪珠总在魏蕴瑜的眼眶里打转。

随着小闹钟的嘀嗒声，时针指到了 11 点、12 点。“睡吧，明天发病可了不得！同志们都知道情况，填不完，不会责怪你的。”

栾茀对妻子的劝告只是摆了摆手，仍然头也不抬地写着。

时针指到了午夜 1 点半，栾茀搁下了笔。他搓揉着双手，苍白的脸上，漾起了满意的笑容。

第二天漱洗完毕，他指着身上的旧衣服说：“今天这个日子，我不能就穿这个吧？”魏蕴瑜理解他的心情，从箱子里取出了一套簇新的中山服。他把风纪扣扣好，衣领拉平，然后就端端正正地靠坐在躺椅上，等待着同志们的到来。

这时，才刚刚 7 点。

8 点 15 分，支部的同志们到齐了。

入党志愿书从一双手传到另一双手，党员们默默地交换着深沉的目光。

支部会开了很久，直到 11 点 57 分，卧室的门才又打开了。魏蕴瑜进去时，大家正一一跟栾茀握手告别。每个同志握手的时间都很长、很长。最后，栾茀提出了一个要求：

“新党员都要宣誓的吧？到时候，你们一定要把我抬去，拄着拐杖，我还能站一会儿的。”

把客人们送走，魏蕴瑜冲到丈夫跟前：“老栾！”

栾茀颤颤巍巍地把七页记得满满的纸送到妻子手里，他的声音也因激动而变得沙哑了：

“同志们对我的评价太高了！我很惭愧，很惭愧！”他拉过妻子温暖的手掌贴到自己的面颊上，轻轻地抚摩着：“蕴瑜，我还能为党干些什么呢？”

（七）

垂危中，他给王大任同志写了关于山西省工业体制改革的建议书，给煤大起草了长达一万多字的《煤大办学思想》，给煤大的领导干部写了煤炭化工方面的科普知识，给……

医生、护士常常立在栾茀的床前，久久地凝视着一幅幅不可想象的情景：

熬干了生命之油的躯体，大面积的溃疡，十几处癌肿，但还在不停地写着，写着……

胸水引起的喘息和咳嗽，任何止痛药都不起作用的剧痛，但还在写着，写着……

纸夹在刀刃般突起的肋骨上抖动，铅笔在手指间打滑，不时地滑落到被褥上，但还在写着，写着

这是个什么样的人啊？他哪来这样顽强的毅力？人们由惊异转为崇敬，一个个含着眼泪离开。

一个朋友来看他，他从枕边取出一张前些时画的《煤大校舍鸟瞰图》，请朋友提意见。

在花木葱茏的校园里，除了教学楼、图书馆等建筑外，还有室内体育馆和游泳池，还有外籍教师和学生的宿舍，还有一个庄严的纪念馆。

朋友的手指停在纪念馆上，眼睛里显露出疑惑不解的神色。

栾茀如数家珍地叙说着：这里要陈列历届学生的毕业论文与毕业设计，以及学生走上工作岗位后创造的成绩，它们可以激励在校的学生奋发学习，为国争光！山西不仅要成为国家的能源基地，而且要为国家提供第一流的煤炭化工专家。到时候，国际煤炭化工学术讨论会将在中国召开，这里将吸引各国的专家和学者！

栾茀的声音越来越微弱，嘴角却挂着动人的微笑。看看这幅生气勃勃的“鸟瞰图”，再看看奄奄一息的栾茀，那个朋友只觉得一股热浪涌上喉头：朋友啊，你这是在痴人说梦吗？不，这是你毕生追求的理想，一个没有来得及实现的理想！

喘过一口气，他把目光移向药柜，那上面放着一封他的长子、北京化工学院学生东东的来信。

他的嘴唇翕动着：“东东，东东……”

妻子把信拿到他眼前：“你想看这封信吗？”

他摇了摇头。

“想叫东东回来看看你吗？”朋友急切地揣摩着他的心思。

栾茀还是摇头。他睁大眼睛，吃力地吐出几个字：

“叫他……毕业后回山西工作，不要……留恋大城市……”

魏蕴瑜吞咽着眼泪，用力点点头。

朋友倒了一杯开水，端到他嘴边：

“老栾，你不要再说话了，你……”

栾茀用颤抖的手推开了杯子。“我的遗体，”他喘息着，“交中华医学会，让医务人员做科学研究吧，这……也是我对国家的最后……一点心意了。”说完，他合上了眼皮，咳着，喘着，但再也不说什么了。

1981年1月23日，这是一个阴冷的日子。经过十几小时的昏迷之后，祖国的忠贞儿子、知识分子的优秀代表栾茀，静静地，连一丝回光返照也没有，就停止了心脏的跳动。

当同志们把哭得昏迷的魏蕴瑜从栾茀的遗体上拉开时，他们自己也泣不成声了。

噩耗传到太原工学院化工系，教师们中断了学习，驱车赶到医院。在医院后门口，载着栾茀遗体的救护车已经启动，正要驶向中华医学会山西分会。经要求，救护车停了下来，人们排着队向尊敬的战友做最后的告别。

人们的泪眼凝视着栾茀形销骨立的遗体，凝视着他安详严肃的遗容，只见他永远思索的眼睛还微微启开着。

老栾啊老栾，是什么使你舍不得离开这个世界？是因为你还没有编完略语词典？是因为山西人民还没有使上煤气？是因为山西还没有为国家提供更多的能源？还是因为你没有看到煤大培养出一批又一批人才？

悲恸像翻滚的波涛，汹涌在同志们的胸间，他们脱下帽子，向战友深深地鞠躬，再鞠躬。

灵车徐徐启动。寒风吹过，路边的白杨树摇曳着枝干，发出金属般的响声。

探索者的道路——记著名杂交水稻专家袁隆平

本报记者　林玉树　陈一超

（1981年6月7日）

1981年5月19日黄昏，一架波音707客机飞抵我国国境上空，方向：往北，往北……

坐在机舱靠窗地方的，是我国著名杂交水稻专家袁隆平。此刻，他那张黝黑的脸孔贴近窗玻璃，一双炯炯有神的眼睛眺望着色彩斑斓的晚霞，不时俯视着机下祖国的大地，陷入深深的沉思之中。

这是他第三次出国工作回来。下午，他刚刚离开菲律宾国际水稻研究所。他要赶回北京去。

他原来是湖南省黔阳农业学校的教师。从一个中专的教师，成长为湖南省农业科学院的研究员、我国著名杂交水稻专家，他走过了多少的路程呢？……渐渐地，夜幕拉开了。他清清楚楚地看到地上闪耀的灯光，就像黑色绒布上镶嵌的一块块宝石一样：那是江上的点点渔火，那是山间小径上的火把，那是城市、乡村……他熟悉那里的一切，那里有过他的足迹，也曾流下他跋涉的汗水。现在，他记不清自己走过了多少公里的路程。他只知道，他是在这片土地上生长的，又是在这片土地上呼啸着前进的！

从零开始

湖南省黔阳农校坐落在安江镇上。四周是被雪峰山脉环抱的一个小平原，后面有一条轻轻地唱着歌儿的沅水流过。这是一个现实和幻想巧妙结合，幽静而又美丽的地方。

50年代初期，23岁的西南农学院农学系毕业生袁隆平，被分配到农校教书。他很快就爱上了这个山村学校。他虽生长在城市，但从小就爱山、爱水、爱农村。在重庆解放前夕，他自愿报考西南农学院农学系。他希望大学毕业之后，投入他孩童时代日思夜盼的山林田园中去，为祖国和人民做一些有益的贡献。

袁隆平脚踏在扎实的大地上，开始了教学和科研的生活。

在农校里，他教过俄语、植物学，不久又教遗传学。变化万千的自然界繁衍着千奇百怪的植物，它们是怎样传宗接代的呢？玄妙的遗传学深深地吸引着这位年轻人。一个“异想天开”的想法开始纠缠着他：在我国南方，几乎都种植水稻。大米是人们生活的必需品。能不能找到一个水稻品种，使水稻大幅度地增产呢？他思考着，探索着，就像摸着黑走路一般。

1960年春天，他开始早稻常规育种的试验，希望培育出一种高产的水稻品种来。有一天，他发现一棵性状优异、穗大粒饱的水稻植株。他把希望寄托在这一发现上。第二年春天，他仔细地把收藏的种子播在试验田里。不久，秧苗绿了，长高了，但是高矮参差不齐；后来，稻苗扬花、灌浆、抽穗了，但是没有一棵植株的性状能超过它们的前代。

看到这种情况，袁隆平明白了：从遗传学的观点来讲，纯种的水稻，它的第二代几乎和第一代相似；只有杂种的水稻，它的第二代才会出现分离和退化的现象。他所发现的那棵特别优异的植株，原来是一棵水稻的天然杂种啊！

这一发现，给袁隆平带来了光明和希望，他产生了一个大胆的念头：既然天然杂交水稻具有第一代的优势，我们应该让这一优势为生产服务啊！

这在当时是个“标新立异”的念头，袁隆平却相信这个念头有科学的道理：我们在生产中已经成功地利用了玉米和高粱的杂交优势，现在水稻也表现出这一优势，那杂交优势就是禾本作物的共同的规律。水稻杂交优势的规律，我们迟早要发现它。科学研究之所以宝贵，全在于探索。是的，我国现在还没有人研究杂交水稻。他决心从自己开始，从零开始……

科学的预言

水稻是雌雄同花的植物。同一朵花上有雄蕊和雌蕊；雌蕊受孕后，一朵花只结一粒谷子。扬花季节，一亩稻田里盛开着千万朵淡黄色的花儿，如果你想用人工使水稻杂交，那么就必须一朵花一朵花地进行，该有多么困难。

袁隆平想，绝对不能走这条路子。这时，他的想象展开了欢乐的翅膀：

第一步，应该找到水稻雄性不育的植株，培育水稻雄性不育系。

第二步，要找到一种稻种和雄性不育系杂交，使它们的后代也保持雄性不育的性状，这就是保持系稻种。

第三步，还要寻找一种稻种和雄性不育系杂交，使杂交的后代恢复生育能力，这种稻种叫作恢复系稻种。

恢复系和不育系杂交的后代，恢复了自交生育能力。人们可以利用它们的第一代优势了。

从念头变为现实，这中间有着十分遥远的距离。不愿意从零开始的人，永远在原地踏步；决心从零开始的袁隆平，却成功地迈出了第一步。

1964 年 6 月 20 日起，农校周围的地里，水稻扬花了。馥郁的稻香沁人肺腑，袁隆平沉醉在稻海之中。每天上午 10 点钟左右，他头戴草帽，手握放大镜，一朵花一朵花地给水稻“检查身体”，寻找水稻雄性不育株。要检查数以万计的花，他往往要连续工作三四个小时，有时连吃午饭也忘了。

太阳晒黑了他的皮肤，稻芒刺得他两臂发疼，时间一天又一天地流逝着。

第一天，他没有发现雄性不育株。

第二天，照旧。

第三天……

7月5日，这是他坚持工作的第十四个日子。在波浪起伏的稻海之中，他惊喜地发现了一株雄性不育的水稻。他小心翼翼地把它移栽到试验盆里，并用别的稻花和它杂交，使它留下种子，成功地繁殖了一代雄性不育的稻种。

第二年，他已经对水稻雄性不育的性状有了较深刻的认识。他就不十分费劲地又发现了四株雄性不育株。

他把这些收获视为宝贝，在试验地里繁殖了两代。他亲自耕田，播种，亲手给它们浇水灌溉，经常给它们做观察记录。果然，他有了收获。这一年冬天，他把实验的数据整理成文章《水稻雄性不孕性》，寄给了《科学通报》。在1966年的第四期上，他的文章被刊登了。他用科学的实践证明，水稻具有雄性不育性，同时预言，利用杂交水稻的第一代优势，将给水稻生产带来大面积、大幅度的增长。

他的预言，引起了国家科委一个局的领导同志的重视。一封信寄到了湖南省科委，要求支持袁隆平的工作！“零”已经被打破了。袁隆平的研究有了一个良好的开端。

“祸”从天降

当十年动乱开始的那阵急风暴雨袭击这个小镇的时候，袁隆平的研究工作被迫中断了。第二年春天，他的研究才得到重视。领导上拨给他400元的科研经费，还允许他聘请两名学生当助手。

以往积存的雄性不育种子，又被翻了出来。已经荒芜的试验田重新被整理出四分多的地面。3月下旬，袁隆平和李必湖、尹华奇师生三人脚踩烂泥播种；4月底，他们顶着烈日插秧；每天，他们都要轮番到地里去看上几遍。那时候，袁隆平刚刚结婚不久，有一个正在襁褓中的男孩。他的爱人邓哲在距学校十多里的县城工作，每个星期六他才能回去看望一次。他的心挂在稻田里，他对稻苗的感情似乎比对自己的儿子还亲。

5月中旬的一个星期六。黄昏，日落西山，鸦雀归林。袁隆平荷锄来到试验地边，再一次察看水情。把一切都安排利索以后，他才骑上自行车赶回家去。草草地吃罢晚饭，他就掏出那本早已把四边磨烂了的笔记本，一页一页地翻阅试验记录，预测未来可能出现的情况。妻子温存地对丈夫说："你啊，快把这个家当过路的客店了，什么事都不顾了！"他嘿嘿地笑了两声，又只管干自己的事。

第二天清晨，天刚微亮。袁隆平立即赶回农校。他首先来到试验田边。他面对眼前的情况，惊呆了：试验田里布满狼藉的脚印。秧苗全被拔光了。天呀，这可怎么办呢？

他要哭！然而，他没有眼泪，他一向是个倔强的人。他要控诉！但是他喊不出声来，只有愤怒的火焰烧红他的眼睛。

袁隆平一声不吭地蹲在试验田边上。他望着这块被破坏的地面想开了：现在，关键不是抓到肇事者，而是要找到那些秧苗。如果及时发现的话，那么兴许还能让它们活转过来呢。在试验田里，他一垄一垄地进行检查。他发现，在田埂边上的污泥里，埋着五株实验秧苗。他心疼地把它们扶起、洗净，插在试验盆里。

那是事后的第四天早晨，袁隆平照例出去找他的秧苗。当他朝离校不远的一口古井里投以一瞥的时候，他高兴得差点儿叫了起来。水面上正漂着几棵秧苗！也许那就是试验用的秧苗呢……

他从小喜爱游泳，这一回派上了用场。他脱去外衣，扑到冰凉的井水里去，把这几株秧苗捞起，一看，果然是试验秧苗。后来，学校领导派来了抽水机，把井水抽干。袁隆平痛心地看到，试验秧苗全被扔到井底了，已经沤烂了。

袁隆平心里说：这位肇事者的心眼多毒啊！他不喜欢我们的试验，把秧苗扔进井底，想狠狠地挫败我们。我偏不屈服！我相信我们的科研方向是正确的。这一件坏事反而鼓起了他向困难挑战的勇气！

点燃新的希望

袁隆平说，狡兔还有三窟呢！意外的曲折和磨难使他聪明了起来。在党的支持下，他被调到了湖南省农科院工作。他合理地运用科研经费，不仅在黔阳、在长沙，而且还和他的学生到海南岛、云南去育种。那里可以一年种三季，有利于加速种子的繁殖。

从 1969 年到 1977 年，他每年 10 月中旬都要带着助手到外地育种。春节，大都是在外地度过的。有一次，正当他二儿子刚出世两天，爱人还在月子里，他又要去云南了。爱人也是农业技术干部，她热爱丈夫的事业，支持他努力去工作。临别的时候，爱人说："家里有姥姥和奶奶照顾我，你放心走吧，别记挂家事。"袁隆平点了点头，背起简单的行李，毫无牵挂地走了。那里，有工作在召唤他呢！

不巧得很，这一年，袁隆平和他的学生到云南元江县育种，恰恰碰上了地震。他们被从屋子里赶了出来。师生三人只好把一张塑料布搭在篮球架上，草草地支起了一个小棚户，作为新居。他们白天在试验田里工作，晚上就钻进棚里写观察记录，研究工作。

从播种、插秧，到扬花、抽穗，他们按部就班地工作着。但是成果却不理想……

籼稻不育型种子和籼稻杂交，第二代不能很好地保持不育的性状……

粳稻不育型种子和粳稻杂交，仍不理想……

籼稻不育型种子和粳稻杂交，虽然结果也不很理想，但比前两种要强一点……

培育水稻不育系的工作，碰到了严重的困难。为什么呢？

在地震威胁、烈日炙烤、蚊虫袭击的120个日日夜夜里，袁隆平每天都绞尽脑汁地进行思考。袁隆平从籼稻和粳稻杂交效果较好这一事实中，悟出了一个道理：远缘杂交具有遗传优势！也许用野生稻和栽培稻杂交效果会好些呢。一个新的希望在他的心头点燃：寻找野生稻！

广阔的田野，小小的棚户，成为袁隆平向学生传授知识的课堂。他向两个身边的学生详尽地讲解野生稻的特性，以及远缘杂交的道理……

第二年的10月，在海南岛南红农场，他的希望迅速变成了现实。看来是个偶然的发现，却包含在他们长期研究的必然结果之中。

有一天，他的学生李必湖遇上了农场的一位技术员。

李必湖问："你上哪儿去？这里有野生稻吗？"

技术员说："野生稻可多啦！我带你去看看。"

"你等等，我就来！"李必湖从屋里抓过一顶草帽，跑来跳上这位技术员赶的牛车。

到了一条小河的边上，李必湖看到了一大片野生稻。在他的身边，还有一棵雄蕊败育的普通野生稻哩！他兴高采烈地把这棵野生稻移植到试验田里。

袁隆平和他的学生一起精心地管理这株野生稻。第二年开春，野生稻分蘖了。他们又把它分成48株。并且成功地收下了种子。袁隆平给它取名为“野败”。

他们获得了水稻不育系的种子，希望的火花，迅速地燃成了燎原的烈火！

呼啸着前进

袁隆平知道：要取得杂交水稻试验的成功，必须寻找不育系、保持系和恢复系等稻种，使“三系”配套起来。这是一项重大的实验，靠一个人或几个人的力量，是很难取得成功的。一定要靠社会主义制度的优越性，靠大协作的力量。只有这样，才能推动这一实验的“轮子”，飞快地转动起来，呼啸着前进。

人们不会忘记，在袁隆平和他的学生发现“野败”不育植株的头一两年里，他是怎样热心地帮助大家的事实：

在海南岛育种。江西萍乡市农科所的同志来了。广西农科院的同志也来了。还有福建农科院的同志……

十几个单位，三十多人到袁隆平他们住处的附近，来学习了。

袁隆平每天挤出时间给大家讲课，还带着大家到地里做杂交试验。

他把当时还十分珍贵的“野败”植株分给江西萍乡的同志做试验，使他们收获了“野败”第二代的杂交种子。

广西农学院的张先程向他要一斤不育系种子，袁隆平大大方方地交给他二斤。

福建同志碰到了难题，袁隆平心急如焚。他把自己仅有的一蔸“野败”第二代不育株，从田里挖出一半，用塑料布包好以后，亲自送到福建科研组的住地。

收种以后，各省的同志纷纷奔回所在的单位。不久，从四面八方传来了喜讯：

江西育出“珍汕九七”等不育系和保持系。

湖南育出“二九南一号”等不育系和保持系。

福建育出“威四一”保持系。

广西、湖南先后找到了恢复系。

“三系”找到以后，袁隆平又和大家一起，互相鼓励着开展大面积试种工作。

头一回，他和广西的张先程相约，一起试种。袁隆平种中稻，张先程种晚稻。张先程对他说："你中稻种得好，一定要通知我来看看。"

春天里，袁隆平在湖南农科院种了一亩多的试验田。这个试验田，后来发生了一段小插曲：

播种、插秧以后，袁隆平出差了。他把工作交给自己的助手。不久，他的助手也出差了。试验田就这样荒了一个月。等到袁隆平回来时，地里东歪西倒地长着许多杂草。他心里想，这一次也许会砸锅了。出乎意料，经过田间管理之后，杂交水稻长势越来越旺。他按捺不住心头的喜悦，给张先程去了一封信。

张先程在广西农学院也已播种了。当时他担心产量上不去，特地把杂交水稻种在试验田里不显眼的地方。当收到袁隆平的信以后，他立即赶往长沙。到田里一看，他的心豁亮了。原来张先程计划在长沙待三天，这下子坐不住了。第二天清晨，他就赶回南宁，去给他的杂交水稻施肥和管理。

这一年，袁隆平试种的一亩多杂交水稻，亩产千斤。老农说："这块田冒（没）费劲就得了千把斤，我就愿意种这个品种。"张先程也取得了成功，他平均亩产达到1200多斤。

他们的成功，引起了各级领导的重视。从农科院院长、地县委书记到省里的领导人，都在高度注视着杂交水稻研究的进展。第一年，湖南省就抽调一万多人的农业大军到海南岛制种。从此，大面积试种的工作，从湖南起，在祖国各地风风火火地展开了。杂交水稻，以它强大的生长优势，受到了农民的欢迎，在农村安家落户了！

杂交水稻研究的成功，在国际上引起巨大的反响。近几年来，袁隆平去美国一次，转让杂交水稻种子和技术，还去过菲律宾两次，和国际水稻研究所合作研究。每次，他都载誉回国，为祖国争得光荣。6月6日下午，他代表全国籼型杂交水稻科研协作组，走上京西宾馆会议室的主席台，领取国家颁发的特等发明奖，他本人还荣获特等发明奖章。在热烈的气氛中，他是兴奋的，也是冷静的。他仿佛感到，这掌声，是从遥远的农村来的，是万顷稻海波浪起伏的欢呼声。他正是从那些田间小路上走到这里来的。当然，这里并不是他的终点，而是一个新的起点。他的面前铺展着一条宽广的，洒满党的阳光的大路……他还要从这里出发！

第一把手抓科技——记四平市委书记黄勋章

本报记者　林玉树　肖郁

（1981 年 11 月 5 日）

编者按　这篇通讯反映了一位市委书记重视科学技术工作的动人事迹。它从一些侧面，主要是从思想认识和工作作风方面，给人以启发，使人受激励。与过去相比，目前各级党政领导同志包括计划、经济部门的负责同志，对科学技术工作已经有了不同程度的重视。但是仍然有不少同志特别是一些担任第一把手的同志，至今没有解决好如何依靠科学技术来调整经济、发展生产的问题，还没有把科学技术与经济协调发展这样一个全局性的战略问题列入党委的议事日程。有的同志口头上也说重视科技，实际上却不见行动，缺少措施。我们建议有关党委特别是第一把手对怎样抓好科技工作，认真总结一下自己的经验，检查一下存在的问题。提高认识，端正态度，认真抓好科技工作。

（一）

1978 年夏天，吉林省四平市里出现了几桩引人注意的新闻：新上任的市委书记清晨骑着自行车转遍城里的饭店，当场堵住了一个吃油饼不花钱的干部；新书记到副食商店，发现个别职工把烂鱼卖给顾客，而把好鱼留着走后门，他就亲手把好鱼搬到柜台上，卖给顾客。几乎与此同时，工厂里也传来了消息：市委书记正带着百人调查团下去检查产品质量，摸清市工业发展的底数。他拿着像硬疙瘩似的面包，问工厂的负责同志，为什么面包搞成这个样子？问得那个同志半天没说出话来！

从 1948 年四平解放到现在，四平市换了好几位市委书记。以往，人们总认为，市委书记是“上面的领导”，除了对他们的讲话和批发的文件表示敬意以外，很少去注意他们的行动。然而，1978 年下半年却不同往常。新上任的市委书记的每一个行动，都和人们的心紧紧地联结在一起。就像是石子投进了平静的湖面，在人们的心中激起一层层的涟漪……人们说，新上任的市委书记叫黄勋章，是从长白山下的通化市调来的。他刚刚50岁，个子不高，但身体十分壮实，宽宽的肩膀，厚厚的胸膛，站起来就像座“铁塔”一样。了解情况的人还说，他出生在丹东市一个工人的家庭里，12岁就当了童工，后来又打过一段游击。他身体好，是那个时候打下的基础。黄勋章有一张大脸盘，一双炯炯有神的大眼睛，平常说话总是微笑着，没有一点“官架子”。当然，他也有生气的时候，脸孔涨得通红……

黄勋章一到四平市就发现这里问题、困难很多，1976年、1977年财政收入连续出现赤字。根据财政局的估计，1978年还将出现第三年的赤字。这怎么行呢？黄勋章和市委一班人研究决定，要下大气力抓经济工作，首先是组织百人调查团到各工厂去，摸清底数，以便开展企业调整改革和技术改造的工作。

有一天，黄勋章和一些同志来到了四平市装载机厂。在工厂的院子里，他看到了三个庞然大物：三辆60吨载重汽车的样品车。人们告诉他，这是前几年大轰大嗡搞起来的，曾经耗资1000万元。尽管样品车做出来了，但是没有人买，只好搁在厂里，让它风吹雨打。

听到这里，黄勋章心头一颤，眉头拧得更紧了，那双大眼睛瞪得更圆了。他心里说：真作孽啊！前些年，我们一些同志抓经济工作，抓工业生产，不从实际出发，不按科学规律办事！在吉林省，我走过的地方不算少吧。有几座公路桥能承受60吨的载重呢？何况，这个车要开出四平市也难啊！1000万元投资，要是扔在水里，还能溅出水花，现在，却白白地……

回到家里，他的心还没有平静下来，他的脑海里仍然翻滚着波澜：食品厂生产的面包，硬邦邦的，那么难吃，原因：技术上不去；印染厂只能印染黑、蓝、灰“老三色”，染出来的布花花打打，不畅销，积存在仓库里。原因呢？丝光机安装反了，还是技术上不去！……技术！技术！一个劲儿地在他的耳边回响。他想，科学技术是生产力，确实不是一句空话。四平市百废待举，要抓经济。根据目前情况，要促进经济发展，需要向科技要发展速度，向科技要经济效果。真想发展经济，就必须抓科技！

十年内乱期间，科技工作遭受挫折，更谈不上受重视。市里有个科技局，总是安排老弱病残同志到那儿去当领导人。那些同志上班后，也公开说，我是来“养老”的。在科技局，干不干都一样：干了，人家不会说你好，不干吧，也没人批评你。科技局在市里是个清闲的单位，在老百姓的心目中自然算不了什么。有一回，科技局的同志到百货商店买东西，发票的抬头，竟被写成了“刻字局”，闹出了一场笑话。现在市里成立了科委。那里的领导力量急需加强。黄勋章把许多干部在脑子里过了一遍，他想到了组织部副部长郝学宝。像老郝这样有组织领导能力，又年富力强的干部，市委自然也需要。但是，要把科委工作抓起来，成为市委的参谋，老郝去那里更合适。黄勋章和市委同志研究以后，把老郝派去当科委主任了。

去年，市委大院里贴出了一个通知：

“全体在家常委、各大口负责人和工交系统各局的主要负责人，于 × 月 × 日上午 8 时到服务楼四楼会议室，听吉林工业大学金老师的企业质量管理讲座。”

本来，这个通知和以往的通知一样，平平常常，就像人们平日要吃饭一样，市里总要开会嘛。然而，这个通知却引起了人们的注意。原来它是黄勋章亲自草拟的。为了使市委一班人都重视科技工作，并且更有效地协调各局的工作，黄勋章无论开什么样的会，无论走到哪里，都大声疾呼，要大家重视科技工作。他还组织大家向有知识的同志学习，向科技人员学习。他亲自主持金老师的讲座，像个小学生似的坐在第一排，全神贯注地听，认认真真地记。

的确，科技是浇灌幸福之花的雨露。黄勋章带领市委一班人努力工作，得到了好的报答。1978 年，他们按照科学规律办事，调整了企业，挖掘了潜力，赤字消灭了，还略有盈余。1979、1980 两年，四平市经济状况以惊人的速度向上升腾。

（二）

有一天，市委书记黄勋章在工交系统干部大会上说：各级领导同志，要想把经济抓上去，一定要先抓紧科技工作。最后，他特别强调：“谁的工作抓得不好，出了漏子，我就唯他是问。”

这是黄勋章向大家敲的第一次警钟。也许，以往的市委书记，做的报告太多了，敲的警钟太勤了，有一些同志对这次警钟没有引起太大注意。后来，当事实和老黄讲的话对上号的时候，人们才真正地受到了震动。许多干部说：“黄勋章重视科技工作，说到做到，赏罚严明，真有个坚决性！要不是他这么强有力的领导，四平还不知道什么时候能整上去呢。”

四平市有个铸管厂，生产的耳子锅闻名全省。因为它质量好，老百姓喜欢，销售量相当大。没想到，这么一个老字号的名牌产品，在80年全省质量评比中却砸了锅。耳子锅评比质量，是把锅烧红，在高温下，用冷水浇它，看它会不会炸裂。四平铸管厂送了五个锅去评比，炸裂了四个！评比结果，扛回了一个“倒数第一”。

黄勋章正在参加一个会议，听到了这个消息。他的脸慢慢地涨得通红，他那双手紧紧地握成拳头。他动火了！过了好大一会儿，他才说：“过去，我们市盲目地追求‘高、精、尖’，造成了巨大的浪费。而对于那些人们急需的轻纺产品却没去过问。现在，我们要抓好轻纺工业，为人民多办几件好事。我们要对人民负责啊！”

他立即过问这个“倒数第一”。他到市二轻局坐镇，调查造成这一结果的原因。为什么过去是名牌，这次就砸了？谁送的料？配方变了吗？厂长、副厂长都过问了吗？……原来，过去生产耳子锅用的是好铁，这一回并不按原配方浇铸，用的是烂铁，难怪它要砸了！这是科学对他们的惩罚。不重视科技工作的人，怎么能领导好工业生产呢？

黄勋章和市二轻局的同志一道商量，改组铸管厂的领导班子，给厂长、副厂长各扣15元工资的经济惩罚，提拔一个有多年经验的助理工程师担任副厂长，主持日常工作。还指派一位副局长到铸管厂蹲点，一定要把耳子锅的质量抓上去以后，才能回来。经过一段努力，这个厂的面貌改变了。今年，他们生产的耳子锅参加全省的评比，从“倒数第一”一跃而成为“正数第一”。

有一次，黄勋章听取市科委同志的汇报。

科委的同志汇报说：四平市科技人员的比例太少了，特别是轻纺工业，只占职工总数的1.7%。

“是啊，是啊，”黄勋章一边记下这个数字，一边说，“我们要坚决地落实知识分子的政策。要将心比心呐！我们这些老同志，在十年动乱中受了许多冲击，科技人员受的打击也不轻呢！有个科技人员对我说，他从毕业的那一天起，就立志为国家科学技术贡献力量，没想到后来成了臭老九。我们一定要把科技工作摆在重要的位置上，把科技人员放在重要的地位上。四平要建设，要发展，就一定要靠科技人员发挥聪明才智！”

科委的同志无意中说了一句：“有一位同志十分熟悉经济工作，在四平干了近三十年。过去哪一任市委书记都用他的知识，可就是提不上来。多少年了，只能提个副科长。”

“为什么呢？”黄勋章喜欢刨根问底。

原因自然有好多，但是要真正说清楚，也不容易。因为那是一个知识分子，现在已经近50岁了，算不上“中、青干部”，而且还有一些莫明其妙的“尾巴”呢……

黄勋章亲自做了调查。他发现，这个同志的确是个经济方面的行家，曾为四平的发展花费了许多心血，贡献了不少力量。现在安排他担任副科长，不是人尽其才啊！黄勋章和市委一班人认真地研究分析了这个同志的情况，把这个年近五旬的同志提拔到部委一级的领导岗位上来。黄勋章还亲自去地委反映情况，终于得到地委同志的支持。这位同志走上新岗位以后，青春焕发，为发展四平市的工业，正在做出更大的贡献，受到群众的好评。

现在，我们的面前，摆着一份能说明问题的数字：在四平全市的工厂企业单位中，有些单位的领导班子，因为不懂科学技术，又不愿意听取科技人员的意见，已被撤换。现在，全市工业系统副局长以上的干部46人，已有24名是科技人员；基层单位领导干部589人，其中会管理、懂生产的内行干部达366人。市委一班人团结一心，市里的各个局也协调一致，大家全力以赴支持科技工作。

市财政局局长刘德泰，在四平工作三十多年了。十年动乱期间，他想干工作，人家也不让他干。黄勋章来了以后，十分重视刘德泰的才干，又把他推上财政局的领导岗位。刘德泰积极支持科技工作。他有一条重要经验：“买棺材的钱要先拿来买药。”“棺材”，说的是财政亏损；这个“药”就是科学技术。去年，财政局拨10万元支持长期亏损的一个企业的一项科研项目，当年收入114000元，老刘从苦“药”中尝到了甜头。有人说他是“开明局长”。他说：“真正开明的，是我们的市委书记啊！”

（三）

全市一两百家工厂，都留有黄勋章的足迹。清晨，他时常骑着自行车巡视商业工作，接着，他开始自学英文课程；白天，他在工厂里办公，或者在工厂的样品室里参观，或者向车间技术人员学习科技知识；晚上，他伏案阅读各种文件和能够收集到的科技资料。几乎每个业务局都能收到他批转来的科技报道。人们说：黄勋章的心真是挂在科技工作上了！

为了改变四平市重、轻工业比例不当的状况，在省委和地委的支持下，他们扩建了印染厂。从设计到建成，黄勋章时时惦记着这个厂建设的进度。几乎每个星期，他都要到这个厂的工地去看两回，有时实在抽不出身来，他也要打电话去问一问。

这是工程接近尾声的时候。有一天，天阴沉沉的，雨接连下个不停。工人们正在室内施工，忽然黄勋章来了！

黄勋章是从省城开会回来，路过这里的。他还没有到家里，就先到工地上了。他披着一件雨衣，那双半旧的雨鞋，沾满花花点点的泥浆。他一来到现场，就向工程人员询问雨天施工应该注意的问题。当他得到满意的答复以后，才又匆匆地离去。人们望着他那铁塔似的背影，心里说："多么糟糕的天气！多么热心的书记！"

基建工程竣工了，大大小小几十根胶辊搬进了新盖的厂房。严冬来临了！气温还在不断地下降……

这些胶辊特别娇嫩，如果室温在零下5摄氏度之下，就有被冻裂的危险。科技人员和工人同志正在同低温斗争的紧要关头，黄勋章也投入了这个行列。

他打来了电话，问："现在室温能保持在负5度以上吗？"

答："有时有起伏。"

"用几吨重的锅炉供暖？"又问。

"4吨！"对方答。

"够用吗？正在研究？好，我就来。"黄勋章冒着严寒赶到了印染厂。他和科技人员一起确定测量室温的点。他询问科技人员，用4吨重的锅炉供热，够用吗？一位年青的助理工程师说："够用。还多了一点儿呢！"黄勋章又问："你敢保证？""我是经过计算的。我敢保证！""那么，为什么室温有起伏呢？""……"年轻人没有答出话来，黄勋章明白了，问题出在烧锅炉的同志身上！他当场决定，每天晚上，要厂级领导同志带班烧锅炉；每天要定时向他汇报测温点的数据……

春天来了。印染厂经过一年零四个月的苦斗，一次安装，一次试车，一次成功。现在它正为人民创造财富。

今年4月的一天。四平市高级补品厂的会议室里正在召开市委常委扩大会议。讨论的题目是：如何提高产品的质量？

原来，这个厂很早就开展人参全株利用的工作。曾经研制成功参花晶冲剂和人参花精饮料，畅销国内外市场。然而，由于仪器设备的限制，对于这两种饮剂的成分，研究得不充分。黄勋章和主管工业的副书记姚德芳同志一致认为，为了提高产品质量，一定要改变这种只知其然，不知其所以然的状况。于是，他们决定常委扩大会议搬到基层去开，以便促一促各厂提高质量的工作。黄勋章强调说，产品竞争，说明白了，就是技术水平的竞争。一定要把参花晶和人参花精的成分搞清楚。在市委的大力支持下，厂里制订了各种成分分析的科研方案。不久，结果出来了：这两种饮料里含有一定量的人参有效成分，还有一些物质具有抗癌的作用。要提高质量，一定要保证这些有效成分的含量……

市科技情报所刚成立不久，在道里五马路的一棵杨树上挂着一个路标。有一天，黄勋章骑自行车路过那里，特地转进去看了一下。科技情报，是科技人员的耳目。这工作太重要了。现在的阅览室太小，书刊摆不齐全，离市区也远了点，不利于科技人员阅读……得给他们挪个地点！尽管所里没有提出来，但是市委要为科技人员着想。回来的路上，他想起了市科委的那幢小楼房……自行车把一转，他来到了科委。恰巧碰上了郝学宝同志。一见面，黄勋章就说："有件事同你商量一下。"

"……"郝学宝等待着书记再说下去。

"你这里地处市中心，是工人、科技人员上下班必经之路。科技情报所太偏僻了。能不能想个办法，把科委的楼腾给他们呢！"黄勋章慢条斯理地说。

郝学宝心里说：科委眼皮底下的事，我们都没想到，倒叫书记想到了！他满口答应了下来……

黄勋章关心科技人员的学习和生活，时时把他们的冷暖搁在心上。他经常同市长谢煜、市人大常委会主任齐山等领导同志到科技人员家里探望：屋子冷不冷？过冬的取暖煤解决了没有？孩子上学安排了没有？……

四平市的科技人员都不会忘记这样一件事。去年年底，市商业局从外地购进一批牛肉。要是按全市人口分配，远远不够用。怎样分配这批牛肉呢？市委开会研究，大家提了几个方案。最后，黄勋章说："我看，这些牛肉就分给中、小学教师，工程技术人员，医护人员和离休、退休职工以及七级以上的技术工人，我们市委领导同志就不要了。"他的建议得到全体同志的赞同。于是市委做出决定，凡上述人员，每人售给两斤牛肉。这件事情虽小，却牵动着知识分子的心。

大年初一，当科技人员全家团聚吃到牛肉馅饺子的时候，他们核算着开春的大干，祝愿市委在新征途上取得更大的成就……

·1982年·

助理工程师韩琨工余受聘　贡献技术帮助攻关

救活工厂有功　接受报酬无罪

上海政法部门围绕韩琨“是不是罪人”发生过一场持续一年的争论，目前尚有余波。市委指示要认真研究，重新处理

本报记者　谢军

（1982年12月23日）

本报讯　记者谢军报道：上海去年年底发生了一起控告一名科技人员犯罪的特殊案件。围绕着“他是不是罪人”这个问题，在上海政法部门引起了一场持续一年之久的争论，目前尚有余波。他的名字叫韩琨，是上海橡胶制品研究所的助理工程师。他在所里被作为犯罪分子，从科研岗位“下放”到车间从事体力劳动。

事情要从1979年说起。上海奉贤县钱桥橡塑厂在这年10月决定转产微型轴承橡胶密封圈。这是上海微型轴承厂急需的配套产品。这种产品小而精巧，难度较高，没有一定的技术水平是啃不下来的。当钱桥橡塑厂党支部书记专程赶到市区韩琨家里聘请他担任技术顾问时，他想到这项工作既能为国家填补一项空白，又能多创外汇，就欣然同意了。他在完成本职工作的前提下，利用星期天和其他休息时间竭尽全力帮助工厂攻关。虽然从市区家中到远郊工厂来回两三百里，交通不便，但他每逢休息日总是早出晚归，风雨无阻，大年初一也不例外。经过近一年的努力，这种新产品终于试制成功并正式投产。

这个厂原来的老产品没有销路，因而连年亏损，面临关门的威胁。橡胶密封圈上马后，绝路逢生，工厂一年比一年兴盛：1980年扭亏为盈，今年预计可盈利达40万元。上海微型轴承厂采用了这个厂供应的橡胶密封圈后，也提

高了对外竞争能力。

但是意料不到的是，为工厂注入繁荣血液的韩琨却背上了沉重的十字架。问题出在敏感的“钱”上。他的妻子是农村户口，家中有两个孩子，经济比较困难。钱桥橡塑厂领导出于关心和鼓励，从1979年12月起，以他妻子的名义每月支付88元，作为韩琨的劳动报酬，付了21个月，共1848元。1981年年初，经上级党委批准，该厂嘉奖试制橡胶密封圈的有功人员，发给韩琨奖金1200元。此外加上别的零星收入，他共获3400余元。上海橡胶制品所的领导得知这个情况后说：“韩琨拿了钞票，问题的性质就变了。这是一个严重的经济犯罪案件，应依法予以制裁。”1981年10月，该所下令把他调往车间劳动；做出“停发每月奖金”的决定；取消他晋升工程师的资格。同时，以所的名义向区人民检察院控告了他。检察院立案侦查后，向本区人民法院提起公诉，指控韩琨收受贿赂，构成受贿罪。

韩琨在检察院立案的第二天，就把所谓的“赃款”近3000元现金送交检察院。消息传到钱桥，在群众中激起强烈反响。许多同志激愤地说：天底下哪有这样的罪人？老韩用自己的知识把我们厂扶起来救活了。公社党委书记说：“这样的人才难得，要吃官司，我替他去。”厂领导说：“这3000多元都是我们数科技人员对所领导的种种做法也表示不满。”

这个区人民法院经过深入调查研究，认为韩琨不仅没有给国家和人民造成危害，相反，他却创造了社会财富。因此，他的行为不构成犯罪，要求区检察院撤诉。一位自始至终参加此案调查的审判员说：“我们的法律应该保护有贡献的知识分子。韩琨有缺点，应热情帮助，但绝不能一棍子把人家打下去。”

区检察院虽最终撤诉了，但还坚持认为韩琨“有罪”，只因他“能够交代罪行，积极退赔，决定从宽处理，免予起诉”。韩琨不服，提出申诉，但被“驳回”。

最近中共上海市委陈国栋、杨士法等领导同志对该案做了批示，明确指出把韩琨作为罪人对待是完全错误的，应该尽快恢复他从事技术工作的权利，工程师职称照样晋升。除挂名工资以外，1200元成果奖归还本人。市委领导并指示有关部门认真研究，重新处理。

刘毅被拐记

本报记者　王茂修

（1982 年 12 月 2 日）

一种在新中国早已绝迹的丑恶现象，想不到在经历了十年内乱之后又重现了。这是“文革”给我们留下的苦果之一！

这里说的是今年 3 月，四川巴中县一个两周岁的男孩在街头玩耍时被人拐走，此人以 10 元钱的价格将孩子卖给了人贩子庞绍泽。庞绍泽弄到孩子后，到了巴中县一个姓黄的共产党员家里窝藏了一夜。第二天，人贩子带着他从黄家启程，到河北某县以 450 元的价格卖给了该县一名公社社员。

这个孩子叫刘毅。其曾祖父是土地革命时期我党的一个游击大队长，后被还乡团杀害。祖父邓耀祖，曾在红二方面军某师任职，1945 年逝世。祖母刘文素，1932 年参加红军，1980 年逝世。父亲刘爱国，现在四川甘孜丹巴云母矿工作。母亲刘绍雅，从农村转入四川巴中县城后，带着刘毅赋闲在家。

刘毅失踪后，刘绍雅急得神志都快错乱了。半年内，她和丈夫一起找遍了巴中、重庆、南充、通江、南江等市县。7 月中旬，正当她感到绝望时，黄某找上门来了。原来他看到了县公安局的寻人通告，感到害怕，决定出来揭发，同时也想趁机敲诈一下刘绍雅。他向刘提出条件：“给我 200 元，或至少给我一块全钢的上海表和一台收音机。还要给几百斤米票。”为了找孩子，刘绍雅早已债台高筑，哪里还有这么多钱！结果黄在刘家住了三天，天天酒肉款待。

刘绍雅夫妇根据黄某提供的线索，由巴中县公安局干部刘光远陪同，到了河北某县，找到了县公安局秘书股股长。股长要某公社公安特派员“协助了解刘毅情况”。公安特派员王某对他们此来却非常反感，说：“这是什么了不起的事！这里连公社书记都买娃娃呢！”

在这里，刘绍雅等三人了解到，这都是该公社一个姓王的社员同人贩子庞绍泽勾结起来干的，王曾经通过庞从四川弄来一个妇女，卖给了他舅父，这次他又指使庞从四川弄一个孩子来。庞曾毫不掩饰地宣称：“这个孩子是偷来的。”

情况弄清了，人的下落也有了，刘绍雅夫妇和刘光远就准备把孩子领走。不料，这时首先遇到的阻力却是县公安局的个别人。那位秘书股长对刘光远说：“你们的介绍信没有说领取孩子。”刘回答：“我们的介绍信明明写着‘调查、领取被拐卖的幼儿刘毅！’”股长还是不同意，他说：“不行，你们不能给我们留后遗症。要给钱。他买娃娃不对头，你们不给人家钱也不对头。总不能叫人家（指买孩子的社员）人财两空！”双方争执，互不相让，最后决定请示县公安局长。该局长这样答复：“买来的孩子由巴中县公安局追收领走。孩子在买家的生活、医疗等费用由其父母拿出来。写好协议书才能将孩子带走。”根据这个“指示”，股长就叫买孩子的社员算账。此人采取敲竹杠的办法，竟要刘绍雅拿出550元。如刘毅只看过两次小病，医疗费竟被算成60元。刘绍雅当然不能同意，最后由股长做主，断成200元，而且说：“再也没有余地了！”刘绍雅夫妇已被弄得灯枯油尽，实在拿不出钱来，后来还是由巴中县公安局将这笔款垫了。

刘毅被带来了。半年光景，一个天真活泼的孩子竟变得又黑又瘦、又痴又呆，背上有许多被掐的伤痕。刘绍雅一见，心疼万分，坐在县公安局院子里的一个石桌子上，嘤嘤哭了起来。这时，股长走了过来说：“不要哭，离婚到法院去！”

“我不是离婚的，我是来领娃儿的。”刘绍雅这样回答。

这时，股长认出了她是谁，马上发了火：“滚出去，不要影响我们工作！”

“你对人贩子都没有这么凶！”刘绍雅顶了一句。

“你再哭，我把你铐起来！”股长吼叫起来。

“你们对人贩子、对买娃儿的都不敢铐，反要铐我！你铐嘛！你铐嘛！”刘绍雅气得不顾一切了，说完此话就昏了过去。

站在旁边的刘光远实在看不下去了，就上前提出抗议，并要求抢救，股长根本不予理睬。刘光远激愤地说：“她是受害者，你们这样粗暴是不对的！我带有照相机，我要把她拍下来，我们到中央打官司去！”刘光远此言一出，立即招来该局一伙人围攻。这些人大声嚷嚷：“你是哪儿来的？你是干啥的？”

孩子到了手，不管有多大的为难和委屈，刘绍雅等三人都只好忍气吞声了。为了防止意外，他们带着孩子，连夜离开了这个县。

在巴中县，记者见到了刘绍雅。由于神经受刺激，她说话都颠三倒四了。刘光远感慨地对记者说：“这几年拐卖妇女的现象时有发生，现在连孩子也开始被拐卖了。这些人多半是被拐卖到河南、河北、山东，到那里后心情非常痛苦，都想回来，可是怎么回得来呢！这次，我一到这个县，就告诉他们孩子的身份。他们对先烈的后代尚且如此，对一般老百姓的态度可想而知了！”

据闻，庞绍泽已被逮捕法办，黄某正受党纪处理。现在是各方配合消除这种丑恶现象的时候了！

怀柔县黄坎公社王兴宽等人

无理取闹　辱骂殴打三名女教师

读者投书本报揭露这一严重事件，要求对肇事者严肃处理

焦文驷　本报记者　赵学礼　张爱平

（1982 年 6 月 24 日）

4 月 26 日晚，北京市怀柔县黄坎公社吉寺小学青年女教师范秋兰、于学荣、刘凤珍在去看电影的路上，遭到本村社员王兴宽的女儿王桂义等人的无理谩骂。三名女教师见她们人多势众，争辩几句后继续赶路。不料王桂义姐妹俩紧随不舍，到了电影放映场地仍骂不绝口。王兴宽和他的两个女儿、儿子等人趁天黑，对女教师围攻、推拽冲撞、恶语辱骂。有几个不三不四的人挑唆说：“每人打两下就走，不要让她们认出来！”这时，有的围观者也故意拥挤、起哄，将三名女教师围在中间。大队干部和学校领导干部闻讯赶来，也被挡在人群外。事件持续了 20 多分钟，直到两名男教师和一些社员从人群中分出一条路，三名女教师才被救了出来。

当夜 12 点左右，吉寺小学又遭到砖头、石块的袭击，六七块玻璃被砸碎。教师们都惶恐不安，不敢到校上课，学校被迫停课。

据当地教师和群众反映，吉寺大队的少数中学生和少数青年社员经常到学校滋扰，夜间敲打女教师宿舍的门窗，在女教师回家或返校的路上，拦截，起外号，说下流话等。

自 1977 年以来，吉寺大队已发生过几起围打辱骂青年女教师事件，有的草草做了处理，有的一直未做处理。这次事件的主要肇事者王兴宽是怀柔县委一位负责干部的弟弟，他在村里一贯蛮不讲理，干部、社员都怕他。

三名女教师被围攻后，四五天昏迷不醒，至今仍伤势严重，住在医院里。刘凤珍整日昏睡，不时抽搐、哭叫，于学荣行动不便，生活不能自理。3 名女教师的父母含着眼泪向前去看望的市、县有关部门的干部说："孩子到山区教书，被打成这个样子，上级党委和政府得给我们做主啊！"吉寺大队的社员们也十分愤慨："这么严重的问题如不很好地解决，今后谁还敢来当老师！"他们强烈呼吁有关部门严肃处理这一事件。

我们认为这一事件是严重的，那些人如此对待人民教师，严重地损害了人民教师的身心健康，损害了他们的尊严与社会地位。我们要求对肇事者进行严肃惩处，并以此对广大社员和干部进行法制教育和政策教育，造成一个人人尊师爱校，确保教师人身安全，维护学校正常教学秩序的新局面。

调查附记

焦文驷

怀柔县黄坎公社吉寺小学 3 名女教师被辱骂殴打的事件，经记者调查基本属实。这 3 名女教师都是二十二三岁的农村女青年。我们在医院见她们面容憔悴，充满恐惧感，在生人面前手脚抽搐，哭笑失常。医生诊断她们的病症是惊吓性自主神经功能紊乱。于学荣双下肢不能站立，为癔症性瘫痪。这件事发生后，该村小学校其他教师也感到人人自危，学校被迫停课四十余天，损失很大。大队群众十分同情老师，不少学生家长给她们送来鸡蛋，表示慰问。小学生们背着书包围着学校转，该考中学的学生上不了课，家长们很着急，对王兴宽一家人的恶劣行为更为愤慨。

我们通过调查发现，吉寺大队发生这种严重事件绝非偶然。这个大队很少开会研究学校工作，大队干部不关心学校和教师工作、生活中存在的困难。例如教师吃菜困难，缺菜时教师只好就着酱油下饭。学校为此曾多次向队里交涉，但问题始终得不到解决。队里卖给社员一两分钱一斤的菜，卖给学校却要一角钱。学校不得不远途到县里购买。

这个大队的社会风气也不好，队干部吃请成风，一些青年经常到学校捣乱，学校教室有三分之二的玻璃窗被砸坏。教师在回家或返校的路上多次被拦截、辱骂，在放映电影的场地，女教师们常常遭到冲撞、唾骂。大队干部对这些凌辱教师的事，从未认真做过处理，以致歪风邪气越来越严重。

这次事件的主要肇事者王兴宽在村里是个特殊人物。他仗恃哥哥在县里工作，横行无忌，张口闭口用“到县公安局，到县委大院去”吓唬人。事件发生后，村里议论纷纷，许多社员说：“王兴宽上面有根儿，要是别人，队里早管了，兴许当天就给抓起来了！”他们对大队迟迟不处理这一事件，意见很大。

中共怀柔县委对此事很重视，曾多次召开常委会研究，并组织联合调查组进行调查。北京市委几位负责同志对这一事件做了批示，要求有关部门抓紧调查，严肃处理。目前，主要肇事者王兴宽已被拘留。吉寺小学复课后制定了校规，恢复了正常的教学秩序。

新一代的理想之歌——记当代优秀的大学生张华

本报记者　王晨　本报通讯员　舒英才

（1982 年 10 月 20 日）

1979 年初秋，有一位英俊的青年军人，乘着西去的列车来到古城西安，走进了第四军医大学的校门。

他——21 岁的张华，是学校空军医学系刚刚录取的新生。这个在祖国东北边陲的小城中长大、才上了一年小学就赶上了十年内乱的年轻人，这个下乡抡过锄头的知青，后来又入伍扛过枪的战士，能够依靠自己不懈的努力考进军医大学，是多么不容易啊！

成功的喜悦，接踵而来的称赞和祝贺，能使平庸的人陶醉，也能使清醒的人思索：未来的生活道路将怎样行进，什么才是 80 年代的大学生应有的风貌和理想？张华啊张华，你将怎样回答？

“为着一个伟大的理想而活着”

走进大学以前，他已经走过一段难忘的路程。

他，出身于边疆一个革命军人家庭，在乌苏里江畔长大成人。他的父母亲都是有着三十多年党龄的共产党员。

他从小就爱听革命故事，崇敬为革命流血牺牲的先烈们。他所在的饶河县，过去有一位以英勇善战、屡建战功而闻名的侯县长。1948 年的一天，他同几位领导同志正在县城第二小学的木楼上开会，由于叛徒告密，突遭国民党残匪围击，经过一场激烈战斗，侯县长壮烈捐躯，鲜血洒在脚下这片土地上……张华被这个故事深深地感动了。他少年时代的伙伴还记得，清明节的烈士陵园里，小张华从口袋里掏出几块糖，恭恭敬敬地放在侯县长的墓前，他用这种幼稚的方式表达自己崇敬烈士、继承遗志的心愿……

1977 年 1 月，张华应征入伍，走进了解放军这所大学校，经受新的锻炼。两年多以后，就在上大学前夕，他光荣地被接纳为中国共产党预备党员。

他在日记中写道：“一个真正有抱负的青年，他必定有一个美好的理想。”张华的理想到底是什么呢？他在自己的《入党志愿书》里做了明确的回答：“为把我国建设成为社会主义现代化强国，在整个地球上消灭人剥削人的制度，最后实现共产主义，贡献自己的一切！”

现在，他成了一名大学生。有人说，他已经从荆棘中走出来，踏上了铺满鲜花的旅程，现在关键是要把医术学到手。他想：作为新时期的一个大学生，难道仅仅是单纯地学习文化知识，理想、信仰、人生观就可以不再提起？不！这不是时代对大学生的要求。在学校党组织和老师们的培养教育下，张华明确了前进的方向。有一段时间，他发现有的同学对政治课采取不正确的态度：“平时不爱学，上课不认真，考试背几遍，试后丢一边。”这种现象引起了张华的忧虑。他对同学说，上政治课，学习马列和毛主席著作，重要的不在于会背几段词句，而是要深刻领会精神实质，而且善于联系实际，用理论分析社会现象，这样不仅能提高思想觉悟，也能增强政治学习的兴趣。

大学生的生活是紧张的。由于底子差，张华常常需要比别的同学花费更多的气力。然而同学们发现，就是再忙再累，马列主义理论的学习，对张华始终有一种强烈的“吸引力”。在杜振波同学的箱子里，存放着张华的一部分理论书籍，小杜几次提起：这些书到处都有，不必保存了吧！张华总是不同意。刘少奇同志《论共产党员的修养》重新出版后，张华用了十来个宝贵的晨读时间，诵读学习。一天晚上，班长朱晓法来了个“突然袭击”：“张华，支部要对党员进行测验，先考考你怎么样？”张华笑了笑说：“《论共产党员的修养》和党章，随便你考！”

小朱当即提了几个问题，张华对答如流。

正是由于长期坚持刻苦学习革命理论，才使张华坚定了对共产主义的信仰，不论在什么场合，都能自觉抵制各种错误思潮。他在校的三年，正是我们党除旧布新的历史转折时期。有的大学生，把农村实行生产责任制、工厂发奖金、允许存在个体经济等，统统看作是“复辟”和“倒退”。有的大学生，接触了一些资产阶级的生活方式和思想流派，竟目眩神迷，不加分析地盲目崇拜，对社会主义缺乏信心。对“左”和“右”这两种倾向张华不仅自己头脑清醒，而且积极行动起来，做同学的思想工作，表现出一个共产党员坚强的党性。

同学小韩过去曾积极要求入党，进入大学后对政治上的进步却淡漠起来了，觉得入不入党无所谓。当时，张华还是一名预备党员，但他却把从政治上帮助同学视为一个共产党员不容推卸的责任。在一次推心置腹的交谈中，他对小韩说：“人不能没有信仰，共产主义不是空谈。作为一名解放军战士，不相信共产主义相信什么？”北京外语学院学生冯大兴走上犯罪道路的消息在报上披露后，张华再次找小韩谈心说：“充满对资本主义信仰的人，那他一定会背叛自己的社会主义祖国，成为废品而被淘汰！”放暑假了，张华又专门从黑龙江写信给家住上海郊区的小韩，继续鼓励他扬起理想的风帆前进。小韩后来深有感触地说：“张华的谈话和来信，使人感动，又促人猛醒。我就是在他的帮助下，在那个暑假里，写了我上大学以后的第一份入党申请书。”

1981 年秋季开学不久，张华组织大家举办了一期丰富多彩的摄影、书法、绘画和诗文展览，展出的作品都是同学们在暑假里自己拍摄、绘制和撰写的。在那一篇篇社会调查里，同学们以亲身见闻，报告了工厂和农村实行经济改革、实行生产责任制后生产发展、群众生活改善的喜讯，亲切生动，很有说服力。那一幅幅照片和风景画，更是争奇媲美：险峻的华山、雄奇的泰山、蜿蜒起伏的八达岭、大厦高耸的上海外滩、西湖倩影、岳飞坟墓、颐和园、山海关……祖国的壮丽山河，在同学们心中激起强烈的爱国热忱。

张华这样说过：“一个人为着一个伟大的理想而活着、战斗着，他就会变成崇高的人。”他自己，正是这样一种人啊！

"雷锋啊，你的生命在我身上延续"

张华对雷锋，一直怀有一种深厚的感情。在一些人眼里，雷锋和大学生的形象，是很难连在一起的，好像搞现代化建设，雷锋便可以不屑一提；前两年，甚至有人对雷锋精神抡起刀斧，说三道四。张华丝毫不为那些非议所动，对雷锋一如既往地由衷崇敬。他不止一次真诚地对同学们说："我们不仅要在外表上像个大学生，更重要的是从心灵上、道德上都是个大学生。"

同学和他相处，常常像傍着一团火，感到热乎乎的气息。同学生病了，他把自己的奶粉和蜂蜜冲好送到床前；战友的妈妈来校探望，他送去自己的照相机，叫他陪妈妈好好看看西安古迹，留影纪念；同学的父亲病故，他多方慰藉，用自己的钱为同学买回家的车票和罐头、糕点……

对人民，对群众，他总是扶危解难，倾注一片深情。1980年暑假期间，他乘车回东北家乡。有一位孕妇本来回南方生小孩，没想到在旅途中早产，只好倒车返回工作单位。产妇身体虚弱，归途尚远，举目无亲，急得落泪。张华看到了，主动端水送饭，热情照顾。当产妇下车时，张华虽然还未到站，但为了照顾产妇，他毅然下车。把母婴送到自己姨家，让姨妈做好香甜的荷包蛋，又设法与产妇的丈夫取得联系，然后才放心地登车北去。

去年暑假，他回到父母所在的七台河市，正遇上多年罕见的洪水。他家住地一片汪洋，房子浸泡在两米多深的洪水里。张华顾不得管自己的家，就穿上一条短裤，跳到水里帮居民转移，先后帮助四户工人脱离险境，还帮他们打捞起被洪水冲走的木箱、立柜、木料……

类似这种事情，他究竟做过多少，没有人能够说清。有的人看到，上动物手术课期间，他每天早晨帮助喂养狗的老工人挑担子；和他同在一个党小组的同志们也不会忘记，在学雷锋的活动中，张华出主意去解放路饺子馆义务劳动，他自己热心地为顾客端碗碟、擦桌子，受到服务员和顾客们的赞扬……他把好事做在学校，做在路上，做在家乡，做在许多人的心里。"不管走到哪里，都是一列车头！"这是一位诗人赞颂雷锋的诗句。张华，不也正是这样一列挟春风、送温暖的火车头吗？！

一个关心同学、关心集体的人，必定会受到同学的爱戴和信任。从一年级起，张华连年被选进中队革命军人委员会，后两年还担任了副主任。由于学业繁重，有些大学生往往不大愿意担负社会工作。张华何尝不清楚：时间对于他来说，要比旁人更宝贵。但是，一种崇高的信念在鼓舞着他："我觉得一个真正的革命者，他应该是大公无私的，所作所为，都是对人民有益的，他的责任是没有边的。”于是，他没有一句怨言，高高兴兴地挑起了重担。为了丰富和活跃大家的生活，他发动同学，亲自组织，开展了体育比赛、书画展览、出板报、爬山等各项活动，促进了同学们德智体全面发展。

张华学雷锋，不仅公私分得清，而且美丑辨得明。看到有的共产党员搞不正之风，听到周围个别人轻率地对党的方针政策评头品足，他都要站出来提出批评。看到社会上的某些阴暗面，他也绝不随波逐流。有一次，他和同学一起出外乘公共汽车，途中发现两个流里流气的男女青年在乘客中挤来挤去。张华睁大眼睛观察，发现一个男青年掏了一位乘客的钱包。他和同学毫无惧色，上前抓住小偷，并在女青年的脚下找到了钱包，归还失主。解放军战士的凛凛正气，压倒了邪恶，赢得了满车群众的敬佩目光。

张华的所作所为，得到了领导和同学们的赞扬。可是张华自己，却从来不在荣誉和名利面前伸手。工作有了成绩，他把表扬让给革命军人委员会和团支部的其他委员；在洪水里抢救人民财产，回校后干部先后问过他三次，他始终只字不提；外出抓了小偷，他在路上十分兴奋，回校时却特别叮嘱同学不要告诉别人；他探望过不少生病的同学，而他自己在 1982 年夏初因患痢疾住院时，却要知道的同学代他保密，免得让同学来看他耽误学习时间……

“雷锋啊，我的战友，你的生命在我身上延续，你的热血在我身上沸腾。”张华以扎扎实实的行动，把雷锋和大学生的形象紧紧地连在了一起。难怪人们称赞他是大学生中的雷锋，是雷锋式的大学生！

“没有真才实学，再好的理想也实现不了”

粉碎“四人帮”后，张华很快意识到，自己是被耽误了的一代中的一员。“四化”宏图，在他心中激起美好的憧憬。他奋发向上，决心夺回失去的时间。当时，他已经光荣入伍，是沈阳空军某场站的保伞员。他一面一丝不苟地做好本职工作，一面有计划地刻苦学习文化知识。张华两次参加高考，但都落榜了。不少人觉得张华上大学没有什么希望了，但他没有气馁，学习得更加勤奋，终于在 1979 年夏考入了四医大。

峰高无坦途。军医大学迎接张华的不是鲜花，而是“荆棘”——几十门课程纷至沓来，大大小小的考试不断，基础课必须牢靠扎实，实验课要求一丝不苟……未来的军医，担负着神圣的使命，因此，正规的严格的大学教育实属必需。可这对于主要靠自学起家的张华来说，则意味着要承受大大超过他人的压力。他还没有来得及直起腰松口气，就又背上了沉重的纤绳。

张华最需要的是时间。可无情的时间绝不会多给他一分一秒。怎么办?他下决心去争、去挤，让时间听从自己的调遣。

学校第二附属医院旁边驻着一支友邻部队，他们的起床号声比医院早半个小时。每天，兄弟部队的号声一响，在二院上临床课的张华就一骨碌爬起身，进行早读。中午，他常常放弃午休，继续攻读。出操前后、外出乘车、看电影前，一点一滴的时间他也不放过。他是学校篮球队的队员。每逢外出观摩或进行比赛，他总要把书本带在身边。晚上他开夜车，常常超过了学校规定的休息时间。干部叫他去休息，他赶忙“易地再战”，从东教室躲到西教室，又从大教室躲到小教室。

军校的纪律是严格的。但他为了多学一会儿，就去找干部蘑菇:“我的身体棒，晚上少睡会儿没关系！”干部同意他在活动室里学习到11点。他的加班总算争取到“合法”地位。不过，他有时学得入神了，常常越过了12点、1点……

他在中学里没有学过英语，学起来感到费劲。他知难而进，单词本子不离身，还专门买了录音机作为学习工具。英语总考揭晓，他取得了86分的好成绩。同学小韩英语基础好，这次考分却落在张华的后边。他跟张华说:“你考得真不错，这回领先于我啦！”张华回答说:“向前看，领先于我的同学还多呢！”

了解张华的同学说：他对待学习，有一股旺盛的精力，有一种自强不息的毅力，归根结底，在于他有着明确的学习目的。他在致友人的一封信中写道:“一个人一天也不能没有理想，单凭侥幸，怕吃苦，没有真才实学，再好的理想也实现不了。”这种冲破个人狭隘视野的精神境界，才是他不畏艰难、攀登文化高峰的真正动力。贴在队部墙上的成绩表表明：张华入学三年来的25次考试成绩，多半都在80分以上，考得最好的数学成绩达到了97分。这虽然同尖子学生相比还有差距，但就他自己而言，取得这样的进步已是十分可观。

张华也不是一个书呆子。他照样爱打篮球，球技不错，球风更好；他和同学一起爬上骊山，领略美妙风光；他有一架照相机，拍摄了不少他自己和同学的学习、生活小照；他学的是医学专业，也看过不少社会科学和文艺书籍；游泳、唱歌、朗诵诗词，他都喜欢。他是一个理想远大的人，又是一个平凡可亲的人，热爱生活的人，情趣盎然的人。从他的生活情趣里又可以窥见他的追求和向往。听，他又在背诵岳飞那阙豪情迸发的《满江红》了，这是他最喜爱的词作之一：

怒发冲冠，凭栏处、潇潇雨歇。
抬望眼，仰天长啸，壮怀激烈。
三十功名尘与土，八千里路云和月。
莫等闲、白了少年头，空悲切。
……

他的声音慷慨悲壮，颇得原词的神韵，但又掺揉进一代新人似火的激情。背完，余兴未尽，他又对同学说：“今天如果我们学得不好，将来个人白了少年头终究是小事，影响祖国的‘四化’建设，那才是大事啊！”

“任洒青春血，抛头为他人”

没有滴水，就没有浩荡的江河。不愿登攀，就不能屹立于高山之巅。向着共产主义道德的高峰，张华在一步一个脚印地挺进。他在给党支部的一份思想汇报里曾经写下过两条质朴而真诚的誓言，大意是：在平凡的工作中做群众的表率，在关键的时刻勇于牺牲。这位年轻的大学生，随时准备接受党和人民的严峻考验。

1982 年 7 月 11 日，星期天。正在四医大第二附属医院上临床课的张华，一大早就从二院所在地灞桥郊区乘车进城。他打算在紧张的期末考试到来之前，利用这个休息日上街买点东西，好在假期回家时送给弟弟妹妹。上一年探亲是在洪水中度过的，他连自己家的搬迁都没多管，更无暇同亲爱的弟妹们倾心交谈，他想这次探亲一定要好好聚一聚，玩一玩。

他兴冲冲地买好了东西，又到离校不远的康复路南口，请在马路西侧设摊的个体户裁缝白师傅帮助修理一件衬衣。此时，大约是上午 9 点 40 分。突然，从马路东侧传来了急促而焦灼的呼唤声：“淘粪的老汉掉进粪池了，快救人呀！”

康复路南口的空气骤然紧张！常在这里摆摊的师傅知道，公共厕所前面那个地下蓄粪池有三米多深，池口只有二尺见方，在气温已达三十六七度的伏天，老汉跌进粪池，哪能没有危险？！他们的心里像压上了石头点着了火，又沉重又焦急，纷纷向粪池口奔去。

闻听得呼救声，张华把手中装有照相机等物的背包蓦地往台面上一扔，三两下脱下了军帽和军衣，连一声嘱托也没说，就扭转身飞也似的越过十几米宽的马路，赶到粪池的边上。他一把拽住正要下去的裁缝师傅李正学，高声说道："你年纪大，不要下，让我下！"说罢，沿着竹梯，"嚓嚓嚓"地急速而坚定地下去了……

尽管素不相识，但小伙子在刹那间的这些举动，给全体在场的人留下了难以磨灭的印象。他那急迫的声音，像浪涛冲击着每个人的心。说时迟，那时快，张华已经几步下到了粪池的液面。跌下去的老汉这时已经俯卧在粪水里，只有头发露在外面。张华左手紧紧握住梯档，然后倾过身去，用右手从一米以外的粪水中拽过老汉，又一把抱在腰间，挺起腰杆，疾声喊道："人还活着，快放绳子！"

让我们永远记住这伟大的一瞬！永远记住他那矫健的身影和紧迫的声音！这是一名年轻的大学生留给我们的最后的形象，是一位共产党员在人民的危难面前献上的一颗赤子之心！

谁也没有料到，张华的话声刚落，猛烈的沼气把他也熏倒了。只听"扑通"一声，他同老汉一起跌进粪水之中。

当他被在场的群众王宝安、刘玉庆、王伯义、王少军等人搭救上来的时候，人们用清水冲去他脸上的污粪，只见他脸色铁青，却依然是一副坚毅的面容。

人们用最快的速度把他送进了医院的急救室。值班医生赶来了，专家教授赶来了，学校和医院领导也赶来了。可是，注射强心针，无效！吸痰给氧，无效！医院采取了最后的抢救措施：打开胸腔，直接按摩心脏……然而，张华因严重中毒、窒息时间过长，他那颗年轻的心脏再也没有恢复跳动。

噩耗，很快传到了同学们当中。许多人不相信这是真的，他们怎能忘记张华那面带笑靥的身姿；许多人又相信这是真的，因为他们深深了解他那高尚的品格。一霎时，悲恸的波涛在人们胸中奔涌。一队一队的同学噙着泪水，从18里外的住处赶来。这些未来的军医从生理上十分了解生与死的概念，然而，他们在永远离去的战友的遗容面前，却更加懂得了生命的价值和意义！

当张华的爸爸妈妈赶到学校，同学们紧紧偎依在他们的身旁。大家送上了一封封情真意切的书信，安慰失去爱子的双亲，也表示了自己继承烈士遗志的决心：

——一个新中国的青年，在党和人民需要的时候，毫不犹豫地把生的希望让给别人，而把死的危险留给自己，这是多么美好的品质，这才是生命的真谛！

——他走了，带着一颗金子般的心；他走了，带着一个洁白的灵魂；他走了，带着一腔殷红的热血；他走了，也带走了他那年轻、闪光的生命……

——他用饱蘸着热血的朱笔，写完了生命的最后一页。他向我们提出了一个严肃的问题：人，应该怎样活着？他，督促我们深思；他，审视着我们的答案……

80年代的大学生们，党和人民也在等待着你们的回答！

实行生产责任制以后

鼎山公社“冒尖户”周朴由后进变先进

农民觉悟正在迅速提高

记者　王茂修　李家杰　通讯员　张友俊

（1982年11月13日）

本报讯　记者王茂修、李家杰，通讯员张友俊报道：秋收的季节里，我们在四川北部访问了大巴山南麓的巴中县，了解到农村推行生产责任制以后农民精神面貌发生巨大变化的情况。其中，最使我们感兴趣的是鼎山公社的周朴的事迹。

周朴现在30岁，一家三口，孩子才4岁。今年，他夫妻俩承包了三亩九分地，进行科学制种。秋收时光稻谷就分了13800多斤。除了应交国家和集体的部分外，全家净得粮12500多斤，加上家庭副业收入，全年的产值共3500多元。他丰收不忘国家，决定出售余粮8000斤。然而，他的出名却不在这里，而是在今年9月的一次会议上。

这次是县里召开的“参观‘冒尖户’流动现场会”，轮到周朴上台发言，他说：“前几年我有些‘不落教’（对不起人），做了些‘痴业’（罪过），偷过生产队的谷子，偷过群众的鸡婆……”

他开头的这个自我介绍，把全场逗得哄堂大笑。周朴继续发言说：“今年，我有了这么多的钱和粮，是党的三中全会使我这样的人走上了正路、发了财！我早就下了决心：等我富裕了，我要把我干的那些‘痴业’补起来，吞了集体和社员多少谷子和钱财吐出来！我一共偷了队里500多斤粮，我算成150元，另外还有一些零敲碎打的鸡呀鸭呀的，加上利息，我算成250元，加倍偿还！另外我再拿出400元，用来救济我们队里的困难户！”

刚才还是哄堂大笑，现在大家却是议论纷纷，陷入深思了。县委书记心情也很激动，他发言说：“这件事的意义绝不止于一个社员的‘冒尖’，而是说明了精神世界的转变将比物质生产的转变更有深刻的意义！”

周朴的转变从何而来？我们在鼎山访问了周朴，向他提出了这个问题。这个仅仅读过初中的大巴山农民竟对我们说出了这样一番大道理：

“我也始终弄不清是什么力量推动我转变的。过去，我不想干活，只想碰运气，一晚上发一个大财！前两年，我读报纸，看到外面在搞包产到组，周围也在吹‘责任田’这件事，我就对我女人说：‘现在政策真的变了，我要好好干，把我的恶名声改一改！’万没有想到第一年我就得了这么多的粮食和钱！……我想，一个人活在世上，虽不能流芳千古，但也不可遗臭万年！现在，又选我为‘先进’。今天，只有我自己才晓得自己的‘内幕’。若不把自己的‘内幕’端出来，光说自己好的，还算什么‘先进’！”

现在，轮到我们大吃一惊了！他的话说得如此诚恳朴实，不掺一点假！在周朴身上，我们看到了新一代中国农民的巨大精神变化。

对革命无限忠诚　为四化忘我工作

副研究员蒋筑英为我国光学事业奋斗终生

吉林省委追认他为中共正式党员，中科院长春分院号召全院向他学习

本报记者　肖玉华

（1982 年 8 月 27 日）

本报讯　记者肖玉华报道：中国科学院长春光机所四室代主任、副研究员蒋筑英，对革命无限忠诚，为发展我国光学事业，夜以继日地忘我工作，做出了重要贡献。不久前他因积劳成疾，不幸逝世，年仅 43 岁。根据他生前的愿望，吉林省委最近追认他为中共正式党员。中国科学院长春分院召开大会，号召所属各单位广泛开展向优秀科学工作者蒋筑英学习活动。

蒋筑英 1962 年毕业于北京大学物理系，曾是著名光学家王大珩的研究生。20 年来，他努力地学习和工作，业务水平提高很快，先后掌握了英、德、法、日、俄五种外国语。近年来，他和同事们一起对我国光学传递函数理论及测试做了开创性的工作，在光学检验、色度学以及软 X 射线检测技术等方面都做出了贡献。我国彩色电视机生产中曾出现一个突出问题，即颜色不纯正。怎样才能使彩色电视颜色逼真？从 1974 年 8 月开始，蒋筑英配合我国著名光学专家王大珩做了大量的工作，编写出“彩色电视摄像机校色矩阵最优化程序”。这是我国有关这方面研究的第一个计算程序，它解决了彩色电视的颜色逼真问题。

蒋筑英善于团结同行一道攻关。他阅读外文资料时，凡发现对其他同志的课题有帮助的资料，他都译成中文。许多同志都得到过他的帮助。他处处让荣誉，让方便，提携青年。去年，在研制十倍彩色电视变焦距物镜时，遇到彩色还原的技术难题，蒋筑英经过反复研究，从理论上找到答案。他立即把自己的收获贡献出来，由九室助研齐钰镀膜成功。他们合写的论文，在国内一个光学会议上得到很高评价，被列为大会的重点发言文章。会议点名让蒋筑英出席，他却把这个荣誉让给了齐钰。

蒋筑英为使我国光学科研达到先进水平，一贯刻苦钻研，工作不分昼夜。前些年，他家四口人，住在一个仅有十多平方米的宿舍里，为不影响孩子学习，晚上他就在床边放一张小板凳，伏在床沿上看书、写作。在国外工作期间，他同样抓紧一切时间学习，并克勤克俭，用节省下来的钱给所里买了英文打字机、电子计算器等许多器件。

由于长期过度劳累，蒋筑英的体质日益下降。今年以来，他时常感到身体不适，右腹疼痛，身体日渐消瘦。但他因工作繁重，顾不上及时去医院检查。今年6月，他带病出差到成都，突然发病，抢救无效而不幸病逝。

蒋筑英逝世的消息传到所里，科技人员、干部、工人无比悲痛。许多同志自动扎制白花，书写挽联，深切悼念这位优秀的科研战士。长春光机所党委送的一副挽联写道："忘我工作，光明磊落，对革命无限忠诚；才华横溢，不计名利，为四化鞠躬尽瘁。"

她心中只有祖国——记最近在西德获得博士学位的女科学家韦钰

吕佳　周道纯

（1982年2月12日）

1981年6月16日，西德亚琛工业大学高频研究所，通过了一篇与热核聚变的等离子加热有密切关系的博士论文《回旋管最优性能的研究》的答辩。在这个领域里产生这样的论文，在西德还是第一次。论文的作者，也就是博士学位的获得者，正是中国留学生韦钰。

外国人是从我身上看中国的

韦钰先后接触过五门外语，其中英语、俄语基础较好，德语仅是自学。三年前，出国进修考试，组织上希望她考德语。这对韦钰来说是一个困难，但是她敢于迎难而上，决心把德语学到手，于是起早贪黑，勤奋学习，终于顺利地通过了国家考试，被安排到西德亚琛工业大学高频研究所进修。

同批出国人员中，韦钰的德语属中下水平，可是几个月以后，她却能对答如流，还能为中国出国考察团担任翻译，不少外国朋友对此表示惊讶。为了攻下语言关，韦钰的确花了一番心血。听课前，她先看教科书，把其中不懂的单词记熟；做实验，她尽量和工作人员多交谈；晚上，为了找说话的机会，有时为同宿舍的外国女大学生烧中国菜；夜深了，还独自通过电视提高听力。韦钰之所以这般刻苦，是因为有一种坚强的思想在支配着她。她说："外国人总是具体地从一个中国人身上来衡量中国的社会制度、教育制度和妇女解放等等，我不能因为自己的言行让人家对中国失望。"难怪高频研究所杜林教授向人们介绍韦钰时，总是说："韦女士是从中国来的，中国是个大国。"

为了祖国下定决心争荣誉

杜林教授是西德电子学界的老前辈，他想掂掂这个中国学生的实际水平，让她推导《大讯号导纳图》，并声言前面已有两个学者没有做出结果。韦钰拿到题目，发现用通常的坐标体系不易推出结果，想起当研究生时学过的另一种坐标。找到关键，一个月以后，就交出了答卷。杜林教授满意地对中国大使馆工作人员说："韦钰是我最好的合作者，像韦钰这样的人来，我们永远欢迎。"

从1979年下半年起，杜林教授建议韦钰攻博士学位，并表示他将和数据处理研究所所长泰费尔教授联名推荐韦钰取得洪堡奖学金，为她创造较好的学习条件。韦钰却迟迟不表态。是基础不行吗？在南京工学院学习期间，她27门功课，门门优秀，1964年，在陆钟祚教授指导下，她的研究生毕业设计行波管在高教部科研展览会上展出了，毕业论文《行波管的大讯号研究》经权威人士评定已达到国际先进水平。是体质不行吗？在大学期间，她是一级体操运动员。是她不想攻读吗？不，新中国成立以来，在电子器件方面还没有一个博士，她认为国家原是让自己进修补缺来的，攻博士学位应由国家决定。后来组织上写信给她，指出："这不是你个人的事，为了国家，你要去争这个荣誉。"

在攻读博士学位期间，特别是头八个月，她没日没夜地计算、推导、验证，常常是第一天忙到深夜，休息几小时，第二天一早又再坐到电子计算机前，把前一天的推导再验证一遍，唯恐一个符号差错使前功尽弃。在这期间，她顾不上给亲人写一封家信；鼻子大量出血，吃几颗六神丸就算了。就这样，她一直坚持到通过了博士论文答辩。她的这项研究成果，把应用于热核聚变的等离子加热的回旋管从微波段推向毫米波段，达到国际尖端水平。

勇辟科研新领域

韦钰荣获博士学位以后，《亚琛日报》发表了消息和照片，大学授予她证书和奖牌，西德国家无线电杂志摘要刊载了她的论文，第五届、第六届《红外和毫米波国际会议》宣读了她和杜林联合发表的论文，各国电子学界微波管方面的知名学者纷纷向她发出邀请……各种荣誉接踵而来。韦钰在西德还有半年时间，满可以到各国去开开眼界，可是她连去年下半年在美国召开的学术会议都没去参加，论文是由杜林教授去宣读的。她要争取时间，为祖国，带一门新兴科学——医疗生物电子学微波断层成像的研究课题回去。最后半年，她是在另一个研究所里紧张地度过的。

去年年底，韦钰风尘仆仆，回到北京。她顾不得休息，先到有关研究所转了一圈，急于了解国内这方面的科研进展情况，以便更有效地引进国外新技术。今年 1 月 5 日，她回到南京工学院，一下飞机，听说她用奖学金节余部分 12000 马克买的微型计算机系统和附件运到了，她马上拆包检查，同时带回的 200 公斤研究资料也一一过目。在韦钰的心目中，这些比什么都珍贵，唯恐有所损坏，影响以后的科研进度。

有人提醒她，该去上海看看心爱的儿子了，韦珏摇摇头。这一阵子，她忙于汇报工作，和研究所的同志一起安排科研计划，商量招生事宜等等。德国朋友一直不理解：韦女士在回旋管方面继续研究下去，无疑会做出更大成绩，为什么却忙于开辟新领域？对此，她认为，生物电子学微波断层成像在医疗诊断、金属探伤等方面有广阔的应用前途，可以更好地造福十亿人民，而我国在这方面基本上处于空白，十分需要这门新兴科学的发展，至于她个人，能不能出成绩，应是次要的。

处逆境发愤自学，在经济控制论等方面学有专长

工人杨小凯被正式聘请为武汉大学教师

殷平

（1982年6月8日）

本报讯　依靠刻苦自学、在研究经济控制论等方面做出成绩的工人杨小凯，最近被武汉大学正式聘请为经济管理系的教师。前不久，他在系里开了一期经济控制论专题讲座，介绍国内外有关方面的最新经济理论及其发展趋势，深受师生们的欢迎。

杨小凯今年33岁。近两三年来，他在坚持长期自学的基础上，先后完成了《数学在经济分析中的应用》《经济动力学》《经济控制论简介》《经济控制论初步》等专著，共约一百多万字；翻译了《经济控制论导论》《运筹学与数量经济学基础》两本著作。这些专著和译著都已出版，受到学术界的关注。他还结合我国社会主义经济管理的实际，写出了《最优价格的确定》《线性规划与影子价格》《最大值原理在经济中的应用》《信息论在经济中的应用》等数十篇论文，先后在国内有关经济刊物上发表。有的文章还为国家物价研究中心提供了资料和理论依据，受到有关部门的重视。

出身于革命干部家庭的杨小凯，从小学到中学都是品学兼优的好学生，高中时还获得过湖南省中学生数学竞赛第一名。可是，在“文化大革命”中，他却因为发表了一篇文章，被康生点名，打成为“现行反革命分子”，判刑十年。他在极端困难的条件下坚持自学。先是学历史和哲学，以后，又学习了高等数学、物理、化学和电子工程等大学课程，反复阅读了《资本论》等马列主义经典著作和其他经济理论书籍，还学习了两门外语。1978年，他获释后来到湖南新华印刷厂当工人。这时，他一边到湖南大学旁听为高年级和研究生开设的数学、现代控制论基础等课程，一边如饥似渴地阅读各种国内外经济学书籍和刊物，深感近二十年来世界经济理论在飞速发展，必须迎头赶上。1979

年，他报考研究生，因政审未通过，没有被录取；1980 年，中国社会科学院招收研究人员，他又报名应试，成绩优异，又一次因政审问题引起了争论，暂时没有被录取。直到社会科学院党组织派人调查，有关部门才重新审查他的问题，撤销了过去的判决，给他彻底平反，录取为实习研究员，但因故一直未能正式调去工作。由于他在研究社会主义经济问题方面做出了显著的成绩，中国技术经济研究会、中国物价学会、中国数量经济研究会分别在去年吸收他为会员。

今年年初，武汉大学征得他本人的同意，正式聘请他到经济管理系经济信息预测教研室担任教学工作。目前，他正在加紧备课，准备在下学期正式开出经济控制论、数理经济学两门新课程。

·1983年·

知音曲——陈毅同志和知识分子

本报记者　马雨农

（1983年5月20日）

编者按　本报近年内曾经介绍周恩来、聂荣臻、王震等老一辈无产阶级革命家同知识分子关系的感人事迹，今天又刊登陈毅同志这方面的感人事迹。

陈毅同志离开我们十多年了，然而他在执行党的知识分子政策问题上，至今仍是我们的模范，特别是高级领导干部的模范。

陈毅同志十分尊重知识、尊重知识分子。他的最感人之处就在于，他深知知识分子在我国革命和建设中的作用，在知识分子面前不摆一点点架子，把知识分子当成真正的知心朋友；因此，知识分子也把他作为真正的知心朋友。各级干部都应该学习陈毅同志的榜样，在正确认识知识分子问题和落实党的知识分子政策方面，处处做出表率，为党为国家增辉。

引子：一串欢畅的笑声

（笑声——笑声——大笑——哄堂大笑……）

在这份讲话记录稿里，这样注明与会者欢笑出声的地方，有62处！笑声，犹如一条有声的线，贯穿着这份33000字的长篇报告。字里行间，似可看见当年会场的活跃景象：台上，报告人开怀畅论，妙语连珠；台下，听讲人点头称是，喜形于色。心与心的相贴，情与情的交融，激起一串串欢畅的笑声，汇成一股使人五内沸腾的热流……

中国年长一点的知识分子都忘不了，1962年的春天，刚直豪爽的陈老总，在南国花城曾做过一个多么富有真知灼见的精彩报告。他用火一般的热情，阐述党和知识分子的关系，驱拨笼罩在人们心头的迷云乱雾。21年过去了，他字重千钧的话语，愈加流金溢彩——

……工人、农民、知识分子，是我们国家劳动人民中间的三个组成部分，他们是主人翁。不能够经过了十二年的改造、考验，还把资产阶级知识分子这顶帽子戴在所有知识分子的头上，因为那样做不合乎实际情况……

……你们是人民的科学家、社会主义的科学家、无产阶级的科学家，是革命的知识分子，应该取消资产阶级知识分子这顶帽子。今天，我给你们行“脱帽礼”（笑声）。

“脱帽加冕”，多么生动、形象而又精辟的比喻！说到陈毅同志和知识分子这个题目，谁都会首先想到他的这句名言。四个字，解开了当时知识分子问题的症结，也启开了人们心灵深处欢笑的闸门。

笑声朗朗，宛如一部和谐的知音交响曲！岁月易逝，这乐曲至今仍在人们的心头回荡……

戎行兼言艺文事

“今我在戎行，易言艺文事？慷慨每难免，兴会淋漓至。”陈毅同志这著名的诗篇，记载下了他当年一面驰骋疆场、一面瞩目文坛的战斗生活。

抗日战争时期，陈毅同志担任新四军的领导职务。尽管环境险恶，战事紧张，他仍然十分重视知识分子工作，专门派人到各地去吸收大批知识分子参加新四军的队伍。那时，每隔十天半月就有人到上海去一次，与地下党联系，动员知识青年到根据地参加革命。作家吴强当时在抗大五分校的通讯处工作，住在黄桥。仅经他转送到盐城新四军军部的，就有五百余人。这些同志到根据地后，有的在抗大、鲁艺的分校学习，有的直接到前线工作。陈老总对他们视若至宝，经常找这个谈心，找那个聊天，参加他们举办的活动。

那时，有一位作家，多少有点文化人习气，不修边幅。有的同志很看不惯。陈毅同志说：“这样的人现在还嫌太少，你们却容不得。你们不要，给我。”之后，他把这位作家带到了前线的部队。

哲学家冯定当时是抗大五分校的副校长。陈毅同志对他的工作非常支持，曾不止一次地利用战争的间隙，召开哲学讨论会，请冯定同志做学术报告。他自己还专门准备发言，在会上讲述马列主义的哲学问题。

抗战进入相持阶段，局势较前稳定的时候，为了使这些同志有个比较好的环境搞创作，陈毅同志亲自策马观察，选定邻近军部的一个村子，作为活动点。这就是后来传为文坛佳话的新四军文化村。当时，剧作家阿英、音乐家贺绿汀、名记者范长江，以及作家胡考、戈扬等，都曾在文化村居住、工作过。他们编剧的编剧，作曲的作曲，办报的办报，使新四军的思想文化工作一时出现了空前活跃的景象。陈毅同志在繁忙的军务之余，常信步到文化村来串门，与大家谈心、吟诗、对弈……

为了更广泛地团结当地上层的知识分子，陈毅同志还亲自发起、创办了一个“湖海艺文社”，吸收各界文化人士参加，“藉可歌可泣之诗文，鼓如虎如罴之勇气，裨益抗敌，裨益建国”。艺文社成立时，他特意写了一首长诗，热情祝贺。此后，陈老总在征战之余，倚马走笔，又写下了许多精彩的诗篇，与当地的知识分子结下了深厚的友谊，也在我国现代文学史上，留下了光辉的一页。

他待人之心是那样的真诚

1941年春夏之间，音乐家贺绿汀由重庆经香港、上海来到盐城。刚到没几天，正赶上日寇大举“扫荡”。陈毅同志得知消息后，马上派人把贺绿汀和当时也在那里的画家许幸之一起，先行转移，并决定把他们送到一个开明士绅家去隐蔽起来。第二天，天未大亮，贺绿汀等人就乘一条小船出发了。船行河中，忽见南岸上有人在挥手招呼。原来是陈毅同志赶来了，他还有话要说。看到船已启动，且靠岸不便，他掉脱上衣，跃入水中，向小船游去。到船边后，他手扶着船沿，向护送的人嘱咐，船要怎么走，经什么路线；告诉贺绿汀等人，到了那里后要如何小心，如何隐蔽……直到诸事都说清楚了，他才放心地笑了笑，又向岸边游去。

贺绿汀原本是要到延安鲁迅艺术学院去的。他的爱人和孩子已先期到达，延安也来电报催他快去。但贺绿汀舍不得马上离开。他要求暂留在前方，帮助培养一些音乐干部。陈毅同志慨然答应。于是贺绿汀就在军部办起了一个音乐训练班，教授音乐基础知识，同时搞些创作。那时，新四军的干部、战士每月的津贴只有五六元钱，但陈毅同志下令，给贺绿汀每月200元津贴。这使贺绿汀大吃一惊，说什么也不肯收受。后来，推辞不下，每月拿了几十元钱。

就这样，贺绿汀在新四军根据地住了两年多，直到1943年7月中，才转道前往延安……

他用一席演说与大家交了心

那是上海解放的第六天。黄浦江畔战火刚熄，硝烟犹存，有多少问题亟待新任市长去处理啊!

然而就在这红旗刚刚升起的第六天，陈老总却把夏衍等几位主管文教接管工作的同志叫到办公室，商量召开一次全上海知识分子代表座谈会的问题。他说:“这个会应该早些开。参加的人要包括科学家、技术人员、学者、教授、作家、演员，还有中小学教师。人多一点不要紧。所有在上海的代表性人物都要请到。我准备跟大家讲讲党的政策，特别是知识分子政策和文化政策，让他们安心工作。当前最重要的事是团结。在不团结这个问题上，我们党过去是吃过大亏的，因此特别要注意。‘团结’这两个字，要体现在你们开的这张名单上。”

遵照陈毅同志的意见，夏衍等人第二天就商定了一个一百多人的名单。陈老总亲自审看，逐个询问，又把一些遗漏的人一一补上。最后，名单增加到了162人。

三天后的下午，各界知识分子代表被请到了上海青年会九楼的一个大厅。陈老总也早早地来到了这里。他是那样平常、随便，以至于在他早已到来之后，有的人还在等待:“陈市长怎么还没来？”

陌生的人们终于发现，他就是陈市长：一身褪色的军装，一脸和蔼的笑容。大家惊愕了，被国民党描绘成青面獠牙的共产党名将，竟是这样平易、可亲!

历史学家周谷城出席了这次座谈会。新中国成立前夕，他因参加反蒋爱国斗争，遭到国民党当局的关押，他说:“感谢解放军打进上海，把我们解放了！”话音未落，陈毅同志笑着接话茬道:“不要说解放，是会师，解放军从外面打进来，你们从里面打出来，我们是共同会师！”一句话，说得在场的许多人都动了感情。

在座谈会上，陈老总即席做了整整四个小时的长篇讲话，用谈心的方式，详尽地阐述了党的知识分子政策。他不用讲稿，出口成章，那热情、坦率而又幽默、风趣的言语，不时引起满场的笑声。他一席开诚布公的演说，深深地打动了广大知识分子的心，使人折服，使人倾倒，更使人觉得与共产党的距离顿刻近了许多！

后来，陈毅同志又接连召开了文艺界、教育界、科技界等一系列座谈会，与大家见面，宣讲党的政策。从此，陈毅将军一时成了上海知识界的议论中心，许多知识分子都变成了“陈毅迷”，有些人久不听陈毅同志的讲话，往往会觉得若有所失：“陈市长最近怎么不做报告啦？”

陈老总用他独特的才能、正直的为人，把知识分子团结在党的旗帜下。

他想得比别人更深远

在话剧《陈毅市长》的尾声，有个不太引人注意的小情节：晚会上，陈毅同志催促周秘书长赶快解决交响乐团的房子问题。一月，不行；半月，也太长；他要求一定在第二天解决。

这个细节是有真实依据的。现实中的上海交响乐团，之所以能顺利发展到今天，确实是依赖于陈毅同志的重视与关怀。

上海交响乐团的前身是一个铜管乐队，到新中国成立前夕，已有七十来年的历史了。当时乐团的首席指挥，是一位意大利籍的知名音乐家，全团有三分之一是外籍人，自诩为是远东首屈一指的交响乐团。但在接管过程中，有的同志因为乐团成员复杂、演出的又尽是些洋玩意儿，就擅自决定把它解散了。

陈老总听说这件事，把夏衍同志找到办公室，用严肃的口气问：“交响乐是个好东西，这样个乐团为啥子要解散吗？！”夏衍同志说他马上查问一下。陈毅同志不满意，说：“你是主管文教接管的，你就有责任。要赶快下命令，把它收回来！”接着又解释说：“交响乐是文化，是艺术，是好武器，就看你演奏的是什么东西。用一些外国人怕啥子？这些人也都是些艺术家，你可以让他们为我们服务嘛！”

交响乐团迅速地恢复起来，但条件是异常简陋的。所谓排练厅，只是在闹市区一个菜场楼上的两间小屋。街上的各种噪音异味，整天充斥在狭小的空间里。音乐家贺绿汀在一次会议上，向陈老总反映了这方面的情况。陈老总一边听，一边连连点头，然后爽快地说：“好，这事我帮你们解决。”第二天，乐团就接到了陈毅同志秘书打来的电话，让他们马上派人去看房子。经过选择，乐团很快搬进了一幢宽敞、宁静的楼房……

旧上海，在文化上也是藏污纳垢，戏剧舞台上演的尽是旧戏，电影院里放的大多是美国影片。解放之初，有的同志曾提出要禁戏、禁电影。陈毅同志说：除反共、凶杀、淫秽的东西外，一律不要禁。上海有几十家戏院、书场和大世界之类的游艺场所，直接以此为生的人大约有 30 多万。要是禁演，这些人马上就会发生吃饭问题。我们没有新的节目给人家，多少年来还只有一出《白毛女》，不能天天都是《白毛女》，只好逐步逐步地改。如果现在就把什么都反掉，痛快是痛快，却会使 30 万人没有饭吃。没有饭吃，人家就会到市政府来请愿。那时候你再跟人家谈工农兵，人家就会打破你脑壳。把什么都反掉，是容易的；从实际出发，逐步逐步地改，就不容易了。

陈毅同志的远见卓识，使上海的文化接管、改造工作，稳步进行，迅速出现了健康而繁荣的新局面。

一个人的新生与他的名字连在一起

“沧海变桑田，顽石点头改。沐恩我最深，戴德怀统战。难忘陈老总，不弃我驽劣。‘合作’建新城，推诚以教诲。”这是现任上海市人大常委会副主任赵祖康四年前写下的一段诗句。他常说：“陈老总是我一生最难忘的人。因为我的新生，是和他的名字连在一起的。”

赵祖康是一位典型的富有爱国心的知识分子。他是搞市政与道路工程的，在旧社会，始终想竭尽才力，以发展公路交通事业，来挽救苦难中的祖国。然而他的抱负非但没有实现，反而屡遭排挤，后来只得回归故里，在上海当一名工务局长。1949 年 5 月 24 日凌晨，解放的炮声已在上海郊外轰响，当局把代市长的头衔安在他头上，仓皇逃窜了。

5 月 28 日，上海解放的第二天，下午 3 点，陈毅同志和其他首长，阔步跨进了市府大厦。等候接管的赵祖康，心中又喜又愁。他庆幸自己听从共产党的召唤，使上海顺利解放，没有遭到破坏，但也担心作为旧政府的要员会不会得到谅解和宽容。就在他忐忑不安、不知所措的时候，陈老总向他走来了。陈老总脸带微笑，亲切地握了握他的手，招呼他在办公桌前坐下，询问了一些情况，接着让赵祖康把旧政府的工作人员召集到二楼会堂，和大家见面。陈老总庄严地宣布，上海解放了，从此将开始一个伟大的变革。他要求大家服从命令，各安职守，办好移交，协助接管，并宣布，共产党是不会埋没人才的，对旧政府的人员，也将量才录用。

会后，陈老总又与赵祖康促膝谈心，要他担任人民政府的工务局局长。赵祖康心中有疑虑，他向陈毅同志提出，办完移交后，打算脱离政界，到大学去教书。陈老总听了畅笑一声，连连摇头，说："赵先生，我们是能很好合作的。不要有别的想法。你留下来很好嘛，国家需要人才，你可以发挥自己的专长，为上海的市政建设贡献力量。"陈毅同志还随即向他询问了许多关于上海市政建设的具体问题。新市长的一席话，感动得赵祖康难以再启口推辞。

但赵祖康心中还有不安之处。当时他的家属还在福州，那里尚未解放，因此他希望，正式的任命，等福州解放后，再予公布。陈老总一口答应。果然，言而有信，是年8月17日福州解放，次日，关于赵祖康的任命才见于报端。

赵祖康就任新市府工务局长不久，被上海科技组织推选为代表，到北京参加全国自然科学工作者大会的筹备会议。但当时工务局其他的人事安排尚未就绪，赵祖康对此放心不下。临行前，他找到陈毅同志，要求市政府等他开会回来后再做最后决定。陈老总又是一口答应。等赵祖康从北京回到上海，陈老总就指定几位同志，与他一起商议，并全部采纳了他的意见。陈老总还特意选调一位懂业务的党员同志协助赵祖康工作，再三嘱咐他：一定要尊重赵先生，搞好关系……

名导演戏剧观的形成源于他一席话

陈毅同志是真正与人交心的。他在上海的那些年，常常主动找知识界人士谈情况，有时也批评他们，可大家心里都高兴，有什么想法、问题，愿意主动找他谈。上海人民艺术剧院院长、导演艺术家黄佐临戏剧观的形成，就和他的一次谈话有关。

黄佐临从40年代初起，就开始了话剧导演的艺术生涯。对于话剧这种外来的艺术形式如何民族化的问题，他一度有过偏见，认为中国观众比较习惯于欣赏戏曲，喜欢念、唱、做、打、音乐、舞蹈都融合在一起的表演形式，因此话剧这个剧种应该取消，把它融入戏曲中去。一次，他专门向陈毅同志谈了自己的看法。陈老总当即批评了他，说：话剧也是一种艺术形式，为什么要取消它呢？我们打仗，有各个兵种，各种武器。要打好仗，各种武器都得用，怎么能随便放弃一种武器呢？

从此，黄佐临摒弃片面的看法，着力追求话剧形式与我国民族戏剧传统的结合，探索真正民族化的道路。在探索的过程中，陈老总又给了黄佐临许多热情的支持。他有机会到上海时，总要抽时间到剧院来看看，或者看一场戏。

1960年，上海人民艺术剧院带着《枯木逢春》这个剧目，到北京演出。那时，黄佐临不知陈毅同志的具体地址，就往邮筒里塞了封信，附了几张票，请他和张茜同志来看戏。没想到，演出那天，陈老总和张茜同志果然来了，和大家亲切地见了面，还一再鼓励黄佐临不断在艺术上创新，多创作反映现实生活的好戏……

经过多年的实践，黄佐临终于积累了一套用“写意”的手法来处理话剧导演艺术的经验，形成了自己独特的风格。就在1962年的广州会议上，他做了《漫谈戏剧观》的发言，把实践的体会上升为理论，总结出了自己的戏剧观。

他性格可爱，又有人情味

剧作家曹禺，原名万家宝。他没有想到，陈毅同志会在大庭广众前，称他为“国家之宝”。在他与陈老总的交往中，有一件事使他时时念及，永难忘怀，而且每当想起时，总不免要感叹一声说：“陈老总哪，真是个性格可爱，又有人情味的人！”

那是1958年的盛夏，曹禺因病在颐和园里休养。一天午后，当他在长廊上散步的时候，忽听身后有人叫他。回头一看，原来是陈老总。老总走得气喘吁吁，满头是汗，上前一把抓住曹禺的胳膊，大声说：“哎呀，你在这里清闲哪！可让我好找！”曹禺摸不着头脑，忙问什么事。陈老总擦着汗说：“走走走，今天我是专门找你来的，我们去好好谈谈。”说着，就拉着曹禺往回走。

曹禺纳闷着，把陈老总请进了自己的住处。没有什么可招待的，除了清茶以外，只有别人抽剩下的半包大前门香烟。陈老总毫不在乎，拿起烟点了就抽。然后，询问曹禺的身体情况、创作设想，接着又从当前的形势，谈到文艺创作与生活的关系。他一聊就是一个多小时，反复跟曹禺说：现在外边轰轰烈烈，生气勃勃，可写的东西多得很哩！你要养好身体后走出去，放手写作品，要好好地写，多多地写……直到曹禺送他到颐和园的东大门，他还在重复这句话：“曹禺同志，我这次是专门看你来的，你要放手写，好好地写，多多地写……”

这句话，深深地印在曹禺的脑海里，也留下了一个疑问：陈老总冒着酷暑，不辞辛劳而来，难道仅仅是看看我？事后，曹禺才回味出其中的特殊含义。当时，反右斗争余波未平，一些正直的作家不敢说话了，有的甚至痛苦地搁下了自己的笔。曹禺虽然没有受到什么冲击，但他生性谨慎，也受惊不小。陈老总特意来看望他，正是为了给他以鼓励和支持……

他的音容仍在

在电影艺术家白杨家的书柜里，陈放着一张残缺的照片，上面还有三个人：右边是周恩来总理，左边是陈老总，中间是白杨的小女儿。其实，这张合影中，还有许多人：白杨夫妇、郑君里、秦怡、黄宗英……可惜，在十年动乱的岁月里，被“造反派”用剪刀咔嚓一下铰掉了！

然而，人们的感情毕竟不是刀剪一类所能铰断的。每当有人问起这张贴在牛皮纸上的残缺照片，白杨总要激动地回忆起当年的情景：“陈老总和总理就是在我们家门口照的相……”

1961 年 7 月的一天，陈老总随周总理陪国宾来到上海。在晚宴上，黄宗英对总理开玩笑说：“总理，你和别人在一块儿，总归是你请客，不可能是别人请你。”总理说：“是啊，我也觉得不太公平，你们也该请请我啊。从前你们在上海住亭子间，在重庆住板房……现在不同啦，我也很想看看你们现在的家庭。”白杨马上接口说：“我们请，总理可一定要来！”秦怡说：“我们一人烧一个家常菜，设家宴招待。”总理当即爽快地答应了。这时，陈老总在一旁开了腔：“你们光请总理？不要忘记我嘛！”一句话，逗得大家直乐。

7 月 18 日这天，大家都聚集在白杨家里。上午 10 点钟，陈老总穿着一件考夫纱的短袖衫，潇潇洒洒地陪着总理来到了这里。白杨家住得还比较宽敞。二楼的书房兼客厅，窗明几净，四周的玻璃书橱里放满了书刊。陈老总进屋环视一周就问白杨：“这么多书！你都看吗？”白杨一下子被问得不知如何答好。总理见了忙来解围，反问陈老总：“你家那么多书，你也都看吗？”大家不由得哈哈大笑起来。

闲谈中总理问到白杨的工作情况。白杨说，最近刚在长影拍完电影《冬梅》，正在等待修改。总理听说影片是反映赣南游击战争生活的，忙对白杨说：“这段历史陈老总最熟悉，你们请他多介绍介绍。”陈老总点着头说：“这好办。明天下午，你们到我住的地方来，我们好好谈谈。”

说到电影，陈老总的话顿时多了起来。他一把收拢正在扇着的大折扇说：我憋了好久喽，没得机会说。你们电影里演的那些领导干部，我一看就有气，一出场就把手背在身后，说话装腔作势，总是端着个架子。他站起身来比画一阵，又接着说，只会板起面孔训人，专整人家的思想，自己就没有思想问题？也没有感情，不通人情？！共产党的领导干部总像这样还了得，打起仗来谁来掩护你，不打你冷枪才怪呢！陈老总接着给大家讲了一些战争年代干群亲密相处的生动事例，鼓励大家多深入生活，调查研究，真正塑造出血肉丰满的各种典型人物来。

这一天，陈老总和总理在白杨家共进午餐，畅谈了四个多小时。那张照片，就是临走时在门口的留影。第二天下午，白杨等人应约前往，陈毅同志又用整整半天时间，向他们详细介绍了赣南三年游击战争的历史情况，使白杨他们掌握了许多可贵的材料。今天，根据当时记录整理的一份几十页厚的讲稿，依然存放在白杨的案头……

这样的事例实在太多了！面对广博的世界，采风者不得不望而兴叹。让这有限的篇章权作序曲吧！演奏这部知音曲，还需要更大的舞台：

陈老总的朋友有多少？请问普天下的黎民。

陈老总的故事有多少？请看夜空中的星星……

一个业余发明家的遭遇——昆明市橡胶厂一些领导人是怎样对待刘忠笃的

本报记者　李树喜

（1983 年 9 月 26 日）

这是一个很奇特的人。刘忠笃，昆明市橡胶二厂（原昆明市橡胶厂二车间）技术人员。高中学历，37 岁，二十多年创造发明的历史，三十多项重要的革新与发明成果，其中七项获奖。

然而，由于少数人制造莫须有的罪名，刘忠笃在 1974 年、1978 年两次被抓，四次抄家，留厂察看，工资停发。

几年来，刘忠笃到处奔走呼吁，本报和人民日报、新华社的同志都多次反映他的情况，中央负责同志也曾批示要为他落实政策，但是由于昆明市橡胶公司等部门一些人的阻挠，刘忠笃的冤案长期没有平反，至今还过着漂泊不定的流浪生活。

让我们看看这位科技流浪汉的经历和遭遇吧！

逆风起飞

刘忠笃搞创造发明是从孩提时代开始的。他父亲早逝，母亲带着四个孩子，住在重庆桂花园的一条小巷中，生活十分窘迫。在三年经济困难时期，刘忠笃和弟、妹卖冰棍凉水，拉板车度日，但买资料学习科技知识却十分慷慨。1960 年，刘忠笃兄弟用卖冰棍凉水得来的积蓄，盖起一个用于搞科技活动的棚屋。他们崇敬出身寒微后来有多种发明的美国科学家贝尔兄弟，于是，茅棚落成之后，母亲用墨笔工整地写了七个大字："贝尔兄弟实验室"。

这是一间不避风雨的斗室，但刘忠笃兄弟却由此走向一个广阔的科技世界，切莫小看孩子们的想象与创造，他们常常有使成人震惊的东西。1961 年秋天，15 岁的刘忠笃和 10 岁的弟弟刘忠宪做同性相斥的磁力实验。他们在桌上平铺两条磁铁，在上方放置一个同样磁性的小盒，经过一番调整，那铁盒竟奇迹般地悬浮起来，他们又在小盒一侧打一个小孔，倒上乙醚点燃，只见一束烟气从孔中喷出，小铁盒凌空飞驰向前！磁力悬浮实验成功了。

高中毕业后，由于家庭生活困难，成绩全优的刘忠笃放弃了报考大学的机会。他参加工作以后，执着地坚持自学并探讨科技发明的道路。十年动乱期间，两派武斗，他在云南山区的建筑工地上点着茅草照明，自修完了理化和电子的大学课程，1971 年他调到昆明市橡胶厂的时候，便迫不及待地把知识用于革新了。

刘忠笃是厂里的电工，他看到胶鞋鞋帮制作工艺十分落后，建议设计时序自动控制的缝纫流水线。

"搞什么大、洋、全？"厂党总支书记、造反头头曹某（外号曹司令）斥骂刘忠笃。

"这事非同小可，动用万元资金的革新，失败了要坐牢的。"一位好心的领导说。

刘忠笃没有动摇，对流水线的设计早胸有成竹。在那位曹司令外出的时候，在工人师傅的帮助下，刘忠笃的设计制作全部成功了：流水线大大提高了产量和质量，生产周期从原来的一个多月缩短为四个小时，每年节约流动资金近 20 万元，被列为 1975 年全国重大技术革新成果一百例之一。

谁能想到，正是这项革新成果，给刘忠笃带来了巨大灾祸！

流水线引人注目，电视台记者要来拍片，曹某赶紧叫来刘忠笃：

“你的流水线是谁支持、领导的？”

“党！”

“橡胶厂党总支、我没有支持吗？”曹暗示刘忠笃。

刘忠笃不会撒谎沉默不答。

曹某恼怒了！为了捞取资本，他和自己一伙兄弟站在电视摄像机前，装模作样地比画一通，真正的革新者被赶到场外。

刘忠笃愤怒了，他不是因为埋没自己的名字，而是不容许黑白的颠倒。他对周围的人说：“看，多不要脸的家伙，他们表演的是舞台动作！”

没过几天，1974 年 11 月 13 日，四个打手闯进刘忠笃宿舍，把屋内的几百本科技图书撕毁，抄走刘忠笃多年购置的实验仪器、元器件工具，并把刘忠笃押到吉普车上带走。罪名是“开设地下工厂”“反革命嫌疑”“侵占公家财产”。

刘忠笃在隔离室被关押拷打，外面同时进行经济清查。查出的是总值 1500 元刘忠笃自费购置的元件发票；万用表和示波器有正式领用手续，并且是业余用来为车间组装扩音设备。进一步的清查查出了负数：公家设备上有刘忠笃私人花钱置买的东西。至于“反革命嫌疑”，权势者提不出任何根据。

曹某一伙不得不释放刘忠笃，但他们不敢公布清查的真相，而散布说刘忠笃确有问题。至于抄家拿走的元件仪器，都被抄家者作为战利品瓜分了。

刘忠笃真是怪人，他认为自己挨整，不是因为别人搞鬼，而是因为自己本事太小，发明太少。如果自己搞出很多很大的发明，人们自然会对他有真正的了解。因此，他不但不为挨整颓唐，反而用自己二级工的收入购买新的器件，在家里继续拼命地搞他的业余发明，在那以后风刀霜剑的两年中，他一共完成了十多项革新和发明！

春风不渡

1976 年秋天，刘忠笃含着热泪迎来了打倒“四人帮”的喜讯。但是，当科学的春天到来的时候，刘忠笃仍处在严酷的寒冬。

工厂的曹 ×× 已受到法律制裁，但当年参与迫害刘忠笃的一些人还在台上，当年关押审讯刘忠笃的一个保卫干部找到刘忠笃，问："你对七四年的事情怎样想法？过去就算了吧。"

刘忠笃说："当然是错的，应该平反。抄走的东西应退还本人，材料也应该销毁！"

"哼，走着瞧！"对方恼怒地说。

刘忠笃坚持走自己的路。

"人生的价值在于创造。"刘忠笃于1977年秋完成了一种新型的触式固态开关元件的发明。10月，他向省科委汇报表演了自己15项革新与发明成果，引起了震动。

当时全国科学大会正在筹备，刘忠笃写了几十封信附上照片呈报自己的成果。但大会规定发明项目要由"单位推荐、逐级上报"，省、市科委只好找橡胶厂做工作，要他们支持刘忠笃。

"我们是搞橡胶的，业余科研与我们有什么关系？"工厂总支书记顶了回去。

经过反复协商与扯皮，工厂方面勉强同意，但他们不给打印材料，刘忠笃只好自己刻印：

"××元件是我在受'四人帮'及其爪牙的压制和残酷迫害下，在几年来完全业余、自费的'地下'科研中，克服重重困难研制的一种新型多用电子开关元件……"

工厂负责人跳了起来，他们提出，删掉"四人帮"一句，加上"在橡胶厂党总支领导下"，否则不予盖章。事情又几经曲折，阻拦者达到了目的：刘忠笃的发明拖过了科学大会的申报日期。

1978年2月，云南省科委与情报所组织全省科技成果交流会，指名刘忠笃参加大会并带上实物，工厂坚决反对，说："工作忙，离不开！"并且声言刘忠笃要是参加大会，便以违反厂纪制裁。

科委的同志打抱不平："小刘，我们发出入证给你，你中午、晚上可以随时来！"

与会科技人员高度评价了"国内尚无先例，设计思想和方法也属独特"的一项成果，敦促刘忠笃赶快写一份应用说明书。刘忠笃也向代表们讲出了他受迫害的事实。

3月14日，刘忠笃刚一踏进厂门，就被揪到了总支办公室，一个负责人满脸杀气地抡起一个沉甸甸的口袋一摔，吼道："刘忠笃！你的档案这么厚，叫我们怎样支持你？老实交代你的反革命活动！”

刘忠笃还没明白过来，便被押上汽车，关到离城40华里的名叫黑龙潭的地方。

刘忠笃被关押审查，据说是因为一件反革命案件怀疑到整日关门搞无线电发明的刘忠笃，但是，当公安部门很快否定刘忠笃与此有关并已经抓获作案分子的时候，工厂专案组依然关押审讯刘忠笃！

历史竟有如此惊人的巧合：正当全国科学大会在北京开幕的时候，有多项科技发明的刘忠笃被关押监禁；当邓小平同志在会上讲话肯定“科学技术是生产力”“知识分子是工人阶级的一部分”的时候，刘忠笃被审讯、体罚。审讯室的桌子角上，分明就是那张刊载邓小平同志讲话的报纸。当4月19日下午，科学大会刚刚结束、全国计算机会议打长途电话到昆明邀刘忠笃赴京开会的时刻，专案组正押着刘忠笃抄家！

为了罗织罪名，抄家者竟从刘忠笃抄写的居里夫人格言中找到了被监禁者“男女关系”的证据，追问她是“张居里、李居里”“现在哪里？”

在极端痛苦之中，刘忠笃不忘他的革新与发明，当他想起一个项目，在头脑中构思新的电路的时候，他就忘掉了自己的处境和忧烦，得到了慰藉乃至幸福。他煞费苦心地搜寻墙壁、床板上的每一块旧纸，用以画图和演算公式。

在七个多月的关押中，刘忠笃酝酿成熟了为本厂解决橡胶老化试验难题的“橡胶老化试验自控装置”的设计方案。这时候，由于追查无所进展，刘忠笃一再要求回厂实施老化装置，工厂被迫答应他白天进厂在群众监督下搞革新，晚上回拘押所交代问题。

1978年9月30日，老化试验自控装置制作成功，刘忠笃拿着自己这一项研究成果找厂负责人，询问能否调级。得到的回答是：“别让我看，能用上就行了。整天想搞什么科研，表现不好嘛！我宣布，不予调级！”

1979年4月6日，当刘忠笃又一项胶料输送光电自控装置试制成功的那天，厂方宣布了三个月前经上级批准的对刘忠笃的处分决定：留厂察看两年，不许探亲，不发奖金，不准擅自行动。

刘忠笃跳起来，死也不肯在处分上签字！他大叫着：“冤枉，冤枉啊！打死我也不签字！”

工厂负责人冷笑着：“让你去告，越告越整！”

流浪生涯

1979 年年底，一位新恢复工作的橡胶公司副经理为刘忠笃打抱不平，但一些当年整过刘忠笃的负责人极力阻挠。1980 年春天，刘忠笃带着他的发明来京上诉，国务院一位负责同志批示，对他“完全应该支持”。

刘忠笃回到了昆明，有关部门不再坚持他是“编号特务”“反革命嫌疑”了，但他们拒绝做出明确的、公开的平反结论。一个“刘忠笃问题复查组”成立了。前提仍是刘忠笃有问题。

值得注意的是，当年市委工交政治部驻橡胶厂工作组曾同意审查刘忠笃并领导了专案，今天又由他们主持落实政策，而橡胶公司和工厂参与此事的，又是原来直接参加关押、审讯刘忠笃的人。

刘忠笃一事纯属错案，应当彻底平反。但是，一位负责人在会上说：“叫我们找他（刘忠笃）是组织向他低头，他不属于落实政策问题，而是复查！”

甚至复查组有人提出对刘忠笃和旁证人员“施加政策压力”，指令旁证者按其要求写出“证明材料”，以证明刘的经济问题及生活作风问题。

经过争论，他们同意撤销对刘忠笃的处分，但“撤销”一字可以做出多种解释。许多主持正义的干部、工人说：究竟是反革命嫌疑还是业余为国家搞发明创造；究竟是有经济问题还是献出一切；究竟是有“男女问题”还是别人破坏了他的恋爱婚姻？这些是非一定要说个清楚明白。

刘忠笃提出：公开彻底平反，退还抄家物资包括个人信件。材料应予销毁，本人写的退还本人。

对方说：“材料要留在档案里，否则以后说不清了！”

刘忠笃翻出中央文件有关规定，对方说：“中央文件很多，我们地方上可以变通掌握嘛！”

事情拖了下来，刘忠笃的精神锁链还没有解脱，有很多单位的人慕名想调刘忠笃，结果都被厚厚的“档案”撞了回来，他们找到刘忠笃：“小刘呀！看了你的档案上写的，我们不敢要啊！”

1981 年 10 月，刘忠笃获准回家探亲，见到了为自己操心的母亲。他又和弟弟钻进了摇摇欲坠的“贝尔兄弟实验室”，一件新型的节能控制器创造了出来！

由于扭伤了脚和心律不齐，刘忠笃带了二十多天的病假条返厂。他是有功的，探亲休假中完成了一项发明。专家们在鉴定时测算，如果将此项发明在全国推广，每年可节电数十亿度，价值数亿元。但是，工厂却将病假作为“旷工”处理，探亲旅费也不予报销。

刘忠笃身上只有买几天菜票的钱，他不得不到处奔走求告：他已经没有饭吃了。

工厂里的气氛又变得阴沉，某负责人说：“再去告，老子不怕你！”

刘忠笃的住所四周有人偷听、监视。一位好心的大嫂说：“小刘，我们知道你是好人，可是，又有人布置要监视你了！”

刘忠笃又感觉到两次被抓之前的气氛，就像暴雨之前那样憋闷和阴沉。为了自己的生存，为了十几项发明，他以请“事假”为名离开昆明，从 1981 年 12 月 18 日起，他开始了流浪生涯。

他先到北京有关领导机关汇报自己的成果，几项科研成果得到高度评价。他和某市电视机厂签订协议并制出了具有先进水平的电视球电视机，通过了技术鉴定，他把两项成果交给两家工厂生产。

北京、上海、广州、重庆、浙江……刘忠笃到处流浪着。他不放弃分秒时间继续他的发明，他提包中有看来杂乱无章的一堆器件、电线。不论是寄居亲朋或旅馆中都能全神贯注进行工作。他睡床旁总有一个本本——“灵感簿”，随时把灵感记录下来。

他在流浪中扩大了眼界，得到了大量的知识、信息，更意识到自己是在进行一场特殊的竞赛。这使他在颠簸中不敢有丝毫懈怠。

在两年流浪中，在难以想象的困难条件下，刘忠笃竟又完成了四项发明。

刘忠笃还在流浪，这位科技流浪汉没有家室，没有节假，没有休整，没有职称，有的只是一腔敢于拼搏、献身人民的热诚。遗憾的是，他的冤案尚未平反，还有许多东西禁锢着他和他的发明。

三中全会以来，党中央一再强调科学技术的重要，强调落实知识分子政策以发挥他们的创造才能。但像刘忠笃这样一个有创造才能与成果的人竟然受到这样的对待，是值得人们深思的。昆明橡胶厂某些领导人必须对刘忠笃被迫害一事做出明确的回答！

雪山上的莲花

本报记者　张天来

（1983 年 1 月 16 日）

编者按　毛泽东同志在 1949 年曾经说：“我们应当写闻一多颂，写朱自清颂，他们表现了我们民族的英雄气概。”三十几年后的今天，我们写孙冶方颂，他是我国有远见卓识有成就的经济学家，又是入党将近六十年的老一代的无产阶级革命战士。孙冶方同志从多方面表现了一个共产党人的斗争精神和崇高品格。

孙冶方同志的先进思想和先进事迹，为我们树立起一个学习的榜样。正在为开创现代化建设新局面而斗争的我国人民，将从孙冶方同志身上吸取巨大的精神力量。

本报从今天起陆续发表通讯，介绍这位老学者和老革命家的思想和事迹，为撰写孙冶方颂贡献我们的力量。

当我在夜深人静提笔写孙冶方同志事迹的时候，我从脑海里浮动的一系列形象中，最后选定了：雪山上的莲花。冶方同志的品格，多么像雪莲花啊！

我曾在巍巍天山海拔三千几百米的冰与雪的世界中，看到过雪莲花。什么花在这样的高度都不生长了，唯有雪莲花在这里年年怒放，一张张薄得几乎透明的白色苞片，中间包着一颗紫色大球似的花蕊，放射出夺目的光彩，显示着在酷寒中不屈的品格。

（一）

雪莲花的品格之所以崇高，首先是因为它不畏惧艰难困苦的环境，能够顶着恶劣气候成长、开花。

那恰好是 20 年前的事情了。1963 年的最后一段日子里，在中国科学院经济研究所，孙冶方的几名助手急得不知道如何是好。原因是，孙冶方要到哲学社会科学部（中国社会科学院前身）委员会第四次扩大会议上去做关于利润问题的讲演。这次大会上，将要批判一位外国经济学家关于利润问题的观点，孙冶方却说，他的主张比那位外国经济学家还要彻底些。几个年轻人凑在一块儿商量，应该给冶方同志降降温了。到处在批判修正主义，理论界的风声也越刮越紧啊！

这天上午，两个年轻人带着大家的意见，登门去探望孙冶方。他们焦急地对孙冶方说："听说你下午要到学部去讲利润问题。我们看还是取消这次讲演为好。"

望着年轻人的表情，孙冶方早已明白了他们的来意。等他们讲完，孙冶方耐心解释说："这些年来，许多工厂不计成本，不讲价值规律，上缴利润很少，还有些企业靠救济过日子，如此下去，怎么得了？我们应该大声疾呼：为社会主义创造利润。"现在看来这是一个多么简单易懂的道理，然而在一个相当长的时期内，"利润"这两个字竟然像是洪水猛兽那么可怕。而在孙冶方的词汇中，这个词却闪闪发光。

"你讲利润，人家会说是修正主义……"年轻人这样劝阻。

孙冶方说："我讲的是社会主义利润与资本主义利润的本质区别……这有什么错呢？"

"从理论上讲这是对的。"年轻人感到不好劝说，但还是掏出了心里话，"不过还是不讲好，风声已经这么紧了。"

年轻人的担心，使得孙冶方有点激动了，他说："风声是什么？我不是研究气象学的！"

看到两个年轻人仍然面有难色，孙冶方又说："坚持真理是要冒三分险的，但这没有什么可怕的！"

这天下午，无畏的孙冶方同志在大会的讲台上发表了他的讲演。

（二）

风声的确更紧了，然而雪莲花在漫天盖地的冰雪中，显得更加鲜艳悦目了。

1964年，站在重要领导岗位上的"左"得出奇的康生等人，已经在暗中把"中国最大的修正主义者"这一顶足以让任何人粉身碎骨的大帽子，戴在了孙冶方同志的头上。一次次的座谈会以后，矛头终于准确无误地对准了孙冶方。

在我的桌上，摆着一份已经发黄了的会议纪要的打字稿。我翻了一遍又一遍，仿佛听到孙冶方同志的雄辩而坚定的声音，我的心头充满着对这位铮铮铁骨的革命家和理论家的敬意。

“我主张资金利润率，也主张生产价格。”孙冶方开门见山，在众多的经济学家面前提出了自己的观点。他讲述着，无论在中国还是在外国，传统的意见认为资金利润率与生产价格是资本主义生产范畴，过去他自己也是相信这个看法的。在实际工作中，他有了新的看法。“最近七八年，我越来越感到那种流行的看法值得怀疑。”这种怀疑，反映在他撰写的许多篇内部研究报告中，康生等人也正是根据这些报告把他打成“最大的修正主义者”，而他却在这里宣称：“越是有人反对我，我越是肯定。直到现在为止，我还是这样肯定：社会主义需要生产价格，需要资金利润率。”

在有人插话之后，孙冶方说：“我们要的是社会主义资金利润率，社会主义的生产价格，是为社会主义经济进一步繁荣开辟道路，不是为资本主义复辟开辟道路。”

“我一定要把自己的观点写出来。”孙冶方这样宣布自己为坚持真理而战斗的决心，“现在先搞点口头文学，反正有人记录。这次提出来讨论这个问题，对我来说是打‘遭遇战’。我应战。我就喜欢‘赤膊上阵’。”

他滔滔不绝地，直率而又雄辩地讲述着。

“我认为，”他最后把自己的观点归结为一句话，“千规律，万规律，价值规律第一条。”

然而，准确无误的真理，被当作绝伦的荒谬。

坚持真理的革命家、理论家，被当作不可饶恕的顽固分子。

疾风中劲草更加挺拔，暴雪里雪莲更加顽强。

在多少次座谈会之后，要他最后表示态度的时候，孙冶方同志一言不发。

他坐在那里，像一座威严的雕像。会议上静极了，连好心人都在盼望孙冶方哪怕是说一两句客气话，然而他不肯吐一个字。

天更寒，雪更大，雪山上的莲花，被埋在了厚厚的大雪之下。然而，雪莲花并没有被压垮，并且为来年开放更鲜艳的花朵积累着各种养料。

在座谈会的批判之后，对于孙冶方的迫害升级了。这是一个很周密的计划，在高级党校批判杨献珍，在经济研究所批判孙冶方，是同时行动，同一个规格的。“四清”工作队进驻了经济研究所。一切正常的业务工作停止了。每周两次的批判会展开了强大攻势。没有多久，他的所长职务被宣布撤销。

夜，已经很深很深了，孙冶方同志房间里的灯光还在闪亮。他在那里读马列和毛主席的著作，他在那里撰写回击的文章。1964 年的冬天和 1965 年春天，孙冶方白天一声不响地接受斗争，晚上却一笔一画、字斟句酌地写，准备有一天拿出来应战。

这篇两万多字的论战性的文章，我在灯下反复地读着，在我的眼前，出现了将近十八九年前孙冶方同志在灯下奋笔疾书的动人场面。

我仿佛看到，他写下了文章的大标题：《要全面体会毛主席关于价值规律的论述》。

“我承认，我和批判我的同志，对毛主席所说的价值法则‘是一个伟大的学校’这句名言的体会，是有出入的；而且这是我和批判我的同志之间许多分歧的起点”，孙冶方由此开始了他的写作。

他表达了一个善良的愿望：“像目前这样，对毛主席在 1959 年 3 月间就价值法则所说的那两句名言的体会，为此众说纷纭，意见如此针锋相对（而且首先是在党员中间），我想是不能允许长期存在的。我希望能够在党中央直接主持之下，通过讨论（而不是通过武断和压服）把大家的认识迅速统一起来；然后，大家根据统一的认识来广泛宣传毛主席的这个十分重要的经济学思想。”

他写了一段又一段，一节又一节；他不断地修改、补充，力求有更大的说服力。1965 年 3 月中旬，全部修改和补充完毕。然而，政治的风暴刮来，在撤职之后，他又被下放到京郊农村“劳动改造”。不久，“十年动乱”开始，他这份答辩文章就被埋在旧稿堆中去了。

让我们都记住 1968 年 4 月 5 日这一天吧。我国最有创造性、最有成就的一位马克思主义经济学家、1924 年入党的老革命家，被康生下令投入了监狱。

一间单身牢房的门被打开，看守人员命令他进去。他面对着的是铁窗和墙壁。伟大的恩格斯一百几十年前就曾经说过，一个人被关在单身牢房，只要两年以上，就会神经错乱；而我们的孙冶方同志，在单身牢房里整整度过了七年零一个星期。

别看他入牢前已是体弱多病，刚进牢房的时候却暴躁得像一头愤怒的狮子。他不理解，他不服，不想吃，不想睡；他想跟下命令逮捕他的坏蛋把事情分辨个一清二楚。他坐过国民党的监狱，他不明白为什么共产党的监狱要关押真正的共产主义者。然而，没有多久，他冷静了下来。一旦心情恢复了常态，理智就统治了大脑。原来这是一个“非常时期”。他判断出了这场斗争的残酷性和长期性。他给自己定下了两条规矩：一不能自杀，二不能神经错乱。

从牢房里送进来窝窝头，他一口一口地咬，一点一点地嚼；他的目标是不让一丝一毫的营养跑掉。

放风的时候，他迈快步赶到院中，尽力多吸收一点新鲜氧气，多晒一小会儿太阳。

他这样顽强地生活，是为了坚持战斗；这种战斗，不是在出狱之后，而是从狱中开始的。牢房，成了他的没人打扰的工作室。没有纸、没有笔，不要紧。抗日战争期间，大家不是唱“没有枪、没有炮，敌人给我们造”吗？在牢房中，孙冶方同志写书，就靠大脑，纸和笔都在大脑里。他把两眼一闭，大脑里的笔就开始在纸上写起来，一节又一节、一章又一章地写着他那部长篇巨著《社会主义经济论》。他整整写了八十五遍。他后来对人这样说：“死不足惜，名声毁了也不要紧，但是我长期从事经济学研究形成的观点不能丢，我要为真理活下去！”

生平不说谎话的孙冶方，在监狱中第一次说了谎话。当然，这是一种特殊的斗争方式，他说要揭发、交代一个重要问题，多要了一些纸。结果，在一个月的时间内，他写了一篇题为“我与经济学界一些人的争论”的三万多字的文章，向康生等人投出一枚重型炮弹。

1975 年 4 月 10 日，坐在接他出狱的小汽车上，他第一句话就是对人说，“我是一不改志，二不改行，三不改变自己的观点”。

写到这里，抬头向窗外望去，已是黎明时分，长安街上仍是灯火辉煌；然而我仿佛又到了巍巍天山的冰雪顶峰，看到了那冰雪世界中的光彩夺目的雪莲花……

公园开讲引来弟子四百　分文不收甘做“社会园丁”

武汉六中老教师杨善卿坚持十年办露天英语班

他说：“晚年欣逢盛世，能为国家再尽点义务，感到快慰；从露天课堂这个小小的角落，我看到了中国人的志气，感到振奋！”

本报记者　樊云芳　丁炳昌

（1983年5月30日）

本报讯　记者樊云芳、丁炳昌报道：五月中旬，中央新闻纪录电影制片厂在汉口滨江公园摄下了一组镜头：

公园的一角。一座中国式的凉亭。它东临滔滔长江，西傍巍巍江堤。

天色微明。凉亭旁的空地上，一个两鬓苍苍、精神矍铄的老叟正在高声朗读英语，同时做着形象化的动作。他的四周站着五六十个身倚自行车、手持课本的人……

这就是中国民主促进会会员、武汉第六中学老教师杨善卿开办的露天英语班。这个不收学费的英语班，已在这里经历了十个春秋，先后有四百多人到此求学。

被人们誉为“社会园丁”的杨善卿，现年65岁。这个具有42年教龄的中学二级教师，现在还担负着三个高中班的英语课。他每天4点即起床，跑步四五华里到滨江公园，先练一套剑术，6点15分开始义务讲课。通常讲一个小时，节假日延长一倍。从1972年开始，他在这个露天课堂里，先后讲授了英国版“英语基础”一至四册、“英语会话九百句”“美国故事一百篇”以及大学英语专业教科书三至五册。

杨善卿40年代初毕业于四川大学外国文学系，他的文学素养和英语底子都很深厚，讲课生动有趣，富有魅力。然而，露天课堂十年不散的奥秘还在于他的诲人不倦。

去年7月，长江发大水，滨江公园一片汪洋。杨善卿毫不犹豫地挽起裤腿，蹚水穿过草坪，踏上了凉亭的台阶。学生见状，也纷纷跟了过去。后来，水漫过了膝盖，杨善卿又临时把课堂移到了江堤上。在一片汪洋之中，在白帐子似的雨幕下，一群裤腿挽到大腿上的“赤脚大仙”，站在长堤上坚持上课，重重叠叠的伞面组成了新的“亭盖”，给这群奋发者遮风挡雨。

十个新春佳节，杨善卿都在这个凉亭里迎接黎明。今年大年初一，晨曦微露，八九个穿大衣、戴棉帽的人，紧挨着站在亭子中间，七八支手电光划破朦胧，照亮了手中的书本，杨善卿和学生正在切磋、翻译美国小说《瑞普范温克》。琅琅书声在朔风中忽隐忽现。此情此景，令过往游客肃然起敬。

从外地回家探亲的儿子问爸爸：“您偌大年纪，还操这些闲心干什么？”父亲回答：“我一生对国家贡献甚微，晚年欣逢盛世，能为国家再尽点义务，感到快慰；从露天课堂这个小小的角落，我看到了中国人的志气，感到振奋！”

老人的心血已在学生身上开花结果。去年，武汉皮件厂女工孙惠英，顺利地通过了英语的口试和笔试，被有关部门选派到意大利进修皮革制造。她的英语，就是在这个露天英语班“毕业”的。武汉市儿童医院保健科主任单年荣，参加一个国际性的学术会议回来，喜滋滋地向学友汇报：他这次去，是用英语书写的论文，用英语发了言，“能达到这个程度，从露天班得益匪浅”。天天摇着假肢车来听课的残疾青年徐迎桥，两年前读浅显的英语读物都很困难，现在已经翻译了三篇外国短篇小说。

杨善卿“办学”十年，分文不收。有的学生过意不去，提来了礼物，他马上买了外文书籍去“回敬”学生。他说：“你们学好了，这是给我最好的报酬。”

杨善卿现在是湖北省人大代表。

湖南大学外语教研室负责人在原党委书记支持下

多方刁难和干扰周炎辉教授著书立说

周炎辉身处逆境但并不消沉，他说：书读无厌，念我任重道远；笔耕不倦，任他飞短流长。我将继续努力工作，做出更多贡献。

本报记者　殷平　张祖璜

（1983 年 3 月 9 日）

最近，当湖南大学外语教研室周炎辉教授被评选为学校的先进工作者时，我们怀着欣喜的心情，向这位在三四年间完成了十几部著作的中年教授表示衷心的祝贺。周炎辉苦笑着，感慨地说："有什么值得祝贺的呢？长期压我者，不也被评为全校先进工作者吗？"

周炎辉今年 47 岁。1957 年毕业于北京大学东方语言文学系时，他才 21 岁，却因同情"右派"而被错划成了"右派"，开除了团籍，从此遭到种种不公平的待遇。可他没有消沉，没有丧失生活的勇气。

1963 年，周炎辉调到湖南大学外语教研室工作，不论从事教学或做资料工作，他都认真负责地干，即便在"文化大革命"中受到审查，也是这样。粉碎"四人帮"后，特别是三中全会以来，周炎辉更是满怀热情地工作着。他的母校寄来了彻底平反的通知。他想："从此，我可以堂堂正正地做人，可以认认真真地从事教学和科研，可以著书立说了。"

1977 年 10 月，教育部委托他编写全国高等院校理工科日语教材。他白天教学，晚上编教材，在 9 平方米的木板房里，他拉块布隔个小单间，常常坚持工作到凌晨两三点钟。可是，他没有想到，在自己编写的书上署上"周炎辉"的名字，却遭到种种阻挠和刁难。

当周炎辉用两个月时间编写完第一册日语教材时，为尊重部分抄稿和搜集过资料的同志的劳动，他将这些同志的名字写进"前言"，而只在"主编"的名下署上自己的名字。可是，外语教研室兼党支部的负责人却宣称："署名就是名利思想。”反对署周炎辉的名，坚持要署外语教研室的名。1978 年 2 月，第一册日语教材审稿会议前，教研室负责人对周炎辉说：“不要署个人的名。人怕出名猪怕壮，署名对你没好处。”会议期间，教研室负责人又拍去电报，不准审“前言”，阻挠该书的审订出版。周炎辉回校后，这位负责人扣下“前言”，不让寄往出版社，并发函至出版社，不让署周炎辉的名。

周炎辉不顾外语教研室负责人的刁难和干扰，继续加紧工作，两个多月后，编写完第二册日语教材。在教育部召开第二次审稿会议时，教研室负责人一会儿不让审“前言”，一会儿硬要塞进“编后”，使代表们感到莫名其妙。代表们写信给教育部，要求解决这部教材的署名问题。会后，教育部派专人到湖南大学研究解决办法。校党委召开了两次会议，外语教研室负责人竟在党委会上拍桌大骂：教育部助长名利思想，把人们思想引到邪路上去。参加会议的原校党委书记则默不作声。后来在教育部来人的干预下，才达成了折中的协议：仍署外语教研室日语组编写，真正的编写者周炎辉为主编。对此，外语教研室负责人仍然很不满意。

几个月后，周炎辉完成了全书的编写工作，教育部在广州召开审稿会议。几天过去了，仍不见周炎辉赴会，会议主办单位便打电话给湖南大学，该校竟有人回答说：“不去了！”后经教育部出面交涉，湖南大学才同意让周炎辉赴会。可是，稀奇的事情发生了：为了监视周炎辉的行动，这所大学竟派了三名干部“陪同”前往。本来，会议为此已延误了六天，“陪同”周炎辉赴会的外语教研室负责人还无理取闹，要求延期召开。代表们被激怒了，纷纷提出质问，这三个“陪同”者只好悄悄溜回湖南大学。

然而，自此以后，周炎辉就更加不得安宁了。在湖南大学原党委书记的支持下，外语教研室负责人利用大会小会多次地批判他的“名利思想”。工作上也多方刁难，使他不能很好地工作。日语教材发行了上百万册，出版社寄给他一笔稿费，教研室的负责人竟压了一年多不给他。

1979 年，群众提出周炎辉应晋升为副教授，外语教研室负责人以周“名利思想严重”为由，拒不上报周的材料，后来在省教育厅干预下，才得以晋升为副教授。1981 年，周炎辉编写的具有独特体系的日语教材和其他著作陆续出版，受到读者的欢迎，其中《日语惯用型》已经再版，发行十多万册，仍供不应求。这些著作也受到中外学术界的关注。当时省教育厅负责人让湖南大学报材料，以便授予周炎辉教授职称。学校起初不同意，几经催促，才弄了一份不像样的草稿报上去。省评审委员会很快就通过周炎辉晋升为教授，而湖南大学原党委书记还很不满意。

在访问中，周炎辉感慨地说："三中全会后，阳光灿烂，为什么我却仍然生活在阴影之下呢？我感到，在我们这里仍有一帮轻视知识、歧视知识分子的人，他们以'左派'自居，不钻研业务，习惯于搞运动、整人。在他们眼里，知识分子永远是臭的，是'名利思想'的化身。错案改正了，仍不能当作自己人对待。有时，我也想离开湖南大学，不少学校也欢迎我去，可是这些人手中有权，还不放我走，真是欲干不能、欲走也不行啊！"他接着说："我是党培养的知识分子，生活再苦一点，条件再差一点，我都不计较，只希望不要人为地给我们制造困难和障碍，能让我们心情舒畅地工作，就心满意足了。我给自己立下的格言是：书读无厌，念我任重道远；笔耕不倦，任他飞短流长。我将继续努力工作，为祖国做出更多的贡献。"

最近，周炎辉满怀激情地向党组织递交了入党申请书，他决心拼上十年、二十年，为党、为人民做出更大的成绩来。

张华赞歌的续篇——记第四军医大学学员奋力抢救华山遇险游人的事迹

本报特约通讯员　舒英才

（1983 年 11 月 9 日）

编者按　本报曾连续报道过当代优秀大学生张华的英雄事迹，这里推荐给读者的《张华赞歌的续篇》，是来自张华母校的又一曲共产主义精神的凯歌。它向我们生动地报道了一群张华式的大学生在华山游人遇险的紧要关头，放弃游览、救死扶伤的感人事迹，展示了我国大学生崭新的道德风貌。他们的高尚行为，受到最近召开的总后勤部"双先"代表大会的表彰。

张华的名字，列在我们时代的英雄谱上；张华的赞歌，融进我国百万大学生的心中。今天，从张华的母校，又传来张华赞歌的续篇。它，谱写在西岳华山的奇峰之下，险道之间。

突遇险情　放弃游山

西岳华山挺拔俊秀，素称天下奇险第一山。1983年5月1日凌晨，华山的宁静便为攀登者的脚步声所打破。节日登山的游人，超出了平日的五六倍。上午7时许，第一登山险道千尺，出现严重阻滞。随着一声惊叫，十多名游人从八十多度的崖梯上部腾空跌落下来。由于下部台阶完全被游人站满，跌落者只能从人流的头上、身上腾跳着、撞击着猛烈向下翻滚！

面对突如其来的险情，第四军医大学80年级在场学员，临危不惧，挺身救护群众。距离顶部170个台阶处的王强、李博冒着自身被砸伤、撞落的巨大危险，奋力以身体和手臂抓拦阻挡，阻止了一个工程师的滚落。转瞬间，另一女青年飞身跌来，李博见状，失声高喊："快抓！"话音未落，一游人抓住了女青年的头发，李博抓住了女青年的一只脚。当郑州柴油机厂青年女工尚俊萍滚落到姬亚友、项耀钧的身旁时，他们忘记了自己也是站在陡峭的崖梯上，放开手中紧抓的索链，猛地将女青年抱住，跌落者的鲜血染红了两人的衣帽。位于石级下部的学员都紧急行动起来，为跌落挤压在这里的受伤者处理伤情。一名女青年遭冲撞挤压，左腿骨折。学员们立即为她紧急救治：复位、固定、包扎……骨折的女青年来自天水卫生学校，名叫刘丽萍。学员们见她伤势严重，决定说服群众，让开道路，抬送她到三里以下的青柯坪救护。但他们两手空空，没有任何可供伤员平躺的器具。学员们知道，抬送骨折伤员，最担心的是断骨错位，造成血管等软组织的进一步损伤。他们只好手臂交错，合力将刘丽萍托起。陡峭的石梯宽不过半米，他们面对面抬着病人，只能侧身下行，每挪动一步都十分艰难。通过险要处时，大家坐下、跪下向前移动，硬是把刘丽萍捧在手臂上，走了艰难的三华里，来到青柯坪。在这里，学员们一面给伤员重新固定、包扎，一面捡来树枝，利用雨衣、背包带等，扎结担架，准备抬送骨折伤员出山治疗。

从青柯坪到玉泉院，是一条二十多华里的漫长峡谷，羊肠小道依山傍水，逶迤崎岖，时有乱石当道，尤其是毛女洞到混元石一段十八盘，连续不断的"之"字形路面，给担架队行进带来极大困难。为了保持担架平衡，遇到陡坡时，抬在前面的学员将担架高高举起，后面的同学弯着90度的腰移动脚步。

有时，甚至跪在地上以膝当步。遇到险要处，实在无法抬行时，就组成梯队，一点一点向下传递。一路上，大家穿涧过水十多次，鞋袜裤管全都浸湿了，不规则的树枝磨肿了同学们的肩膀。担架送到山下荣军医院时，经检查，伤者的骨折一点也没有错位，连医生也感到惊奇："这是从华山上抬下来的病人吗？"当伤员得知良好的复位为尽快愈合奠定了基础时，再也抑制不住内心的激动，眼角淌下了长长的泪水。

靠知识挽救了工程师的生命

学员王强、李博在千尺中段，拦住了一个名叫季国定的工程师。跌落者来自江西九江，头部三处致伤，鲜血直流。两人架起季国定的双臂，转身撤离崖梯，在回心石平坦处紧急救治。擦拭血污时，学员王强看到伤者除右前额鼓起两个高高的血包外，左前额撞击处颅骨呈明显下陷，不禁一惊："啊，凹陷性骨折！"

就在这次登山之前，学员们刚刚学过颅脑外伤的临床课。讲课中，教员着意强调，颅脑凹陷性骨折症状发展有三个阶段：撞击后短暂的昏迷期；长达几个小时乃至一两天的清醒期；清醒期过后，病情猛烈发作，危及生命！

科学知识在同学们的头脑中点亮了一盏灯。他们不为伤者神志清醒的假象所迷惑，全力争取治疗时机。学员们迅速加压包扎伤口，尔后，轮番搀扶，把季国定送到山下医院。

医生检查后，按一般伤情处理：止血、包扎、打针。

学员们坚持道："大夫，他是凹陷性骨折，得拍 X 光片确诊！"

拍片结果，证实了学员们的诊断。可是，山下医院无力做进一步处理。下午 6 点半，在长途旅游车司机师傅的热情协助下，同学们护送季国定来到西安第四军医大学附属二院急诊室。

当晚 11 点 45 分，脑外科医生田应德走上手术台，为季国定施行开颅手术。打开创面，在场人员发出啧啧惊叹。映入眼帘的，是一个乒乓球般大小的撞击面，颅骨已经击成碎片，锐利的骨茬穿透硬脑膜，刺入脑组织……

走下手术台，田医生不胜感慨地说："多亏遇上了懂医的学员，没有贻误治疗时机……"

起伏跌宕又一幕

5月1日发生在华山的事情，起伏跌宕，扣人心弦！

下午4点半，登山归来的另一部分学员，正在百尺峡上方，全力抢救一位昏迷在崖畔的女青年。女青年名叫陈聪玲，是西安第一针织厂女工。上午10点半，她虚脱昏迷在下临深涧的二仙桥畔。她手脚冰凉，脉搏微弱，意识模糊，急需抢救。但是，经过多种努力，伤员的病情依然不见好转，时近黄昏，同学们焦灼不安。唯一的途径是把陈聪玲救出山外治疗。但是，横在同学们脚下的天关险道，是触目惊心的“百尺峡”和“千尺”。连续不断的五百多个陡峭的石头台阶，构成了这段闻名遐迩的华山咽喉。

学员石俊第一个俯下身去，将陈聪玲背在身上。

常言道，上山容易下山难。沿着形似直梯般陡峻的崖梯下行，即使只身空人，也要紧挽索链，慎防失足落陷，更不用说身上背着一个意识不清的病人，这是何等艰险的举动啊！石俊弓身背负病人，两手后托，重心前移，一旦走下崖梯，巨大的下冲力将会使他一头跌落下去，后果是不堪设想的！

为了使石俊前倾的身体有所依托，学员杨海涛、应可满抢先踩下台阶，一只手抓住索链，另一只手折回来撑扶石俊的身体。赵建华、徐军充当了后卫的重要角色，两人一左一右，紧紧下随，拉住拴在石俊身上的绳索，把向下的惯性冲力系在自己的手臂上，一点一点地松，一点一点地放……

石俊紧咬牙关，一股劲背过上百个台阶，直到累得两腿颤抖才停下来。七九年级学员徐军接过病人，又向危险的千尺走去；随后，赵建华又接过来。就这样，五百多个天梯般的石阶，一段一段地抛在了学员们的身后。

下完千尺，同学们即在一块较平的地点停顿下来，从下山的农民手中借来扁担，扎结担架。一位游人展开自己的大衣，铺在担架的网绳上；几位学员脱下军装、毛衣，给病人枕在头下，盖在身上。

沉沉夜幕降临到华山。同学们的脚下，是长达25华里的漫漫夜路。那是白天单人行进尚且困难的峡谷险道啊！乱石陡坡，湍流深涧，随时都可能把整个担架掉入险境。学员们有的打着光线已经变得昏黄了的手电筒，为担架队探路；有的俯身抓着担架队员的腿腕，为负重者确定安全的落脚点。艰难困苦，不可言状。夜更深了，肩上的担架更沉了。学员们已有十个小时粒米未进，饥饿加重了疲劳。快到五里关时，体魄健壮、在百尺峡第一个背病人的石俊同学跌跌撞撞，虚脱在路旁。走不多远，又有两名同学相继虚脱。担架队只剩下冯国辉等几位同学了。他们承受着极度的劳累和饥饿，支撑着愈来愈重的担架，经受着从未经受的考验。

表盘上的指针转到过了深夜零点，转到了5月2日1点半。同学们终于穿过沉沉夜幕，踏过道道险关，把陈聪玲送到了华山荣军医院急诊室。

就在学员们拖着困倦的身体准备离开医院时，陈聪玲的男友紧紧抓住同学们的手，一定要大家说出姓名。同学们告别说："我们是张华的同学！"

筑在悬崖边上的人墙

5月1日下午，百尺峡的上方，奇迹般地出现了一道绿色的长城。这是四医大学员为保护游人安全筑在悬崖边上的人墙！

自古华山一条路。当日下午，华山通道严重阻塞的状况，又出现在百尺峡的上方。

下午3点多，登上华山的学员们离开北峰，匆匆下行，走过群仙观，跨越俯渭崖，来到峡口上方的二仙桥路段。

这是长度不过五六十米的傍崖山道，起起伏伏，曲曲折折，仿佛百尺峡口中飘逸出来的一条链带，成为下山游人通过华岳咽喉的前沿阵地。

数千名急于下山的游人汇聚在这里，密度超过了高峰期间的公共汽车。拥挤造成百尺峡崖梯口的阻塞，阻塞加重了二仙桥崖畔路段的拥挤。龙首已经卡死，后边的游人仍不断将沉重的压力传向前方。崖边的游人随时都有落入峪渊的危险。在场的四名执勤人员已经完全失去控制局面的能力。

"这种状况如果持续下去，将会酿成多大的险情啊！"

同学们眼见群众安全受到威胁，想到子弟兵的责任。学员王连刚挤过去焦急地跟民警说："我们组织同学，帮你维持秩序！"

"太好了！"民警一阵激动，仿佛军情危急的战场赶来了援兵！

扭转阻塞状况的唯一途径，是说服群众后撤，解除峡口压力，让出道路，有秩序地上下。

几位同学扯开嗓门向群众动员。可是人们好不容易才走到这里，谁也不愿意后退半步。赵建华同学向夹杂在人流中的四医大学员喊道："解放军同志带头后退！"

这声音，像一道威严的军令，立竿见影。在学员们的带动下，一部分群众开始后退。可是，随后不久道路又重新阻塞。

同学们见此情景，向民警建议：集中四医大学员，沿悬崖边缘搭起一道人墙，保护游人安全，全线控制局面。经过艰苦努力，七九、八〇两个年级的一百多名学员，终于筑成了一道五十多米长的人墙。五名女学员，也同男学员一道，屹立在悬崖的边沿上！

百尺峡下山口紧锁了六个小时之后，终于松动了，群众开始有秩序地下山了！

许多下得山来的群众感慨万端："要不是四医大的同学，我们今晚不一定能活着下来！"执勤的同志拉着学员的手说："多亏你们，不然，晚上肯定会出大事的！"

华山游人看到同学们胸前佩戴的校徽，无不把他们的行动同张华联系在一起。人们怀念张华，赞扬在张华成长的道路上，走来了千万个张华！

党员作家首先是党员　其次才是作家

北京作协党支部讨论丛维熙同志入党时，既热情肯定了丛维熙坚定的共产主义信念及其他优点，也诚恳坦率地批评了他的缺点和不足。会议开得很成功，在党内外引起比较强烈的反响

闻　通

（1983 年 7 月 5 日）

1983 年 1 月 5 日，中国作家协会北京分会的共产党员聚集一堂，讨论丛维熙同志的入党问题。到会的党员（二十人）一致通过接收丛维熙同志为中国共产党预备党员。

这次会议发扬了党的批评与自我批评的优良传统，用共产党员的条件衡量丛维熙的思想和行动，既热情肯定了丛维熙同志坚定的共产主义信念及其他优点，也诚恳、坦率地批评了他的缺点和不足，对他提出了更高的要求。这次会议在作协机关党内外群众中引起了比较强烈的反响。

坚持共产主义信念，历经磨难不动摇

50 岁的丛维熙经历了一条超乎寻常的坎坷的道路。他虽出身于地主家庭，但 4 岁丧父，10 岁离家，依靠寡母给人当保姆的微薄收入度日。师范毕业时，他主动要求分配到远郊区任教。基于对党的感情和对共产主义的信仰，1956 年，他第一次向党组织提出了入党申请。随后在反右运动中，他被错划为“右派分子”，降职降薪，下放农村劳动改造。1959 年，领导号召向党交心，他出于对党的信赖，谈了自己对大跃进、援外等问题的看法，结果又被打成“极右分子”，先后被送到团河农场、茶淀农场以及山西省的曲沃、晋城、长治、永济等许多地方劳动改造，做过挖煤、化工、车工、铣工、插秧、烧砖等重体力劳动。1979 年平反以后，他重新拿起笔来，为繁荣社会主义文学夜以继日地写作，写出不少有影响的作品，两次荣获全国中篇小说奖。1982 年，他再一次向党支部提出了入党申请。

大家回顾了丛维熙所走过的道路和他的一贯表现，深深为他忠贞不渝地热爱党和追求党的顽强意志所感动。

刘绍棠介绍了丛维熙被错划右派以后的一贯表现。他说：1957 年反右以后，我和丛维熙之间经常秘密来往，还不时通信、谈心，接触中，我没有发现他对党有丝毫怨言。平反以后他也从未纠缠历史旧账，而是以极大的热情投入创作。他在作品中批判极“左”，歌颂党的三中全会路线，在政治上是与党中央保持一致的。刘厚明介绍说：从 1950 年到 1953 年，我和丛维熙同在师范学校读书，那时他就自觉地要求进步，主动地接受党的教育，初步树立了为人民服务、为共产主义事业奋斗的人生观。被错划右派以后，他对党的信念没有动摇，对革命事业的前途没有失去信心。记得有一次，他从山西回北京，偷偷地找我，打听文艺界的情况，强烈地表示要重新拿起笔。经过 21 年的坎坷，他对我们党的事业的艰辛认识得更深刻了。他的作品不是单纯揭露“伤痕”，而是在揭露“伤痕”的同时，注意歌颂光明，维护党的形象，基本倾向是好的。

邓友梅发言时激动得流下了热泪，他说：我与丛维熙交往有三十余年，深深感到党对他的考验是比较充分的。尽管他受到的委屈比我们谁都大，走过的道路比我们谁都艰辛，他却始终顽强地追求共产主义这个大目标，强烈地要求加入党的队伍中来。他受到那么严峻的打击，如果没有一个基本的信念，不是很顽强的话，那是很难熬过来的。我曾经一度担心他“灰掉”，但他经受住了考验，更坚定、更成熟了。

林斤澜叙述了他对丛维熙的印象，他说：1956 年，我们俩一起去北大荒深入生活，丛维熙比我开朗，能吃苦，有朝气，就在那个时候，他提出了入党要求。到 1966 年，他见到了我，谈的还是他要写这个、要写那个，个人的委屈只字未提，这是很不容易的。

一些老作家、老同志也纷纷发言。张志民说：丛维熙所受的委屈，不是他个人的原因造成的，而是“家长”的失误造成的。但是，他没有埋怨母亲，对母亲的感情更真挚了，对党的认识也更深刻了。雷加也赞扬了丛维熙虽然受到那样不公正的待遇，但却没有消沉，而是更坚强、更敏锐了。

张洁深有所感地说：丛维熙走过的道路，充分地表现了中国知识分子对党的感情很深、很深，虽九死而不悔。通过对丛维熙的评论，到会的同志都很受教育。

列席会议的文联党组副书记王慎之同志十分激动地说：像丛维熙这样一个同志，没能像一些老同志那样 15 岁入党，而是 50 岁才入党，这对我这个党的工作者来说也触动很大。我们要汲取这一教训，认真贯彻党的知识分子政策，做好知识分子的工作，及时吸收所有符合党员标准的好同志入党。

开展批评与自我批评，攀登更高的思想境界

这次会上，发言的同志实事求是地肯定了丛维熙同志对党的信任、追求和深厚感情，对共产主义事业的坚定信念，以及作风正派、工作踏实努力等优秀品质，同时，也对他的缺点开展了同志式的、严肃坦率的批评和帮助。

一些同志批评丛维熙近几年产生了骄傲情绪，诚恳地告诫他要谦虚谨慎、戒骄戒躁。邓友梅列举了事实，尖锐地指出：丛维熙在其作品有了影响以后，一段时间不那么谦虚了，不大能容人了，对不同意见不大能听得进去了，也有些计较个人得失了。他语重心长地说：我们要做一个在道德上尽可能高尚的人。娇纵、放任自己，对共产党员来说是不能允许的。作为共产党员，更应该谦虚谨慎，戒骄戒躁，严格要求自己。要学会听自己不爱听的意见，要勇于否定自己的缺点。张志民指出，过了桥，走上了平坦的道路，更应戒骄戒躁。未来也可能有河、有桥，我们要把自己锻炼得更加成熟一些。林斤澜指出，丛维熙在别人批评或议论自己作品时，有时不够冷静，有些过于计较。他说：关于作品的毁誉问题，要正确对待，人家怎么说，那是人家的事，自己对自己应当有个要求。作为党员不能斤斤计较这个，更不能为此伤了别人。计较别人对自

己作品的毁誉，实际上是堵了自己前进的道路。鲁迅说过，有打杀，也有捧杀，极“左”没有把你打杀，现在要十分注意不要被捧杀。江风也指出，有了成绩以后，在一片赞扬声中，更要注意捧杀问题。

刘绍棠分析了家庭、社会对丛维熙的影响，指出他要加强党性锻炼。他说：由于特殊的家庭环境，丛维熙自幼形成了个人奋斗的思想，“让歧视者知道我不低于你们”。我们共产党员是集体主义者，要注意克服自由散漫、自以为是的思想和表现，加强组织纪律性，增强党性。党性强，我们就会比较快地理解党的方针政策，比较自觉地执行党的决议；当个人利益和党的利益发生矛盾时，要坚决而愉快地服从党的利益。到党的队伍中来了，就应当更多地做党的工作，更勤奋地多做一些社会工作，发挥党员的模范带头作用。

同心同德，为建设高度的社会主义精神文明而奋斗

这次支部大会在作协机关党内外群众中引起了比较强烈的反响。

一些党员同志反映，参加这个会，心情很激动，真正感到是党的会议，是党内同志之间开展诚恳的、热情的批评与自我批评的会议。会议的气氛说明，党内党外是不同的，如果不是在党的会议上，丛维熙可能听不到这样中肯的意见。

列席会议的非党同志反映，这次会与“文革”期间的“纳新会”完全不一样。有位同志说：原来想，还不是那么回事儿。可今天的会与我想象的完全不一样，既充分地肯定了丛维熙同志的优点，又中肯地对他提出批评，气氛严肃而热情，体现了真诚的友爱，很受感动。一位非党青年同志说：我不是对一些新党员有什么成见，我觉得50年代的党员对党的感情和觉悟水平与后来入党的新党员就是不一样。他们受党的教育时间长，马列主义理论基础比较好，听了他们的发言很受教育。丛维熙同志对党那样坚贞，对共产主义事业那么坚信不疑，这是他接受党的长期教育的结果。虽然我觉得自己条件还不够，没有申请入党，但我感到我们党有一大批这样的好党员，党风好转是大有希望的。

非党青年作家刘心武列席会议以后，连夜给党支部写了思想汇报，谈道“通过这次支部会，我受到了一次深刻的党性教育。我体会到我们党是伟大的、有力量的。在这次支部大会上，党员同志表现出高度的原则性，发出了炽热的革命激情。特别是许多党员同志坦率而又满腔热情地开展批评与自我批评，使我深受教育；作为一般作家，不一定能听到这样严肃尖锐而又深刻的批评。这

种批评对于一个立志为共产主义事业而奋斗的作家来说，该是多么可贵、多么必要啊！我参加这个会，最强烈的感受就是我如饥似渴地需要党组织对我的严格要求、尖锐的批评和热情的帮助。通过这次会，也使我深切地感受到三中全会以后，党把知识分子看成自己人，重视在知识分子中发展党员，说话是算数的，这更增强了我入党的信心。”会后，刘心武同志又给文联党组领导同志写信谈道：1981 年 12 月，我向作协支部递交申请书时，还把自己当作一个作家，现在看来是不对的，应把自己首先看成是一个为共产主义事业而奋斗的战士。

·1984年·

敦煌的女儿

本报记者　吴晓民

（1984年1月3日）

敦煌——这充满神秘魅力的地方，曾吸引过世世代代多少人来此朝拜，也使多少艺术家把他们梦的憧憬描绘在沙漠宝窟的洞壁上，雕刻在神情永恒的泥塑彩像上。曾有多少人长途跋涉流连于此，在这宗教和艺术的圣地逝去了青春，却领悟到一番深邃的道理。

敦煌学——多么不凡的学问，像当年联结世界贸易的丝绸之路一样，它沟通了中国与世界的文化，也复活了中华民族在人类文明中杰出的作用。

为敦煌自豪吧，我们每一个中国人。为我们的民族有过如此灿烂的文明而骄傲吧。让我们重新复兴起敦煌艺术的魔力，把前人只能描绘在图画中的梦想，化作新中国的一片绚丽的现实吧。

在这里，我访问的是一位带着圣洁的感情，为了使民族文化这颗明珠大放光华，而不惜以自己的青春和命运为代价的中年女考古专家——樊锦诗。

（一）

不，不是我谦让，我真不敢当啊！那天邓力群同志在敦煌学术讨论会上表扬了我，我可背了好几天包袱。我是代表敦煌文物研究所向他汇报工作的。敦煌是那样的伟大，我是那样的普通，那样的平凡，有着那样多的缺点。我是个有家庭的人，我有两个儿子，我爱儿子，也需要儿子爱我；我爱丈夫，也需要丈夫爱我。可是结果呢？我几乎拿这一切换取了你所看到的那一点点儿成果。我一个人在敦煌，那么多人为我做了牺牲。我是一个不称职的妻子，也是一个不合格的母亲。哦，你要看他们的信？你看吧：

“锦诗：为配合一项基建工程，文化部文物局要我们派人参加考古发掘。经研究，决定由我带几名学生去突击。本月中旬就动身，时间大约是半年。对此，予民（他们的大儿子）很有意见……今年下半年，是他初中毕业前的关键时刻，我们都不在，对孩子确实有影响。可又有什么办法？予民看到别人一家一户搬进了家属区，对你不调来很有意见，说：‘妈妈还不调来，要是来了，我们也会有房子。’他还担心明年初中念完时不准毕业、不准升学，因为他的户口不在武汉。金章，一九八三年七月一日。

“妈妈，我们学校已考完试，放暑假了。我这次考得不好，英语开了红灯，我很惭愧，也很着急。原想利用暑假好好补习一下。可爸爸又要带学生出去考古，这一走又是半年。妈妈，您哪时候才能调来？您明年一定调回来吧！妈妈，我想您啊……予民，一九八三年七月四日。

“锦诗妹妹：你究竟准备什么时候调回武汉？你们一家什么时候才能团圆？你那个宝贝儿子（寄住在上海姐姐家的小儿子晓民）越大越调皮，三日两头闯祸，谁也管不了。他老不在父母身边，总是个问题呀……姐姐，一九八三年七月十五。”

（二）

从哪儿说起呢？

当我回忆起自己的选择，并为此付出许多宝贵的代价时，我从没感到有什么后悔。真的，有得总有失。我原籍上海。生下来不足月，后来又得了小儿麻痹症，从脚麻痹到腰。幸亏有较好的医疗条件，才基本痊愈。所以我从小就立志当一名医生，像解救了我的医生们那样去解除所有病人的疾苦。然而我的体质太弱，医生说这是后遗症。这样的体质做医生不行。

当医生的美梦破灭了，我痛哭了一场。上中学了，我酷爱中国古典文学，几乎整天泡在图书馆里。1958 年，我考入北京大学历史系。阎文儒教授开的《石窟艺术》课把我迷住了。我特别留意于敦煌莫高窟。这是一个有着一千六百多年历史，至今依然光彩夺目、令人钦羡的艺术宝库！近五百个神奇莫测的洞窟，几千尊五彩缤纷的彩塑，数不尽的大佛小佛，5 万平方米色彩浓烈的壁画。如果把它们都缩在一幅画卷上，徐徐展开，可形成长达 50 华里无与伦比的艺术长廊，更不要说那些散落在世界各国无比珍贵的佛教经卷，稀世名画……敦煌，以神奇的魅力深深吸引了我，我热烈地向往着敦煌！

我终于得到了一次珍贵而荣幸的机会。1962 年 7 月，毕业前，我和三个男同学在宿白先生带领下，去敦煌莫高窟实习！

列车进入甘肃河西走廊，整日整夜一望无际的光秃秃的戈壁相伴行程。为了打发旅途的寂寞，宿白先生和我们谈起了敦煌的历史。古老的时候，在敦煌盘踞着一条绿龙，它非常慈善，用自己的身体保护着居住在这里的人们。那时的敦煌可是个风调雨顺、林茂粮丰的富庶之地，人们不愁吃也不愁穿，过着安乐富足的生活。可是盘踞在北面的黄龙，总想霸占敦煌。于是黄龙与绿龙之间展开了连年“战争”，强大的绿龙屡战屡胜。黄龙便把青龙请来协助作战，结果仍然不是绿龙的对手。可惜，居住在绿龙身边的人们，助纣为虐，他们揭掉绿龙身上的鳞甲，砍断绿龙的巨爪……终于，绿龙精疲力竭，抵挡不住黄龙的攻击，流着泪离开了这里，泪水化为泉水，成了月牙形的小小湖泊，这就是敦煌鸣沙山中的月牙泉。绿龙退走了，一退就是几千里，黄龙占据了这块地方，那蜿蜒起伏的鸣沙山，就是黄龙的头颅。只要一刮起风，鸣沙山上的沙子就呜呜地发出巨响，这是青龙赶来和它会面，铺天盖地的狂风便是青龙……

这虽是一个神话故事，却说出了敦煌的历史和它险恶的地理环境。敦煌原本是一片绿洲，它在南北朝时期曾是西凉的都城，是当时中国西部文化的重要圣地：它曾是举世闻名的“丝绸之路”的咽喉，也是佛教流入内地的要站。所谓“敦煌”就可以解释为“茂盛的大地”。可是由于连年的战乱和无情的砍伐，绿洲变成了荒漠，巴丹吉林大沙漠和腾格里大沙漠就像两条贪得无厌的黄龙卧在敦煌的西北方，连绵起伏，虎视眈眈地要吞没河西走廊最后的绿洲……

天全黑了。经过三天三夜的长途跋涉，横穿了半个中国，我们终于到达了柳园。离敦煌还有 128 公里，接下来只有坐汽车。第二天清晨，我们换乘汽车，汽车在湛蓝的天空下沿着笔直的公路向南疾驰，青松堡、柳树园、榆林窟，一闪而过。多美的地名啊！都是用树木命名的。可我真有点失望，一望无际的大地，除了黄漫漫的沙丘、乱石嶙峋的戈壁，便是一茎茎枯萎的芨芨草，没有庄稼，没有树木，没有生命，静静的，只有汽车疾驰中发出的唰唰声……

突然，天边出现了一片朦朦胧胧的绿色，草原、树木、湖水，波光粼粼的湖水中一排排晃动的房子……啊！绿洲。绿色的充满生命的世界！我，就像经过可怕的毫无生命气息的漫漫的冬夜，一下子见到了景色迷人、充满着生命活力的春天，高兴地大声地叫唤了起来。宿白先生笑了：“这是荒漠中的虚光幻影——海市蜃楼。”真的，不久，这些诱人的景象就都消失了。大半天在起伏的石碛沙滩中过去。当汽车开进一个南北长两千多米、东西宽300米左右的山谷时，嵌在敦煌中的明珠——莫高窟终于到了！我拖着麻木的双腿摇摇晃晃地下了车，一头栽了进去！

这真是绝妙的人类艺术的宝库！一个紧挨着一个的石窟，经过十六国、北魏、西魏、北周、隋、唐、五代，一直到宋、元，漫漫1600年，数不清的能工巧匠，以惊人的毅力和杰出的智慧，凿塑出美轮美奂的巨佛、精美绝伦的小佛，还有这么多的经变图、尊像图、供养人像……神秘的色彩，优美的线条，宏伟的场面，精细的刻画，我如痴似醉，沉浸在无比欢快的艺术享受之中，忘记了几里之外就是一望无际的荒漠，忘记了黑夜已经慢慢地降临……

尽管我们对这里的困难早有了思想准备，但实际上的困难比我们想象的要多。住的是新中国成立前马鸿逵骑兵用的马厩改成的宿舍，土炕、土桌、土凳子；没电、没煤、没饮用水。一到晚上，整个世界一片漆黑。几个月过去了，刚进11月，西北风就像发了疯似的呼呼吼叫，冷得让你想蹦想跳。吃的就更别说了，我的胃口本来就不好，天天吃杂粮，吃不下。全身浮肿，双腿发颤，头晕目眩。这一天，我迎着猛烈的戈壁风沙，攀上高高的蜈蚣梯，贴着墙壁刚爬进冰冷的洞窟，就什么也不知道了。我被送回上海治疗。我生平第一次当了“逃兵”，心头就像打翻了五味瓶，酸甜苦辣，什么都有。我一病，同学中就到处传开了，说敦煌如何如何苦，如何如何可怕。我不停地向他们解释，并不是敦煌不好，而是我体质差。可是大家不相信。

一年之后，面对着毕业分配。方案中都是北京、上海等大城市，没有敦煌。不久又听说敦煌专门来北大要人了。结果是我和一位男同学被分配去敦煌工作。

说实在的，当时我蒙了。那时我已经有了对象，那就是金章，可是他分配到武汉大学。父母听说把我分配去敦煌，马上给宿白先生写了封长信，强调我身体不行。我怎么办呢？系总支书记说：“敦煌急需人，而且点名要去那里实习过的人。你的身体情况我们也知道，两三年内再用别人换你回来！”我想，既然定了，那就去吧！

临行的时候，金章来了，我们只做了简单的交谈：

我说：“等着我。很快……就两三年……”

“……两三年？太长了……我等你！”他说。

（三）

谁能料到，一晃二十年就过去了。

像那倔强的芨芨草，人的适应能力是很强的。我逐渐适应了环境，我这个在喧嚣的都市长大的人，在敦煌找到了难得的宁静。我特别喜爱敦煌的夜，它引动我无穷的遐想……

天苍苍，野茫茫，我们的祖先从洪荒时代走来了。什么时候他们创造了文字？是从描画开始的；我们的民族颇具艺术气质，象形文字就是画出来的。你看那个“人”字，不仅形象，而且多么生动！人啊人，多么神奇而伟大的动物，竟在断崖上建造了眼前这高低错落、鳞次栉比的洞窟，在其中还创造出金碧辉煌、栩栩如生的群像。这真是奇迹！人是奇迹！敦煌也是奇迹。我越是了解和洞悉敦煌的文物历史，就越感到难以置信，我们的前人竟有那样的智慧，那壁画和彩塑真称得上鬼斧神工。他们在创作这些杰作时，具有多么宏大磅礴的气势啊！

夜深了，檐铃在清风中传来悦耳的音响。世世代代，在这朝圣的地方，走过多少人啊！来了又去了，他们都想了些什么呢？有一天，后来的人或许能够考查出几千年前古人的具体思绪，那会多有趣。啊！我们考古是重实物的，那种形象的考察是诗人的领域。

铃声叮咚，是丝绸之路的骆驼商队走来了，真想随他们一道去古波斯，去鼎盛时期的罗马。叮咚铃响，是西域人到大唐之都贸易来了，也想跟他们一同去看看当年的长安，它威震四方，何其壮观！

夜色弥漫，遮掩了这些历史的镜头。我们在敦煌的考古工作，也许会给后人留下无限想象的依据，继承中华民族的传统，创造出新的艺术高峰。这样的工作是值得的，我爱敦煌。

我来到敦煌，开始了我大学毕业后的独立生活和工作。生活当然是艰苦的，又是在沙漠中。就说电灯吧，是到了1981年才畅通的。1972年我们自己发电，基本保证每天两三个小时用电。断断续续地维持了十年。1981年那个中秋节，看不见月亮，还下着小雨，这在连年干旱的茫茫荒原可是个好兆头，晚上7点半，突然电灯亮了。大家都狂喜地冲出屋外，高兴极了，我们算是有光明的保证了。

现在也住进现代化的楼房了，不用下楼就能上厕所。你可别见笑：敦煌文物研究所的不少老研究人员，竟是在1981年搬进新楼后，才学会使用“卫生设备”的。水，哦，我说了半天竟忘了给你倒水了。你不喝？怕拉肚子！嗳，这里的泉水不适宜饮用，它含有大量的氟，有的人喝了就拉肚子。我已喝了20年，也就习惯了。别看我瘦，我的身体比刚来时还壮一些呢。我可知足了。我在那“土坯子”里整整生活了18年，喝了十八年沟里的水。现在好了，党和政府关心敦煌文物研究所工作人员的生活，1980年拨款给我们修建了宽敞的宿舍。还在县城盖起了公寓，让有孩子上学的父母，都能到县里居住，照顾孩子的学习，上下班派专车接送（距县城25公里）。这，我们就很满足了。真的，要是我们研究所的人，也追求享受，要这个、那个，那就趁早别上石窟来搞研究。

敦煌艺术是中华民族发达文明的象征，是炎黄子孙聪明智慧的结晶。有个日本艺术家说：“从敦煌早期壁画中，可以看到埃及墓中壁画的风尚，看到拜占庭艺术的风尚，看到罗马艺术的风尚。敦煌艺术是人类文明的精英。看了莫高窟，就等于看了全世界的古代文明。”

洞窟考古，有时真能起到意想不到的作用。新疆的一处石窟，1975年所里的同志去考察，做了一些记录，拍了一些照片。第二年有个洞就塌了一半，留下的记录和照片就成了关于这个石窟的仅有的因而是极其珍贵的资料。如果当时能够把它完整无遗地实测下来，就能根据这些报告修复。那样价值会有多大！从这个意义上讲，编写出版洞窟实测报告，不仅是给研究人员提供系统完整的具体资料，也是把古代文物千秋万代保存下来的有效措施之一。从保护洞窟的角度说，整理编制报告资料也是其中的一个重要部分。

这些年，我所从事的就是洞窟考古、整理编制、报告资料这枯燥乏味的工作。我同马世长、刘玉权、关友惠等人合作，搞出了《莫高窟北朝洞窟分期》《莫高窟隋代洞窟分期》。唐代前期的分期也初步搞出。我们打算在几年内，把以后的几段分期工作全部搞完。此外，还要把洞窟报告的编写工作做起来。出版包括全部洞窟报告的《莫高窟全集》的计划，早在50年代就提出了，当时郑振铎先生还在世，他邀请了许多专家组成了编委会。1963年我毕业到敦煌，第一项工作就是和其他几位同志撰写二四八窟的报告。那还是敦煌的第一部洞窟报告呢。我们做了大量艰辛细致的工作，刚起出草稿，就因为十年动乱而中止了。一停就是十年。去年才又重新接着搞，明年无论如何也要争取出书。

现在世界上有二十几个国家研究敦煌学。除了中国，以日本和法国最突出。日本已经有三代人员研究敦煌，时间长达七八十年。他们大搞敦煌专著，大办敦煌展览，气势逼人。如果我们不抓紧搞出有水平的研究成果，那就等着让人嘲笑你。说你敦煌在中国，敦煌研究在外国。那些帝国主义的文化强盗，英国的斯坦因、法国的伯希和俄国的奥布鲁切夫、日本的桔瑞超等，在 20 世纪初疯狂地巧取豪夺了中国敦煌的文物，并利用盗窃去的文物搞研究写论文，而我们中国人想研究那些文物，却要跑到外国，还要受刁难。这太令人气愤了！敦煌是中华民族兴衰荣辱的历史见证，在敦煌研究方面，中国一定要处于领先地位。这个重担我国敦煌研究人员一定要努力承担起来。

从事这项工作的研究人员，必须有健康的身体、充沛的精力和适应长期室外工作的能力。可惜目前我国从事这项研究的专业人才寥寥无几，而且年龄都已在 40 岁以上。后继乏人，我心里急呀，我自己尽量少休息，少睡觉，恨不得把时间的钟表扯住才好，有多少工作急于去干哪！

（四）

我不知道该怎样处理好事业、家庭、孩子间的矛盾。晚上我从所里回家，看到职工宿舍一家一户的窗口都亮着灯光，每一家都是团团围坐着，有逗孩子玩的，有在一起吃喝的，我真羡慕，苦涩的泪水直往心底里流。我们家四口人，一个在敦煌，两个在武汉，小儿子又留在了上海。正可以说是相隔千里，天各一方。我们什么时候也能全家围坐在一起，吃上一顿可口的饭菜？我每次回武汉，儿子总用一种期待的眼光问："妈妈，这回您能待多久？""妈妈，您什么时候才能调回来？"儿子啊，妈妈爱你，想你，晚上做梦都和你在一起。

我对不起儿子，更对不起金章。我们是同班同学，在学校里，我压根儿没想到要谈恋爱。快毕业了，同学介绍他，他文质彬彬，长得平平常常，也不善交际，但他有一股内在的吸引力。我动心了。

1965 年暑假，他来到敦煌，这是毕业分手后两年里我们第一次见面，欢快、激动，内心里说不出的喜悦。整整八天，朝朝夕夕，我陪伴着他走遍了敦煌的每一个洞窟。我们促膝长谈，从大尊巨佛说到藻井彩绘，从宗教说到艺术，从历史说到未来，就是没有提到我们俩的将来。我们俩的将来是什么？是相距万里的思念？是无穷无尽的等待？时间，空间？无法超越的现实？我们小心翼翼地避开着这一话题，一直到他临走的那一天。

他走了，我赶到汽车站送他。他拉着我的手，只说了一句话："我等着你……"汽车在茫茫无际的戈壁滩上消失了，来时他带着沉甸甸的包裹，满袋的食品，去时只带去了一茎戈壁滩上的芨芨草，那上面有我一颗浸满泪水的心……我心里感到孤独，涌起一股从未有过的惘然若失的惆怅。

动乱的年月开始了，我来到北京，见到了他大哥。哥嫂对我说，你们都老大不小了，快把事办了吧！也好早点调到一块去。

万万没有想到的是，当我拿着结婚证明赶到武汉时，他正在挨批判。罪名是，他刚毕业就当了班主任，还要搞什么考古专业……世界上居然会有“搞考古专业”的反革命！领导上要我好好考虑一下我和他的关系。我说：不！我绝不能失去他！我住进了他的宿舍。我们结了婚。

我怀孕了。恰在这时，我的父亲——上海食品工业的工程师被迫害致死。我从敦煌赶到上海，又从上海赶回敦煌，由于长时间的颠沛流离和心灵上巨大的苦痛，我差点儿流产。多亏着金章从武汉寄来药物，总算保住了这条可怜的小生命。临近产期，我要求去武汉，可我们这儿就是不批，还让我和大伙儿一样下地去摘棉花。三天以后，我躺倒了，被同事急送到县医院，第二天，儿子就呱呱坠地。说起来也真伤心，孩子生下时，连一件衣服也没有。医院护士给武汉打了个加急电报。金章终于来了，消瘦的他用青竹扁担担了满满一筐的鸡蛋和孩子的衣物用品，担着一颗最善良慈爱的丈夫和父亲的心，匆匆地赶来了。我靠在他身上，只知道哭。我感到自己是这样的软弱，我害怕他会突然离去，我害怕孤独。

仅过了一个月，他便匆匆地走了，工宣队开进了他们学院，还在接受群众批判的他，你说能不回去吗？

刚满月，我就上班。这里没有托儿所，也请不到别人带，只好硬着心肠将孩子包好，反锁在家里，中午匆匆赶回来喂次奶。下班回家，只见孩子连拉带撒，满身都是屎，喉咙都哭哑了。望着可怜的小宝宝，我流泪了……我还能再这样下去吗？我开始想到离开这儿……

突然，在我眼前出现一片金光，三危山高高的三个尖顶，在金光中闪烁……我不迷信，我知道这不过是这儿常见的一种自然现象。可是我的耳边却蓦地忆起了宿白先生带我第一次上敦煌时说过的一段故事：一千六百多年前，有一位高僧乐僔云游天下，来到敦煌城东南的三危山，四野茫茫，大漠寒风，戈壁落日，突然风静云停，乐僔迎着夕阳极目远眺，只见三危山三个尖顶金光万道，仿佛有无数尊佛在金光中显现。他屏息静气，顿时感到耳边鼓瑟声起，金钟齐鸣。“佛……佛……”乐僔立即顶礼膜拜，他深深感到这是佛对他的启示。他抽出戒刀，一刀将手臂砍断，立下誓言，无论碰到多少艰难困苦，也要在这里开凿石窟，兴造佛像。他化缘募钱，整整用了数十年，主持开凿了敦煌第一个石窟……

石窟，石窟……敦煌的石窟啊！古人残肢断臂，呕心沥血，创造出无比辉煌的石窟艺术，难道我，我就不能经受这生活的磨难？我，我要孩子，也要石窟，我不能就这样离开这里……

（五）

我该怎样向你叙述自己始终矛盾着的心情？孩子，家庭，事业……确实，敦煌学这个事业，对我的吸引力太大了。无论多么大的烦恼，只要一钻进石窟，一切都跑得无影无踪。我爱敦煌，我爱我们的事业，我爱我们创造性的劳动。你看我们当年栽上的树苗已在这里扎根成材。你感到空气新鲜？就是因为这些树林，调节了空气，涵养了水分，固定了沙漠，阻挡了狂风。

你还想来？明年七八月份来吧！那是果实累累的季节，品种可真不少。什么红元帅、国光、锦红、红香蕉、黄香蕉，还有梨和葡萄，保证让你吃得肚子撑不下。这里的变化太大了，你记得那一年我第一次见到“海市蜃楼”时那惊奇的叫喊吗？今天，它已不是虚光幻影，而是一片片实实在在的沙漠绿洲。

你怎么啦？刚撂下饭碗，你就趴在桌子边悄悄地熟睡了，脸上还挂着你特有的苦涩的微笑。

兴许，你想起了那部《莫高窟全集》？

兴许，你想起了带着学生、奔波在野外荒郊的金章？你想起了自己的儿子？

这个身体弱小、意志力非凡的女副所长！

这个肩上担着事业、家庭、理想、现实、希望、痛苦的樊锦诗！

你不要那么奔命，不要那么劳累。敦煌需要你，儿子需要你，人民需要你。你太累了，太困了，太乏了，你闭一会儿眼睛吧，静静地，静静地……

安徽六安农校发生一起打击迫害知识分子严重事件

校医彭学斌由于对损公肥私的事敢管，对个别领导搞不正之风敢大胆批评，被学校一些领导抓住缺点无限上纲、无情打击，自杀身死。六安地委纪律检查部门已将这一事件基本查清

新华社记者　蒋志敏　张宿堂　徐元华

（1984 年 4 月 11 日）

编者按　安徽六安农业学校发生的这起残酷迫害知识分子的事件，令人触目惊心，发人深思猛醒。极“左”思潮的影响在一些地方、一些单位仍然根深蒂固，这不正是最具体、最有说服力的证明吗？！

校医彭学斌是有缺点的。对待一位有缺点的知识分子难道应该这样无限上纲、无情打击，必欲置其于死地而后快吗？该校一些领导人心目中还有党的知识分子政策吗？还有法制观念吗？更值得深思的，是该校一些领导人整彭学斌是采用“文化大革命”中的一套错误做法，它深刻地告诉人们，不彻底否定“文化大革命”，党的三中全会以来的方针、政策是不能真正落实的。一个单位不彻底清除“文化大革命”的一切流毒，党的政策的春风是很难吹进去的。六安农业学校正是这个方面的典型！

我们相信，六安地委、六安行署一定会认真处理这一事件，对肇事者做出严肃处理，并通过这一事件，很好地总结经验教训。

1983 年 7 月 15 日下午，安徽省六安农业学校发生了一起令人震惊的事件：56 岁的校医彭学斌，在医务室服下“敌敌畏”自杀身死了！消息传开，校园上下反响强烈。许多教职员工愤愤不平地说：“彭医生没有死在十年动乱中，而死于今天，太不应该啦！”“彭医生是被学校一些领导活活逼死的啊！”

彭学斌，从 60 年代起就任农校校医了。1981 年经上级业务部门考核，成绩优良，正式晋升为内科医师。二十多年来，他勤勤恳恳，尽心尽职地工作，热心为师生员工和附近群众治病防病，从未出过一次医疗事故，曾两次被评为

学校的先进工作者。

这样的人为什么自杀了呢？事情还得从头说起。

一场“群众运动”

去年5月11日晚，农校副校长杨善如路过彭学斌借用公家的木工房前，发现有一些床边、桌腿之类的零碎木料（后据调查，这些木料有的是从学校分的柴火中拣出来的，有的是彭的老伴和三儿子彭友平时拾拿的），认为抓到了赃物。次日一大早，杨善如便同第一副校长、党总支书记王家楼、副校长王子传（该校没有校长）一起，先带人封了木工房，接着便拥到彭家进行搜查。他们把彭家里里外外都搜了一遍，就连天棚也不放过，结果没有搜出公家一根本料。当日上午，学校召开了校务委员扩大会议，王家楼等人未经调查就当场宣布：“彭学斌损公肥私”“不顾一切侵占公家利益”。会议做出决定：查封木工房；彭友（学校合同工）停职；清理医务室药品账目；责令彭学斌写检查。会议同时决定，成立由五人组成的彭学斌问题调查小组，从即日起开展内查外调。

5月13日，学校领导召集调查组成员开会，王家楼给调查组定下了调子：“下定决心坚决查，全面铺开重点查，发动群众配合查。”下午，又召开了全校教职员工大会，王家楼公开要求群众检举揭发彭学斌的所谓“问题”，并宣称：“不揭彭的问题，说明自己也有问题，怕拔出萝卜带出泥！”经王家楼这么一说，不少人唯恐牵连自己，就纷纷写了“检举”“揭发”材料。一时整个农校围绕彭的问题，掀起了一场声势颇大的“群众运动”。

对学校一些领导的这种错误做法，彭学斌当然不服，便于5月18日到行署告状。与此同时，行署领导也接到农校关于要求批准让彭学斌“停职检查”的报告。一位副专员明确告诉农校领导：对彭的问题，只能就事论事，不能任意扩大；不同意让彭学斌停职检查。此后，他又多次向农校领导重申了这个意见。

但是，王家楼等人根本不听行署领导的意见，又增加调查组的人数，四处搜集彭学斌的“材料”。他们还限制彭学斌的人身自由，规定他“外出要向校长请假”“不准搞反调查”。

一波未平，一波又起。6月15日，是端午节，学校后勤部门为改善学生伙食，让食堂做了一些油炸“狮子头”（一种点心），并规定只供应学生，不供应职工、家属。晌午，彭学斌看到食堂两名女工（都是调查组成员的家属、子女）带头违反学校规定，买了不少“狮子头”。他一气之下夺过她们的“狮子头”，要找校领导评理，因而引起了一番争执。王家楼等人抓住这件事又大做文章，说彭学斌是“迫害调查人员和检举人员的家属子女”，是“趁机大闹校园，进行造谣煽动，严重干扰了学校秩序”。他们唆使所谓“被迫害”的女工向公安机关写“控诉书”，又以学校党总支的名义，再次向行署写报告，要求批准对彭学斌停职检查。这个报告，仍然没有得到行署领导的批准。

从5月12日以来，王家楼等几乎把全部精力都放在抓彭学斌的问题上了。他们先后召开了11次校长、校务委员会会议，向上级打了五次要求让彭学斌停职检查的报告，找彭学斌“谈话”五次，蓄意把事态扩大。

“升级”登峰造极

7月6日，一场大祸又降临到彭学斌的头上。这天，六安地区公安处二科副科长潘家凤，应邀来到农校参加校社联防会。王家楼、杨善如在接待潘家凤时，向他介绍了彭学斌的种种“错误”，于是，一个“坏人”的形象便在潘家凤的头脑中产生了。

恰巧，在这天中午，彭学斌的老伴丁传英，因彭学斌7月份工资绝大部分被扣，儿子彭友7月份被停薪，自己被学校辞退合同工，一家人难以生活下去，拿着饭碗来到副校长王子传家“讨饭”，与王子传的爱人发生了争闹。潘家凤闻讯后来到王子传家，当场对丁传英和赶来制止的彭学斌进行威吓。下午，潘家凤又把彭学斌叫来，气势汹汹地训斥说：“你让老婆非法侵入他人住宅，触犯刑法第一百四十四条。我代表政府通知你，明天上午到公安处接受传讯，若不去，我们要采取行动！”潘家凤的训斥，使本来就感到压得喘不过气来的彭学斌，更增加了精神上的恐惧。7月7日和7月11日，彭学斌被迫两次来到公安处，接受潘家凤的“传讯”。还按照潘家凤的命令，写了一份“检查”。

潘家凤的介入，使王家楼等更加有恃无恐。7月6日下午，王家楼等人就急忙以校党总支的名义，起草了一份《关于要求对彭学斌等人非法侵入他人住宅行径绳之以法的报告》，送交了公安处。

他们觉得这样做还不过瘾，又继续研究，决定把彭学斌的问题进一步“升级”。

7月8日这天，王家楼等一连召开了三个会议。上午，在党总支会上，王子传说："彭的问题是偷窃、毁坏、侵占公物。"杨善如说："我们应该联系他过去的历史，考虑他的阶级立场。他是把刀戳在王子传身上，血溅在我们这一级领导身上，这是要挟学校，要挟共产党，向共产党示威！"王家楼说："我就是不干了，也要把这个事情处理好，难道连这一点骨气也没有？"

下午，学校召开了全体教职员工大会。王家楼代表党总支，要求全校职工与彭学斌"分清是非、划清界限"，并宣布："不准彭学斌与任何人接触。"

教职员工大会之后，王家楼等人又接着召开全体党员大会，要求党员与校领导"统一思想"，进一步与彭学斌"划清界限"。自此，全校没有一个人敢与彭学斌接触。他成了一个孤立的人。

一个接一个的残酷打击，一步连一步的无情"升级"，使彭学斌心力交瘁，悲愤欲绝。7 月 15 日下午，他写下了三份遗书之后，终于含恨服毒自杀了。

"整校风"还是整人

彭学斌死后，王家楼等竭力为自己的行为辩解，他们口口声声表白：抓彭学斌的问题，是"为了保护学校的利益""整顿校风校纪"。事实并非如此。

有目共睹的是：在农校，偷拿公家财物、化公为私的现象到处可见，比彭学斌儿子问题更严重的，也大有人在。但是，学校领导从来不去过问，更没有去处理过任何一个人。那么，他们为什么偏偏要抓彭学斌的所谓"问题"呢？据了解，主要是彭学斌爱管"闲事"。他看到别人干损公肥私的事，非要管一管；他爱给领导提意见，特别是发现个别领导搞不正之风，更敢于大胆批评，不留情面。这在王家楼等看来，是对他们"挑刺""找麻烦"，是学校"不安定因素"。因此，非得好好"整治"不可。于是，5 月 11 日的"新发现"，自然成了他们整彭学斌难得的好机会了。

当然，彭学斌并非"完人"。他方法简单，性情急躁，容易冲动，特别是近两年来变得越发难以克制自己，因此也伤害了个别同志。在儿子拿了公家一点木料问题上，他是有责任的。至于他以死来提醒人们的做法，更是不可取的。但是，他仍不失为一个好同志。

极"左"的亡灵还在这里统治

记者最近来到农校调查，一踏进校门，眼前就出现了一片荒凉、萧索的景象：空旷的校园四周，没有一道围墙；低矮的水塔，塔壁崩漏，青苔横生；礼堂四面大门全被盗走，玻璃荡然无存；仪器室内的仪器残缺不全，有些精密仪器因长期无人管理变得霉锈斑斑。

这是一所建校已有二十八年之久的老学校了。但在现有的110多名教职员工中，教师只有29人。近几年来，非教学人员源源不断涌进学校，而教师却有减无增。几个教研组没有一处办公地点，更谈不上开展教研活动了。

在政治上，教师至今还是“门外人”。十名教务委员中，没有一名教师；自“文革”以来，除一位教务主任是预备党员外，至今没有发展一名教师入党；教师对学校工作持有不同意见，不仅不被领导接受，反而经常遭到压制。

教师们的生活境况更为寒酸。记者亲眼看到，一些年已半百的老教师，至今仍住在年久失修、拥挤不堪的危房里，长期无人问津；而一些与领导关系密切的职工，一调进学校便可住进好房子。许多农村户口的职工家属，都可安排长期工作，而一些吃商品粮的教师家属，合同工期约未满，学校就断然宣布辞退，就连地委书记出面干预也无济于事。

面对这些现实，许多教师心灰意冷，不安心工作，纷纷打报告要求调走。正如一位教师所说的：“党的知识分子政策的春风，迟迟吹不进农校。因为，极‘左’的亡灵还在这里统治着！” 彭学斌自杀身死的事件发生后，中共六安地委、六安行署对此十分重视，认为这是一起打击迫害知识分子的严重事件，对有关人员必须严肃处理。从去年8月以来，地委、行署先后两次派出调查组到农校调查，地委纪律检查部门已将这一事件基本查清。

听农民朱勤学谈信息

本报记者　梁衡

（1984年4月17日）

信息，使这位农民不断开拓新的生产门路。近年来，他每年拿出100元，订购十多种报刊和《食品科学》等书籍，并自己调查市场，几乎走遍了全国各省市自治区。他由于掌握了多方面的信息，所以能立于不败之地，不仅自己由穷变富，也为国家和集体做出了贡献。

信息，这个词最近几年来才较多见诸报刊的吧。但是，当记者最近在山西省翼城县白壁大队采访万元户朱勤学时，却惊讶地发现，他竟这样熟练地运用商品信息。

谈话是在他新盖的五孔大窑的正窑里进行的。青砖白灰的墙壁似乎还透着一股乔迁不久的喜气。他说："过去我穷得不要说盖房，每年下来还倒欠队里四五百元。1980 年实行责任制后，劳力有了剩余。我思谋着干点什么。"

接着，他的话题就转到信息上了。"一天听收音机，说西安市芝麻酱上市。芝麻酱不就是芝麻做的？咱们这里有的是。我得了这个信息，一动脑子，就给北京去信，问人家要不要。来信说，请寄样品。我访能人，搞试制，磨了一小桶，提上进京。宣武区副食品管理处的同志说：'好，不掺假。'张口就要 10 万斤。我回来后联合了其他两户，到 1982 年年底就加工了 7 万多斤芝麻，平均每户收入 13000 多元。不只我们个人富了，三年来，我们三户向国家交税就有 9000 多元。而我们全村交的农业税，一年还不足 3000 元。我们的芝麻酱远销东至丹东，西到酒泉。这不像在自己地上种，自己收，市场那么远，要注意收集信息。我这几年每年拿出 100 元，订了 13 种报刊，还不断买新书。"他尝到了信息灵通带来的甜头。

"根据情报资料，我估计芝麻酱将来会滞销，便着手研究新产品。一次在别人家吃饭，不知是一种什么菜，我一看罐头商标是'四鲜面筋'，是从小麦里提取的。回家来，我带上爱人就南下无锡，先在书店买了本《江苏特产》，又到面筋厂参观。回来后就试制成了。它是油炸，我们是烤箱烤，比它还好；它叫面筋，我换个名字，叫'蚕茧肉'。上市后一抢而空。它加了木耳等，叫'四鲜面筋'。一天我看到《山西科技报》上有一条材料《山区的宝——地耳》，咱们这里有的是。好，你用木耳，我就用地耳，加面筋制成罐头，名字叫'地耳粉香肉'。试销了几千瓶很受欢迎。我一下就从玻璃厂订了十万个瓶子，准备明年大干。"信息，使他不断开拓新门路。他兴奋地说："很快我们就将有六种产品去占领市场了。"

记者问他，这几年有没有挫折？他说："有，一是技术上的，开始面筋烤不好，一个烤箱就 3000 元，我们面临彻底破产，形势危急。老婆娃娃都急哭了。马克思说过，实现商品价值是'惊险的跳跃'，这个跳跃如果不成功，摔坏的不是商品，但一定是商品的所有者。"

我大吃一惊，看着这个粗手笨脚的中年汉子，问他在什么地方读过马克思的书。他说："在《山西日报》上，一篇理论文章里有这段话。不过，靠着科技情报灵，我在商品价值的跳跃上还是成功了。"啊，又是信息，使他渡过难关。

朱勤学说："我遇到的第二种挫折，是政策摇摆——幸亏是一场虚惊。正当我们干得起劲时，上面突然说，芝麻要统购，不能加工，还收了我的执照。一天中午我在《山西农民报》上见到一个问题解答，还引了省政府的文件，说允许农民搞芝麻加工。我放下饭碗，装上报纸就进城。一个干部还对我打官腔，说内部有文件，就是不许干。我说，我也有文件，将报纸一亮，他傻了眼。官司打赢了——我的政治信息比他们灵。"朱勤学高兴地告诉记者，前几天他又发走一火车皮货，20 吨芝麻酱西渡黄河去兰州了。

我随手翻了一下朱勤学桌上的书刊，除上面提到的报纸外，还有《食品科学》《食品营养标准》《食用菌》《市场报》《民主与法制》等。他掌握着多方面的信息，所以才能立于不败之地。他自己还调查市场，已走遍全国除西藏、福建、台湾以外的所有省市。他说："反正你城市里不产粮食，食品加工的原料优势在我们农村。"朱勤学所在的公社现在已成立一个食品加工公司，由他当经理。

农村在变。农民也在变。正当全世界都在注视着信息时代到来之际，像朱勤学这样一个普普通通的中国农民也开始悄悄地离开他祖辈经营的土地，走向商品生产的新天地，并且竟和"信息"结下不解之缘！

这是 1984 年春天，给我们带来的令人兴奋的新信息。

商品信息要下乡

本报评论员

《听农民朱勤学谈信息》这篇通讯，描述了当前农村颇具代表性的一个新型农民的形象；同时，它又给我们提出了发展农村商品生产中一个值得重视的问题：商品信息要下乡。

说朱勤学是新型农民的代表人物，是指他是在我国农村由自给自足经济向大规模商品生产发展、由传统农业向现代化农业发展的伟大历史转折的背景下，涌现出来的一个新人。他突破了老一辈农民的保守性，率先转入非农业生产领域。他视野开阔，勤于学习，善于吸收各种信息，敢于为开辟新的经营项目而承担风险。他对商品信息的反应灵敏，在不断发展变化的市场中多谋善断，比之在某些商店或公司的经理，几乎毫不逊色，甚至还略胜一筹。这样的专业户，正是当前农村中具有经济头脑的发展生产力的带头人物，是今后发展商品生产的骨干。

近两年来，在全国发展起来的的 1 亿人口的 2400 多万专业户中，像朱勤学这样善于吸收商品信息，使自己的生产适应市场需要的，在目前毕竟还是少数。因此，加强对农村广大专业户的商品信息服务，就成为一个十分紧迫的问题。

我们知道，当前的农村商品生产，在很大程度上是市场调节，受价值规律支配。专业户的各种项目的生产，如果没有准确的商品信息的引导，其商品价值的实现，就不能顺利地通过如马克思所说的“惊险的跳跃”。那样，势将挫伤一些专业户发展商品生产的积极性。须知，如果专业户的产品积压滞销，他们是不能像国营企业那样，打个报告，请求上级报销的。这是一方面。另一方面，我们是社会主义国家，要坚持计划经济为主、市场调节为辅的方针，而加强对农村专业户的商品信息服务，从商品生产的宏观上和微观上加以指导，正是国家对农村商品生产实行计划指导的重要途径之一。

现在，这个问题已引起人们的重视。《中国村镇百业信息报》的创刊以及一些地方农村经济小报的出版，对广大专业户的生产起了很好的作用。但是，这仅仅是开始。它同广大农村商品生产对信息的需求相比，差距是很大的。我们至今还没有形成一个为农村商品生产服务的信息网。有些农牧渔业部门和县、乡（公社）领导机关，对此还没有引起足够的重视。一些面向农村的信息媒介，如报刊、电台、电视台，在某种程度上还存在着“居高临下”，从城市俯瞰农村的情况，而没有真正从当前农村蓬勃兴起的商品生产的实际出发。这种状况亟须迅速加以改变。

过去我们提倡科技下乡，今后还要继续提倡；现在，我们要大力倡导商品信息下乡。

工程师王异是罪人还是改革者

本报记者　王恩荣　李宝中　通讯员　曹长青

（1984 年 5 月 5 日）

编者按　本报记者的这封来信提出了一个值得重视的问题，这就是如何正确对待改革中出现的缺点、错误的问题。

由王异编写、翻译、发行，黑龙江省科技情报研究所出版的八本书是实用技术方面的书籍，由于它出版及时，传递信息迅速，受到了建筑职工的欢迎，在生产建设中取得了显著效益，对国家做出了贡献。黑龙江省科技情报所不是国家出版机构，出版没有登记当然是错误的。但按现行体制，出版社在一般情况下出一本书周期较长，而王异编译的又是反映最新信息的书籍，非常讲究时效，按常规办法出版，就可能会成为“明日黄花”，发挥不了它的社会效益，这是一个应当改革的问题。王异在领取报酬和向别人支付报酬上，是有缺点的；最后王异以“行贿罪”被捕，这又是司法工作在当前改革形势下遇到的新问题。类似的问题不仅在黑龙江省有，在其他地方也会有。我们发表这封记者来信，目的是为了引起重视，共同探讨在改革中出现的这些新问题，肯定正确的东西，否定错误的东西，找出正确解决问题的方法，以推动正在深入开展的体制改革，加速社会主义现代化建设的进行。我们热烈欢迎大家参加这个讨论。

编辑部：

黑龙江省低温建筑科学研究所情报中心站工程师王异是否有罪的问题，在哈尔滨科技界、司法界引起激烈争论。王异去年 10 月被捕，后于 3 月 1 日“取保候审”，但至今尚未结案。

王异今年 55 岁，1957 年毕业于哈尔滨工业大学土木系。他从实际工作中感到，科技情报出版发行周期过长，发行渠道不很通畅，最新信息不能迅速与用户见面，因此想就科技情报出版发行体制和科技情报跟踪服务进行一些改革。他选择国内外有关实用技术，编写和翻译了有关建筑经济、技术、管理等八本书，约239万字，于1981年4月以承包形式与省科技情报所达成协议，由该所出版。王异承包编写、印刷、校对和发行工作，并商定了稿费和提取发行费的标准。当年八本书全部出齐（由出版社出版发行一般周期较长），在建筑系统内部通过情报网发行22万册，深受建筑职工的欢迎。这批书共盈利20多万元，省科技情报所获利16.6万余元，王异共得稿费和发行费4万余元（按协议还少拿8000元）。根据协议，王异付给所有参与此项工作的人以相应报酬，其中付给原省科技情报所某负责人4000元和一台彩电，作为他审校稿件和发行的报酬。

哈尔滨市南岗区检察院于去年10月批准以“行贿罪”，将王异拘留、逮捕，并搜查了王异的家。检察院认为，王异送钱和彩电的动机是要买通原省科技情报所负责人，以出书为手段谋取巨额利润，构成了“行贿罪”。那个负责人不懂建筑专业，没有能力审校这类书稿，无功受禄就是“受贿”。另外王异曾因怕人议论用家属的名字支取稿费，八本书未经出版管理部门登记，属非法出书。

黑龙江省低温建筑科学研究所大多数同志认为王异是改革者，王异无罪。该所一位副所长说，王异是个难得的人才，懂五种外语，涉猎甚广，知识丰富，敢于探索，勇于进取。王异的改革取得了明显的经济效益和社会效益。有些建筑企业把这些书作为培训的教材和施工的技术指导。今年1月，国家科委副主任杨浚在全国科技情报工作会议上提出，地方科技情报所编辑出版适用技术参考资料之类的出版物，就是一种很好的做法，应把它作为情报工作改革的一个重点。王异在两年前就大胆地进行编译、出版、发行一条龙的实践，走在全国科技情报改革的前面，不仅无罪，而且有功。改革是无章可循的，不能因改革出现某种失误就轻易问罪。该所党委书记认为，王异作为承包的总发行人，付给所有参与劳动的人以报酬是履行承包协议，是合法的。按照法律规定，行贿罪是“指用财物或其他非法利益，收买国家工作人员，使其利用职务上的便利，为自己或第三者谋取私利的行为”。而王异付给原省科技情报所负责人4000元钱和一台彩电，都是他自己的劳动所得，他并未从中得到额外好处。当然，原省科技情报所负责人对出版发行工作是付出了劳动的，给予相应的报酬也是应该的，但用审校费的名义是不恰当的。王异错在出书未经登记，违反了国家有关规定；为了怕人议论而用家属名字支取稿费，方法不当。但前者应由省科技情报所负责；后者则反映了知识分子得点收入就担惊受怕的心理。黑龙江省建委主任王近仁提出三点意见：王异是改革者；在建筑上有贡献；有错误是改革中出现的问题。在黑龙江省低温建筑科学研究所领导和群众强烈要求下，经省检察院批准，王异3月1日被“取保候审”。

哈尔滨市检察院检察长王云青认为：此案是司法界在改革形势下遇到的新问题，应持慎重的态度。在办案中应处理好几个关系，即执法和贯彻知识分子政策的关系；改革中出现的问题和违法之间的关系；打击经济罪犯和保护正当经济收入的关系，他表示一定要尽快地、实事求是地处理好这个案件。我们认为，王云青同志的意见是很有见地的。我们建议就这一事件，展开讨论，以促进改革和正确地执行法律。

企业家的眼力与胆略——记广州白云山制药厂党总支书记贝兆汉

本报记者　林玉树　王武　广州日报记者　杜凌

（1984年12月8日）

在广州白云山制药厂采访期间，我们常常谈论勇敢的鹰，谈论鹰的那双锐利的眼睛。你看，在乌云密布的时刻，那雄鹰，搏击于森林之上，傲然蔑视浑浊的人间；当朝阳重新升起的时候，它又翱翔于万里蓝天。

我们赞颂勇敢的鹰。我们赞颂一位有眼力与胆略的企业家，他那双眼睛比鹰还要锐利。

十年前，谁能知道，地球上还有一个白云山制药厂呢！它是白云山农场办的一个小药厂，只有几间破旧平房、一台压片机，生产单打一的产品：穿心莲片，一年产值仅二三十万元。

今天，当我们走进药厂大门的时候，我们简直不敢相信自己的眼睛！片剂车间全部实现了流水线生产。新产品感冒茶、感冒清、活心丸的产量等以十倍、数十倍的速度增长。屹立在一片绿荷、一湾碧水之上的水上食堂，每天都为职工提供可口的食品。工程师以上职称的技术人员，已经搬进了新落成的药师楼，使用药厂为他们配置的锃光瓦亮的家具。厂区像花园一般，环抱假石山的喷水池，曲径通幽的亭榭楼阁，使人悦目赏心。浅黄色的六层主楼的各个房间，统统安上了空调机，那几间洽谈室，灯光色彩格外柔和，壁灯和沙发都很气派。洽谈生意的人流络绎不绝，签订的合同越来越多。

十年时光，白云山制药厂旧貌换了新颜！靠什么呢？当然靠的是党的政策，还靠——

一位好干部，一个应该用金字镌刻在企业发展史上的名字：贝兆汉！

1976年，白云山制药厂来了一位“怪人”主事。他相信知识的力量，首先起用仅有的一名知识分子当副厂长。

1976年夏天，已经开办三年的白云山制药厂出现了倒闭的危机。仅有的穿心莲药品销不出去，产值剧降，人心浮动。

在这关头，白云山农场选派36岁的人事科干部贝兆汉出任药厂党支部书记，让他到药厂主持工作。

贝兆汉，中等身材，卷曲头发，红润面孔，说话慢条斯理。既没有叱咤风云的气势，也没有倜傥英俊的风度。然而，他有自己的优势。他上过机械学校，当过机械工人、人事干部。他办事有主意，不怕开顶风船，也不怕丢乌纱帽。用他自己的话来说，“我不在乎这顶乌纱帽，丢了，还可以到厂里当机械工人呢！”因此，在白云山，他的“怪”还有点儿小名气！

这个“怪人”来到药厂，一上任就有了一点怪办法。他首先登门拜访药厂仅有的一名知识分子苏建生，请教拯救药厂的良方。

这个苏建生当时只有29岁，是广州中医学院的毕业生。药厂创办的时候，领导上叫他抓业务，却不给他乌纱帽。

苏建生毕竟是个初生牛犊，又没有在领导机关待过。抓工作，他舍得拼命；搞关系，他一窍不通。1973年，他抓药厂，产值达到20万元；1974年，达到30万元；1975年又增加到40万元。眼看药厂要起飞了，偏偏来了个“反击右倾翻案风”。于是，苏建生被他的顶头上司抛了出来，这个党外群众被戴上了一顶“篡党夺权”的大帽子。他一靠边站，药厂技术没人抓，业务没人管，1976年只好眼睁睁地看着药厂塌台。

听了苏建生的介绍，平时不太容易激动的贝兆汉脸孔涨得通红，颇动感情地说：“这叫什么政治呢？这叫愚昧，叫无知！制药，技术性很强，怎么能让你靠边站呢！”

天呐，面对刚上任的党支部书记的态度，苏建生有点坐不住了，说：“老贝，你可别为我的事受连累啊！”

贝兆汉笑了，说："我这顶乌纱帽有多大？丢了还可以去当工人呢。"

第二天，他就给农场党总支写了一份报告，要求任命苏建生为药厂副厂长。

也许是人逢知己倍精神。苏建生一上任，就甩开膀子干了起来。8 点上班，他 7 点以前就赶到，东看看西瞧瞧，厂里的哪一个角落他都没有漏掉。上新产品，他亲自主持研究；搞供销，他四方奔波；就连锅炉坏了，他也要钻进去修理。

苏建生工作有一股拼命劲头，但工作方法有点儿生硬。特别是在技术方面，他对别人的要求，就更严格了。贝兆汉悄悄地看着，又悄悄地帮他"抹稀泥"。

有一段时间，药厂向有关方面报送新产品的申请单，总是批不下来。贝兆汉心里好不纳闷。为什么呢？他悄悄地在底下打听，才知道原来是苏建生闯了祸，得罪了有关方面人士某甲。苏建生希望多为药厂贡献力量，急着要上感冒茶这个新品种；当他听说某甲不同意时，就与之顶撞起来。唉，好心坏了事。

贝兆汉只好自己出面了。他亲自拜访某甲，说明苏建生的顶撞纯属无意，希望某甲原谅，终于解开了双方的疙瘩。苏建生通过这件事，也知道了自己的毛病，努力克服缺点。现在他已入了党，成为药厂的台柱子，还当上了该厂与深圳、香港两家公司合资经营的深圳东方白云有限药业公司的经理。

知识分子是企业兴旺的活力。要大胆拂去他们心灵上的尘垢，给他们友爱和温暖。

1976 年年底的一个夜晚，药厂的机器声已经停息。一盘圆月孤零零地挂在树梢。草地上倒映着两个细长的身影，传出两个熟悉的声音。

一个急促的声音，那是霍梳厂长在说："下半年，咱们一下子干了 64 万元产值。看样子，药厂要发展，还得靠知识分子。"

一个慢条斯理的声音，说："对。咱们要想法招收知识分子，要重用像苏建生这样的一大群知识分子。俗话说，一个巴掌拍不响，众人捧柴火焰高嘛！"

贝兆汉和霍梳从实践中认识到知识的力量，认识到重用知识分子的意义。可是，他们还没有迈出步子，就碰到了一个不软不硬的钉子。

医生某乙，大学毕业，原在外地工作。为解决夫妻长期分居两地的问题，自愿要求到白云山药厂来，条件只是：药厂帮他办理工作调动的手续。

贝兆汉一听，马上拍板。他到处奔波，求情，说明白云山药厂是个小厂，眼下急需技术人员，费了半天劲，才感动了主管人事的部门。

手续办妥了。某乙的户口也迁进了广州城。可是，某乙到药厂一看，那么简陋的厂房，那么落后的机器设备，动摇了。他在市区一家医院找到了工作，不肯上山来。

这件事就像火星掉在干柴上一样，在药厂职工中燃烧了起来。有的说："这叫啥？开头为什么不嫌咱们厂破旧，办妥了，倒嫌起来啦！"有的说："咱也不与他善罢甘休！他骗咱，咱也去把调转手续废了。让他又分居两地去。"

这时，贝兆汉召开干部会议，站出来说话了："他嫌咱们厂穷，不肯来，那是咱们工作没做好。那叫活该！他在城里工作，和在咱们这里工作一个样，都是为国家出力，咱们不要给他过不去！"

会散了。话也说了。可是，说不出的酸甜苦辣一股脑儿地涌上心头。面前的烟缸里，堆上了一截又一截的烟头。药厂需要知识分子，他到哪儿去找寻呢？他想起一些同志反映的情况：现在市内流散着不少有技术又有"问题"的人才。敢不敢在社会上招收那些人才呢？他是人事干部出身。他知道，这样做该冒多大风险。他又深深地吸了一口烟，让头脑清醒起来：为了使药厂发展起来，要敢冒这个风险，值得去冒这个风险啊！

说曹操，曹操就到。1978 年早春的一天上午，面容疲惫、衣着寒酸的药师张维国，来到了贝兆汉的面前。

张维国，1951 年从台湾过来，1952 年入团，1955 年毕业于南京药学院，被分配到广西某单位工作。因为工作不对口，他曾上书敬爱的周总理。为此，他遭到原单位负责人的打击。他被开除了团籍，他档案上的家庭成分，也由工商业改为恶霸地主。无奈，他只好退职，回到故乡广州，企图用自己的一技之长谋求生存。然而，难啊！论学历，各个单位都想聘用他；可都因为他在台湾上过两年学，而不敢录用。他硬是不易找到工作，因此什么活都干，哪怕一天只有一元的工钱，他也干。他蹬过三轮车，推过大板车，当过学徒工、建筑工人。上面有老母要他赡养，经济常常捉襟见肘。有时，干脆去卖血，换一点儿钱来维持家庭生活。

他是不抱希望来见贝兆汉的。因此，他开头第一句话就问："我曾经在台湾读过两年书，你怕不怕？"

贝兆汉听了这直率得出奇的话，微微地笑了，说："那是过去的事情，算什么？"

好！不算什么。张维国好像遇到知己似的，把一肚子的苦水都倒了出来。

以前，他在市区一家街道办的化工厂做工，没有受到信任。有一次，他用易燃品做增塑剂实验。不巧，烧瓶破了，火苗一下窜得老高。他不顾一切地扑灭大火，国家财产得救了，自己却被烧伤，昏死了过去。厂里不仅不表扬他，反而怀疑火是他放的。幸好，公安局的同志尊重事实，在现场调查之后，为他洗清了这个罪名。他天天在做实验，没有任何安全保护。眼看身体要顶不住了！他在这个世界上奋斗了20年，到现在才产生了孤独感。没有人理解自己。他也不理解这个世界。他只知道，自己是为谋生而出卖技术的，而别人则是为了利用这些技术而雇用他……

这分明是在控诉"左倾"路线的迫害！贝兆汉听着张维国的倾诉，心头深处掀起了一层层波浪：过去的就让它过去吧。你失去的，我们要想法为你补回来。他果断地做出决定，说："明天，你就来报到，发给你全月的工资。你身体不好，我批准你三个月的假期。"

张维国没有休息三个月，他很快就来上班了。贝兆汉指挥办事人员给他腾出一间房子，又把他的未婚妻调到厂里工作。张维国搬家的那一天，真是高兴极了。颠沛流离了大半辈子，终于有了一个温暖的"窝"。可是，他哪里知道，贝兆汉正悄悄地站在旁边看着：他的家具真是太简陋了，太简陋了！连张像样的桌子和沙发都没有啊！第二天，行政部门的工作人员给张维国抬去了一对沙发、两张桌子。张维国愣了。他已经感到满足。他不需要这些"奢侈品"！

他问身边的工人："这是怎么回事？"

工人答说："这是贝书记叫搬来的！"

张维国嘴唇微颤着，泪珠儿悄悄地从眼眶里掉下来。他第一次体会到人世间的友爱，感受到党的温暖。

要维护知识分子做人的尊严，让他们"报国有门"。

一次，厂里要生产次硝酸铋，已经派人到外地学习，还购进了一部分设备。张维国在翻阅资料和参观兄弟药厂以后，发现生产这种产品会造成空气污染，眼前还无法进行有效控制。他想，自己初来乍到，贝兆汉会听自己的意见吗？他忐忑不安地敲响了贝兆汉的办公室。老贝笑容满面地放下手头的工作，招呼他坐下。张维国顿觉一股春风迎面扑来。

张维国阐述了自己的看法，建议停止试制。

贝兆汉上过中专，对化学知识并不陌生。他知道二氧化氮废气会给厂区带来什么样的灾难。他轻声细语地说:“幸亏你提醒，不然，我还以为这种空气污染可以控制呢！”他采纳了张维国的意见，停止了次硝酸铋的生产计划。

张维国初来时在片剂车间工作。他手把手地教工人操作规程。一遍说不清，就说两遍，从来不厌其烦。有一天，一个临时工居然私作主张，不按规程操作。张维国看不过去，走过来批评了他几句。不料，这个临时工要起泼来，张口骂娘。这件事不知怎的传到了贝兆汉的耳朵里。老贝二话没说就决定开除这个临时工。

在白云山制药厂，张维国真正感受到了做人的尊严。他那颗被耻辱和委屈包裹着的心，开始变暖、发热、燃烧起来。过去他处处碰壁，现在他报国有门了！厂里要上胱氨酸这一产品，他和副厂长苏建生一起，在厂里连续奋战了七个昼夜，直到拿出合格的样品为止。几年来，他在出口胱氨酸的工艺改革和设备利用方面，取得了三项研究成果。他的论文被《武汉大学学报》刊用。今年药厂筹建兽药厂，张维国自告奋勇到新的单位去开拓。

匿名电话打到了农场场部，匿名信寄到了上级机关，有人说:“贝兆汉吃了豹子胆，干着……”

1977年至1980年，贝兆汉除了招收张维国以外，还收罗了1962年毕业的“有问题”的药师戴承钰和资本家的儿子、中国科技大学毕业生杨显晋。这下可招事啦！有人说，贝兆汉吃了豹子胆，干着“复辟”的事。匿名电话打到了白云山农场场部，匿名信列举贝兆汉“复辟”的罪状，寄到了上级机关……上级派人来调查了。好啊，贝兆汉从心底里高兴：就怕你不调查，你来调查了，我有话对党说啊！

对着来调查的同志，贝兆汉轻声细语而又慢条斯理地说:“什么复辟？建厂初期白云山药厂只有一名技术人员，只生产一种产品，年产值才有二十几万元；现在有技术人员一百多人，产品一百多种，年产值接近一亿元，比建厂那会儿增长了几百倍。大部分职工住上了两房一厅的新住宅。许多人家有了电视机、电冰箱、收录机、洗衣机，生活在逐步提高。难道这叫资本主义复辟？”

贝兆汉胸有成竹地接着说:“是的。我们是用了几位所谓有问题的知识分子，但那问题是‘左倾’路线给他们加上，大多是不公平的。就算真有问题吧，也早已做了结论，难道非叫‘问题’拖他一辈子不成！我认为，这些从逆境中走过来的知识分子，最有本事。过去，事业的挫折，激发了他们对知识的追求；困难的环境，锻炼了他们的业务能力；生活的坎坷又使他们勤奋。我们的用人之道，在于疑而不用，用而不疑。既然重用了，就要放手让他们去干！”

贝兆汉以为，用人之道在于疑而不用、用而不疑。他常对科技人员说：“搞科研，成功了，是你的功劳；失败了，由我承担！”

这里就来说一下，贝兆汉重用杨晋显的故事吧：

杨晋显在1980年还是社会上的闲散人员。张维国和他相识，现在日子好过了，自然想到了他。张维国穿针引线，为杨晋显约见贝兆汉。可杨晋显心中没有底，说什么也不肯露面。杨晋显后来说：“人都有自尊心啊！我吃够了‘研究研究’的苦头，自以为这次也改不了这个结局，所以迟迟不敢同贝书记见面。”

杨晋显的顾虑是可以理解的。

他出生于医药世家，父亲是新中国成立前以制胃药铁肺汤扬名的杨流仙。1949年广州解放，杨晋显满腔热情参加了人民解放军。50年代中期，他复员以后，考取了中国科技大学，学生物化学。按理说，展现在他面前的是铺满鲜花的道路。岂知毕业以后被分配到市化工局当技术员，经常被叫去支援农业。事业上的失望，又加上生活上犯过别的错误，使问题更加复杂化了。

这件事对资本家家庭出身的杨晋显来说，虽然不会株连九族，却也罪加三等。十年动乱之中，他再也过不了难关。他丢掉了工作，被赶到乡下劳动改造。叫他放牛，他把牛放跑了；叫他赶鸭，鸭子跑到稻田去吃谷子。幸好，他遇上了一位开明场长。不久就放他回广州自谋出路。可是，像他这样一个人，谁还敢用呢？

然而，活人总要吃饭啊！杨晋显想起了在香港的亲友。公安局肯定不会批准他去香港，他就想方设法偷渡。现在他已记不清自己逃港了几次，大概总有20次吧，哪一次也没有成功。一年之中，他大致要被公安机关拘留三四个月。后来，由于一个朋友的介绍，他才到番禺县的一个队办工厂工作。他用自己的一技之长为这家小化工厂挣回了不少利润，到头来却招来了一顶“把企业引向资本主义复辟道路的新兴资产阶级分子”桂冠。

杨晋显说：“那时候，我真是被逼得没有了活路。不做工吧，家里老少只好喝西北风；做工吧，人家要么不用，要么用而不信，到头来也捞不着好。我对自己也失去了信心。”

现在谁也说不清究竟贝兆汉约见杨晋显几次，有说是两次，也有说是三次的。总之，最后一次杨晋显是露面了。他与贝兆汉一见面，就把自己的经历全部端了出来，说：

“党的政策是有成分论，不唯成分论，重在政治表现。我这个人成分不好，现实表现也差，一无是处啊。”

杨晋显想尽快结束这次谈话，以摆脱尴尬的地位。但是，贝兆汉了解过杨晋显的情况，刚才又听了他的自我介绍，知道他是诚实的。贝兆汉说：“我不管你的成分，也不过问你过去的表现，我只看你的现实。一个人有了点问题，就一辈子揪住不放，我看不符合党的政策。你乐意来厂工作，为四化建设服务，我们就接收你。”

杨晋显没想到贝兆汉的回答会这样干脆利落，他只求有个稳定的工作，于是表示“叫我倒屎倒尿也甘心”。至于工资嘛，只要能恢复到 1958 年的 68.5 元，也就满足了。

贝兆汉心里明白，像杨晋显这样生活经历坎坷的人，最容易感受到党的温暖，在生活上最少企求，作为工厂的领导干部，不能亏待他啊。他说：“我不叫你去倒屎倒尿，而把你安排在厂技术股工作。至于工资，你二十多年没有提级，厂里给你一些补贴。”

一锤子定音。杨晋显来白云山药厂上班了。

不久，在杨晋显的生活里又闯进了一个“意外”。原来，那时厂里正在进行有关氨基酸的研究，准备派几位科技人员去武汉大学氨基酸研究中心考察。贝兆汉首先想到了杨晋显。让他到科研第一线去锻炼。这个消息叫杨晋显大吃一惊！他过去只盼望有安稳的工作，别无他求。现在居然叫他去考察，去搞科研，能行吗？贝兆汉看透老杨的心思，鼓励他说：“你尽管大胆去干吧。成功了是你的功劳，失败了就当厂里出钱赔呗。”这个五十岁出头的人，像小孩子一样哭了。他握着贝兆汉的手，激动得一句话也说不出来……

杨晋显果然没有辜负贝兆汉的希望，他和广州医学院等单位合作，终于研究成功了尿糖试纸和隐血试纸，为药厂扛回了两个市科研二等奖的奖状。去年，他的亲友回广州探亲，劝他去香港，他硬是不肯答应。他说：“现在我有了安定的工作，又有了科研的环境，我再也不去香港了。我这把骨头，要留给白云山！”现在他已升任厂研究所生化研究室主任，仍然在科研第一线拼搏。

“古人都能‘千金买马骨’，难道我们就做不到？我们要言必信，行必果，对科技人员负责到底。”

1984 年 2 月初，旧历春节前夕。中国科学院上海药物研究所给白云山药厂打来了一个长途电话。接电话的正是贝兆汉。

上海方面的同志说：“梅放同志晚期胃癌复发，病危，你们厂还接纳他吗？”

贝兆汉说：“调他来药厂工作，是我们厂党总支的决定。就是用担架，我们也要把梅放同志抬回来！”

梅放1956年毕业于北京医学院药学系药化专业，是上海药研所的助理研究员。他性格开朗、爽快，“文革”中因针砭时弊，被长期隔离审查。1975年，他积郁成疾，经确诊为晚期胃癌，手术后才幸免一死。他在科研上屡建功勋，研究的喜树碱混悬剂曾获全国科学大会优秀成果奖和1978年上海市重大科技成果奖。1983年，他与上海华山医院院长陈星荣合作研究二十余年的Ⅱ号肝脏造影剂又获成功。但是因为缺少仪器设备，无法推广和生产。

正当梅放发愁的时候，他家来了一位不速之客：白云山药厂副厂长苏建生。

老苏是出差路过上海，慕名来访的。当他得知梅放的苦衷以后，表示愿意极力帮助，并希望梅放到白云山看看。

不久，梅放借调到白云山药厂，帮助厂里研制新型驱虫药甲苯咪唑。很快，他就找到了一种有效结晶。看到白云山药厂欣欣向荣的景象，看到自己的研究成果能尽快转变为生产力，梅放决定调到白云山工作。岂知，1984年1月，他回上海办理调动手续时，胃癌复发，并已扩散。梅放病重之际，上海药研所多方照顾，挽留他在上海治病。但梅放在病榻上还表示：“我的研究还没有完成。我要回白云山去！”在进退维谷的时候，研究所只好打电话来药厂商量。

梅放是被用担架抬下飞机的。他当即被送进了南方医院。贝兆汉这下子可忙开了，他责无旁贷地组织人力护理梅放。他说：“古人都能千金买马骨，难道我们就做不到？我们要言必信，行必果，对科技人员负责到底，不要心疼花钱，更不要只看到他来白云山时间不长，而要看到他为人民、为国家做过很大贡献。”

病榻上的梅放。贝兆汉的风格！

梅放住院后，厂里出资从广州市劳动服务公司雇了几个工人来看护。因为这些工人不会讲普通话，梅放不乐意。贝兆汉一听到这个消息，立即决定从厂里抽调最好的工人去护理。

工人选上来以后，贝兆汉认真地进行谈话，千嘱咐万嘱咐：“要好好护理梅放。护理好一个梅放，就是表现出我们厂对知识分子的政策”“要让梅放安心养病，不要叫他考虑厂里的工作”。

贝兆汉的一举一动、一言一语，悄悄地通过不同的渠道传到了梅放的耳里。梅放知道贝兆汉身负重担，平时很少去打扰，这一回，他要破例了。他把妻子徐垠叫到床边，说：“你去找一下贝书记，我——我想——同他谈心。”

一接到徐垠的口信，贝兆汉当即奔赴医院。

梅放看到书记来了，眼里燃起了希望的光芒，他说：“贝书记，真谢谢你的关心，但你不让我工作，我反而养不好病。我现在虽然病倒了，神志还清楚。有两件事一直让我挂心：第一，甲苯咪唑的有效结晶，虽然做出来了，但还得搞重复试验，可不可以成立一个小组，让我指挥他们工作；第二，Ⅱ号肝脏造影剂，虽然不一定能赚钱，但从科研意义上说，应该继续搞。”

望着梅放日渐消瘦的脸，想着这个知识分子在病危时，仍惦记着工作，惦记着科研，贝兆汉怎能忍心拒绝他的要求呢！贝兆汉说：“我们马上成立甲苯咪唑小组，由你指挥做重复试验。至于Ⅱ号造影剂，虽不赚钱，我们也要做。你放心吧！”

一抹笑容掠过梅放的双颊，他舒心地吸了一口气。贝兆汉的工作效率很高，一回厂就把甲苯咪唑小组成立了！

眼看春节将到，梅放的妻子徐垠和大女儿惦记着医院的亲人，早把过节忘得一干二净，家里人相聚一起暗暗流泪，脸上看不到半点笑容。正当黑暗包围着她们的时候，厂里送来了一片光明。厂长霍梳专程来看望这母女俩。霍梳看到室内冷冷清清，着急地说：“这怎么行，过节不像过节的样子！病人在医院里由医生照顾，你们在厂里，由我们关照。一定要把春节过得舒畅一点。”他叫工人送来年货、橘子，还亲自从花圃里挑了几盆花送来。也许在困境中的人，特别感激组织的帮助，徐垠母女感受到了前所未有的温暖！

3 月 21 日，一个喜讯传到了梅放病榻前，由他指挥的甲苯咪唑小组，成功地获得了有效的晶体。

3 月 22 日，梅放含笑告别了亲人，告别了白云山的同事和朋友，带着党的温暖离开了人间。

梅放问心无愧地远行了。他的精神和爱护他的贝兆汉的风格，却鼓舞着白云山一代知识分子！

经过几番曲折、几番搏击，白云山药厂已经获得社会和舆论的承认。现在，贝兆汉担任了厂党总支书记。不管他走上什么岗位，我们总认为，他是鹰，是企业界的勇敢的鹰。以往他搏击乌云、冲上蓝天，今后他将带着党和人民的崇高希望飞向新的高度！

造就大批懂行敢管的厂长

本报评论员

本报11月19日曾在第一版介绍过联邦德国退休专家格里希应聘担任武汉柴油机厂厂长的情况。据了解，格里希上任以来，依据我国厂长负责制赋予的厂长权限，针对工厂弊端采取了措施，初步打开了局面，生产面貌开始改观，受到了全厂绝大多数职工的欢迎，只有少数不称职的干部和懒汉反对。

这位退休专家看来并没有特殊的神奇本领，如果硬要说有，主要就是三条：一是严于律己，以身作则，并且说到做到。如他规定全厂职工都要遵守国家规定的八小时工作制，不得迟到早退。他这样规定了，自己也身体力行，经常第一个到厂。二是自己懂行，每天都在主要时间深入车间去发现问题、解决问题。他上班经常是穿着工作服，衣兜里装着小铁锤、精密量具等，深入车间了解情况，及时解决问题。三是赏罚分明，并且当机立断，毫不含糊。有的工人出色地完成生产任务，他下令予以奖励；有的干部失职造成质量事故，他敢于严肃处理。

中央关于经济体制改革的决定明确要求在不太长的时间内，造就出大批能够卓有成效地组织和指挥企业生产和经营的厂长、经理。近几年来，随着经济体制改革的进展，全国各地出现许多既懂行、又敢管的厂长、经理，他们把企业管理得井井有条，使企业充满了生机和活力。但是还有不少的厂长、经理没有这么做。有的不是没有条件这样做，而是抓不住要领。有的是不愿和不敢这样做。当然也有因为身体、技能等条件实在不行，这样做做不了。

中央关于经济体制改革的决定正在全国各地贯彻执行。这是实行改革和加强企业管理的大好时机。只要大家深入学习决定，认真贯彻决定，就一定可以把我国企业管理工作的水平大大提高一步，造就出更多的能够搞活企业、开创新局面的厂长、经理。

“青山遮不住，毕竟东流去”——记彭道儒发明 BY-2 润滑剂以后的坎坷遭遇

本报记者　徐颖

（1984 年 6 月 8 日）

北京邮电学院副教授彭道儒发明了一种代号为 BY-2 的电接触固体薄膜润滑剂。1982 年 10 月，国家科委发明评选委员会授予 BY-2 润滑剂发明二等奖。彭道儒从事这项发明，花费的时间是一年。而这项发明从申报开始，却经历了否定、肯定、再否定、再肯定的曲折道路，耗费的时间是三年半。

现在，经过国家科委、邮电部、北京市委和北京市科委的反复调查和审核，排除了重重阻力，最后肯定 BY-2 是发明，肯定彭道儒是唯一的发明人。北京邮电学院在拖延了近一年半以后，将国家发明二等奖授予了彭道儒。奖金 5000 元，彭道儒得 75%，其余部分将发给参加过这项工作的人。

这说明，在我国，促进科技发明事业的发展，保护发明者的权益不受侵犯，已成为时代的主流，是不可阻挡的。诚如南宋爱国词人辛弃疾所说：“青山遮不住，毕竟东流去。”

前事不忘，后事之师。今天回顾一下这件事艰难而曲折的历程，对于我们今后的事业是有益的。

BY-2 的问世与效益

为什么有的飞机失事？为什么有时电子计算机失灵？为什么电讯突然中断？为什么电视机的寿命短？其中一个重要原因是由于电子控制系统的电接触不良。因此，研制一种新型润滑材料，保护电接触元件，提高它们的耐摩擦、耐腐蚀性能，延长其使用寿命，成为近几十年各国科技界的热门课题。

1974 年春，当时的四机部所属六家工厂找到北京邮电学院，要求他们尽

快研制出国产的电接触润滑材料。这个化学方面的课题，校内无人接受，彭道儒自告奋勇地说："如果确实需要，我可以试试。"1974 年 8 月，彭道儒正式接受了这项研制任务。

彭道儒 1955 年于武汉大学化学系毕业，参加工作两年后，被打成右派。但是，他那颗学成报国的赤子之心依然不变。早在"文革"前，他在完成教学任务的同时，根据生产的需要，就研究成功了"02- 缓蚀剂酸洗除垢法"和"化学与热能综合软水法"，在全国各省市推广使用。现在，他能承担国家这个亟须解决的科研课题，是多么高兴啊！从此，彭道儒没有星期天、节假日。简陋的实验室无人光顾，却成了他的乐园。他时常在这里一天工作十几个小时。十几次修改设计配方，做了上百次试验，彭道儒终于在 1975 年 8 月研制出电接触固体薄膜润滑剂，命名为 BY-2，即北邮二号。以后的三年里，他请北京大学化学系和中国科学院化学所用光谱、色谱、元素分析等手段分析测试了它的化学成分，同时又把 BY-2 送到工厂，接受测试和试用，结果证明达到了理想的效果。而且出乎彭道儒的意料，工厂经过对比试验，发现 BY-2 的性能超过了当时国外的同类名牌产品，能使电子元件的使用寿命提高五倍到十倍。

BY-2 迅速在全国的电子、通讯、航空和国防等部门的工厂推广使用。据中国科学技术情报所 1982 年收集的部分材料统计，使用 BY-2 电接触固体润滑剂的年经济效益至少在 3000 万元以上，因此，它被列入"六五"和"七五"计划期间国家推广应用的重大科技成果。1982 年 10 月，BY-2 被国家科委授予发明二等奖。

吃"大锅饭"，平安无事

这样一项被国家肯定的经济效益显著的发明，它的发明者在本系统、本单位的遭遇如何呢？

应该说，BY-2 在诞生后的一段时间里是平安无事的，它受到的是赞扬和好评，没有人提出异议。

1978 年 3 月，BY-2 获得全国科学大会奖。

1978 年 6 月，BY-2 通过了本学院技术鉴定，认为使用效果良好。

1979 年 4 月，BY-2 通过了邮电部的部级技术鉴定，认为它"为我国电接触润滑剂材料填补了一项空白"。

1979 年年底，BY-2 被本学院评为科技成果一等奖，得奖金 700 元。

但是，这一切活动，都是在吃“大锅饭”和平均主义的旧体制下进行的。当时在成果申报书研制者一栏里，分别填的是“北京邮电学院”或“北京邮电学院三系”。全国科学大会颁发的奖状上，填写着“北京邮电学院机械系（彭道儒、×××等）”。所得700元奖金，发明者和他所在的教研室以及靠得上边的近二十人各得一份。

全国科学大会以后，北京邮电学院举行发奖大会。可是作为发明者的彭道儒没有被邀请进入会场，而是坐在教研室收听有线广播。系总支副书记从大会领回奖状后，随手放在文具柜顶的废报纸堆里，彭道儒从来没有看到过。学校里有些了解内情的人，为彭道儒受到的不公正的待遇感到不平。而彭道儒本人的所谓右派问题没有改正，虽有看法，也不敢提出异议。

一段时间的平安无事，是以埋没发明者的功绩为代价换来的。这在粉碎“四人帮”以后的最初阶段是可以理解的。

个人冒尖，阻力重重

党的十一届三中全会以后，人们敢于实事求是地说话、办事了。1980年，北京邮电学院科研处几位热心发明事业的同志，把BY–2作为一项发明向邮电部申报，并且在申报书的发明者一栏里，第一次如实写上了彭道儒一个人的名字。但是，申报发明被邮电部科学技术委员会元器件专业组两次否定。第一次的意见是“国外有同类的固体润滑剂，因此，BY–2润滑剂不作发明，而作为应用技术成果办理”。当邮电部科技局提出不同意见，认为BY–2具备发明所要求的新颖性、先进性和实用性，应予申报发明时，这个专业组一位负责人签署意见说:“在应用上虽然有一定效果，但作为发明尚有欠缺。”

此路不通，学院科研处的同志又把发明申报书送到北京市科委。北京市科委经过调查和审核，得出了肯定的意见：据查专利文献，本发明的性能优于国际上的同类产品，对提高我国的电子元件的可靠性和寿命起了很大作用，并能为国家节约大量黄金和白银，技术经济效果是明显的。建议给予发明二等奖。

此后，国家科委发明评选委员曾经认真讨论，请发明者答辩，并经过复审，一致认为符合发明条件，授予BY–2润滑剂发明二等奖。钱学森教授在评选会上指出，这项发明已用于航天工业，有重大意义。

1982年10月23日全国科学发明奖励大会开幕，戴着发明奖章的彭道儒应邀在主席台上就座。党和国家领导人在大会上讲话中提到，这次奖励的各项发明中年经济效益超过1000万元以上的有13项，BY–2润滑剂是其中的一项。

彭道儒怀着激动的心情回到学院，准备大干一场。但一个月后，否定这项发明、争夺发明权的重压降临到彭道儒的头上。

北京邮电学院机械系电结构专业的一位党员教师，当过彭道儒的教学组组长，过去一直高度评价BY–2。可是，自从彭获得发明二等奖，他却一反常态，几次到国家科委告状，并以机械系系主任的名义上书国家科委，要求重新审查这项发明。他指责BY–2的技术指标不先进，无实际科学价值；说彭道儒的论文是“抄袭”；说BY–2的研制者除彭道儒外还有告状者本人和其他人，并以全国科学大会的奖状上有他的名字为凭证。告状人还采取非组织手段，把告状材料四处散发，并写信要他的亲朋阻止中国科技情报所出版《BY–2论文资料汇编》一书。一时间，闹得满城风雨，是非混淆。彭道儒陷入苦闷之中。

是学术之争，还是权益之争

告状人在否定BY–2这项发明和告发明人时，把问题都说成是“不同意见”，是“学术之争”。是学术之争，当然越争越明，是《发明奖励条例》所允许的。

果真是学术之争吗？告状人一方面否定BY–2是发明，另一方面又认为自己是发明人之一。这显然是自相矛盾的。事实上，彭道儒在搞这项发明时，告状人正带领学生在上海等地“开门办学”，当他得知BY–2研制成功的消息时，还从上海写信给彭道儒，表示“很高兴”。他曾主持和参加过学院和邮电部的BY–2的鉴定会，对BY–2做过电性能测试工作，而在他之前，使用这种产品的工厂，已多次做过这种测试。《发明奖励条例》规定：“只有对发明权项做出创造性贡献的人才算做发明人。”“一切从事发明辅助工作、组织工作的人员都不能算作发明人。”彭道儒是BY–2方案的设计者、研制者，发明人是彭道儒，这是明明白白的。许多人参加了这项发明的辅助和组织工作，但不是发明者，也是明明白白的。

告状人确实在BY–2的获奖奖状上有过名字，也得过利。学院发下的700元奖金，有他80元，他嫌少，发火骂人，后来负责发奖金的人不得不卖废报纸，又添补他40元。

告状人说BY–2的技术指标不先进，但他举不出任何有力的证据材料来加以对比。而 1983 年 9 月由中国科学技术情报研究所主编出版的《BY–2 电接触润滑剂应用资料汇编》一书，列举了北京、上海等地工厂用 BY–2 和国外产品对比测试的数据，说明它的性能超过国外同类产品的水平。

告状人说的所谓“抄袭”问题，据查证，彭道儒在论文中对引证材料都注明了参考文献的出处。

以上情况足以说明这不是一场学术之争，而是一场权益之争。

不平衡的“天平”

在这场争论中，如何明辨是非，保护发明者的权益，这是摆在北京邮电学院领导者面前的一个极其严肃的问题。本来，对这件事，只要经过调查研究，是非不难判断；对有关的技术问题，自己不懂，可以请教有关专家，问题不致长期拖延。但是北京邮电学院的部分领导人，在这场争论中，采取了偏一边、压一边的错误态度。

当告状人在校内外到处活动时，一位副院长兼党委副书记说：“学术问题，你们有意见可以反映。”这就助长了告状人的气焰。

告状人的第一份上告文字材料发出后的第六天，学院没有认真核实，就匆匆忙忙责成科技处（原科研处的正副处长先后调离，科研处又改名科技处）打报告给国家科委，并转去告状人的自相矛盾的上告材料和上告人从废报纸堆里翻出、经过复印的全国科学大会奖状，要求审查。

告状人擅自到处散发材料，甚至散发到使用 BY–2 的工厂，诬称“BY–2，由于质量问题，有些工厂不再使用，我院工厂也早已停止生产”。负责生产 BY–2 的学校工厂的负责人，曾专门给学校领导写报告，说明工厂停止生产 BY–2，不是质量问题，而是因为产品暂时供过于求。学院领导人明明知道这个情况，却对告状人随意散发材料听之任之。

国家科委接到上告材料以后，责成北京市科委几次派人到北京邮电学院，调查并帮助处理这一事件。指明：这项发明是由学院申报的，现在学院有人否定它，学院领导要调查，提出处理意见。同时指出：上告人的不同意见要与彭道儒见面，给彭道儒以申诉的权利。但北京邮电学院领导一味拖延，既没有对问题进行认真的调查，也没有把上告材料让彭道儒看。

北京市科委派人第二次上门找到学院分管科研工作的副院长，讲明 BY–2 被评为发明二等奖有充分根据，要保护发明者的权益。这位副院长却说：“我们学校有了这项发明，也并不感到特别光荣。”

彭道儒从旁得知有人上告以后，在 1983 年 2 月给学院党委、几位院长写报告说明真相。报告最后说：“我希望双方的意见都能得到保护，请领导考虑给以适当机会把问题加以讨论澄清。”并提出：我希望以国家利益为重，即在讨论问题时不要干扰或影响 BY-2 的推广使用，望组织上及早注意这个问题。以后又多次写报告给领导，要求调查，弄清是非。但是学院领导既没有将彭道儒的报告转送上级机关，也没有答复。

事情一直拖到 1983 年 5 月，两位副院长才找彭道儒谈话。

主管科研工作的副院长（党委成员）说：“据我了解，你的发明很简单，水平也不高嘛！”

另一位副院长兼党委副书记说：“你要高姿态、高风格，要做一位有政治修养的人。”

他们口述上告人的所谓“意见”，要彭道儒做出答复。

几天后，当彭道儒递上《答复意见》时，一位副院长又说：“答复不要指名，措辞要注意，要重写。”

1983 年 10 月，邮电部派人到学院帮助解决这个问题。那位主管科研工作的副院长仍然说：“提意见是好的，要保护提意见的同志。”

学院里，主持正义的几位中层干部，多次找学院领导，要求尊重事实，坚持原则，公正对待彭道儒。也有人问，为什么不把问题拿到党委会上讨论，党委有责任在是非面前表明态度。

学院领导人，对这些意见听不进去。

发明者的感慨

直到今年 5 月初，邮电部党组正式派出工作组到北京邮电学院调查处理这一事件。在反复调查和经过几次党委会议的讨论，学院终于在 6 月 2 日，举行了部分教职工参加的大会，党委书记代表党委在会上做了检查，认为在这件事上，学院领导“明显拉偏架”，“支持袒护了告状人，而使发明有功的彭道儒成了被告”。“它暴露了我们党内仍存在‘左’的思想残余，存在一些党员干部有争名夺利和妒贤嫉能的思想。”

人们说，在当今新技术革命的时代，时间就是金钱，效率就是生命，对发明者来说，时间的紧迫感尤为深切。彭道儒在发明 BY-2 之后，又研制出适用于国防工业的 BY-3 润滑剂。他需要时间写出报告，早日通过技术鉴定。但他的精力被无谓地消耗了。有时，他也想摆脱这互相抵消力量的“论争”，但是，得不到有力的支持。

彭道儒深有感慨地说：“我不怕累死，就怕气死。我的宝贵年华不多了，希望领导上能帮助排除干扰，让我把更多的精力放到教学和科研上，为祖国富强尽一份力。”

我们的知识分子多么热切地希望为四化建设做出贡献。我们的党和国家制定了一系列鼓励和保护知识分子搞发明创造的政策。但是，各级组织，如果不把“左”的流毒肃清，如果不把吃“大锅饭”的旧体制加以改革，就会使党的方针政策的贯彻，像机电元件一样发生故障。

彭道儒发明了电接触润滑剂，在生活中，是不是也需要发明一种能使党的政策顺利得到落实的润滑剂？！

北京邮电学院副教授彭道儒发明奖被压事件得到解决

此事件历经三年半，暴露了该学院部分党员干部中存在着“左”的思想残余，一些人有争名夺利和妒贤嫉能的思想

文章来源于《光明日报》

本报讯　北京邮电学院副教授彭道儒发明 BY-2 电接触固体薄膜润滑剂，荣获 1982 年国家发明二等奖。但从 1980 年申报发明开始，到授予国家发明二等奖后的三年半时间里，彭道儒受到有关部门，特别是北京邮电学院部分领导的压制。这件事在国家科委等部门的干预下，最近已得到解决。

彭道儒经过一年的艰苦努力，于 1975 年发明了 BY-2 电接触固体薄膜润滑剂，它具有很大的经济效益，在电子、通讯、航空和国防工业的 2000 个单位推广使用。但是，学院的有关部门为这项发明申报国家发明奖时，邮电部有关部门认为不够发明条件，两次否定。当这项发明获国家发明奖以后，北京邮电学院又有人四处告状，无端攻击这项发明和发明人，而学院部分领导人采取了支持告状人、压制彭道儒的错误态度。在长达一年半的时间里，BY-2 润滑剂是不是发明，彭道儒是不是发明人竟成了问题，这使彭道儒的精神受到了很大压抑。后经国家科委、邮电部、北京市委和北京市科委调查、核实，明确 BY-2 是发明，彭道儒是唯一的发明者。北京邮电学院才在今年 4 月 13 日，将

拖延一年半的发明二等奖授予彭道儒。

为弄清是非，5月初，邮电部和北京市委派出工作组帮助北京邮电学院调查处理这件事。6月2日，该院召开部分教职工大会，党委书记代表党委做了检查，认为这个事件暴露了学院部分党员干部中存在“左”的思想残余，一些人有争名夺利和妒贤嫉能的思想。

彭道儒的遭遇说明了什么？

彭道儒因为获得一项发明奖而历经坎坷，绝非偶然。它反映了目前在一些部门或单位存在的一种极不正常的现象：科技人员守着“大锅饭”，无所作为，可以平安度日，而一旦在科研上有所成就，一些闲言碎语、非难责备便随之而来；一些科技人员在艰苦地从事科学研究的时候，无人问津，而一旦有所创造发明，获得了奖励，争名争利者便接踵而至。其结果，一些是非界限非常清楚的问题，也被搞得混乱不堪。

造成这种不正常情况的原因是多方面的，其中之一是平均主义思想在作怪。平均主义思想即通常所说的“大锅饭”思想，长期以来禁锢着人们的头脑，谁要是在工作上冒了尖，谁要是贡献突出而获得了奖励或较高的报酬，就会遭到非议，有人总是想方设法要把冒尖者的“尖”掐掉。有人甚至借此浑水摸鱼，争名夺利。彭道儒所在单位的那位“告状”的教师就是这样的典型。因此，不克服平均主义，就不能鼓励科技工作者的创造发明，就不能认真落实知识分子政策，也就不能保护科技人员的合法权益。改革，一个重要的目的，就是改变吃“大锅饭”和平均主义，允许冒尖，鼓励冒尖，对有特殊贡献的科技人员，要给予破格提拔，给予较高的荣誉和物质待遇。只有这样，才能把大家的积极性、创造性充分调动起来，加快四化建设的步伐。

彭道儒的发明权和奖励问题，遇到这么多周折，还有一个很重要的原因，就是彭道儒所在单位领导“左”的思想和官僚主义在作怪。一时间，把本来明明白白的事情弄得是非颠倒。现在彭道儒的这件事已经弄清楚了，彭道儒所在单位的党委已经就这件事做了检查。这是很好的。但是作为教训，也是值得其他领导机关认真汲取的。

四川农村又一桩新鲜事

农民杨泗贤举办文艺座谈会

希望作家到致富农家做客，写他们的喜悦、苦恼和希望，
为他们撑腰、说话

四川省温江县《都江文艺》编辑部江文

（1984 年 4 月 20 日）

本报讯　不久前，四川省灌县驾虹公社被誉为“长毛兔状元”的万元户农民杨泗贤，在自己新落成的漂亮的楼房里，邀请 13 位作家、文艺编辑和业余作者，参加由他出资举办的为期三天的“文学作品题材座谈会”。当他们登上杨泗贤那翠竹掩映的楼房，步入装有落地玻璃窗和乔其纱窗帘的客厅时，心情都十分激动。他们感叹地说：“中国农民终于住上了这样好的房子！我们还是第一次参加农民出资举办的文艺座谈会哩！”

杨泗贤是个自学成才、勤劳致富的农民。从 1981 年年底起，他刻苦钻研长毛兔养殖技术，曾自费前往上海郊区考察长毛兔养殖情况，写出了上万字的关于在川西发展长毛兔问题的论文，受到当地党政部门的重视；他自己也很快成为远近闻名的“长毛兔状元”。杨泗贤喜欢阅读文艺作品。他觉得目前反映农村题材的作品还不够深、不够新、不够多，希望作家们能到致富的农民家里做客，写出他们的喜悦、苦恼和希望。因此，他拿出二百多元举办了这个座谈会。

在座谈会上，杨泗贤讲述了党的十一届三中全会以来农村的深刻变化，也叙述了他在自学成才和勤劳致富道路上的艰辛、苦恼和喜悦。他深情地说：“我们农民能有今天，全靠党的领导。希望作家们热情歌颂三中全会以来农村的巨大变化，为我们致富农民撑腰、说话。”与会作家、编辑和业余作者深受感动，决心深入生活，努力创作出无愧于时代的好作品来。灌县《春草》文学社的业余作者们当即订出了 1984 年的创作计划。

给文艺工作者的新信息

肖岩

三中全会以后的农村新事多，如今，从四川灌县又传来一件新鲜事：农民杨泗贤举办文学作品题材座谈会。

说此事新鲜，是因农民自己举办这样的座谈会，这在中国农村还是第一次。然而，仔细想来，这件事又不是偶然发生的。今天的农民已经不是囿于小生产者狭隘眼光的农民了。他们不但致力于搞物质生产，也瞩目于精神生产，他们的物质生活水平在逐步提高，也要求精神生活不断丰富。但现实的情况却是，反映农村题材的文艺作品还不够多、不够新、不够深。怎么办？这个责任自然落到作家和其他文艺工作者身上了。

杨泗贤的这个座谈会，可以说是给广大文艺工作者带来了一个新的信息：广大农民迫切地希望有更多的作家、艺术家深入农村去，了解他们的想法，体验他们的生活，反映他们战天斗地、勤劳致富的新的精神风貌，写出无愧于中国农村伟大变革的好作品。

中国的改革是从农村开始的。在这股震惊中外的改革的巨浪面前，一切有出息的作家、艺术家岂能无动于衷！

高县城里的叽叽喳喳——一个英雄模范人物的遭遇

本报记者　王茂修

（1985 年 3 月 14 日）

37 岁的谭万娴从来没有想过要当什么出类拔萃的人物。她只是一个普通的幼儿教师。在她看来，爱护孩子、教好孩子就是自己的本分。但没有想到的事情发生了，几乎是几天工夫，她成了英雄模范，有多少双眼睛为她而流泪，有多少张嘴巴为她而歌唱；但是，几乎又是几天工夫，她倏地又从英雄变成了……不知什么。在嫉妒心的驱使下，同样是某些嘴巴，却又发出了不同调子。无端的造谣、粗暴的咒骂、精巧的讥讽，借助于嘁嘁喳喳的流言，把她贬得一无是处，狗屎不如。

这已经是两年前的事了。那年——1982 年 11 月 10 日下午，一辆失去控制的手扶拖拉机出现在四川高县文江镇街头；它像发了疯一样，顺着斜坡直冲而上，在县武装部门前突然来个急转弯，冲向左边街头一行正列队回家的孩子。

这是文江镇幼儿园的孩子。谭万娴依傍在队伍中间偏后一点。拖拉机向队伍拦腰冲来时，她所护送的孩子走在前面，不存在危险，却还有三名由别的教师护送的孩子呆立在那里。这情景让谭万娴看到了。在这千钧一发的时刻，她猛扑向前，转身把三个孩子推上台阶。孩子得救了，她却被拖拉机拖倒并挤压在地。后果是严重的：九根肋骨折断，其中有两根折成三节，锁骨折断，右肺挫伤……生命处于垂危之中。

她的事迹马上传遍高县城乡，传遍宜宾地区，传到成都，传到北京，她成了人们心目中的英雄。高县人大常委会命名她为“舍己救人的模范教师”。她成了四川省“舍己救人的模范教养员”“三八红旗手”，全国“‘五讲四美’为人师表先进个人”，还被选为省人民代表。报纸和电台报道了她的事迹，电视台播放了她的录像。在高县，当地的居民激动起来了。当谭万娴被用担架抬上救护车转送宜宾时，县医院门前挤满人群。大家擦着泪水，争相称道这位值得高县人民骄傲和自豪的人物。

在文江镇幼儿园，人们心情更不平静。赞美之词一句比一句高昂：“她真是一心扑在幼教事业上！”“和那些见死不救的相比，精神何等高尚！”“她奋不顾身，是共产主义思想武装的结果！”人们想到了她的过去，觉得她的英雄行为不是偶然的。一份《谭万娴模范事迹介绍》的材料说：“她工作认真负责、积极肯干”，“自觉的十一届三中全会后，她更加努力工作，团结同志、共同战斗，教学成绩显著”，“言传身教，努力学习马列主义、毛泽东思想，严格要求自己，改造世界观……”

从 1982 年 11 月 10 日到 1983 年 2 月 5 日，谭万娴还算走好运的。2 月 5 日，继高县的表彰大会后，在宜宾又召开了一次受四川省人民政府委托的表彰大会。谭万娴得到了荣誉称号，还得了两项物质奖励：一部黑白电视机和一台收录两用机。这个消息一传出，在文江镇幼儿园和高县的某些单位，平静了的情绪又显得有些不平静了。两个月前还热情赞美谭万娴“一心扑在幼教事业上”的嘴巴一下都变了调。新的评价变成了“谭万娴名利双收，弄肥了！”“她姿态不高。为什么不把电视机捐给幼儿园！”“伤势再重，荣誉和奖励也补起来了！”“听说从中央到省、地都有她的亲戚，所以才把她抬得那么高！”“真是一肥遮百丑！”

“一肥遮百丑”，这成了自此以后对谭万娴的一句总的评价。“丑”在何处？据说“丑”在下面的几件事情上。

1982 年 12 月，住在宜宾地区人民医院的谭万娴尚在死亡线上挣扎。几十天来，她只能半躺着。她咯血不止，要不间断地用卫生纸来揩擦。因为终日输液，小便次数大量增加，躺在床上解不出，得抬下床来，这是最繁重的一项劳动，经组织同意安排了六个人分两班护理（护理工作如此之重，六个人都累病了）。

可这事一传出，马上就在高县县城嘁嘁喳喳议论开了：“哎呀，咋个要得了那么多人护理啊！”“听说她在医院，连买月经纸都花了 300 元！”“听说连护理她的人都整肥了！”

就在谭万娴住院抢救期间，高县法院决定对无证开车、违章驾驶、造成严重后果的拖拉手公开审理。根据我国刑法和刑事诉讼法规定，为了保护受害者的利益，肇事者应承担受害者的直接经济损失，并以受害者的收条作为量刑的一项依据。事件发生时，谭万娴的一件新买的涤纶衣服被拖拉机扯得稀烂，毛衣和裤子也被撕破，按法律程序办，罪犯先拿出 50 元赔偿。但罪犯对此不满，在公判会上连说三次："喊我赔谭万娴的钱，我赔了 50 元！"此话一出，罪犯一下子成了同情的对象，谭万娴反倒是"姿态不高"，50 元的赔偿款成了她"救人是假，要钱是真"的一个例证，"谭万娴"被改成"谭万钱"，而且又嘁嘁喳喳，传得满城风雨。

在宜宾表彰大会那天，四川省总工会和省教育厅的代表，提出了一项建议：按规定，给谭万娴晋升一级工资。地区教育局当即接受，并立即上报宜宾行署，行署领导一致表示同意。但按照手续，该由高县人民政府提出，报请行署审批。

通知下去，高县送来的却是这样一个答复："县里不报了，行署定了就行了！"这是怎么一回事？了解再三，才得到了一句真话："又是荣誉，又是物质奖，刚调了工资，还要给她晋一级，恐怕太多了，影响不好！"可就在县里表示"不报了"的时候，省里的一家报纸却报道了谭万娴晋升一级工资的消息。于是，"谭万娴弄肥了"之类的嘁嘁喳喳又四起。谭万娴心情愁苦，于 1983 年 6 月给省教育厅写了封信。信中说道："回来 7 个月，除了幼儿园的孩子毫无顾忌来探望、少数胆大的家长和同志来慰问外，许多人都不敢来……仿佛我不是做了件好事，而是做了错事，令人难以理解！"她在信末说了一句："报上早已公布的晋升一级工资的事至今也如泡影。"一级工资，不过六七块钱，谭万娴没有把它看得那么重。她只是觉得："报纸都登了，如果不成事实，我又要被说成有什么问题，又要成为话柄了。"此信由省教育厅转到高县文教局，上有批示："关于工资问题应与县委商量及时处理。"这件"应与县委商量处理"、只能为县文教局和县委所知道的事，不知为什么又捅到了社会上。于是，"嗡"的一声，在高县又出了一则关于谭万娴的流言新闻："啊呀，你看，得了那么多奖励了，还写信到上级去要待遇！""思想境界真是太低了！""不要脸，到处找领导要工资！"

省总工会和省教育厅的人来宜宾时，还带来 100 元，买了慰问品送给谭万娴后，尚余部分。于是，地区教育局也决定拿出一点，再凑成 100 元，送给正辗转于病床上的谭万娴。她是坚决不收。"党和人民给我的奖赏已经够多了！"

经再三劝说，她决定将此款赠给文江镇幼儿园的孩子们做玩具费。但事有凑巧，此时正逢机构调整，地区教育局财会部门诸事冗杂，这笔赠款未能及时汇出。奇怪的是，这本来是只有幼儿园财会人员和负责人知道的事，“嗡”的一声又传到社会上去了，于是喊喊喳喳又四起：“她面子要捞，钱又舍不得拿出来！”“不要脸，赖账，只晓得捞政治荣誉！”

切莫低估这些流言的力量。它来无影去无踪，你挨了箭，还不知弓弦响自何处，你要去查，是谁也不肯认账的。有的喊喊喳喳惯了的人说得很透：“流言咋个啦，流言传三遍就要变成真理！”确也是，只在一霎时，关于谭万娴的成堆成堆的流言，传遍了高县城乡，传到了邻近的筠连、珙县，传到了宜宾，传到了成都。古人有言：“谣言止于智者。”一些善于用耳朵却不善于用脑子的人就不想一想：300 元，足够买半卡车卫生纸，那流言是可信的吗？其实，他们只需花五分钟到幼儿园的财会人员那里去查一查，就会发现不是 300 元钱，而只是 3.4 元钱。那 100 元的赠款也早就来了，只是被人不怀好心地压着不公布而已！可他们不去想，不去查，这些人需要的不是事实，而是“有趣的新闻”！然而，他们有趣，谭万娴却遭难了。亲友们替她担心了。同情和支持她的人、包括被救孩子的家长不敢同她接近了。在大街上，义愤填膺的人们当面指指点点她说：“看呀，这就是那位假模范！”她的照片登在报纸上，有人就说：“你看，她真养得一肥二胖！”她心情不好，流言蜚语把她折磨得够苦，有人又说：“你看，她想当官，肠子想细了，人都想瘦了！”家属受到连累。爱人要求入党，有人撇了撇嘴：“婆娘红了，男人也要沾光！”女儿燕陵在学校、在街上被人指着奚落：“看啦，这就是那位假模范的娃娃！”那个判刑两年缓期执行的罪犯脑壳热得发昏了，公然得意扬扬地说：“要不是我的拖拉机压倒她，她还当不了模范！她谭万娴得感谢我！”

“拖拉机加之于我的创痛，远远比不上这些流言蜚语给我的创痛之深啊！”谭万娴伤心地说。在那些可怕的日子里，她不知在背地里哭了多少次。但她是一个坚强的女同志，她相信党，她要找各级组织申冤。

她找到了幼儿园负责人，诉说了那些险恶的咒骂，负责人“安慰”她说：“万娴，人家是好意，你有那么多功劳，该远走高飞了！”

她来到县文教局。她想向主管部门谈谈自己的处境。可刚说到“在外面，省、地领导都关心我……”话就被打断了：“是啊，省、地领导都关心你，就是我们县文教局不关心你！”

她找到县人大常委会的一位领导。这位领导不耐烦听她啰唆，板着面孔对她说。“我看，谭万娴同志，你应该严格要求自己！你不要骄傲，要谦虚一点，有多少模范人物最后都是自己给自己抹黑……”

她想，妇联是我们妇女的“娘家”，找她们总是可以主持公道的了。那天，县妇联主任正在打牌。干扰了主任的牌局，她感到十分抱歉，嗫嗫嚅嚅地说：“主任，对不起，有些话我要同你摆一下……”“今天下午我劳动了，腰杆疼。”谭万娴忍住泪水，还是把主任从牌桌上请了起来，诉说了自己的遭遇。主任惊奇地说：“过去，你们幼儿园把你说得那么好，怎么现在又说不好了！”然后给谭万娴指了一条出路：“你要首先从自己身上找原因！”谭万娴谈道，有这样一种谣言，说她因为从中央到省、地都有亲戚，所以“才被抬得那么高”，并说：“污蔑我事小，损害党的威信事大……”妇联主任立即拉下脸来打断她的话：“看，你不要把你自己抬得那么高！”……

谭万娴悲愤极了，真想大哭一场，但她硬是让眼泪在眶里直转不肯掉下来。“他们不像真正的共产党人，我不在他们面前掉泪！”

她曾经想到过死。“我要用我的第二次生命去震动那些麻木了的灵魂……”

今年1月中旬的一个星期天，我们在高县看望了谭万娴。她精神还好，只是被折断了的肋骨和锁骨至今还没有长好，右肋经常疼痛，谈不了几句话就得仰身喘气。流言曾经说她“要当官了，不回高县了”，但她不仅回来了，还回到幼儿园，当了个园长。她依靠大家，把这个幼儿园搞得清清爽爽、井井有条，还挖掘潜力，扩大收托面，使全城3岁以上的幼儿全都入了托。然而，她的工作还是困难的。县委主要领导虽在一些场合为她说过话，但那些流言至今仍没有得到公开澄清。那股喊喊喳喳的势力后面，有个别领导干部的默认和支持，恐怕这就是谭万娴屡求公道、到处碰壁的原因之一，恐怕这也将决定她今后处境的复杂性。高县有同志评论说：“谭万娴今天在县上只是个抽象的英雄人物，‘五讲四美’‘文明月’一到，她被端出来了；可活动一过，她就消失了，没人重视了！”谭万娴自己倒不在乎这些，她一再说：“我只求能公开澄清事实，让我能安宁地工作，我就满意了！”自然谭万娴不是完人，同每个英雄模范人物一样，她有自己的个性，有自己的弱点。我们宁可努力去帮助他们、支持他们、爱护他们，这总比在生前糟蹋他们，死后却又来大吹大擂地唱赞歌的好。

他在田野上辛勤耕耘

本报特派记者　金涛

（1985年9月8日）

在考古所花木扶疏的四合院里，北屋那间夏鼐先生的办公室依然保持原貌，和他去世的那天一模一样。桌上放着一摞他尚未阅毕的手稿，那是他答应过几天就要交卷的；靠窗的沙发上堆满了一封封来不及拆开的信函，夏鼐先生有个习惯，来信必复，而且都亲自动手；贴墙的两排书架摆满了他平日要看要翻的参考书，那上面似乎还留着他的手温；案头的一只缺胳膊短腿的瓷杯里，还留有他喝剩下的半杯白开水……

环顾这位科学巨匠的办公室，谁也无法相信他那旺盛的生命之火竟会熄灭。也许，他不过是临时参加一个会议，或者，他和考古所年轻的科研人员风尘仆仆地奔向田野，又去从事某项重大的考古发掘去了……

他的一生，是在祖国的田野上辛勤耕耘的一生。在他走过的地方，留下了一串串闪光的足迹。

阳洼湾的第一道曙光

1945年5月间，甘肃宁定魏家咀村附近一个名叫阳洼湾的山坡上，聚集了许多看热闹的村民。

春天姗姗来迟的陇东山区，满目萧瑟，依然笼罩着寒冬的气息。不过这些日子，山坡的梯田上却热闹极了，铁镐凿开了冻得板结的黄土，那埋藏在地下几千年的一座座古代墓葬，在人们惊奇的目光中，渐渐敞开了它的宝藏。当然，那一个个灰不溜秋的陶罐，一块块破碎的色彩鲜艳的陶片，以及一个个白惨惨的骷髅，只有内行人才能掂量出它们的价值。

阳洼湾这儿发现的墓葬，是史前时期名叫齐家文化的墓地。从事这次发掘的考古学家便是夏鼐先生，他穿着一件皮夹克，成天像土拨鼠一样蹲在掘开的墓坑里。他是那样仔细、认真，用一把小铲子轻轻拨开墓坑里的填土，细心寻找着每一块陶器碎片，仔细观察土层色泽的细微变化，并且把这一切都记录在案。

夏鼐先生在大西北的雪山大漠已经度过了两个寒暑，这是国难当头的艰难岁月，也是考古发掘的初创时期。物质条件是相当艰苦的。从 1944 年他和考古学家向达、阎文儒结伴而行，奔赴甘肃河西走廊进行考古发掘以来，风餐露宿，忍饥挨饿，已是家常便饭。荒无人烟的大沙窝里，缺水断粮，他燃起骆驼刺，烤黄羊充饥；大雪封山的祁连山，路绝人稀，他迎着砭骨寒风，艰难地跋涉。

夏鼐先生并不怕吃苦，怕的是中国的考古学长期为外国学者所垄断，担心的是我们祖先创造的古代文明任由他人发掘，任由他人武断下结论。抱着一腔爱国热忱，1935 年，他远涉重洋，到西方先进的田野考古学的中心——英国伦敦大学攻读考古学。他受业于著名考古学家惠勒教授门下，以后还亲赴耶路撒冷，专程求教在那里疗养的英国田野考古学权威彼特勒教授。他参加了惠勒教授领导的梅登堡山城遗址发掘，继而又随英国调查团赴埃及、巴勒斯坦等地参加考古发掘。他还在开罗博物馆悉心研究，系统地从理论到实践掌握了田野考古学的精髓。当他获得伦敦大学埃及考古学博士学位，回到战火纷飞多灾多难的祖国后，他决心在祖国大地上播下田野考古学的种子，以考古发掘的资料来阐明祖国古代的文明，一改传统的仅仅局限于古器物古文字考据的旧学风。

阳洼湾的发掘进行得很顺利，夏鼐先生前后挖掘了两座完整的墓葬，出土的殉葬陶器是齐家文化的标准陶器。在这以前，无论是中外学者都没有发现过史前时期齐家文化的墓葬。不过，更叫夏鼐先生惊讶的是，当他在清理墓葬的填土时——这是需要十分仔细的活儿，田野考古学特别强调地层学的研究——他发现填土里混杂了一些破碎的彩陶片，这是仰韶文化的彩陶。

一个闪电似的想法掠过夏鼐的脑际，他小心翼翼拣起那些代表仰韶文化的彩陶片，想道："当齐家期的人们埋葬死人的时候，这些彩陶是已经用过而且打碎了，碎片扔在地上，因此才会混在填土里，这说明，仰韶文化要比齐家文化的年代早……"

仰韶文化比齐家文化早的科学结论，就是这样由夏鼐先生用科学的发掘第一个证实。他推翻了瑞典人安特生的权威结论，安特生在 1924 年发现齐家文化居住遗址时曾经宣称，齐家文化早于仰韶文化。

不久，夏鼐先生的论文《齐家期墓葬的新发现及其年代的改订》在英国皇家人类学会会志发表，顿时英国和欧洲的学术界轰动了。阳洼湾出现的曙光，不仅标志着外国学者主宰中国考古学的时代从此结束，也是中国史前考古学的新起点。

夏鼐先生用他辛勤劳动的学术成果，给战胜了日本法西斯的祖国献了一份厚礼。

风雪车马坑

他们，夏鼐先生的学生，谁也忘不了1950年那个寒冷的冬天……

纷纷扬扬的大雪，将中原大地严严实实地蒙上了一层厚厚的银毯。气温降到零下，狂风在无遮无拦的田野上咆哮，村旁大道上叶落枝枯的大树瑟瑟发抖。但是，他们和夏鼐先生一道，仍然冒着风雪，在田野的深坑里不停地发掘，清理。一切都是静悄悄的，紧张的工作使他们忘却了疲劳和寒冷。

这年冬天，夏鼐先生带着考古所一批考古人员来到河南辉县东郊的固围村，他们在老乡的农舍里安营扎寨，每天步行到几里以外的琉璃阁发掘，那里发现了一个商代文化遗迹：战国时代的车马坑。

在这一群考古人员中，夏鼐先生是年纪较大的，他是考古所副所长，发掘队队长，但是他从来是身先士卒，亲临第一线。他每天冒着严寒在现场发掘，手持小铲，一点一点地剔除墓葬的封土。天寒地冻，车马坑的封土冻得像铁板一块，夏鼐先生就用炭火放在上面，用炭火的热力烘烤一点点冻土，然后用小铲子拨开泥土。

工作条件的艰苦令人难以想象。为了节省时间，夏鼐先生让炊事员把午饭送到发掘现场，他和大家都在寒风扑面的野地里就餐。夜里，十几个人挤在没有生火的农舍里，寒气袭人，滴水成冰，忙了一天的夏鼐先生还在小油灯下检查每个队员的发掘记录，直到深夜。几个月的室外作业，他的一双手裂了一道道血口，鼻子和嘴唇全都冻肿了，他却毫不在意。每到休息的日子，他常常买来许多花生，和学生们围在一起，又说又笑。这时，有的年轻人唱起京剧《空城计》，有的哼起日本小调，小小的农舍里洋溢着笑语欢声。

但是，夏鼐先生对待工作却是一丝不苟，严格要求。他常常告诫年轻的考古人员："考古工作者的成绩如何，主要不是看他发掘出什么东西，而是要看他用什么方法发掘出这些东西。"一次，一个年轻的考古人员看到工人忙着发掘，自己插不上手，便站在一旁看书。夏鼐先生见了立即提醒他："考古发掘不能一心二用，要随时注意观察土层的变化，器物周围的土层往往可以透露许多不易察觉的现象，因此要随时绘画、照相，怎么可以不理不睬呢？”晚上收工回到住地，他又举这个例子告诉大家，搞考古的不要有“挖宝思想”，居住址出土的遗物多是破碎的陶片，但居住址的研究价值往往超过包含着珍贵随葬品的墓葬。

当 1951 年的春节即将来临时，琉璃阁战国时代车马坑的 19 辆木车的遗存，重见天日了。它以高超的考古发掘水平，赢得国际学术界的一致好评。更重要的是，通过这次田野发掘，夏鼐先生培养了一代年轻的考古工作者，一代掌握了先进的科学的考古方法的科学工作者。

打开地宫之门

潮湿，阴冷，一股令人窒息的霉味使人喘不过气来。

灰蒙蒙的雾气中有几盏电灯闪烁着惨白的光。灯光映着定陵地宫阴森森的拱券，映着地上早已朽烂的万历皇帝的棺木，也映照着在一旁清理的夏鼐先生神色严峻的脸庞。他是全身趴在脚手架的木板上工作的，脸朝下，在他的身下是那具躺在棺木中的枯骸。由于年代久远，棺中的衣物叠压难辨，腐朽的器物一触即碎，但是这是新中国成立后发掘的第一座帝王陵墓，举世瞩目，任何一件器物都必须小心翼翼地清理、测量、记录、绘图。

胃部的疼痛一阵阵袭来，长时间地躺着操作使他筋疲力尽，但是他连哼都没有哼一声，仍然聚精会神地从棺木里取出朽烂散落的冠冕，皮弁。这是难度极大的工作，不仅需要丰富的帝王冠服制度知识，而且需要胜过外科大夫的细心和耐心。四天四夜不知疲倦的工作，夏鼐先生终于把皇帝的冠冕和皮弁清理完毕，形式、结构、尺寸、色泽以及串珠的系结式样、数目记录得清清楚楚。

1956 年，发掘定陵地下宫殿的艰巨任务落在夏鼐先生肩上。对于这件事，夏鼐先生始终是持有异议的。他曾经找到吴晗同志，因为吴晗同志是此举的发起人，劝他不要急于搞这项发掘工作。他认为，我国目前考古工作的技术水平还难于承担古代帝王陵墓的发掘，出土的古物保存复原技术还不过关，这一点，就连世界上技术先进的国家也没有行之有效的方法。夏鼐先生劝吴晗：“老吴，现下你应该从全国整个考古工作的轻重缓急来考虑问题，不能以明史专家的角度来安排发掘工作。”

但是，吴晗还是坚持要发掘，而且最初的动议是发掘长陵，十三陵中规模最大的陵墓。经过当时任文化部文物局局长的郑振铎先生和夏鼐先生的一再陈述利害，国务院同意试掘定陵不掘长陵，并且决定今后短期内不准再发掘帝王陵墓。作为考古所所长的夏鼐先生，担起了指导发掘的重任。

夏鼐先生虽然持有异议，但是一经决定下来，他便全力以赴。1956 年 9 月，他患了严重的胃病，但听说调查人员发现定陵宝城旁边有几块城砖塌落下来，形成一个小缺口，里面的砌砖有再砌的痕迹，他立即赶赴现场。

当时，当务之急是找到通往地下宫殿之门，夏鼐先生一到定陵，立即要爬上宝城缺口亲自观看。附近找不到梯子，缺口离地面很高，几个年轻人就说："夏先生，你就蹬着我们肩膀上去，行不行？"

夏鼐先生看了看他们："行，这是好办法！"

"不行呀，摔下来怎么办？"他的学生、发掘队队长赵其昌急忙劝阻。

"不碍事，"夏鼐先生笑道，"野外调查不比室内，没有那么好的条件，上吧！"

就这样，夏鼐先生蹬着大家的肩膀爬了上去，观看的结果，他认为这里很有可能就是帝后入葬的通道。接着，又在宝城内侧发现"隧道门""金墙前皮"等字样。夏鼐先生据此判断，这里就是通向地宫之门。

地宫之门就这样打开了。在紧张的发掘整理阶段，夏鼐先生抱病住在简陋的工棚里，白天和青年人一道在潮湿阴暗的地宫里工作，一干就是十几个小时。到了晚上，他通宵达旦地阅读每天的发掘记录。第二天这些记录交还给每个发掘队员时，上面尽是夏鼐先生批改过的字迹，密密麻麻的小字，有时还夹着几张纸条。他牺牲了睡眠时间，光是每天阅读的原始记录就不下万言。

他不止一次地说："原始记录是研究工作的基础，必须准确，详尽，否则是无法弥补的。"

埋藏在地下的定陵不久成为向公众开放的地下博物馆，但是夏鼐先生更加感到发掘帝王陵墓的时机还不成熟。定陵的许多朽烂的随葬品难以保存的事实，证明了他的意见是有先见之明的。

夏鼐先生一生在祖国的田野上辛勤耕耘，为发扬中华民族优秀文化鞠躬尽瘁。临终前的两个月，他在中国考古学会第五次年会上说："总之，如果我们想把我国考古学的水平提高到新的高度，这便需要我们要有献身的精神，在工作中找到乐趣，不羡慕别人能够得到舒服的享受，也不怕有人骂我们这种不怕吃苦的传统是旧思想，旧框框。我们搞考古工作的，脑中有些'古旧'思想也是自然的嘛！”他用自己的足迹，在祖国的大地写下了光辉的历程。

一个苦斗者的足迹——王贤才译述《希氏内科学》的历程

本报特约记者　巴拉吉尼玛

（1985 年 11 月 4 日）

王贤才，一位普通的知识分子。他走了漫长而坎坷的人生道路，终于在党的十一届三中全会以后获得了施展才能的广阔天地，他独自一人完成了 430 多万字的第十五版世界医学名著《希氏内科学》的译述工作，使我国成了译述这部书第十五版的第一个国家，为祖国争了光。中外人士向王贤才道贺，一位外国学者称他为中国“三中全会后的出土人物”。

他第一次读到《希氏内科学》就深深被它迷住了。“这么好的书，为什么不把它译成中文呢？”

50 年代中期，王贤才就读于山东大学医学院时，“结识”了《希氏内科学》。他第一次读到这部书的第七版，就深深地被它迷住了。一个周末的夜晚，同学们出去玩了，他留在宿舍里，贪婪地阅读这部经过排队半年才从学校图书馆借到而又限期归还的英文巨著，读着读着好像自己一下子闯进了一座宏伟、瑰丽的医学殿堂。当月亮从他的窗前升起的时候，一个念头萌生了：“这么好的书，为什么不把它译成中文呢？”然而，这种念头似乎有些荒唐。人们知道，英文《希氏内科学》是医学史上第一部由一两百名各国著名医学专家集体编撰而成的世界内科经典巨著；世界各国翻译这本书都要组织上百人的班子才能完成。一个普通的大学生，奢望翻译这么大部头的书不是太可笑了吗？不过，他的决心的确这样产生了。

为了取得经验，王贤才决定先译一本小册子。他在山东大学医学院附属医院实习期间，选中了英文欧文斯教授的《临床外科须知》，悄悄地翻译起来。

他为了敦促自己早起，睡前特意喝上两茶缸水，等到凌晨3点左右，让尿意把自己唤醒，开始工作。这部20万字的小册子，1957年由上海科技出版社出版。当年王贤才被分配到北京丰台铁路医院工作。

1958年，横祸突然降临。王贤才含着泪烧掉了40万字的译稿。

王贤才走上工作岗位后，决意继续向译述《希氏内科学》进军。他用第一个月的工资买回了第九版《希氏内科学》，刚译40万字，横祸突然降临了。1958年6月，年仅24岁的王贤才被补划为“右派分子”。原因是他曾流露过不要只学苏联一家，还要学习国际先进医学经验这样的思想。

不过，王贤才还是“幸运”的，他并没有被开除，只是随医院迁到呼和浩特，在铁路医院当代理主治医师。当时，他连给病人送大小便器的活都干，唯一的希望就是早日摘掉那顶沉重的帽子，“重新做人”。在一个深夜里，他经过激烈的思想斗争，为了表示接受“改造”的决心，含着泪烧掉了40万字的译稿。

这期间，国外又出版了第十版《希氏内科学》，为了将来的需要，他发狠卖了400毫升血，又买回了一部。

1961年11月，院党委宣布为王贤才摘掉“右派分子”帽子。王贤才当晚回到病房值班，高兴得一夜没合眼。第二天下午，他第一次享受了半天补休，上街去理了发，照了相，还到饭馆喝了杯酒。他觉得一切都好了，满腔热情地写论文，做学术讲演，给报刊写文章。不久又买回第十一版《希氏内科学》，决心沿着原路走下去。

但是，他却没有想到，当时还是以阶级斗争作为观察和对待一切人和事的尺子。不久，王贤才果然受到严厉警告：“要夹着尾巴做人，不要让资产阶级成名成家的反动思想恶性膨胀，再次滑到与人民为敌的罪恶深渊中去，帽子摘了，还可以再戴上。”这时，王贤才不得不放下手里的笔，在一个夜晚，忍痛烧掉了译下的又一个40万字的译稿。望着那跳动的火舌，他暗地问自己：“我摘了帽子，为什么还不能和普通人一样做自己想做的事情？”

劳改单位的李恒文政委说：“这么好的书，你就翻译吧！”然后给他买了工具书，并提供了全部稿纸。

史无前例的“文化大革命”来了，王贤才又以吹捧帝国主义和资产阶级反动学术权威等莫须有的罪名，被升级为“现行反革命”，1968年4月被判刑12年，先是在内蒙古后转到山西太原监狱服刑。万幸的是，他被安排在监中医院服刑，这总算使他没有离开他心爱的专业。1972年秋，一位释放出来的“反革命”难友（现已平反）卖掉自己的衣服，买了一部第十三版《希氏内科学》送给他。男儿有泪不轻弹。可是当他接过这部沉甸甸的《希氏内科学》时，却激动得流下了眼泪。

一个周末的夜晚，王贤才在自己的监房里，全神贯注地阅读《希氏内科学》，一个奇异念头又产生了：“我为什么不能利用这个机会把它译出来呢？”对，试试看。

也巧，一天劳改单位的李恒文政委找他来看病。他拿出《希氏内科学》对李政委说：“我想翻译这本书。”李政委看了看说：“唉，这么大的书啊！”王贤才抓住这个机会详细介绍了这本书的作用和地位。李政委动了心，很干脆地说：“这么好的书，你就翻吧！”然后，给他买了工具书和参考书，还订了十几种中外文医学期刊，并提供了全部稿纸。

王贤才在狱中遇到了好人，又遇到了“有利条件”。《希氏内科学》涉及面很广，是百科全书式的著作，翻译中遇到的困难是难以想象的。当译到CT（以电子计算机控制的X线断层扫描技术）一段时，王贤才被难倒了。后来，他弄到一份介绍CT的日文资料，可王贤才没有学过日语。这时，他的一位懂得日文的“难友”对他说：“你不如学一下日语，只求会看书，一个月就行！”这位“难友”，自编教材，辅导王贤才学日语。一个月后，王贤才再来看那份日文资料，果然大不一样了。《希氏内科学》中的有关CT的一段不过是一两百字，可他整整用了一个多月的时间才译出来。

到1975年秋天，王贤才终于完成了《希氏内科学》第十三版的译述工作。译完最后一段已是那天的深夜1点多了，王贤才望着堆积的译稿，回忆起这些年走过来的坎坷历程，心里有一种说不出来的滋味，似乎辣中有甜，甜中有辣。

王贤才被提前释放回家后，有了整理和补译《希氏内科学》的机会。在黄家驷教授的支持下，他与出版社签订了出版合同。

当年，他被提前释放了。这个日子他记得很清楚：1975年9月27日，正是邓小平同志主持中央工作，整顿各行各业的时候。他穿着劳改队发的灰布囚服，带着分装在三个纸箱里的总计有340万字的《希氏内科学》译稿，回到阔别已久的故乡江西九江市。

回到家乡后，王贤才被一家小医院找去，以临时工身份做医疗工作。这时期的生活虽然艰苦，但比起以前好得多了，尤其使他感到满足的是他有了整理和补译《希氏内科学》的机会。江南的天气格外闷热，他用毛巾裹住两个胳膊，毛巾被汗水湿了再换干的，同时把两个脚浸泡在两个水桶里，既解热又防蚊，年老的母亲在旁边不停地为他扇扇子。

1977年，王贤才冒昧地给中国医学科学院院长黄家驷教授去信，报告他译出了第十三版《希氏内科学》。很快，他就收到黄家驷同志用挂号寄来的复信。黄家驷同志对他独立完成巨著的译述表示赞赏，并建议以这封信作为推荐，与出版社联系。但是，当时他还不敢相信，像他这样刚刚释放不久的人怎么可能出书呢?

他把已经迈出去的脚又收了回来：还要等待……

王贤才多年的冤案得到平反，恢复了历史的清白，他被安排在九江市第二人民医院工作。

1980年秋，王贤才回内蒙古呼和浩特办理平反和落实政策的事。趁这个机会，他走访了内蒙古人民出版社汉文科技编辑室，接待他的是编辑室副主任徐诚同志。王贤才提及《希氏内科学》译稿的事，徐诚立即以党的出版工作者特有的职业敏感，发现了这部著作的重要价值。不久，在黄家驷同志支持下，他们很快签订了出版合同，决定分十册陆续出版，三年出齐。这时《希氏内科学》已有了第十四版，王贤才断然决定按新版补译全书。方待发稿，又来了第十五版，内容又进一步充实、更新了，篇幅也扩大到约430万字。为了给读者提供尽可能新的资料，他又给出版社写信，撤回原稿，改按第十五版重译全书。

不幸的是，这时他的视网膜脱落。但是他不屈服。在医院治疗期间，他在妻子（平反后新找的爱人）的帮助下完成了第七分册的补译工作。王贤才每天工作12—14小时，为了抢时间，在三年多的时间里，他几乎没有看过电影、电视剧。

他每天黎明即起，坐在案前紧张地工作，终于又一次成功地完成了全书译述。

从上大学的时候起，王贤才接触了《希氏内科学》的五个版本。先后翻译的字数达1010万字。

1983年，第十五版中文《希氏内科学》（第五分册《心血管疾病》）由内蒙古人民出版社率先出版，从而使我国成为世界上第一个出版《希氏内科学》第十五版译本的国家。出版后，在国内外引起了强烈反响。《希氏内科学》第十五版首席总主编、国际著名医学家毕森博士以及出版此书的美国桑德斯出版公司董事长汉莱分别给王贤才写信表示祝贺。《光明日报》和《中国日报》（外文版)、《中国建设》等二十几家报刊先后做了报道，把王贤才介绍给国内外读者。不久前，美国桑德斯公司国际部主任斯莫特给王贤才来信，希望译本出版后寄给他们四套，以珍藏在版本库作为纪念。

“我们的安全感不在于黑材料烧不烧，而在于党的十一届三中全会的路线上，只要路线不变，我们的知识分子就有用武之地。”

王贤才这个被埋没了多年的人才终于“出了土”，他和普通中国人一样扬眉吐气地从事着自己的事业。他翻译的《希氏内科学》十个分册书稿已全部发排，可望今年出齐。去年 10 月，江西省人民政府报请国家有关部门批准，给他破格晋升工资；今年 5 月，调他到省医学科学研究所工作，并增补为省政协常委。不久前，他参加了九三学社，当选为九三学社江西省委常委。

熬过寒冬的人最懂得春风的温暖，吃过极“左”苦头的人最理解党的十一届三中全会路线的正确。

去年国庆节，王贤才和家里人一起看电视。当荧光屏上出现“小平您好”的横幅标语时，全家人霍地站了起来，心情十分激动。王贤才的眼睛湿润了。他们深深知道三中全会的路线给全家带来了什么变化。

那还是王贤才落实政策回到家乡以后，他妻子问:“你的黑材料全烧光了吧？”“没有。”王贤才回答。“你这个人真糊涂，黑材料不烧那怎么行啊！”爱人责怪他。王贤才不慌不忙地说:“我们的安全感不在于黑材料烧不烧，而在于三中全会的路线上。只要三中全会的路线不变，我们知识分子就有用武之地！”

历史，翻开了新的一页。王贤才向着光辉的明天昂首前进。这个“出土”的“贤才”，决心在四化征途上发出更大的光和热。

爱之路——曲啸纪事

本报记者　陈颂　易运文

（1985 年 6 月 6 日）

爱，人世间的一种崇高而又奇妙的情感，千百年来，受到过多少人的向往与追求，赞美与歌颂。可是，当我们接触到了生活中的一位真实的“牧马人”——辽宁省营口市教育学院副院长曲啸的时候，我们就发现，爱的力量竟是这般神奇，这般巨大。它，可以使干涸的心灵苏醒，使陷于逆境中的人奋起，使内心腌臜者自省……

这里，请读者和我们一起，沿着曲啸走过的那条坎坎坷坷的人生之路，去探寻那爱的奥秘。那是一条感人肺腑的爱之路……

曲啸关于爱的名言是：“爱的本质是给予，而不是获得。”他疼爱妻子，是那样热烈而深沉。

看过曲啸自述的同志或许还记得，曲啸关于“爱”的名言是：“爱的本质是给予，而不是获得。衡量一个人的爱是否真诚，就要看他是否把自己的一切，无私地献给他所爱的对象。”曲啸此话，看似平凡，却是饱含自己爱情阅历的甜酸苦辣之味的肺腑之言。

青春四溢的少男少女，谁不希望自己的爱人容貌漂亮。青年时代的曲啸自然亦不例外。他按着这个标准处理了第一次婚姻。然而与他曾经海誓山盟的这位女性，却在他被打成右派时离开了他。历尽二十二载人生风雨沧桑的曲啸，对我们谈起当年这场爱情悲剧时，不无感慨地说：“这不是真正的爱情。双方都只是为了获得，而不是给予。我们的结合终以悲剧结束，那是必然之事。”

因此，当他 1979 年平反出狱，重获自由后，尽管有不少好心人说媒作合，劝他另娶一位姑娘，他仍然从乡下接回了他在当“摘帽右派”时，与他共过患难的第二个妻子冯玉兰和一个异姓遗孤。

曲啸对夫妻之间有无共同语言有他的切身体验和独特理解。

入夜，他孜孜不倦于案头，睡醒一觉的玉兰推门进屋，在桌角放上一碗糖水煮鸡蛋，又悄声退去。曲啸抬首发现，一时语咽。此时无声，可那团团热气，却已蒸腾出万语千言——一个真诚质朴的农村女性对自己丈夫的一片温情和爱心。

对于他的兰妹（曲啸常这样称呼比他小 9 岁的妻子玉兰），他爱着，给予着；同样，他也获得了玉兰的爱，得到了玉兰的给予。他们爱得是那样深沉、热烈，就连年轻人看了也不由得会感到羡慕。曲啸在家里，总是把玉兰戏称为“第一把手”，家里的事不分巨细，都是由玉兰妥妥帖帖地管着。甚至曲啸在家找条手绢，也要问过妻子才知道放在哪儿。这也难怪，曲啸现在在外面的事情实在太多，多到玉兰声称要开除丈夫“家籍”的程度了。

别看曲啸现在是营口市教育学院副院长，到处出头露面做报告，可每次去拜访朋友、同事，只要方便，曲啸总要大大方方地带上他的见了生人还腼腆得说不出话来的妻子一道去。记者到他家里去采访照相，曲啸总要主动提议帮妻子和自己一起照一张。怪不得玉兰见了我们就情不自禁地夸她的丈夫：“我们家老曲呀，做啥事都会想到我，比我自己还要想得细。”

曲啸前妻生的孩子，也就是现在大连工作的儿子，一天叩门来找生父：“爸，您说选择朋友要注意什么？”

曲啸的意见只有一条：看这个人是否爱父母。爱父母者，必也有爱人之心；倘若连父母都不爱，又何谈去爱他人？

曲啸孝敬母亲，奉养老人，这种爱，展示出他的无私和真诚。

曲啸说自己此生最大的憾事，是未能使老母安享晚年。尽管如此，曲啸孝敬老母的爱心，仍可从两个小例子中窥见一斑。

狱中犯人每月仅有生活费 1.5 元，从未有人向外邮钱，只见外面的人向里面寄钱寄物。可是当年的抚顺监狱，有一个犯人，隔一段时间就要向外汇款。这是曲啸每攒够 10 元钱就给母亲寄出的点点孝心。

偏僻的盘山新生农场，60 年代初刚刚出现冰棍。这时曲母的牙齿已经啃不动冰碴了。黄土道上，有个长脸庞的年轻人顶着烈日，手捧刚买到的冰棍跑回家。那是曲啸要把冰棍化成水，请老人尝尝这稀罕物的滋味。

曲啸平反以后，家中双亲已去。唯在金县还有一位年近八旬的老姨母。虽然姨母的儿子早已参加工作，能够尽赡养之责，但曲啸仍从每月不多的工资中省出 20 元寄给姨母，以尽一点敬养老人之心。如逢出差，曲啸则总是叮嘱玉兰给寄去。直到 1984 年老人去世从未间断。加起来的钱，已足够曲啸家添置一部彩电；而老人留下的 6000 元遗产，曲啸分文不要。

曲啸被错打成反革命时，玉兰父母一家大小都受到株连，他的岳父母对这位女婿也渐有怨言，使得玉兰在曲啸入狱后，只好离开父母，困居他乡。但曲啸平反出狱，同玉兰母子重建家庭后，对此事从未心存芥蒂。尽管玉兰家共有兄妹九人，怎么也轮不上他这位女婿来抚养老人，但曲啸仍按期给岳父母寄钱，喜得老岳父母现在逢人就夸“大女婿好”。

正因为曲啸有着爱父母、爱妻子，爱亲人那样一颗热烈纯真的心，所以，他才能够做到爱党，爱祖国，爱人民，爱自己的事业，并且爱得是那样深沉，执着，无私，动人。

自强自爱。他放风筝，吹箫，还获得了赛跑冠军。多方面的锻炼和爱好，练就了他一副运动员般的身体和乐观豁达的男子汉性格。所以，他历经人间磨难而其形不垮，其志不衰。

未见曲啸以前，我们曾猜想：此人劳教、坐牢二十余载，时年五十有四，一定成了一个形容枯槁的白发老叟吧！当曲啸真的站在我们面前时，我们才发现，原来曲啸竟是个面色褐红，身材魁梧，声音洪亮，谈笑风生的男子汉。从他彬彬有礼、雍容大度的举止中，我们怎么也看不出他是在政治风雨中滚过几遭的“牧马人”。

曾有人问过曲啸有何保持身心健康的奥秘。曲啸的回答是：“人活着，就要自强自爱。所谓自强自爱，就是要珍视自己生命的价值，不断地充实自己，丰富自己。只有自己充实了，才能更多地给予别人；只有更多地给予别人，自己才能获得身心的愉快、健康。”这不能不说是一个值得人们反复寻味的回答。

原野茫茫。小兴安岭下，曲啸以放马来接受“改造”。此时的曲啸，妻离子散，家中老母无人照看，更有自己的赤子之心未被理解，反遭好人误会，小人暗算。但人世间的这些痛苦遭际并未把曲啸压垮。在辽阔的牧场上，他策马驰骋，不时“叭”地甩出一个响鞭，拢回被汽车惊散的马群。他的身影闪现在马群中间，也像骏马一般矫健。夜深人静，他拿起随身携带的一管竹箫，吹上一曲《走上高高的兴安岭》。于是，那人世间的一切烦恼愁绪，仿佛都随着这优美的箫音，一起飘散在一望无垠的荒原。

曲啸能有这样强健的身手和艺术修养，并非偶然。

稚龄小童时，曲啸就跟父母学绘画，念诗，放风筝，到海边游泳；青年时代，他能抚琴弄箫，编剧本，当导演，他既演过《钢铁是怎样炼成的》中的保尔，也反串过《送郎参军》中的小媳妇和《白毛女》中的喜儿。发送到北大荒后，他扮演过评剧《红灯记》中的李玉和……

曲啸又是学校里的一名体育尖子。滑冰、游泳、篮球、田径，样样都行。跳高曾获大连中学生运动会的第一名；二百米低栏，打破过旅大市纪录。至今中学时代的同学谈起他，都不曾忘记他还是大连市的“体育明星”呢。

至于谈到学习，曲啸从小学、中学到念大学，一直是班上公认的高才生。

多方面的修养和爱好，不仅练就了曲啸一副运动员般的体质，更培养了他一种乐观豁达、积极进取的男子汉气度。曲啸曾说：“我这个人就是爱逞强。一个人不逞强，难道还要去逞弱吗？”

镣铐四肢，铁锁门窗，谁人心中不会发愁？何况曲啸还蒙冤受屈，两度建立的家庭都被支离。但他放得下，想得开，心胸坦荡。

他也曾想到过死。那是在他被错打成反革命，妻离子散，壁空如洗，自己人格受尽凌辱的时候。但他转念一想，生命一旦降生，就不仅仅是属于个人的，更是属于事业，属于社会的。若人人都为挫折而轻生，国家将会是什么模样？何况自己一死，谁以后又会来证明自己一生的清白？

曲啸对自己生命的爱，是基于对祖国前途充满信心，对自己的事业的执着的信念。

曲啸这种对自己生命的爱，并非是贪生怕死的保命哲学，而是一个敢于正视现实的唯物主义者对祖国前途充满信心，对自己的事业具有无比执着的信念的表现。

基于这种自爱，即使遭到毒打，自尊心受到巨大伤害，他绝不求饶一句，绝不背叛自己的人格。

基于这种自爱，在狱中的劳动，他不看作是对自己“罪行”的处罚，而当成在特殊环境下为国家工作的一种贡献。他力争要把一切工作都做得比别人更出色。他通过自己的钻研，能熟练地操纵车、钻、刨、铣各种机床，车工技术，高达六级。在广交会上展出的抚顺产的插床中，就有他加工的零件。一次油锅起火，危及仓库，他拨开人群，冲上前去，奋力拖走了油锅，避免了一场灾祸。他这样做，只是想为国家财产尽到一个公民的责任，虽然当时他还没有公民权。

热爱生命和生活的人，时光和生活也从来不会欺骗他、亏待他。曲啸自1979年1月平反出狱以后，他的学识才华，却像蕴蓄已久的潮水一旦打开闸门一样，滔滔不绝地汹涌奔流了。在不到五年的时间里，他先后写出几十万字的心理学讲稿，十多篇心理学学术论文。除了7000多个课时的讲课，还应邀做过200多场专题报告，一本与他人合作的《青少年犯罪心理学》已交付出版，一本30万字的《罪犯心理及其对策》正在撰写之中……

曲啸，就是这么个人，不论干什么，不管命运把他抛到哪里，他都能干得有声有色，活得有滋有味。他的生活是充实的、丰厚的。正因为如此，他才能始终保持他的乐观、从容、豁达、大度的男子汉性格，才能够用自己的爱，去温暖和照亮别人的心。

对失足者的循循善诱，在那些干涸的心灵上播下了爱的种子，把党的改造政策，打入那些尘封已久的心扉中去。

爱亲人也好，自爱也好，都还是与自己有关。或许，最能展示曲啸具有一个共产党人的宽厚爱人之心的，还是他对那些路上偶遇的陌生人，蒙受冤屈而又苦于求告无门的人，甚至，那些曾给人民的利益带来危害、如今已关押在监的犯人所给予的爱的动人事例。

那是曲啸应邀去沈阳大北监狱给犯人们做报告，他走到台前，环视一周。然后，台上响起了他浑厚的男中音：“触犯了国家法律的青年朋友们……”声到心亦到，台下听众立即报以热烈的掌声，有的甚至流下了湿润的泪水，因为他们从这个与众不同，字斟句酌的称呼中，感受到了报告者的一片苦心。

曲啸告诉我们，倘若与犯人谈话，开头就说“你的罪行很严重”，必然堵了门；而以“你这事儿呀，可不是不严重”为话引子，虽然意思不变，但一片与人为善的诚心，却殷殷可鉴，对方听了，会觉得心里头热乎乎的。

具有这种理解力，除了了解心理规律和有特殊的经历外，更重要的是曲啸对犯人也怀有爱的成分。“我爱的并不是他们的犯罪，而是爱这块材料——教育得法，他们也可能成为有用之才呀！”

农历腊月三十晚上，大雪纷飞，滴水成冰，正是家人围着火炉嗑着花生瓜子团聚的良辰。而兼任营口市劳动教养院辅导员的曲啸，这时却骑着自行车，沿着坑坑洼洼的泥泞马路，摸黑赶到离城十多里的劳动教养院，去看望在那里接受教养的人员。

一个有诈骗行为的人，入院后曾逃离教养院；被抓回来隔离在独居室里。曲啸见到他，走上前握住他的手说：“新年好！向你拜年了……”话还未完，这位30岁的东北汉子“哇”的一声哭了。也许，长这么大，还从没有人握过他的手；也许，这是他成人后，第一次当着人流泪。握手，使他感到了自己的人的尊严；泪水，是他麻木已久的良知的觉醒。此后，管教干部感到，这个人在教养院的表现明显地变了。至今，他还和曲啸保持着通信联系。

从1982年曲啸担任教养院辅导员起，年年大年三十晚上，他都是在这里与失足青年一起度过的。他和他们一起包饺子、吃年饭、谈心……直到深夜学员们就寝，才撤回到家里与眼巴巴盼望丈夫、父亲回来过年的妻儿说上几句互祝新年好的话。他把他那颗心交给了失足青年。但妻子没有半句怨言，因为她懂得，丈夫这颗心，或许已经温暖了许多已经冷漠了、干涸了的心。

怀着一种要把危害过社会的人改造成为对社会有用的人的热诚，每当夜阑人静，曲啸都要伏案到一两点钟。他要写出罪犯心理，写出对策，以使党的改造政策更加完善，使无数个青少年的良知从迷惘中苏醒，使潜伏在他们内心深处的人的尊严在爱的暖流中复苏。他到处给犯人、失足青年做报告、讲演，把党的改造政策，化成循循善诱的拉家常，打入那些尘封已久的心扉中去。

曲啸在那些失足青年干涸的心灵上播下的爱的种子，获得了最丰厚的报偿。一天，一位打扮时髦的小伙子叩门走进了他的家，毕恭毕敬地说："大哥，您讲的那些道理我们这帮子哥们儿算服了，您不见我们的外，咱们以后也要学着点您，往正道上走。"

见义勇为，急难助人，是曲啸一贯的做人品格，是一个共产党人更为宽阔深厚的爱。人活着，就要给人民以愉快；要用自己的劳动，在人类文明史上划下一道闪光的痕迹。

60年代当"牧马人"时，一次到三江口为农场买牛，在送牛血到通辽化验时，遇上一位老人与孙子丢掉了钱包无法返家，在路边痛哭，曲啸掏出自己的全部盘缠——用来买回程车票的7元钱，为他们买好了回程的车票，而自己却囊空一洗，借了别人10元钱才回到三江口旅馆。70年代末，一次在营口市街头，一群人围观一位腿烂生蛆的妇女，曲啸见了，买来药膏，拨开众人，又拨出妇女烂腿里的臭蛆，敷上药膏后，才忍心离去。

单单列举几件曲啸助人为乐的雷锋式的故事，未免使他蒙上一层只是一个悲天悯人、乐善好施的谦谦君子的色彩。事实上，曲啸对人并非只是一个简单的施与者。现在，他是一名共产党员，是全国人大的代表，他的所作所为，是出自一位真正的共产党员对人民群众高度负责的责任心。

鞍钢公司的一位同志，50年代被错划成右派后遣送回江苏农村，妻子因此而得了精神病。平反以后他又回到鞍钢，但既无住房，妻儿的户口也无着落。他给素不相识的曲啸去信求助，字还是用铅笔写的。曲啸立即把情况反映给在全国人民代表大会上认识的原鞍山市委书记杨克冰，这位老书记立即认真处理，查清了那位同志的情况，使他很快得到了住房，安排了妻儿的户口。曲啸得知这个情况后，比解决了自己的问题还高兴，连忙写去一信，又叫妻子找出几件家里的旧衣服，寄给鞍钢那位同志。事后，这位同志千恩万谢，感激不尽，表示要亲自到营口看望曲啸，曲啸又去信说："希望你不要特意来看我，更不准你送我任何谢礼。我只希望看到你三年内能成为一名先进工作者。"

山东某县一位姓王的教师，自家住房被粮食局占用长期不还，向法院上诉后又被告知让他撤诉。曲啸得知后多次去函向该法院质询，并直接写信反映给彭真委员长。有人说："你是辽宁代表，何必管山东的事？"曲啸答曰："我是全国人民代表大会的代表，有责任反映群众的要求，为人民办事。"

曲啸自1979年出狱恢复公民权以来，过问的事太多了。小到家庭纠纷，大至轰动地区、省，乃至全国的骗婚案，难以一一枚举。他说："身为共产党员，做了人民的代表，就要替人民说话，不能光举手投票就了事，见了不平要表态，哪能怕丢乌纱帽！我从不怕丢乌纱帽，大不了再去放马。做人，就要做个嘎巴脆的人！”

曲啸的事迹在报纸上，尤其是在《光明日报》报道后，每天全国各地都有不少人向他写信，有表示敬仰之情的，有倾诉自己痛苦遭遇的，有把他奉为知音的，有同他探讨问题的，也有向他伸出求助之手的。尽管现在曲啸身兼数职，尽管他每天忙到深夜12点，中午不休息仍然有做不完的工作，尽管他现在身体不好，患有胃溃疡等疾病，并有癌变的前期症状，但他面对祖国四面八方这些熟悉的、陌生的朋友寄来的信件，总是热诚认真地处理，能帮忙的，他一定要尽到自己的心。他说：“人们对我这样信任，我怎么能无动于衷呢？我这样做虽然累一点，但我感到我的生命是充实的，生活是愉快的。我现在才54岁，我希望还能每天这样干上30年。到那时让下一代人再接着干下去。人活着，就要给别人以愉快。人生的意义，就是要通过自己的劳动，在人类的文明史上，划下一道闪光的痕迹。”

地矿状元——骆正常

本报记者　张祖璜

（1985年2月6日）

他，身高1.8米，有像运动员一般的个头。可是不幸得很，因为屡遭磨难，病魔缠身，他瘦削的身子不时地左右摇晃，双手不停地颤抖，说话也十分吃力，真让人担心一阵小风就会把他卷走。

此刻，1984年11月10日，在长沙芙蓉饭店一间客厅里，地质矿产部部长孙大光正关切地向这位病弱的中年人问道：“你今后怎样打算？”他低声回答：“古人说，‘粉身碎骨浑不怕，要留清白在人间’。我呢，是粉身碎骨全不怕，要留功业在人间；要脚踏实地，在地球上留下几个脚印。”

老部长被感动得兴奋起来，连声称赞道：“了不起呀，了不起，你是我们地矿部的第一个状元！”

这位状元，就是湖南省地质矿产局工程师骆正常。

当科学春天到来的时候，瘫痪了六年的骆正常，承受着压力，撑着拐杖，投入了人造金刚石刀片和钻头的研究

1960 年，骆正常从中南矿冶学院毕业。那时，他虎虎有生气，不到几年便初露锋芒，首先研制成当时处于全国先进水平的查盖自然通风设备，他的先进事迹在本单位展出，受到人们的赞扬。

谁能料到，在“史无前例”的那场风暴刮起的时候，他因为写过抒发个人感情的诗词和有“倒霉”的社会关系，被戴上了一顶又一顶的政治帽子，赶出了地质局实验室，强制劳动三年。1971 年，在一次劳动中又因苯蒸气中毒，摔伤了脊椎骨，瘫痪了六年之久。1978 年，当科学春天到来的时候，他刚刚能从床上爬起来，便向领导要求搞科研。

“你要科研吗？好，交给你。”实验室领导认为他是一个在政治上有“污点”的人物，根本不相信能干出什么名堂，便一下子给他安排了三项任务：一是回收水银；二是烧玻璃。骆正常在 1961 年由于水银中毒，留下了一双颤抖不止的手，现在瘫痪的身体还没有完全复原，按照国家劳保条例是不能再进行这些研究工作的。第三项是研制金刚石刀片，这是一项连续性很强的工作，日夜不能离开岗位。骆正常考虑再三，明知这是拿重担“压人”，他还是接受了。当时没有任何资料，条件也很简陋，然而，领导在他刚开始工作时，便撤走了原来正在进行这项科研的六名技术人员和工人。他毫无办法，只得撑着拐棍，单枪匹马地一连干了三个月。

骆正常向险峻的科学高峰攀登，独创了新型的人造金刚石后处理技术，取得了十二项科研成果

一天，他在电镀刀片时，忽然发现一种奇异的现象：当刀片从电镀液中取出的时候，一颗人造金刚石出现了银白色的“斑影”。他急忙测试，测出这些斑影是电镀剂与金刚石表面金属离子的化合物。

这是可能的吗？自从瑞士化学家林德尔在近半个世纪以前制成世界上第一颗人造金刚石以来，统治金刚石研究的一直是这样一种理论，即：低温下的金刚石是惰性，只能起物理反应，而不能起化学变化。迄今为止，世界上还没

有人怀疑过这种理论的权威性。

那么，这种使人造金刚石起化学反应的元素是什么呢？横在眼前的是一座险峻的科学之山，骆正常此刻下定决心要向上攀登。为了找到这种元素，他夜以继日地守在测试仪器旁，以顽强的毅力追逐那个不知名的东西。终于，这种元素出现了。有了它，低温下的人造金刚石，能与多种电镀剂发生化学反应，从而创立了人造金刚石后处理工艺技术。这是一个中国人所独创的新型技术。

在这种新工艺技术指导下，生产出来的金刚石刀片，用来切割各种矿体、岩石，不再发生吃软不吃硬和刀口崩裂的现象，人造金刚石制品不再虚有其名。

1981 年，人造金刚石刀片的“同胞兄弟”——一种新型人造金刚石钻头研制成功了，在湖南省境内各矿区实测的结果是：每只钻头的平均进尺为 103.28 米，超过了当时国内最好钻头的一倍。在以矽卡岩、花岗岩为主的岩石中钻进，创造了单个钻头进尺达 228.88 米的高纪录。难怪我国有一位著名的探矿工程教授兴奋地说：“我们地质矿产部钻头的希望在湖南。”这个希望的代表者就是骆正常。

在一些人的“左视眼”里，骆正常的成果是假的。骆正常说：“成果价值如何，自有公论，只要对国家有利，我也心甘。”

人造金刚石刀片和人造金刚石钻头研制出来了。然而，在一些人的“左视眼”里，骆正常的成果是假的，是用天然金刚石做的。内行人都知道，天然金刚石谁能买得起，又能到哪里去买！对于这些流言，骆正常觉得十分可笑。

消息传到北京中国地质科学院实验管理处，这里的同志们深感不平，即刻写信给骆正常所在单位，希望对他的事业给予支持。接着，又为他申报成果。当申报稿寄到骆正常手里时，他十分感动。多么难得的支持啊！但是，他谢绝了他们的好意，回信说：“我所做的一切，只要对国家有利就行了，我搞科研并不是为争这个名，求那个利。”

不久，实验管理处的同志为他写了一篇《后来居上》的通讯，准备在报上发表。稿子寄给他核实，他也诚恳地回信说：“我个人觉得，平常人物，不必宣扬。至于成果价值如何，自有公论，只要对国家有利，我也心甘。”

骆正常身患胆囊炎、胆汁性肝硬化等多种疾病。他的成果是意志与疾病抗衡产生的奇迹

1981 年春天，湖南郴州荷叶塘矿区向省地质局告急：千层糕似的岩层，一会儿松散，一会儿坚硬，钻头断裂，日进尺表上常常出现“零”的记录。这时，刚刚完成人造金刚石刀片课题的骆正常，又接受了解决这一拦路虎的任务。

他提出了研制一种新型人造金刚石钻头的设想，战斗刚刚拉开序幕，他就病倒了：白血球下降到一千六百至一千，肝硬化、急性胆囊炎并发。医生从他体内取出了 47 颗胆结石，还不得不把胆囊全部切除。

骆正常全身蜡黄，一米八的汉子体重只剩下 42 公斤。但他睡在病床上，心中总不安宁：“荷叶塘怎样了？”“设想的钻头能不能解决他们的问题？”

5 月下旬的一天，他的妻子从市场早早地买菜回来，发现丈夫不见了，他到哪里去了呢？患难与共的妻子急得团团转，到处寻找他的踪迹。

可是她哪里晓得，老骆已经离开长沙，此时正坐在南下荷叶塘的列车上。他下车了，离矿上还有 300 多米山路。为走这段路，他不得不借助拐杖，颤颤巍巍，一步一挪，当还剩下一百来米的时候，他体力不支，终于跌倒在地，两眼直冒金星，汗水湿透了全身。他暗暗地告诫自己，绝不能停下来。最后，他硬是爬呀爬，爬到了矿区。

矿工们看到他成了泥人，腰间还吊着个玻璃瓶，插入体内的橡皮管正一滴一滴流着黄澄澄的胆汁。大伙搀扶着他，劝他休息，他硬是不肯，接着来到钻井台上，开始了对新钻头的测试。测试工作要连续进行，每隔五分钟必须记录一次。他就是这样，饿了，简单扒几口饭；乏了，就近打一个盹，一直坚持了 80 个小时。

这年 12 月，他又来到江华河路口矿区测试钻头。这里是湘桂交界之地，山峦重叠。连续的奔波，长期的劳累，使他常常虚弱得两腿发抖。一天清晨，他一下子倒在铝桶上，跌断了三根肋骨。长沙接他的车子赶到了，来人传达领导的指示，要他回长沙住院治疗。他苦苦地哀求：“再等几天吧，第一手资料总比第二手资料好啊！”

生命在金刚石钻头研究中抗争，生命在科学事业中拼搏。让人忧虑的是，

在这种抗争和拼搏中，他腹、背上的几处无名肿块也慢慢隆起。他更消瘦了，下肢浮肿，脚肿得穿不进鞋袜，那凶狠的病魔继续向他扑来，真是祸不单行。1982 年，他的心脏病发作，曾三次晕倒在他工作的地下室里。一次，工人小李护送他去医院。他在半路上苏醒过来，连忙摆着手，示意司机一定要开回去，开回到他的实验室去。小李不懂他的意思，他赶忙又指了指口袋，啊，那里面有三种维持生命的急救药……骆正常的成果，正是意志与疾病抗衡而产生的奇迹。

死神威胁着骆正常，妻子张翠霞提出：或是住院，或是离婚，骆正常选择了后者。张翠霞声泪俱下，一头扑到丈夫的怀里

死神在威胁着骆正常。可是，他三次晕倒在地，三次都是从医院直接回到了他的实验室——一个占地 42 平方米的防空洞。

这时，他正在进行一种能钻透地下各种岩层的新钻头。妻子张翠霞，心痛欲裂。多少次，她含着眼泪，哀求丈夫去医院治疗。他满口答应，可是从不照办。逼急了，他还说："即使我只活到明天，今天还得工作。"

她狠下心，要想办法"治"他，于是一张"离婚报告"摆在骆正常的面前："你打算打算吧！你面前有两条路，一条是跟我上医院，一条是在这个报告上签上你的名字。"

骆正常久久说不出话来。第一条，他仍然没有办法答应，因为新钻头的研究正处在关键时刻。第二条……无限的思绪呀，使他百感交集。

张翠霞，是他大学时的同班同学。在骆正常遭受磨难的日子里，是她安慰着他、鼓励着他，帮他鼓起生活的勇气，同时挑起了全家生活的担子。他们同舟共济，一起度过了 18 个艰苦的春秋。

一次，骆正常正要出差，张翠霞病倒了，他顾不上照护就走了。当火车徐徐开动时，他才想起对不起自己的妻子，到了目的地，放下行李，马上给她写了一封信——这是他们结合后唯一的一封信。就是这一点，张翠霞也感到十分满足，常常喜滋滋地对人说起这件事。

骆正常每月 46 元工资，一连拿了近二十年。他的大孩子曾要求买台收音机学外语，可是他自己却无能为力。一次买了台旧的回来，想修理一下送给孩子，可是因为买不起零件，终于没能尽到心意。

有一次，他的小女儿慧慧病了，发高烧，恰巧这时她妈妈不在家，骆正

常想把她送到医院，懂事的慧慧对爸爸说：“爸爸没时间，我过两天就会好的。”执意不肯让爸爸送。

往事历历，妻儿的亲情，此刻像刀一样扎着骆正常的心：“是呀，我不是个好丈夫，也不是个好爸爸，我给家庭带来了什么好处呢？”骆正常坐在桌旁，眼睛湿润了。但他了解自己的妻子，于是在“离婚报告”上签上了“骆正常”三个字。

“真是死心眼啊！”张翠霞声泪俱下，扑到了丈夫的怀里，“你呀！你是让金刚石迷住了心窍！”

其实，骆正常哪里不通心窍。这阵，你看他的心怎么跳：“妻子了解我，我是幸福的！”

这是一个腾飞的时代，人生能有几回搏？他暗暗激励自己：荣誉，只应成为自己继续前进的力量

1985 年 1 月 29 日，骆正常同全国地矿系统的先进人物欢聚在中南海怀仁堂。他在这里举行的表彰会上被授予劳动模范称号，孙大光部长在大会报告中，向到会的中央领导同志汇报，向全国 40 万地矿职工宣布：骆正常，是我们地矿战线上活着的蒋筑英式的人物！

会场上爆发出经久不息的掌声。

也许是由于心情舒畅，骆正常脸上放着红光，身体比以前硬朗了，此时，百感交集。他感激领导对他的赞许，感激多年来为他奔波，为他说话，为他操劳的领导、同志和科技界的朋友们。他回忆着这一切，想到今后的路更长。

“切割花岗石和大理石板材用人造金刚石大圆锯片”“框架锯的研究与应用”等都是我国的空白，为祖国争光就在眼前！国家还为他们的研究工作拨出了 40 多万元的巨款，任重而道远啊！

这是一个腾飞的时代，人生能有几回搏？骆正常暗暗地激励自己：荣誉，只应成为自己继续前进的力量。

他满怀深情地凝视着中南海，心早已飞到了长沙，飞到了明天。

“黄金无种爱生勤俭之家，尊重知识引来人才辈出”

老农李本常的四个儿子全部考入大学中专

李本常对孩子们说：“日后国家需要人才，你们应当刻苦读书，我累死累活也要供！”

本报记者　李汀

（1985 年 4 月 20 日）

编者按　李本常，一个大字不识的普通老农，从自身的经历中，深深感受到，没有文化、没有科学知识，要使国家富强起来是根本不可能的。为此，他下定决心，宁愿节衣缩食，克服一切困难，也要供儿子念书，好让他们学到知识，将来报效国家。现在，他的愿望终于实现了。一个普通农民，能有这样一种思想境界，真是难能可贵！希望那些迄今仍然只计较眼前利益，连孩子上小学、中学都不肯花钱的人们，从李本常的行动中得到启发。

十一届三中全会后的五年里，庄稼汉李本常家“奇迹”接踵发生：四个儿子，三个考入大学，一个考进中专

同一道门槛，同一个院落，前后五十多年的朝朝暮暮，迎送的是目不识丁、泥巴糊满脚、嘴里咂着旱烟锅的庄稼汉李本常，还有和他同甘共苦的老伴牛有香。可是十一届三中全会后的短短五年里，“奇迹”接踵发生——他们的四个儿子脱颖而出，三个考入大学，一个考进中专。老二李积宪大学刚毕业又展翅高飞，赴日留学，正在钻研世界先进的电子技术。

消息不胫而走，虽说这里是远离闹市的偏远乡下，不但没人再用“先世修福”“风水宝地”来为李氏院落做注脚，相反，人们纷纷称赞党的政策好，颂扬“黄金无种爱生勤俭之家，尊重知识引来人才辈出”。

生不逢时，李本常出身于甘肃皋兰县黑石川一个五辈扛活的文盲之家。村里虽有私塾，但就读者寥寥。解放了，李本常当了土地的主人，翻身的自

豪、喜悦并未抹去没有文化的苦楚：他当过二十多年队长，做思想工作，说不出个道道，靠呵斥树立“权威”，能引起群众畏惧，却不能使大伙儿产生由衷的敬意；年终决算，当会计拨拉算盘珠时，他只能背着人羞怯地在地上画道道。

“日后国家需要人才，你们应当刻苦读书，我累死累活也要供！”

李本常苦了一辈子，悟出了一个道理：知识是了不起的财富。因此，他尊重有知识的人。“文革”期间，知识分子遭了殃，连黑石川小学也难幸免。大儿子的一位老师因讲过《西游记》故事要挨批，李本常斩钉截铁给儿子下令：别跟着瞎起哄！老三调皮，曾受过老师的处罚，回家嘟囔着要算账，庄稼汉神情严肃地说：“调皮的孩子就该管……”在那个“知识越多越反动”的岁月，这位大老粗的儿子们幼小的心田里却萌发着热爱文化知识的嫩芽。

春天来了——包产到户，多种经营……憋足了劲的铧犁划破了贫瘠的土地，成箩的汗珠儿变成了颗粒饱满的麦穗、谷穗，黑石川刚结束了长期吃返销粮的历史，家家又开始筹划发家致富的大计。李本常这时却正儿八经地对正在中小学读书的儿子们倒出了自己的心里话：“日后国家需要人才，你们应当刻苦读书，我累死累活也要供！”

青石板上钉上了钉，李本常一句话化作了五个年头的披星戴月、栉风沐雨和节衣缩食的生活。别人家里增添了新家具、电视机、录音机，他不眼红、不羡慕，自己把一叠一叠的人民币全投在孩子读书上。为增加收入，1982 年他尝试着栽了几亩烟叶——长得多好啊，那墨绿色、肥厚硕大的叶子！不料收成季节突然降了一场冰雹，一幅美丽的图画被涂得不像样子。地头上，庄稼汉和老伴都红了眼圈。

“李本常呀李本常，养个放羊娃，每年少说也能给你挣个八九百，难道你就真不想发家？”好心的亲戚、邻居问道。

“现在要搞现代化了，即便当了农民，没文化知识也不行喽。”李本常这样回答。

他们回答父亲的不是口若悬河的宣言，而是脚步坚实的行动

李本常的形象像刀刻斧镂般地留在了儿子们的心坎上——那夜幕低垂时炕头上的长吁短叹，那举起笨重农具时脖颈上鼓暴的青筋，那皮纹粗糙的大手，那充满悔恨又闪烁希望的眼睛。儿子们体验到的不只是深厚的父子情，而

且是一个梦寐以求摆脱愚昧、无知，向往未来的中国农民的心！他们回答父亲的不是口若悬河的宣言，而是脚步坚实的行动。1977 年高考制度刚恢复，长子李积尧就首开纪录，考入了开封黄河水利学校。他没有忘却自己是庄稼汉之子，三年中他给父母、弟兄写了一封又一封信，倾诉着学习中知难而进“滴水穿石”的体味、与同学相处的乐趣和对家乡亲人的眷恋，等等，唯独没有告诉生活中的困难……老二李积宪后来居上，1979 年考入甘肃工业大学工企自动化专业，1983 年考取了哈工大研究生，一年之后又赴日本筑波大学留学。远离祖国、远离故土了……一度他家信写得少了，担心、揣测，在庄稼汉、在弟兄们心中萦绕。不久他来信了，这样写道：“总忙于学习，有时连自己的存在也忘了”“可是我永远不会忘记祖国和亲人的恩情”。老三、老四当然不甘落后，相继也考入大学，现在一个学畜牧，一个学冶金。

孩子们是一群大学生，回家来也还是下地干活的“庄稼汉”

孩子们都远离家门去了。李本常和牛有香的小院变得空空荡荡的。可是乡亲们看到，每当朝阳初升，这位年近六旬的庄稼汉扛着锹出门时，腰板挺得直绷绷的，比任何时候都显得精神。一年两度的假期一到，院落顿时红火起来，儿子们——一群大学生，有时互用英语对话，有时出题彼此测试，有时谈笑风生地交流着各自的体会；不，他们也还是“庄稼汉”，你瞧，麦收时，一个个穿起汗褟儿，头戴草帽，手执镰刀，和父母一起收割，汗珠儿成串滚落……

于是，李本常和他四个儿子的故事在黑石川传扬，传到更远的地方，许多农村学校的老师都把它讲给孩子们听，听故事的孩子们眼睛都在熠熠发光。

·1986年·

一个工程师出走的反思

本报记者　樊云芳　丁炳昌　张祖璜

（1986年6月17日）

编者按　本文公布的这个事件，介绍了一位工程师的出走以及由此而产生的一系列始料未及的后果。这件事涉及的范围广，问题多，给人启迪，令人深思。本报之所以把它公之于众，旨在让广大读者都来发表议论，从中总结出有益的经验教训，从而使我们的改革大业、特别是这一项被大家视为“禁区”的政策性很强的人事管理体制改革，能向科学化、法制化、现代化逐步深入，以推动人才流动健康发展。

中国的一道封闭得最严密的闸门——人才单位所有制——在1984年得以启动了。

平静的水面开始流动，掀起波涛，形成旋涡，互相撞击与摩擦。

就在这错综复杂的大背景面前，推出了我们将要向读者介绍的这个曲折而发人深思的事件。

一起爆炸性新闻——谢中秋“仓皇出逃”。武进纺机厂想挖谢中秋“蓄谋已久”，帮着他演出“出逃”一幕

“昨天我厂发生了一起爆炸性新闻——谢中秋仓皇出逃！”去年3月1日，当湖南省常德纺织机械厂党委书记在中层干部会上发布这条新闻时，在座者无不目瞪口呆。

谁不知道谢中秋，总厂副厂长、副总工程师、分厂厂长，多次被评为先进生产者、优秀党员，竟能干出这种事来？！惊讶的、茫然的、沉思的……人

们怀着各种各样不同的心理咀嚼这条不可思议的新闻。

这是发生在1985年2月27日的一幕：正在度探亲假的谢中秋突然返厂，同来的还有江苏省武进纺机厂的两个人，他们连夜打点行李箱子，第二天晚上，谢携带家眷细软，没向组织上打一声招呼，就不辞而别了。他们到哪里去了？

党委书记华坚的盛怒是可以理解的："谢中秋是常德纺机厂的叛徒！当然，常德纺机厂出个把叛徒没有什么了不起！少个把谢中秋没什么了不起！"

这条爆炸性新闻很快传遍了全厂，也传到了北京中国纺织机械总公司。总公司的领导百思不得其解：谢中秋技术全面，工作积极肯干，该厂目前在市场上居领先地位的两大产品——摇架和经编机，谢中秋是主要开发者之一。据谢本人反映，由于某种原因心情不快，先后六次打报告，要求辞去分厂厂长职务和调动工作，总公司也已同意。也许再过几个月，就可名正言顺地通过组织手续，调到上海附近。他为何要做如此愚蠢的选择？

但接着一份更详细的报告从常德专程送到北京：谢的爱人已在江苏省武进纺机厂招待所住下，两个孩子也已由该厂安排到当地的重点中学上学。

总公司当然不能接受，立即向武进纺机厂发出警告：如果这样不择手段地向国营大厂挖人，搞走谢中秋，将立即停止他们正在与国外谈判的引进项目！

武进纺机厂想挖谢中秋"蓄谋已久"，他们很清楚，在国内纺机行业，谢是一个小有名气的人物。当获悉总公司对谢的调动已开了"绿灯"，他们就来了个先下手为强，趁谢中秋探亲之机，帮着他演出了"仓皇出逃"的一幕。在武进纺机厂看来，当时的左邻右舍都是这么干的，"不去招引人才，企业怎么能上得去？"可现在，总公司使出了"撒手锏"，这使该厂引进谢中秋的事不得不暂时作罢。

常德纺机厂宣布他为"叛徒"，武进纺机厂亮起了"红灯"，谢中秋如热锅上的蚂蚁，半路里又杀出个"程咬金"。

谢中秋，1960年入党，1963年毕业于华中工学院机械系。从记者调查获得的各方面信息综合成的印象是：他的专业水平与处理人际关系的水平太不成比例，前者可以得优，后者不及格；他重情义，崇尚"士为知己者用"，但有时重到了情义高于原则；他好激动，一激动容易走极端，不考虑后果；他工作起来可以不要命，一天十几个小时与工人一起干，但碰到不如意的事又会像小孩子一样甩纱帽；他自尊心强，爱面子，然一旦知道错了，又会向对方打躬作揖赔不是。他的优点和缺点都是那么鲜明，这些矛盾的综合，就构成了活生生的谢中秋。

他本认为，从搬家到探亲假期满，还有整整一个月时间，在这期间办理调动手续绰绰有余。现在，如意算盘落空了：武进纺机厂不得不亮起了“红灯”，暂时办不成手续，前无进路；回厂吧，已被宣布为“叛徒”，有何面目再见“江东父老”？他成了热锅上的蚂蚁。3月中旬，他赶到北京向总公司汇报，编造了几条所谓合乎“逻辑”的理由，用以证明自己并未不辞而别。他的言行不一，理所当然地受到总公司的批评。

谢中秋由于自己的轻率，尝到了苦果：进退两难，彷徨苦闷。

探亲假期满，他就是带着这种心情回到了厂里。

党委书记华坚与他见面后闹了个不欢而散。

前者要对方写出检讨：检查自己目无组织纪律的行为；后者要厂方为自己“消毒”：探亲假期满，我不是返厂了吗？违反了什么党纪国法，为何把自己说成常德纺机厂的“叛徒”？

我们的科技人员，为了事业，多少人含辛茹苦得其乐，九死一生不知悔，人民敬重他们。但作为科技工作者本身，如何自重、自律、自强呢？像谢中秋这样的党员科技工作者，又该怎样成为表率呢？错误难免，关键是需要一个正确的态度。

常纺机一位科技人员也向党组织提出了一个值得深思的问题：“对于革命队伍里不慎失误的同志，当然应该批评他的错误，也需要给他以理解、抚慰和体贴，需要有一个和谐、融洽的气氛，以利于失误者的自我思考。可惜的是，这种气氛太稀薄了。”

谢中秋心乱如麻，不能自拔，想找个人倾吐心中的郁闷。

电话拨通了湖北省京山县委。

“钱亭章书记不在，您有什么事吗？”对方彬彬有礼。

“请转告他，我心里很苦闷，很想跟他聊聊。”

说起这个钱书记，只是谢中秋曾经到京山做技术咨询时，与之打过两三次交道的一个新朋友，谢中秋觉得与此人谈得来，现在，很想见到他。

放下电话，他感到惆怅。湖北省的京山县离湖南省的常德市400公里，钱亭章又是县委书记，怎么可能放下手头工作，与外单位的一个科技人员谈心呢？

万万没有想到，第二天下午，钱亭章风尘仆仆赶来了。

握手时，谢吓了一跳，对方手心烫得吓人，且脸色乌青，满嘴燎泡。一问旁人，才知钱亭章带着40度高烧，是从病床上赶来的，一路上颠簸了10个小时。

"你把我当作朋友，你有苦闷，我怎能不来？"

爱激动的谢中秋，泪水在眼眶里直打转。他来了个竹筒倒豆子，向钱亭章倾诉了一切。"现在说得不好听，我成了落水狗，你要不要我？"

在京山县这样的山区，像谢中秋这样的人才，打着灯笼也难找。可是钱亭章当然知道，一个党员干部这样自动离职是违反组织原则的。

"你先到我们那里散散心，至于工作问题，再从长计议。"钱亭章表了态。

这一次，谢中秋真的是一去不返了。"你对我无情，我对你无义。到哪里都是干社会主义。"他铁了心肠。

就是在这种特殊情况下，谢中秋来到了京山。京山县委常委对此做出了三条决定：

（1）不乘人之危，急于办手续。先放手让谢中秋工作，给他以充分的时间观察京山，做全面的思考和进行选择。

（2）谢中秋如果提出要走，我们欢送。人才是国家的，只要他找到更合适的舞台，就开"绿灯"。

（3）不给高薪，不封官许愿——靠这些，不能长久拴住人心。

为使已经通过鉴定的提花经编机形成批量生产的能力，县里专门成立了攻关指挥部。"谢总任总指挥，我任副总指挥。"钱亭章当场宣布。为使谢有职有权，钱亭章自愿接受了两项任务：到银行落实贷款事宜；复印经编机的技术资料。当天晚上，两件事落实，钱亭章亲自向总指挥交了差。

于是，在这个县办小厂里，谢中秋又重操旧业，没日没夜地干起来。

武进——京山间激烈争夺，钱亭章情真意切煞费苦心，谢中秋一思再思举家迁京山

正在谢中秋攻关最起劲的时刻，他爱人从上海发来了"四道"金牌，"勒令"他速回上海。

"病重速回"，四个字搅得谢中秋坐卧不安。

钱亭章知道，谢中秋来京山工作，对他爱人和老岳母，还保守着秘密。

谢的老岳母是个孤寡老人，多年来就盼女儿女婿能调回身边，她会同意

谢中秋现在的选择吗？怀着惴惴不安的心情，钱亭章陪谢中秋回到了上海。

一踏进对方家门，钱亭章就充当了被告的角色。谢的爱人和老岳母又哭又闹，申斥京山县是“半路里杀出的程咬金”“缺德”“不怀好心”。

钱亭章虽然被骂得坐立不安，但他完全能体谅对方的难处。然而严峻的事实是，提花经编机的攻关已有了眉目，万一谢中秋到此为止，那么机子就有夭折的危险。

回到旅馆，钱亭章吃了三片安定还无法入睡。他干脆披衣下床，整整一个通宵，写了两封长信。一封给武进纺机厂，一封给谢的爱人李藕英。第二天一早，他又来到谢家，只见老太太一人在做祷告。他静候老人做完祷告，与她进行了四个小时的长谈。当他离开时，那位虔诚的天主教徒老太太，脸色已由阴转晴，还一个劲地挽留着这位共产党的县委书记。李藕英回来，捧着钱亭章情真意切的信，反复看了三遍，她深深地被打动了。

傍晚，当老太太亲自动手做了菜，打发女儿、女婿到旅馆请钱回家吃饭时，只从服务员处取到一张纸条：“我不能久待，走了。你们能来，我们欢迎，不能来也永远是朋友。京山的大门永远像对待家人一样向你们敞开。”

再说武进纺机厂，虽然有过本文开头说的一段曲折，但他们深信，谢中秋迟早是自己的人。6月初，他们擅自任命谢中秋为经编技术研究所的副所长，想就此造成既成事实。

同月中旬，武进纺机厂的马书记相约谢中秋一起到京山，主要任务是为谢定娘家。

马书记胸有成竹：眼下，谢中秋的妻儿都在武进纺机厂，武进离上海仅有几小时的路程；更重要的一张王牌，就是那位天主教徒老太太，不可能跟随谢中秋千里迢迢去京山县。

钱亭章也同样自信，我用事业吸引人，用工作挽留人，用诚意感动人，在这场人才争夺战中，到底谁占上风还有待分晓。

谈判的气氛是友好的，可在谢的去留问题上，谁也不肯退让半步。最后只得由他自己定夺。谢中秋好不为难，眼前的两位书记都情意深重，经再三权衡，他还是选了京山。“不过，我以后每年抽一段时间，到武进帮助工作。”

“你家里这一关通得过吗？”马书记感到突然，赶紧提醒谢中秋。

“老太太已请示过耶稣，同意我来京山。”原来在离沪前夕，谢与老太太商量过去向问题。

事情就此一锤定音。

时隔不久，谢中秋全家，包括那位老太太，都从繁华的上海市搬到了京山县。这一下，谢中秋消除了后顾之忧，像一条游龙，施展着自己的才能。

常德纺机厂通知谢回厂整党，京山县仅凭这一通知承认谢的党籍，一幕一幕离奇乱套

与此同时，在常德纺机厂，谢中秋擅自出走的余波远未平息。

特别是当京山县凭着一张通知谢中秋回厂参加整党的通知，就承认了谢中秋的党员资格，并让他参加了京山的组织生活时，常德纺机厂党委感到惊奇和气愤。

“像这样做，不是乱套了吗？”

“谢中秋不做严肃处理，怎么再做别人的工作？”

常德纺机厂的一份处理报告送到了地委组织部。地委组织部长在上面做了这样的批示：这件事发生在提倡人才流动的大背景下，不要看得过重。应派人做好谢的思想工作，劝其回厂。那位部长还指出，谢中秋的不辞而别是错误的，但用“叛徒”之类的比喻也是不恰当的，不利于团结同志，做好工作。他建议厂党委书记华坚或副书记亲自去京山，直接与谢对话，沟通思想。

8月，常德纺机厂派纪委副书记老伍去京山，本意是想让谢回厂整党，遗憾的是，双方谁也不愿见面。

下面是老伍和京山县委书记钱亭章的一段对话。

伍：“他仓皇出逃。”

钱：“他是个人才，要尊重爱护，不要恶语伤人。”

伍：“让他回去整党。”

钱：“我们一起去做他的工作，你们舞台大，我们舞台小，只要你们做通工作，他回去心情舒畅，我们欢送。”

“以前找过他，他态度不好，这次我不愿去找他，也没有必要找他。”

钱不胜惊奇：“既来做工作，为何不愿见他？”

“他不可能回去，我们也不指望他能回去。这次来，就是请京山通知他回去整党。”

钱不赞同这种态度：“既来就该有信心，不要未做工作，就说不可能。”

谢中秋的态度同样激烈：“我不回去，让我回去无非要整我。”

最后的结局，谢中秋竟在京山参加了整党。

这一幕又一幕，如此离奇。

谢中秋党内除名，行政除名，厂内外引起震动。人才交流章法不全，京山——常德各有苦衷

1986 年 1 月 14 日，常德纺机厂对谢中秋做出了如下处理：党内除名，行政除名。

它再次在厂内外引起了震动：有内疚之情，有叹息声声，有迷惑不解……

今年 5 月，记者到京山县，看到了京山县委向中央有关部门写的一份报告："在引进谢中秋的过程中，由于我们认为他来我县是自愿的，流向合理，而且既没有加官，又没有多给钱，加之我们求才心切，只考虑了自己的困难，因此，在引进中没有严格按组织程序办事，而且在谢来我县后，协商调动工作也抓得不很紧。这些，我们县委有着不可推卸的责任。""考虑到当时在人才流动方面的背景以及我们山区人才奇缺的实际情况，希望常纺能谅解我们的失误。"

而常德纺机厂在给中央的一份报告中，也诉说了自己的苦衷："我厂从去年（1984 年）7 月到今年 7 月，调走的工程师就有 25 人，调进的只有一人，而且每年分配来的大学生很多不来我厂报到，现在还有一批工程师、助理工程师要求调走，如果中央没有明确的政策界限，很有可能再次出现出走现象，如果单靠思想工作，没有相应的政策和物质利益跟上去，将很难安定人心……"

现在，常德纺机厂的负责同志正面临着一个严峻的难题。他们告诉记者，厂里的科技人员人心不稳，大有"雪崩"的危机。全厂七十多位工程师，已经调走了一半。造成这种状况的原因是什么？上任不久的新党委书记（原厂党委书记华坚两年任期未满，已调往厦门特区）承认，"现在没有一个控制人才的办法。"

他还认为，现在乡镇企业吸引人才的一张"王牌"就是高薪，而国营大厂则没有这种"优势"，两者是在不平等的条件下竞争。至于对谢中秋的处理，他表示，鉴于谢的出走在干部群众中造成的恶劣影响，党委是在做了"仁至义尽"的工作之后，根据中央有关文件精神做出的。

5 月上旬，京山县一位副县长和县委组织部副部长，受县委的嘱托，到常德纺机厂疏通关系，交流思想，以求取得对方的谅解。常德纺机厂党委对此感

到费解，因为对谢的问题已处理完毕，还有什么对话的必要呢？

谢中秋也跟着来到了常德，想不到这个七尺男子汉面对记者和一些同事泣不成声：“开头一步棋不慎，就陷入了进退两难窘境。”“我是一个有二十多年党龄的科技工作者，谁知会落到今天这个结局。”“50岁的人了，一生还能干几件事？我到京山别无他图，房子没有过去宽敞，工资没多拿一分，连春节也没休息一天。只图心情舒畅地做点力所能及的事。”对谢中秋，那种不辞而别的做法我们不敢苟同，可是，他的事业心和工作热情，又令人感奋。

这是一道封锁的闸门打开之后，滚滚洪流中激起的一个旋涡。

这是在新旧两种体制交替、摩擦过程中，溅起的一点火星。

一场深刻的社会变革，难免要出现一点偏差，或者有些疏漏，人们对此无须惊诧。随着改革浪涛的滚滚向前，疏漏会得到填补，偏差会被引上正确的轨道，人们将会学得更加聪明，本文之所以把这件事公之于众，旨在让广大读者都来思考，加以议论，从中悟出道理，总结经验教训，将艰巨而光明的改革事业推向前进！

从华山到老山——军医大学学员赴老山前线参战纪实

本报记者　刘炳琦　白建钢

（1986年2月2日）

他把生的希望让给别人

石俊，好熟悉的名字。这不是两年前在华山抢险救人中立过功的四医大那个石俊吗？对，就是他。

在那场惊心动魄的救死扶伤战斗中，是他，第一个俯下身去，冒着随时滚落悬岩的危险，将一位女青年背下五百多个陡峭石阶连成的华山咽喉——“千尺幢”“百尺峡”。于是，一个腼腆得像少女一样的年轻人，一下子名声大扬，受嘉奖、立功……还成了全国新长征突击手。

现在，他这个经过再三请求才得到批准上老山的留校毕业生，和四医大的十几位同学一起来到了边防前线。石俊得知三连将进入环境最险恶、战斗最频繁的某高地时，他再次请战，要求营首长批准他随三连到这个高地去。

“你是新长征突击手，是后方来代职见习的大学生，我们要……”营首长考虑他的安全，为难地向他解释。

老山是硝烟弥漫的战地，炮火会给人带来什么危险，石俊是很清楚的；他正是迎着危险而来的。他恳切地向营首长说：“现在我是一个军医，是一名战士！”

营首长做出决定：“让石医生到三连救护所15天，只在洞内接治伤员，不执行火线抢救任务。”

三连连部扎在云雾缭绕的半山腰，连救护所设在云雾之中的一个天然石缝里。石缝口离敌阵地只有五六十米。

一次，运送物资的同志们遭到敌人炮火的猛烈袭击，石俊冲出石缝，把他们一个个推进只容一人出入的石缝口，自己却被敌人的炮弹炸倒在地，腿上撕开一道血口子。

11月3日下午3时。一阵急促的电话铃声响后，石俊得知救护所右侧一个六〇炮哨位被敌炮击中，哨位上的两名战士负了伤。“有伤员”，这对战地医生来说就是一道紧急抢救的命令！无须考虑，石俊冒着炮火和横飞的弹片，向哨位翻滚而去……

他履行了一个军医的天职

雷伟，23岁，父亲早丧，母亲含辛茹苦把他养大成人。去年在四医大毕业前夕，他瞒着母亲，毅然请求到老山前线。

那是1985年9月23日。

在激烈的战斗中，无名高地被打成一片火海。雷伟率领的包扎组，就战斗在这炮弹呼啸的高地上。

雷伟镇定自若，全神贯注，观察着每一个伤员的动向。

这时，在一副担架上，一班长嘴唇发紫，呼吸急促，但仍拼命呼喊着，不愿下火线。雷伟不顾一切跑过去，撕开他的上衣，发现他是严重的“血气胸”。他二话没说，迅速采取急救措施，并果断地命令火速后送。

一位小腿受了伤的三连战士，自己包扎了伤口，正要往后方护送，雷伟不放心，坚持打开敷料复查，果然发现伤口出血严重。雷伟又在炮火中为他重新包扎，及时挽救了这位伤员的生命。

经过数小时的激战，来犯的越军被全部歼灭了。下午4时半，三连撤离阵地，伤员也全部包扎完毕，安全后送。

入夜，不见雷伟的包扎组下来，团卫生队队长和全队医务人员坐立不安，撤出阵地的三连战士也一个个为雷伟着急。怎不急呢？在十几个小时的火线救护中，他把随身带的罐头、压缩饼干全部分给了伤员和军工，自己连一口水也没喝上。

雷伟到哪里去了呢？原来，他在包扎完自己阵地上的伤员以后，发现另一方向的阵地上还有伤员，又冒着炮火爬了过去。直到救护完战场上最后一个伤员，他才同军工一起，沿着崎岖的通道撤离阵地。他忘我抢救伤员，履行了一个军医的天职。

一座人体手术台

四医大学员赵保民，刚刚闯过四道敌人的火力封锁线，从团卫生队来到老山战区最前沿的一个救护所。频繁的战斗和艰苦的生活，使他无暇洗涮修容，这位24岁的白面书生变成了一个“大胡子”。

赵保民和他的10名伤员，永远也不会忘记，去年10月5日晚，发生在那葫芦形山洞救护所的惊心动魄的一幕。

那天，夜幕刚刚降临，敌人一发燃烧弹在洞口爆炸了。这个救护所，也是一个弹药库。大火烧进石洞，燃着了洞里的军用物资，火舌舔着一个个弹药箱。战士们临危不惧，一边奋力扑火，一边往外抢运弹药。突然一声巨响，离洞口不远的几个弹药箱爆炸了。熊熊烈焰卷着巨大的气浪，将10名军工战士推出十多米远，压在赵保民和卫生员身上。6名重伤，4名轻伤。

面对这突如其来的袭击，赵保民和两名医助没有后退半步。他们把伤员一个个背到洞后的石缝里，从炸落的碎石中扒出针管、药物和急救包，动手抢救伤员。可是他们为难了。在这一尺多宽的石缝的地上，布满了尖刀般的利石，别说满身创伤的伤员无法躺下去，就是一个健康之躯也难以忍受。

赵保民在思索。一个念头闪电般地在他的脑海掠过：以人体代床。

“来，把伤员放在我身上！”只见他毫不犹豫地往地上一躺，用自己的身体当起了“手术台”，让伤员躺在他的身上，由医助清创、包扎……

两个人的重量压在一个个尖石上，赵保民疼得连大气也不敢喘。战士的血，和着他的汗，把地上染湿了一大片。赵保民整整当了三个多小时的“人体手术台”，伤员全部脱离了危险。战士们注视着这动人的场面，没有感激的语言，只有闪动的泪花。

清晨，旭日升起，一缕缕玫瑰色的光束，照在赵保民和情同手足的战友们的身上。

张华式的大学生在成长

文章来源于《光明日报》

今天本报先介绍四所军医大学中的一所——第四军医大学的几位参战学员的事迹。提起四军医大，大家自然会想到舍身抢救老农的张华和华山抢险中的张华式的英雄群体。他们的献身精神曾经得到人们广泛的赞颂。现在，我们高兴地看到，这种崇高的献身精神又在四所军医大学的80名参战学员身上发扬光大。从他们的身上，我们看到了80年代大学生有理想、有道德、有文化、有纪律的崭新风貌，看到了祖国大有希望的未来。

全国青年特别是大学生，从这80名大学生的身上可以学习到什么呢？至少可以学到两点：一是他们为了国家富强和人民幸福，不计较个人的名利得失，勇于自我牺牲的精神。这种精神是新中国知识分子的美德，中国的大学生以至青年一代，任何时候都要继承和发扬这种美德，在进行改革和现代化建设的伟大事业中，尤其需要这种美德。二是他们不尚空谈，坚定地走与实际相结合的道路的决心。青年人爱学习，易于接受新事物，掌握了一定的现代科学文化知识，这是很可贵的特点。但从书本上学到的知识是否真正有用，还要在实践中接受检验。四所军医大学的80名学员之所以可贵，就在于他们并不满足于书本知识，而是自觉地到战斗激烈的最前线去检验自己所学得的知识和锻炼自己的思想。这种将现代科学知识与脚踏实地的工作结合起来的优良作风，也是进行改革和四化建设所必需的。

四所军医大学80名参战学员是当代大学生的骄傲，愿他们的献身精神同张华、华山抢险英雄群体的伟大精神一样，在广大青年中、在当代大学生中，进一步弘扬开来！

王树本三访秦穷

本报记者　郑笑枫

（1986年3月3日）

编者按　这篇通讯写的是农民秦穷勤劳致富的事迹，写得实在、生动，很有说服力，这是农民的致富之路。勤劳不仅是手脚勤，而且脑子也要勤，要勤学科学知识、勤用科学技术，这样就能实实在在地脱贫致富。

鸡西市郊区，有个别名叫秦穷的农民，一年之内勤劳致富，被推选为全县脱贫致富的劳动模范。鸡西市电视台的记者赶来为他录像，镜头对准了，秦穷却不见了。找了半天，才在磨坊里把他拉出来。

“你躲起来干啥？怕冒尖？”有人问。

他嘿嘿地笑：“要拍就拍市委王书记吧，不是他为我出谋，我秦穷这个‘穷’字，还能倒写过来？！”

王树本第一次访秦穷，是去年春节前。他原在黑龙江省有名的阿城继电器厂担任党委书记，调到鸡西市担任市委书记不久，就到鸡东县东安村访问贫困户。一进村，就看到村中间有一户人家，三间新盖的红砖瓦房，在太阳光下闪闪发光。瓦房的四周，还砌起了一圈红砖围墙。这家主人叫李富，原是生产队会计，早先也贫困，这几年他领着一些乡亲，到城里承包建筑，富了起来。

和这幢红砖瓦房隔路相对的，就是秦穷一家五口的两间破草房。李富、秦穷，成了鲜明的对照。

王树本走进秦穷家。离过春节剩不几天了，灶膛里两口大锅，还是空空的。进屋上炕，炕上就一条棉被。虎背腰圆的秦穷，一听说来人是市委书记，脸“唰”地红了，吃吃地说：“你看，这乱屋子，连个坐的地方都没啦！”

王树本盘腿坐在炕上，和秦穷唠开家常。

秦穷说，他本名秦树斌，父名秦英。因为穷，他爹在世时，就落下“秦穷”这个别名。爹死后，“秦穷”这顶帽子，又落到了他头上。

“不瞒你说，王书记，”老秦说，“我也是三十好几的男子汉，李富能富，我就甘心受穷？这些年，我家里有难处啊！”

原来他家有老母，卧床三年不起，买药看病，一年没干几天活，1984 年才收入 300 元，拉下一两千元的债。

“你这膀大腰圆的汉子，就让这穷字给压趴下了？”王树本问。

“我穷有穷志气，不躺在国家身上吃救济粮。可我这地方，地是白浆土，地下没煤，我纵有千斤力气，也没处使啊！”

王树本听罢哈哈一笑：“我看你屋后那块田园地，少说也有三分，荒成一片草。种地要因地制宜嘛，白浆土不长粮，种瓜、种关东烟叶，可是有钱难买的宝地啊。”

“我送你八个大字，”王树本说，“以农为本，多种经营，这是勤劳致富的阳关大道。”话头一转，又谈到老母猪。王树本说：“俗话说，富读书，穷养猪，贷款先买两头大母猪，当年下两窝崽，按当地市价，到 1985 年底，这一项就可收入 1000 元以上。”

老秦乐得从炕头往地上一跳：“王书记，我认定走你谋略的这条阳关大道。”

“一言为定，”王树本紧紧握着老秦的手说，“你 1984 年叫秦穷，1985 年把穷字脱掉，该乐和乐和，叫秦乐，1986 年富起来，和你对门的李富齐名，就该叫秦富了。”

王树本放心不下，去年夏天第二次访问老秦家。进屋一看，老秦只买了一头老母猪，王树本拉着老秦就问：“为啥不多养几头？”催着他拿出乡里的 400 元贷款，又买了三头当年下崽的母猪。

三分田园地，老秦也侍弄得干干净净，花二百多元，买来三万多株杨树苗，他爱人拿根木头棒子，止朝地里打洞，插栽树苗。王树本连忙把她喊住：“你这么个栽法，还有多少成活率？”说完，蹲在田园地边，就地告诉她一些植树造林的知识。

老秦对王树本说，他种的四亩水稻，采用了高产的“旱地育苗”新技术。王树本听了，伸出大拇指夸奖他说：“这下子你真是开动脑筋了。”

秋初，王树本第三次去老秦家，两间破草房推倒了，秦穷在挂锄农闲的期间，上山打石头，垫地基，就要盖新房了。

“又养猪，又种地，又盖房，你人手够吗？”市委书记关心地问。

“乡里要派人来帮忙，我辞谢了。”老秦说，“我有的是力气，出力的活，我不求人。”

王树本问：“你那旱地育苗的四亩水稻田，亩产能达到600斤吗？”

老秦一听，财大气粗地说：“亩产800我也不给呀！”

1986年春节前夕，记者访问秦穷的时候，一栋三间大红瓦房早已站立起来了。堂屋正中的两口大锅，正煮着猪食，烟囱腾腾地冒着炊烟。同行的乡党委书记高奎一进门就打趣地问：“今年春节能吃上饺子了？”

老秦乐哈哈地说：“托共产党的福，今年春节吃饺子，早就不愁了。”

老秦用愉快的眼神，环视了一下自己的新屋：“王书记咋没来？去年三次到我家，给我出谋指路，我可天天在心上惦着他哩！”

“老秦，”乡党委书记老高亮着嗓门说，“你这个秦穷，今年该叫秦乐了，畜牧业、种植业和林业这三项合在一起，总收入3186元，全家五口，人均收入637.2元。去年你们全家五口，总收入只有300元，你算算，翻了几番？”

老秦乐哈哈地直点头。

为了蘑菇云在神州升起——记开拓我国原子弹、氢弹事业的先驱者、理论物理学家邓稼先

本报记者　刘敬智　本报通讯员　李培才

（1986年7月18日）

这是一个陌生的名字，一个带有神秘色彩的人物。

如果说，齐奥尔科夫斯基是苏联的火箭之父，奥本海默运筹了美国的原子弹工程，那么他就是在中国的大地上，点燃神奇之火的先驱者，研制原子弹和氢弹的重要元勋。他——名叫邓稼先。

发自心底的声音

那是1950年的春天。新中国诞生的消息，传到了大洋彼岸。正在美国印第安纳州普都大学任教的邓稼先，仿佛听到了母亲的呼唤，心中再也无法平静。回到祖国的怀抱去！这位年轻的博士从心底发出了应和的呼喊。

当时，回国的路途布满险阻。邓稼先不顾一切地投入了斗争。在祖国的援助，特别是周恩来总理的直接关怀下，他和两百多名留学生，终于冲破重重阻挠，胜利地回到了祖国。

就在这一年，他与先后从欧美回国的著名科学家钱三强、彭桓武、王淦昌一起，参加了中国近代物理所的创建工作。当时，他只有27岁，被专家们亲昵地称为“娃娃博士”。

1958年的初春，在核工业部部长办公室里，邓稼先接受了一项特别任务：点燃中国的第一枚原子弹！

“我能行吗？”面对这突然降临的艰巨任务，他不免有些不安。

“能行，想想吧！这件事关系到祖国的安危，你一定能干好！”这个声音一直响在他耳边。

春寒料峭的夜晚，邓稼先漫步在雨后的街头，胸中却像揣着一团火。他忘不了旧中国那屈辱的历史。从鸦片战争到八年抗战，中华民族之所以会经受百年的欺凌，一个重要的原因就是自己落后！当侵略者用枪炮瞄准我们胸膛的时候，我们却只能挥舞大刀长矛去抵抗！这是一个多么可悲的对比啊！如今有人又在搞核恐怖、核讹诈，企图以此来威胁我们。只有打破核垄断，研制出中国自己的原子弹，酷爱和平的人民才能有安宁的生活！

这无疑是一副历史的重担。他没有想过，他自己将会在这场战斗中成为一个什么样的人，是齐奥尔科夫斯基式，还是中国的奥本海默？“我是中国人，要走的只能是中国人自己的路。”这就是他的回答。

路都是从无到有走出来的

干事，就得有能干的人。长达百余天的时间，邓稼先奔波于北京的一些高等学府，挑选中国第一批研制原子弹的精兵。金秋季节，他与28位新毕业的大学生一起，聚集到北京郊外的一片荒野，开始了这场前途未卜的战斗。

青年最富于创造性，最容易接受新事物，而且，这项事业的人才培养必须着眼于未来。这就是邓稼先从大学生中组建第一批队伍的原因。

“在原子的领域里，你们中国人的大脑还是真空的。”有的外国人带着嘲讽的口吻说。

“真空有什么？天底下的路都是从无到有走出来的。”邓稼先回答。

对于这些年轻的大学毕业生来说，邓稼先既是领导，又是教师、朋友。他为他们讲课，帮助他们选择学习材料，确定研究方向。碰到陌生的内容，他和大家一起探讨。有时，为了搞清一个新问题，他常常彻夜不眠，第二天早上用冷水浇头后，又匆匆走上了讲台。

“他人是靠不住的，研制原子弹必须立足于自力更生。”邓稼先告诫自己的同伴。

那时，他凭着自己的机敏，已经洞察到国际关系中正在发生的一些微妙的变化。他督促学生们要想方设法，尽快向外国专家多学一些技术。与此同时，他经过深思熟虑，开始制订自己研制原子弹的具体计划。

他首先以一个战略家的眼光，为研制组确定了理论攻关方向，要求每一个成员都要全面掌握，吃透钻深。28 年过去了，最近当我们访问这些已是成就卓著的中年科学家时，他们无不满怀深情地说：“那时候我们心中无数，茫然无知，是老邓确定的这个方向，使我们集中精力，争取了时间。就是现在，它依然是我们科研攻关中不可偏离的中轴。”

难忘的 1960 年

1960 年，邓稼先担心的事终于发生了。外国专家一批批撤离了中国。可是，也就是在这一年，经过近两年的理论建设，向原子弹堡垒直接进攻的第一次战役，在邓稼先的指挥下，在这个小小的研究机构里打响了。那是个历史性的开端。他们在中国式的计算机上，模拟原子弹爆炸的全过程。说是计算机，其实只不过是几台手摇、电动式的计算器，外加一些算盘而已。

用这些东西就想模拟原子弹的爆炸？有人把它看成笑话。

事情的确有点令人不可思议，但奇迹就是这么创造出来的。邓稼先和助手们不仅弄清了过程，掌握了规律，还纠正了外国专家的一个不算很小的错误结论。

这个正确结论的取得可不是轻松的。邓稼先 9 次计算，花费了整整 9 个月的时间。那个年月，每人每月二两肉，半斤点心……在有些单位用“劳逸结合”来对付浮肿病的时候，邓稼先和助手们却在夜以继日地奋战。邓稼先身先士卒，常常在办公室和衣而卧，急切地等待着一个个即将出来的数据……为了以最快的速度研制出中国的第一枚原子弹，他们豁出去了。

庞大工程的组织者

成功的开始，增强了人们的信心和决心，研制原子弹的队伍在迅速扩大，到 1960 年年底，研究所已经拥有 130 多人了。

理论是技术的基础。为了使研制工作充满活力和后劲，必须抓紧组建高级理论班子。这是邓稼先在征求有关专家的意见之后做出的又一重大决策。于是，在中央领导和科学家们的支持下，一个由八位科学家组成的理论班子诞生了。邓稼先是主任，担任第一副主任的，就是著名的物理学家周光召。

这个被称为八大主任的理论班子的建立，使原子弹理论研究工作，很快向前跨进了一大步。

周光召从理论上进一步证实了邓稼先九次计算结论的正确性，接着又带领力学组的同志，在以前的工作基础上，圆满地解决了原子弹内部的所有关键的力学问题，使整个原子弹的研制工作有了较大的发展。

与此同时，他们三管齐下，两位在流体力学和数学上有很深造诣的副主任亲密合作，率领一部分同志，又成功地解决了不定向流体力学的计算方法问题。

邓稼先自己则亲自主持高温高压下物质状态的研究，解决有关的理论计算系统。

这是个相当困难的研究工作。当时，我国没有条件像一些发达国家那样，在高级试验室里逼真地模拟出原子弹爆炸的状态，以验证计算系统的正确性。邓稼先和他的同伴们硬是从这走投无路的困境中摆脱出来，从能够模拟的环境和条件开始，创造出了一套中国式的外推法。

后来将外推结果与国外同类试验的数据对照，结果吻合，完全正确！

邓稼先的战友们不止一次地对记者说：老邓不仅是一位杰出的科学家，更重要的他是这个庞大的系统工程的出色的组织者和指挥家。他面对的是一群个性都十分突出的科技专家，这里面既有同时代的伙伴，也有隔代的学生；既有熟悉的朋友，也有各抱成见的同事。然而老邓用一颗朴实、真诚的心，把大家组织在一起，共使一股劲，攀登通天塔。

邓稼先就是这样，为祖国闯出了一条通向原子王国的捷径。

1963 年，我国的第一颗原子弹理论方案诞生了。接着，根据这一方案进行的一系列冷试验，获得了完全的成功。

1964 年的 10 月，在金色秋天的阳光下，那神话般的蘑菇云，那饱含着我国科学家智慧和力量的神奇之火，终于点燃了！祥云腾空，喜讯激动着亿万人民的心。

向着新的领域

每当回忆起往事，邓稼先和他的战友们眼前就会浮现出周恩来总理的身影。

那是在一次新的试验之前，周总理请邓稼先去汇报情况。总理的办公室里，没有地方放图纸。他微笑着让邓稼先铺在地上，一点一点地讲，当提到这次试验加了点新东西时，总理立刻让邓稼先指出在图纸的什么地方。

听完了邓稼先的汇报，总理满意地点点头，并紧紧地握着邓稼先的手，祝他们成功。不久，这颗加有新内容的原子弹又成功地爆炸了。

进取是没有止境的。闯过了原子弹的门槛，他们又开始向新的领域——氢弹进攻了。不言而喻，这是一次难度更大的进军。形象地讲，原子弹是用中子做火柴去点燃裂变材料，而氢弹则是用原子弹当火柴去点燃聚变材料……

为了争取时间，早在原子弹理论取得完全突破之后，邓稼先和以他为首的八大主任班子，就已经有远见地在考虑下一步的行动了。当 1963 年第一颗原子弹的理论方案出来时，一个多路探索氢弹奥秘的科研班子，已经在邓稼先与同伴们的共同决策下组成了。随着原子弹从理论研究发展到实弹爆炸，一个以多路探索为宗旨，寻找氢弹突破口的游击战也在悄悄地进行着。

抢在法国人之前

1965 年，就在我国第一颗原子弹成功爆炸后的几个月，从上海传来了振奋人心的消息。以一位副主任为首的研制组，摸索到了一条通向幽静的小路。

听到这一喜讯，邓稼先立即乘飞机赶到上海，在了解到这一消息确实可靠以后，又与这位副主任等一起直飞西北试验场，向正在那里视察工作的领导同志做了紧急汇报。在他的参谋决策下，当时的核工业部部长刘西尧，做出了立即按有关方案组织进行理论冷试验的决定。

理论冷试验一举成功。中国的科学家就是这样以令人震惊的速度，摸到了打开氢弹奥秘之门的门环。

结束多路探索，集中力量攻关。这是邓稼先做出的又一个关键决策。

兵力集中了。箭在弦上，只待引发。谁料到，动乱的风暴突然袭来！一些功勋显赫的主任、科学家被打倒，靠边站了。邓稼先焦急、迷惘，但他心里想的，还是怎样尽快把氢弹搞上去。

妻子被揪斗，儿女去插队。他忍负着沉重的精神压力，依然在崎岖的科学之路上不懈地攀登。

令人庆幸的是，这里的科技人员都了解自己的所长。他们爱他，尊敬他，所以尽管大批判之风席卷全国，可这里，却没有一个人贴邓稼先的大字报。

“行政命令不管用了，得想个新法子，把大家组织起来，继续攻关。”邓稼先又在琢磨。

那时候，听说法国也要爆炸氢弹，一些科技人员急了，他们提出，一定要抢在法国人之前爆炸我们的第一颗氢弹。

“好，我支持。”邓稼先立即将这件事向部领导做了汇报，并把这句话作为口号，召开了全所的动员大会。

可别小看这句口号，邓稼先就是用它将当时已经有些散乱的力量，又神奇般地拧在了一起，全力以赴地投入研制氢弹的攻坚战。

那是一段值得回味的历史。为了解决最后的几个课题，陷于派性争斗的几方人士，竟然平心静气地坐到了一起，讨论着，研究着，为邓稼先提建议、想办法。邓稼先在科技人员中具有惊人的凝聚力。这已是历史的公论。

1967 年 6 月，摆脱了动乱局面的重重干扰，我国的第一枚氢弹终于抢在法国之前在我国西北地区上空爆炸了。

从原子弹到氢弹，美国用了 7 年，苏联用了 5 年，法国用了 8 年，而我们只用了两年零八个月！

邓稼先轶事

还有一段富有传奇色彩的真实故事。那是小型、实战化的氢弹设计出来之后，正赶上制造厂分裂为两派打起了派仗，生产瘫痪，厂区里还不时地响起枪炮之声。

“走，我们到大山里去游说……”邓稼先说。

“那怎么行，老邓，太危险了，要去，让我们去。”有人担心地劝他。

然而，邓稼先决定了的事是不会更改的。他带着几个人立即赶到了生产厂。

经过耐心做工作，奇迹又一次出现了：打派仗的双方决定为此停战三个月，把新式氢弹试制出来。

邓稼先在重大的指挥决策中，从未出现过失误。这除了由于他学识根底雄厚外，深入基层、深入实际，是他成功的又一个秘诀。他对于每一次试验，从不满足于在上面指挥，从设计方案、试制生产到爆炸试验，总是一直跟踪到底，坚持在第一线。在他的案头，光各种试验数据的资料就码了有一尺多高。他就是以这样兢兢业业、精益求精的精神，做到有备无患，万无一失。

邓稼先既有渊博的学识，又掌握着一定的行政和学术决定权，但他从不以势压人。他提倡科学民主，主张在学术面前一律平等。每当出现新问题时，他总是把大家召集到一起，不论地位高低，共同进行民主讨论。

一次，他与一位下属同志在有关氢弹实战化的问题上发生了分歧。他和上级领导认为从小型氢弹到实战用氢弹可以减掉两次热试验，但从事具体理论研制的同志却认为，这样做虽有成功的可能，但那是在没有充足根据的情况下撞大运。为了使氢弹研制的整个过程具有稳妥扎实的理论根基，热试验一次也不能减。他们整整争论了一个晚上，结果，邓稼先主动放弃了自己的想法，并承担了说服那位上级领导的责任。

事业心越强的人，对生活的要求往往越简单，这似乎已经成了一条定律。邓稼先也不例外。按规定，他可以要小车，但他上下班却时常骑自行车。他有时也坐车，那是为了赶开会节省时间。他对车子从不挑剔，卧车可以，吉普车也行，没车时乘着大卡车去开会也是常事。

邓稼先的妻子，是一位病理解剖学教授。夫妻俩都是事业型的人，家中常常无人照料。邓稼先毫不在乎，尽管他已不止一次地吃了小儿子为他炒的没有去净泥沙的洋白菜，他还是觉得津津有味。

这就是邓稼先，他把自己的整个身心都献给了中国的原子弹、氢弹事业。

中国核武器研究设计院院长、著名核物理学家邓稼先，他以爱祖国爱人民的赤诚之心，在戈壁沙漠中默默无闻地工作数十载，为中国研制原子弹和氢弹做出了杰出贡献。

“我有可爱的祖国，可爱的集体！”
——记路甬祥教授和他的梯队

本报记者　卢良　通讯员　徐有智　周荣新

（1986 年 6 月 12 日）

四年多以前，本报曾在显著位置报道了浙江大学中年教师路甬祥在联邦德国勤奋工作，连夺五项科研发明，为祖国争得荣誉的动人事迹。

路甬祥是新中国成立以来第一个在联邦德国取得博士学位、第一个在国外登记了发明专利的我国访问学者。1981 年，美国一家跨国公司曾想以每年 8 万马克的高薪聘任他；联邦德国的许多朋友也以优厚的待遇挽留他，路甬祥却毅然回答道：“祖国需要我，我的事业在中国！”当时，西方有一家报纸曾以“第一位中国博士返回他的家园”为题发了消息，其中说道：“路的故乡工作条件远不如联邦德国。这里用得着中国的一句俗话：‘一潭死水，养不了大鱼’……”

这家西方报纸的评说有道理吗？四年多来，路甬祥回到祖国以后又是如何工作和生活的呢？这无疑是大家所关注的。

成功给他画出一道新的起跑线，由中国人发明的技术，应当由中国人保持领先

1979 年 2 月，37 岁的路甬祥作为我国首批“洪堡基金会研究奖学金”的获得者，去联邦德国亚琛工业大学液压研究所进修两年。路甬祥给自己选定了一个奋斗的目标：要以最快的速度向当前国际液压技术前沿冲击，把先进技术学回来。在不到两年的时间里，他在电液比例控制领域连创五项发明，解决了研究所两位博士研究了九年的技术难题。他发明的电液比例控制新技术，被西方同行誉为“80 年代崭新的液压技术，由此可以导致一系列液压元件的新家族，具有不可估量的经济和技术价值”。

我驻联邦德国大使馆的领导对路甬祥的发明十分重视，在路甬祥回国前，专门向国务院写了《关于路甬祥发明专利在国内推广生产的报告》，指出："路甬祥的发明不能只为外国人所用，必须在国内推广。现在，我们和国外差不多处于同一起跑线上，我们应该用自己的力量，在中国人开辟的这一新技术领域，争得和保持它领先地位，挤进国际市场。"

改革，提供了新的环境，人才在这里大显身手

路甬祥又站在新的起点上。但是，这位被西方称作"大鱼"的中国科学家，是否能以在亚琛的速度继续在液压领域开拓？是否会在"潭水"中搁浅？人们也确有担忧！

作为新上任的浙江大学流体传动及控制研究室主任，路甬祥在学校的大力支持下，在他组建的研究室里开始了大胆的改革。

第一招，不断拓宽研究领域，打破原有的旧模式，实行科题分级承包负责制。这个研究室过去每年只承担几个课题，许多中青年科技人员很少独立承担科研项目。路甬祥在国外发明的电液比例控制新技术，在科学上有新的构思，在技术上有新的突破，价格低廉，性能卓越，实用价值很大，在世界上居领先地位，这对全体科研人员有很大的吸引力。路甬祥把研究开发这一新技术的主干课题，分为若干个独立的中、小课题，同时注意发展计算机技术与液压技术相结合的交叉学科课题，拓宽了研究面，使这个研究室每年承担的课题多达三十几个，研究经费成倍增加。与此同时，路甬祥还把科技人员的个人意愿与国家需要相结合，实行课题分级承包负责制，明确规定讲师、工程师以上的人员都可独立承担研究课题，使广大科技人员有了用武之地。一位50年代毕业于西安交大的中年教师，在锻压机械的研究方面有相当的功底，60年代曾以一项重要成果获国家奖励。但长期以来，他只当"助手"。如今他独当一面，负责一个课题组，很快取得了一项重大研究成果。

第二招，按照学科结合、职能配套的原则，大胆引进智力，建立一支液、电、机和计算机技术结合的多学科交叉的混合梯队，大大活跃了学术思想，开阔了科技人员的眼界。许多在单一知识结构的梯队里无法解决的技术难题，在混合梯队里很快迎刃而解了。研究室在电磁铁研究方面的突破，是擅长电子技术的一位教师调来后研制出新的放大器后取得成功的，现已成为一项发明在国外登记了专利。路甬祥还大胆招聘人才，通过扩大招收研究生和吸引国内外访

问学者、进修教师，建立了一支流动科研梯队。固定梯队和流动梯队的结合，产生了人才的流动和更新，大大加强了研究室的攻坚力量。目前，这个四十多名研究人员和二十多名博士、硕士研究生组成的科研群体，高速度向前发展。

第三招，知人善任，发挥每个人的专长，调动各方面的积极因素。他在放手让中青年科技人员挑大梁、唱主角的同时，十分重视发挥研究室老教师的带头作用。研究室负责工程师刘其元，以前在远洋轮上当了十多年的船员和轮机长，懂五国文字，更擅长机械设备安装调试。1952 年他怀着为祖国效力的愿望从日本回国。但长期被当作“编外人员”，未受重用。路甬祥回国后，几次登门请他“出山”，负责研究整个基建和动力设备安装工作，并且多次催促上级有关部门对他落实政策，使这位年近六十的老同志轻装上阵，为研究室立了大功。

他处处严于律己，每个人的劳动和成绩，他都给予公正的估价和承认

作为研究室负责人、学科的带头人，路甬祥严于律己，身先士卒，保持着一种可贵的拼搏精神。

一天晚上，研究室两位教师加工的一个部件突然坏了，第二天又等着急用。路甬祥知道后，二话没说，就与两位教师一起动手干了起来，待零件加工、调试完毕，已是第二天凌晨。路甬祥在国外发明的“直接差动式压力控制新原理”，由于时间仓促，没有从根本上解决压力元件稳定性差的问题。他回国后和胡大竑、郁凯元等教师组织一个科研组攻克这一难题。搞了四轮，终于先于西方国家攻克了压力元件的稳定性问题。这一突破，使压力元件的等压力特性比国外产品提高了三四倍。在上报科研成果时，郁凯元把路甬祥的名字放在第一位，路甬祥发现后，坚持要把自己的名字放在末尾。他认为，在知识分子成堆的单位，作为领导者，对每个人做出的成绩和劳动都要给予公平的评价和承认；而对自己，则应该工作在前，享受荣誉在后。他在研究室公开宣布，别人搞的课题，即使是用他的原理、他的方案，搞成功了，最好不要署他的名；一定要放，排在最后。许多年轻教师说：“在科技界，‘小字辈’‘中字辈’让名人压着的事不少，名人倒过来沾光的事也有。路老师却从不这样，真让人信服！”

为了扶植年轻人，路甬祥倾其全力为他们“铺路搭桥”。研究室有两位青年教师，路甬祥亲手教他们使用各种先进仪器，逐字逐句地修改他们写的论

文，甚至亲自动手为他们修理仪器，加工零件，排除故障，使这两位青年教师的业务水平很快得到提高，近两年中取得了多项研究成果，成为研究室中的业务骨干。

有人说他“路路如意，事事吉祥”，他说，成功归功于我可爱的集体

路甬祥回国前也有过一些担忧：从国外回来的同志能否得到国内同志的支持和协作呢？但一踏上故土，他的担忧就烟消云散。研究室的同志对他的支持和配合之好，大大出乎他的意料。

早在路甬祥第一项发明问世时，研究室的同事们一得悉消息，便摩拳擦掌，跃跃欲试。由于当时还没有申请专利，路甬祥在信中不便详谈，对原理只写了十个字：“流量传杆器，位移力反馈。”为了争取时间，研究室成立了“路氏原理猜想组”，意欲与路甬祥来一个内外呼应。为此，吴根茂用了整整一个暑假苦读德文，查阅资料。正式文本来了后，他们立即矫正了“猜想”的偏差，定下了一个新目标：在路甬祥回国之前，搞出一项科研成果，使路甬祥回国之后有一个良好的基础，不要让他“从零开始”。

在动手筹建研究室的过程中，进口设备一批又一批运到，资料一大摞，急需翻译。没用着动员，懂英文的把翻译英文资料的任务“抢”走了；懂德文的把翻译德文资料的重担要去了。这些工作大多是业余搞的，既没有妨碍科研工作，也没有延缓设备安装的速度。

路甬祥回国后，报纸一宣传，慕名而来的人络绎不绝，一星期多达五六批，一谈就是半天，再加上行政事务，路甬祥每天忙得团团转。吴根茂一看，着急地对路甬祥说：“这样下去不行，你得有更多时间考虑学科的发展。”便主动地把行政事务给揽了过来。后来，吴根茂出国进修去了，李肇震又主动接过研究室的全部行政事务。李肇震是我国第一届液压专业的研究生，业务上很有造诣，过去每年都能拿出科研成果，其中他搞的低速液压马达还获得了科学大会奖。但他为了把更多的时间留给路甬祥，情愿去干一些琐碎事，光填报表一个月就有六七十份，晚上常常加班。

这可爱的集体，这深厚的同志之情，正是西方世界所缺少的。路甬祥现在是全国人民代表大会代表、浙江省劳动模范、浙江大学副校长、中共中央候补委员。有人说：路甬祥啊路甬祥，你真是路路如意，事事吉祥。但路甬祥总

是说：荣誉应该属于党和人民，成功应该归功于我这个可爱的集体。

他的成功又一次震动了西方，人们来探究其中的“秘诀”……

路甬祥回国四年中，以惊人的速度，把他的发明推向全国；并把一个过去鲜为人知的实验室，建设成为世界第一流的液压技术研究基地。

从1981年至1986年，这个研究所已取得24项重大的研究成果，大多数达到国际80年代的先进水平，有些填补国内空白。其中有十多项获各级各类科研成果奖，有四项获国内外发明专利；有17个项目转让给上海、天津等地投产，被广泛应用于塑料加工、工程建筑、矿山冶金、船舶工程、机械制造等工业领域，取得了显著的经济效益。与此同时，这个研究室还在国内外学术会议和刊物上发表40多篇研究论文，培养出280多名本科生和研究生，输送到国内有关高校、研究单位和工厂企业。

路甬祥是1964年浙江大学的毕业生，研究室有很多同事都曾是他的师长和领导。但是，老一辈的专家始终以极大的热情配合他，甘愿当配角，当助手，全心全意支持他。

去年9月，路甬祥在联邦德国进修时的指导老师、国际液压界的权威巴克教授应邀来杭参观了这个研究室，他惊叹道：“你们建设的速度这么快，取得的成果这么多，真出人意料！这个研究室已当之无愧地进入了世界第一流的行列。”巴克教授还追问道：“你们能取得这样大的成就，‘秘诀’是什么呢？”路甬祥回答道：“因为，我有可爱的祖国，我有可爱的集体！这是比任何现代化设备更重要、更优越的条件！”

“猫跳姑娘”——登东海小岛访全国优秀教师张淑女

本报记者　叶辉　张瑞熙

（1986年7月28日）

它太小，连本县地图上都找不到名字；它又太偏僻，至今不通电，不通邮，连个小店也没有。乱石生成的路，人要像猫一样跳着走，很早很早这里就有了一个形象的名字——猫跳。

猫跳，是从东海冒出来的朱家尖岛上的一个渔村，属浙江省普陀县。几百年来，善跳的猫跳人却没有一个人能跳出这个穷村，至今还有许多人没到过大陆。

1983 年，猫跳轰动了。在本村当了五年民办教师的张淑女被评为全国优秀教师，一跳跳到北京城。一位中央领导称她为“猫跳姑娘”。

这年夏天，猫跳姑娘又是一跳，跳进舟山师范学校，成为猫跳第一个跳出去接受深造的人。

这空前的一跳无异于海上涌起了顶天浪，猫跳人又惊又喜：猫跳人终于有出息了！

然而谁也没料到，1985 年，猫跳姑娘从师范学校毕业，又主动跳回乡来了。

多少年被文明遗忘的猫跳，有什么吸引着她呢？带着这个问号，记者最近跨海前去采访。

从宁波乘船换车到普陀县城沈家门镇，改乘小渡轮至朱家尖岛弃舟登岸，区委的面包车载着我们前俯后仰了一个多钟头，下车后又翻了八个山头，再像猫一样跳了一大段石头路，这才在岛的尽头看到深蛰在山窝中的猫跳村。

猫跳近 50 户人家。坐落在半山腰的学校，孤房一座，陋室三间，全校共 10 个学生，分两个年级。一间跨度不足三米的教室并排摆着六张书桌。一个中等身材的年轻女子正在给一群“小猫儿”辅导功课：她就是猫跳姑娘。

主人把记者让进教室旁的空房，马上有几个“小猫”拖来了他们的长条凳。落座之后，记者开门见山地问她：“师范毕业你可以留在爱人身边工作，为什么要回猫跳？”

她嫣然一笑，眼眸里闪出一丝歉意。“我也说不清楚。我只觉得我应该回来。如果你是猫跳人，你也会回来的。”

“为什么？”

“因为我爱猫跳！”她娓娓地谈起了自己的经历。

我们村 1964 年才有小学，第一个到我们村教书的是一个姓黄的绍兴姑娘。她教学认真负责，深受渔民爱戴。组织上几次调她，渔民舍不得让她走，她在这儿整整教了 11 年书。黄老师在渔民心中的崇高地位深深打动了我，从那时起我就立志当一个教师。1977 年，我成了猫跳村第一个初中毕业生，经群众推荐在本村教书，多年的愿望实现了。

可要教好书多难啊！最使我苦恼的是学生经常缺课、退学。好在村小，我一家家去动员回来。有个学生，父兄长年出海，妈妈体弱多病，家务全落在她肩上，她只好退学。我上门做工作。每次去我都帮她做家务，做好家务再补课，她妈妈感动了，对我说："淑女啊，你把我女儿当亲妹妹看，我该怎么谢你啊！"这个学生后来回来了。

渔民的儿女从小要分担家务，我就采用灵活的办法，允许学生迟到早退，落下的课我上门补。我一直坚持这样做，五年中猫跳没有一个流生，入学率一直达百分之百。

小孩都上学了，但青年也少文化啊！没事干，他们就赌博。1980 年，我和村干部一起组织他们上夜校。我一家家去动员，组织了 22 人，后又发展到 30 人。晚上，点起了汽油灯，夜空里响起了琅琅的读书声，文明的灯光透进这些青年的心灵。

我的工作是紧张的，除了教学外，还参加函授学习。一次我病了，发高烧。上完课，我挣扎着到附近的海军雷达站看病，医生量了体温大惊："39 度多，你一个人怎么来的？要打针吃药，起码休息一星期！"我哪能休息！一人停教，两校停课。回到学校，汽油灯已亮了，学员们正等着我。我振作精神走上讲台。

组织上给了我很大的荣誉，我多次被评为先进，1983 年被评为全国五讲四美为人师表优秀教师，又进了师范深造，并入了党。

你们问我师范毕业后为什么要回猫跳？我确实说不清楚。毕业时组织上找我谈话，表示可以照顾夫妻关系，安排我在县城附近工作，我谢绝了。我是猫跳人，离不开猫跳，丢不下自己的学生，我不能因为猫跳穷、落后、偏僻就抛弃它，猫跳需要我。再说，组织上刚把我培养好，我就从个人出发，这怎么行？我还是个党员呢！

"张老师回来一年又取得了新的成绩。"陪同记者的区教办负责人说。"上学期，她的学生考试平均成绩在全区是第一名，这学期正在考试，成绩也会名列前茅的。最近，她还被评为舟山地区优秀班主任、普陀县普及初等教育先进工作者。"

文明的种子已经播下。正在猫跳姑娘身边成长的那些"小猫"们，谁说哪一天不会有更惊人的一跳呢！

· 1987 年 ·

他该不该得“伯乐奖”

本报记者　樊云芳　陆永龙　叶辉
（1987 年 11 月 18 日）

此公在一些人心中形象不佳。

譬如，在一些公开场合，他咋咋呼呼，头抬得那么高，嗓门那么粗，三句话不合，就把眼睛瞪得铜铃大，出口伤人：“你少来这一套！”

他担任责任编辑的医学译著《希氏内科学》出版后，得到了广泛的好评，报纸也登了，出版社也给发了一等奖，但他还在跟人炫耀：“这部书是我经过斗争才出版的。”给人一种突出个人的印象。

偏偏这两年，外头一些报刊却多次报道他，说他是“伯乐”，是“挖掘珍宝的人”，甚至称他是“出版家”，以至于引起自治区某些领导的关注。对此，有人感到需要对他另眼相看了；有人将信将疑；有人嘿然冷笑……

一个小人物，背上了这样一串社会舆论，日子就有点不大好过了。要不是一封来信引起了一场不大不小的风波，大约没有哪个上级部门会去认真调查和分辨这些社会舆论的真伪，也没有人会去认真思索舆论背后的无穷奥妙……

一封请功信

今年春节过后，一封来信从江西飞越重山，到达了内蒙古自治区党委一位领导的手中。信是这样写的：

“……春节前（1 月 26 日），卫生部崔月犁部长专为《希氏内科学》举行发奖仪式，授我以医学翻译工作特别奖。我当时就想到为这部书的出版给予过很大支持的内蒙古党委，还有为这部书付出过辛勤劳动，甚至受到一些不公正待遇的责任编辑——内蒙古出版社科技编辑室主任徐诚同志。我觉得也应该为徐诚请功。如果能从出版角度，给徐诚同志应有的奖励，我觉得是很有意义的。我渴望能出席这样的仪式，为徐诚同志庆功。”署名是：王贤才。

王贤才是医学巨著《希氏内科学》的译者，全国政协委员，江西省政协常委，九三学社江西省常委，《江西医药》杂志主编。

信被批转到自治区党委组织部：“此类事应如何解决，请有关同志商酌。”

商酌的结果，由自治医科干局起草了一份《关于给徐诚同志颁发“伯乐奖”的请示报告》。自治区政府一位分管文化出版工作的副主席也批了“同意”。但在征求出版社顶头上司——文化厅意见时，厅的一位主要领导同志提出：目前在出版社内对徐诚评价争议较大，你们最好直接到那里了解情况后再定。

于是，对一个小人物的郑重其事的调查，就此揭开了序幕。

5 月 21 日上午，出版社一位主要领导在会议室里接待了由自治区党委组织部、宣传部与科干局三家联合组成的调查组全体成员。

“徐诚同志在这里是个有争议的干部，而且争议很大。”他开诚布公地说。“有人说他有能力，有魄力，是个好编辑，好干部；有人说他有毛病，咋咋呼呼，冒冒失失……”

从 5 月 21 日到 6 月 5 日，调查组用整整 16 天的时间，逐个找出版社的 8 位领导干部，7 个处室的 9 名中层干部以及徐诚所在的汉文科技编辑室全体成员（共 10 人，1 人外出）个别谈话。

第一步是弄清事实。事实是至高无上的权威。

出版社是谁第一个发现了王贤才？

社内社外有一种传言：王贤才不是徐诚首先发现的，徐诚“贪天之功为己有”……

实际情况如何呢？

1980 年 8 月的一天，内蒙古出版社汉文科技编辑室里来了一位不速之客，他自称来自江西九江，名叫王贤才，询问道：“我有一本大部头译著《希氏内科学》，能否在贵社出版？”接待他的一位编辑回答：“我做不了主，你可以直接找室主任谈。”

第二天上午，室副主任徐诚与王贤才在办公室里见了面。

徐诚一听说《希氏内科学》这个名字，立即瞪大了他的“铜铃眼”。因为他母亲生前在医院工作，徐诚早就听医院老院长讲过：《希氏内科学》这部巨著是美国医科学家希萨尔组织了世界各国一百多名医学专家撰写的，1927 年第一版问世即风靡世界，被各国医学界公认为“标准的医学教科书”。之后，每隔3~5年再版一次，每次再版都革新和丰富了原有的内容。故此，它反映了世界最新的医学水平。我国1951年由上海科技出版社翻译出版了《希氏内科学》第8版，此后的版本均无中译本。老院长一再感慨：要是谁能把它翻译出版，无疑是为中国医学界做了一件好事。

“现已翻译了多少？”徐诚问。

“已全部译完了，共370万字。”

当徐诚听说这部巨著是由对方独自完成时，又一次瞪大了眼睛，简直不敢置信。

王贤才做了自我介绍：他毕业于山东医学院，曾经在呼和浩特殊路医院工作。1958年被打成右派，“文革”中又升级为“现行反革命”，判刑12年，在太原监狱服刑。有个犯人释放后买了《希氏内科学》第13版送给他，在监狱政委李恒文的支持下，他花了3年时间，译完了这部医学巨著。

1975年，整顿监狱，高级法院发现他无罪，就提前释放了他。

徐诚的心被强烈地震动了：“如果你说的都是真的，我们一定争取出这部书！”

征得了出版社一位领导的同意，1980年9月，徐诚进京拜访了黄家驷教授。黄老听清了徐诚的来意后，连说“值得”，并答应为译本作序。接着，徐诚又走访了协和医院与北京医科大学的专家教授，对方肯定地说，如果这部书能译成中文，每个医学院的学生都应该买。在图书馆里，徐诚又找到了王贤才50年代的译著《外科临床须知》，译文文笔流畅，用词准确。

《希氏内科学》，经编委会研究列入了内蒙古出版社1981年的选题。徐诚以出版社代表的身份与王贤才签订了约稿合同，规定“10个分册3年出齐”。

《希氏内科学》的出版经过说明了什么？

1981年2月14日，王贤才给徐诚来信，说自己在北京购到了《希氏内科学》新版本第15版，发现内容比13版充实，更新很多，“无论你和我，原衷都是要把最好的书奉献给读者”。“因此经过慎重考虑，我决定废弃原稿，改按第15版从零开始，重译全书。人生难得几回搏，让我们再搏一回吧！”

徐诚当即回信，称此为“壮举”，“可敬可佩，我完全赞同”。并表示，“我这里将尽可能地抓紧编辑和发排工作，争取把由于重译全书而推迟的时间抢回来”。

当年年底，《希氏内科学》发排了第一个分册《心血管疾病》。

第二年，出于经济上的考虑，编委会重新做出决定：暂停出版《希氏内科学》。

1983 年 1 月，焦急万分的王贤才给自治区政府主席布赫写了一封信，叙述《希氏内科学》的价值与翻译过程，请求自治区领导的支持。

3 月，布赫让秘书给出版社领导写信，信中说，出这部书不能像对电影那样追求票房价值，而要重在社会效益。

5 月，第一个分册《心血管疾病》出版发行。《光明日报》《中国日报》等 20 多家报刊、电台发表了消息和通讯。

11 月，徐诚再次给社主要领导打报告，请求履行合同，“立即集中力量进行审稿、校订和编辑加工工作，力争 1984 年将剩下的 9 个分册全部发排，1985 年出齐”。与此同时，他直接找到自治区政府分管文化出版工作的赵副主席，请求支持。

12 月初，赵副主席明确表示了自己的态度：支持出书。社主要领导在徐诚的报告上批：“此书原定暂停出版，现根据各地读者的反映和要求可以继续出版。但因字数多，部头大，不一定在 1984 年出齐，我意可以今后每年发 1~2 册，争取在四五年内出齐。”

“停了两年发稿的《希氏内科学》，又在内蒙古人民出版社复活了。”徐诚在信上向王贤才报告了这个喜讯。

1984 年 2 月，在徐诚先后多次请求下，出版社加快《希氏内科学》的出版速度。

从该年 7 月到翌年 4 月，出版社陆续安排了《希氏内科学》剩下的 9 个分册。

这样，仅 8 个月时间，徐诚作为《希氏内科学》的责任编辑，连续发了 9 个分册，共计 430 万字，相当于一个编辑 3 年的工作量，其中很大一部分是他在业余时间加班加点完成的。

徐诚曾对记者说：“《希氏内科学》的出版绝不是他一个人能完成的，是大家努力、支持协作的结果。”

他该不该得“伯乐奖”

一部巨译的问世，在社会上引起了强烈反响。赞扬徐诚并为他请功的并非王贤才两人。1985 年年底，中宣部出版局局长伍杰听说在《希氏内科学》出版的 5 年间，译者与责任编辑之间有 50 多封工作通信，共计 6 万多字，他把这些信拿去细细阅读。这些信件实实在在地记下了《希氏内科学》诞生的曲折过程，记下了译者与编辑在5年中携手合作的酸甜苦辣。他动手把这些工作通信编成了书:《巨译的诞生》，还撰文介绍徐诚其人:“徐诚，一个普通科技编辑，他是那样有胆有识，心甘情愿地为攀登科学高峰的人们做阶梯……至今，王贤才谈起徐诚的时候，感情仍然那么真挚。他说:‘发现人才，编辑是个大的关口，很多人通过编辑登上了学术的讲台，以至一举成名。我的《希氏内科学》没有徐诚的合作，便得不到社会的承认。’”

今年4月，山东大学青年副教授张颖清给内蒙古党委组织部人才科学研究所写信，称赞徐诚在他最困难时支持他出书，从而为“全息生物学在中国的诞生奠定了基础”，他也从一个无名小卒一下子成为一门新学科——全息生物学的创立者。因此，他也为徐诚请功。

去年9月，北京石景山区医院老中医、原在内蒙古支边30多年的徐宝源给自治区领导写信，盛赞徐诚对中医事业的支持，使他的中医理论专著得以问世。信中说，他“从徐诚身上看到了社会主义编辑的新风尚”。他为徐诚请功。

包钢自学成才的工程师樊建修也写信为徐诚请功……

8月上旬，调查组接待了记者，介绍说：眼下，事情算是基本搞清楚了，但不等于问题已迎刃而解。在出版社内，对此事还是众说纷纭，分歧继续存在。

分歧的焦点集中在徐诚该不该得“伯乐奖”？

“该！”一些人肯定地说。理由是：考察与评价一个人，应以考察他的实绩为主。徐诚作为一个编辑，能在《希氏内科学》及其他一些书籍的出版中，识英雄于草莽之中，擢人才于未显之时，做出了突出的成绩，社会效益显著，经济效益又好。《希氏内科学》共印了19000多套，纯盈利5万多元。那就该授予他“伯乐奖”。这样做有利于鼓励广大编辑人员在自己的岗位上努力发现人才，多出好书，从而推动我国出版事业的发展。

另一种意见持反对态度。认为徐诚做出成绩，这应当承认，但问题的关键在于：他脸上有那么些“麻子”“疤子”，能不能成为出版战线的一面旗帜、广大知识分子学习的榜样？

有人摆出一条理由：徐诚是“有才无德”，他有了成绩就到处吹嘘，以抬高自己的身价。但也有人反驳:“德”的含义究竟是什么？徐诚有事业心，看准的事一抓到底，这算不算“德”？为什么一说“德”，就把眼光盯在他“自高自大”等方面？两者相比，究竟以什么为准绳？

持反对意见的同志还提出，徐诚树敌过多，人际关系紧张，在出版社内不得人心。

“没那么严重。”有人反驳，“1985、1986 两年，他那个党支部选优秀党员，得票最多的就是他。1986 年年底，全社职工投票选出 3 个优秀编辑，他又入选。这说明了什么？”

一位出版社领导表示：不管怎么说，像徐诚这样的干部我就是信不过。他经常给领导出难题，带来被动。

另一种意见恰恰相反，认为今天就是要提倡像徐诚这样大胆地、创造性地工作，如果我们的知识分子还像过去那样“夹着尾巴做人”，唯恐多行半步路，多说半句话，又怎么谈得上开拓创新？

真是仁者见仁，智者见智。

为此，自治区党委有关领导建议：干脆把调查组调查的全部事实向群众摊开，让出版社的全体职工来个各抒己见，畅所欲言，在心平气和的讨论中寻求比较正确的答案，沟通相互间的感情。

现在，出版社的领导班子、全体党员和全体编辑人员三个层次的传达讨论已经结束。大家对徐诚在《希氏内科学》出版工作中的成就提不出异议，一致认为调查报告有理有据使人信服。绝大多数的党员和群众赞同表彰徐诚。但是，围绕徐诚的争议，留给人们的是值得回味的深沉的思索……

一个知识型企业家的创业足迹——王洪德创办“京海”公司纪实

本报记者　徐九武　翟惠生

（1987 年 2 月 8 日）

出人意料，三年前尚属空白的国内计算机机房产业，如今已迅速崛起，其工程和装备的年产值突破 10 亿元，一举结束了我国每年需要耗费大量外汇进口机房设备，请人家帮助建造机房的历史。而在这项事业中立下首功的是中关村电子街上一家名不见经传的民办科技机构——北京市京海计算机技术开发公司。

这家公司从 1983 年 7 月 28 日问世时起，就显示出了强大的生命力，很快从单一的机房专业公司发展成一家跨行业、跨部门、跨地区的，拥有 18 个分公司的科技开发型公司集团。现在，这家公司完成的项目已有 300 多个，直接客户达 2000 多家，所建机房遍布全国，去年一年的产值近亿元。其发展速度之快，水平之高，不仅使国内同行惊叹不已，就连一些外国专家也不得不刮目相看。美国专家说：在“京海”承建的机房里工作，就像在美国机房里工作一样；德国专家把该公司承建的机房作为样板拿到课堂上讲授……

“京海”的发家史，是同总经理王洪德的名字分不开的。

春节之暇，记者访问了这位计算机机房专家。从他身上，我们已看不到传统观念中的知识分子的形象，看到的是知识型企业家所特有的气质。

他下定决心要干一番利国利民的事业，终于毅然离开科研大院，和几个志同道合者一起，竖起了“京海”的招牌

王洪德从 50 年代踏进中科院计算所的大门之日起，就抱定一个宗旨：人生在世，要干一番振兴祖国、造福人民、死了也能瞑目的事业。他在计算机机房条件科研领域里进行了不懈的探索，取得了不少成绩。但是，科研与生产脱节的旧体制，把王洪德禁锢在封闭系统里，整天沿袭着从家门进研究室门，再进食堂门这样“三点一线”的工作模式。

党的十一届三中全会以来制定的改革、开放政策，开阔了王洪德的视野。他强烈地感到，科学技术如果不与生产实际相结合，就会显得苍白无力，缺乏生气。一颗走出高楼深院、投身国民经济建设的种子在他心中萌动。在随之而来的世界新技术革命浪潮的冲击下，电子计算机日益广泛地应用于我国各行各业。王洪德敏锐地看到了在计算机研制生产和用户之间存在着一个空白点，这就是机房建设，一个机房专家有责任为国家填补这个空白。于是，他主动找到计算所的知青社，毛遂自荐，当了他们的顾问，利用这支“不起眼”的力量，开展了计算机机房的设计、施工、安装、调试等业务。没有想到，王洪德小试锋芒，就使这个小小的知青社一年增加了 60 万元的收入。人们皆大欢喜，王洪德也通过这个“窗口”看到了机房事业的广阔前景，看来要干成一番事业，还必须从旧观念和旧体制的束缚中挣脱出来，去全方位地接触社会。

走，到社会上去开拓一条知识分子办科研型企业之路。他义无反顾地向计算所提出了五走：调走、借走、辞职走、聘请走或开除走。言下之意，无论

采取什么形式，反正“走”是肯定无疑的了。

在改革之年，王洪德不乏志同道合者。他从计算所和其他单位借聘了 7 名工程师和 4 名有经验的老师傅，同海淀区联社几十名“知青”一起，把“京海”公司的招牌竖起来了。

他有着远大的抱负和脚踏实地的精神，一上来就承接了一项硬任务，把首场戏“唱红”了

有人说王洪德“好高骛远”，非栽跟头不可。而他却说，建立在科学基础上的“高”和“远”，恰恰是一个改革者有远大抱负的表现。王洪德的“高”和“远”是瞄准意大利的“希洛斯”（HIROSS）公司。他常说，由三个人创办的“希洛斯”公司，靠 350 美元起家，17 年后居然发展成为国际上一家计算机机房产业的垄断公司。他们能干成的事，我们为什么不能？他给自己制定的奋斗目标是：第一步，建成覆盖全国的计算机机房产业；第二步，走向世界，同国际上同行业的大公司较量。

好大的口气。小小“京海”，人不过几十，办公室不过十几平方米，谁信得过？为了显示自己的技术实力和水平，他们约定一上来就要拿下一项硬任务，把首场戏“唱红”。经过一番科学论证，他们果断地承接了由联合国资助，世界银行贷款的北京大学霍尼威尔公司大型计算机机房系统工程。

王洪德带领公司人员把整个身心投入了这场战斗。用他自己的话说，就是把生命系在这个项目上。白天，他在 30 多度的高温房间里伏案设计，处理技术问题；晚上，他在仅有 12 平方米的家中研究工程技术、材料问题。没有睡过 12 点以前的觉，没有休息过星期日，没有和家人一起吃过团聚饭……长时间超负荷地工作使他患了爆发性耳聋和冠心病，但他从未吭过一声。

经过六个月的艰苦努力，首战告捷，机房建成了。连 IBM 公司的雷维尔先生看了也称赞说：“机房的安装和施工质量都是世界一流的。”这一仗打出了志气，打出了威风，也为“京海”赢得了 90 万元的利润。

在商品生产中，没有冒险精神就干不成事业，但这不是“下赌注”，而是靠科学的预见性

去年 8 月的一天，一个紧急的长途电话从深圳打到了“京海”，正在那里

洽谈业务的王洪德传回一个信息："有一种进口的新型窗式空调机，我打算购进一批，你们的意见如何？"

在场的几位公司领导七嘴八舌地议论开了。有的说，现在市场上空调机很多，这批货积压了怎么办？有的说，这事儿弄不好就得赔上几十万。最后，大家的意见是劝王洪德不要买。

可王洪德根据自己掌握的市场信息，预见到这类空调机适合安装在计算机机房内，从发展趋势看，其需求量一定会越来越大。于是，他果断地买下了250台。

不出王洪德所料，这批空调机在他们承接的项目中，成了深受用户欢迎的设备。人们半开玩笑地夸王洪德"财运好"，可他说，在商品经济的海洋里游泳，总想四平八稳、不冒风险就不能破浪前进。但这种冒险绝不是"下赌注"，而应该建立在广集信息和善于分析判断的基础上。这是一个有作为的企业家所必备的胆识。

在"强手如林"的今天，必须有商品头脑和竞争观念。而竞争说到底是人才之争，因此绝不能搞"武大郎开店"和"哥们公司"

办企业的人都说，赔本的生意不能做。可不久前王洪德就做了一次"赔本"的买卖。那是去年10月，公司承接了中国标准出版社的计算机激光照排机房项目。在业务洽谈中，用户答应给的费用比他们预期的少3万元。双方各持己见，争执不下。公司方面的人请示王洪德，王洪德一拍大腿说："赔上几万也干。"就这样，双方签订了合同。事后，王洪德解释说，这是计算机激光照排首次进入出版界，我们应该通过这个"窗口"扩大自己的影响，占领这个新的市场。用发展眼光看，这样做不仅不会赔钱，而且是于国家于公司都有利的事情。

去年11月底，这个项目完成了。他们以高速度和高质量赢得了信誉。中国标准出版社给"京海"额外颁发了3万元奖金，并在人大会堂召开成果鉴定会，当众授予"京海"一面大红锦旗。"京海"的形象一下子在出版界树立了起来，当场就有四五家用户要求同他们签订合同。

王洪德常说，在"强手如林"的今天，企业要生存，要发展，没有商品头脑和竞争观念是不行的。竞争首先要靠质量和信誉，但说到底还是人才的竞争。因此，我们不能搞"武大郎开店"，更不能搞"哥们"公司。

基于这样的认识，"京海"一向十分重视人才的选拔和使用。他们先后把

20多名有管理才能的科技人员推上经理、部门经理的位置，让他们独立地面向社会广大用户，同时千方百计创造条件让每一个科技人员都能心情舒畅地工作。正是这些招贤纳士之举，吸引四方人才从科研大院、高等学府“流”到了“京海”，连中国计算机学会主任委员、计算所研究员蒋士飞先生也加入了他们的行列。今日之“京海”，已形成了一支拥有包括6名高级研究人员、48名工程师、46名助工、40名大专生在内的技术队伍，成为北京市数百家公司中具有人才优势的强者。

十二万元押金与一个工程师的流动——“人才流动好”与“人才流动难”问题的探讨

本报记者　李树喜　本报通讯员　白建国

（1987年11月26日）

编者按　9月29日，本报发表了“调动一人，押金4万”的消息，表扬北京三露厂招纳人才的见识与气魄。今天再刊登一个因调动索要住房押金12万的实例。如何以改革开放的精神看待人才流动？如何解决流动中的一些具体问题？我们欢迎广大科技人员和从事人才管理、人才研究、人才交流工作的同志，包括此事所涉及单位的同志各抒己见，参加讨论，以深化对人才流动的认识，探求解决人才流动的办法、措施。

人们都说“人才流动好”，实际的状况却往往是“人才流动难”。这几年，在人才流动上有了可喜进步，但是还有许多问题。中央领导同志在十三大的报告中指出：“党内党外，都要创造人员能合理流动、职业有选择余地的社会条件。”我们希望通过这次报道和讨论，能对人才流动起一点促进作用。

放人单位说：调出一人，押金12万

1987年8月，北京重型机器厂工程师郑中兴借调到北方交通大学一年期满，按照双方原订协议，郑中兴可以正式调到北方交大物理系工作，正当他以一种喜悦的心情回厂办调离手续的时候，在房子问题上却亮起了红灯，工厂负责人告诉郑中兴：调动要交出所住的两间一单元的工厂宿舍，或者交付 12 万元押金。

北方交大无法解决郑的住房问题，郑的一家四口无处找房，又交不出 12 万元押金，于是，郑中兴急匆匆在工厂、大学之间呼救奔走，并请求北京市经委有关负责人及北京市人才交流中心帮助。

郑中兴，男，49 岁，原北京重型机器厂中心试验室工程师，从事无损伤探测工作多年，参与编著《超声探伤原理及应用》一书（任副主编），发表了一批学术论著。因工作中与室负责人有矛盾，兼之该室有人从事与郑相同工作，郑要求调出并获厂方同意。调出之前，北京重型机器厂与北方交大于 1986 年 8 月 31 日签订一个借调协议，借调期间工资、奖金由学校支付，并同意期满后如双方同意正式调动，学校要无偿分配给工厂本科大学毕业生一名。学校于借调期满前已分给工厂大学生一名而且工作表现很好，郑的调动应该顺理成章，但，12 万元的押金成了难以逾越的障碍。

记者于 10 月 17 日去北京重型机器厂调查。厂长助理与干部科长都说："郑的调出工厂方面没有阻力，也没有从中作梗。问题是工厂住房实在困难，宿舍楼是自筹资金建造的，目前远远不能满足需要，仍有几百名职工住在农民房里。鉴于此，工厂有原则：职工调出应将住房交还工厂，因此，郑中兴应该交出住房或 12 万元押金。"应该说，厂方在建房上确有困难，他们的说法也确有一定道理。

房管科长还拿出了关于住房管理的"北重厂办 67 号"文件，规定职工调出应交住房，或者多交房租，以每平方米 0.65 元计算。记者问 12 万元押金数额是怎样算得的。科长说：按石景山区的建筑标准，每平方米建筑面积造价 1400 元，郑中兴所住 2 间一单元建筑面积近 60 平方米，算得的乘积应为 8.4 万元。

"为什么要 12 万元呢？"

房管科长这一次没有解释。

要人单位说："我们思贤若渴，但无万金买士"

"我们思贤若渴，但无万金买士"，10 月 20 日，记者访问了要人单位北方交通大学物理系，系主任、副主任开门见山地表白了态度。

系主任介绍说，北方交大物理系要建设无损伤探测专业，但苦无人才，郑中兴业务好，有专著，工厂可放，是理想的师资。1986 年 8 月借调以来，为 7 个系代课，代表系里与上海炼钢厂联合搞一个《钢板测厚技术》的重大课题，双方已经谈妥，只待郑中兴出面签字。在一年中，郑还与人合作出版了《无损伤探测导论与新技术》一书，如果因 12 万元押金而使郑中兴调动卡壳，那对学校是一个很大损失。

“我们交不出 12 万，但可以与工厂协商一个解决办法。”系副主任提出一个协商方案。

（1）按照工厂文件中的高价计算房租标准，以每平方米月租 0.65 元标准向工厂交纳房租，约合每月 39 元。

（2）两年房租一次付清。

（3）两年后保证搬走退房，协议可公证监督。

学校的呼吁传达到工厂，工厂迟迟不予答复，他们依然坚持“12 万元”的原则。

有关领导机关说：这是人事制度改革中必然要反映出来的问题

事情的重要与紧急程度惊动了北京市经济委员会负责人和市机械工业局，北京市人才交流中心也听到了郑中兴急切的呼吁。

北京市人才交流中心认为：郑中兴的问题带有普遍性，如果人才流动都有房子等附加条件，那人才就很难真正流起来，此事应以改革、开放精神解决，因而积极促进工厂放人，顾全大局。北京市经委负责人则批示，请重机厂领导研究，考虑签订一个住房协议，以求解决问题，市经委科技干部处则写一封信给重机厂厂长：

“在人才流动工作上，是存在着很多复杂的问题的，急需进一步深入细致地研究解决的办法，这也是人事制度改革中必然要反映出来和要加以解决的。

“郑中兴同志的住房问题是否能先签一个关于住房问题的协议，以期能在近日解决目前的矛盾。”

工厂听到了领导机关的声音，但是依然取沉默态度。

郑中兴说：宁可无处安家，也要实现流动

学校为了安慰郑中兴，把调动的期限从8月底延至10月底，如果10月底以前厂里不放人，学校里预定为郑安排的任务无法落实，那学校则无能为力了。

郑中兴找工厂领导人，请求他们考虑达成一个住房协议的问题，工厂方面则说房租应比每平方米0.65元高得多，而且“放不放你还是个问题”。

郑中兴说，他之所以坚决要求流动，主要是原来在实验室工作心情不愉快，而且工作中屡次发生不许参加学术会议的事情，作用没有发挥。如果实在不行，宁可舍房子而保调动，他个人可住北方交大的单身宿舍，妻子和两个上中学的孩子可以租住农民房。而且，他10月下旬到工厂附近的农村访求，居然找到一间十几平方米农民房的线索，每月租金30多元。

有所取，必有所舍。在这个问题上，中年知识分子郑中兴舍住房而不放弃事业追求，从那套工厂宿舍中撤退了。这使人想起今年9月中国社会调查系统对知识分子迫切要求解决问题的排列顺序：第一是发挥才能，第二、第三才是工资与房子问题。

由有房户变成无房户，由单元楼变成农民房，郑中兴的退却是无可奈何的，十分痛苦的，做了牺牲的。但从事业上可以转为主动，北方交大有一个可干一番事业的舞台，这样流动，值得。

然而，事情就这样完结了吗？在改革与开放中，郑中兴应该是这样一个结局吗？

为什么人人都说人才流动好，而一个人流动一下是那样难？

据了解，在北京市，在其他一些省市，有关方面正在研讨、草拟推动人才流动的具体办法。看来，只提出过河的任务而不解决桥与船的问题，过河只是一句空话；一些具体问题不解决，人才流动还不能顺畅与活跃。而关于住房押金的问题，分明又牵涉到住房改革。

应该怎样使人才真正流动起来、发挥最大的社会功能？这问题不仅要人事管理部门、用人单位、人才思考，也要求全社会给以回答！

从科学家到企业家——记三环公司总经理王震西

本报记者　刘路沙

（1987 年 9 月 16 日）

今年 3 月在中南海，国家领导人同参加中国科学院工作会议的部分代表亲切座谈。第一个汇报工作的就是为发展我国钕铁硼新材料做出贡献的三环公司总经理王震西。领导人边听边问，肯定了他们以高技术出口创汇产品为龙头，把科研、生产、贸易结合起来的做法，鼓励他们开创科技与生产相结合的新局面。

的确，仅仅 3 年，我国的钕铁硼新材料就从无到有，并可在国际市场上与比我们投资大百倍的美日产品相较量，这是何等令人振奋!

王震西原来是中国科学院物理所的副研究员，他是怎样从一个科学家转而成为企业家的呢?

面临钕铁硼高技术的激烈竞争，王震西毅然选择了一条把科研、生产、销售结合起来的新路，从科学家转而成为企业家。

1983 年 9 月，在北京科学会堂举行的第七届国际稀土永磁讨论会上，日本学者金子秀夫宣布:“日本住友公司最近已研制出磁能积高达 39 兆高奥的第三代稀土永磁材料——钕铁合金。请原谅，我只能说这一句话。”他故意隐瞒了一个关键元索硼。

可是，第二天当他到中国科学院物理所参观时，竟意外地发现，王震西领导的课题组已经在进行钕铁硼的研究了。原来，早在几年前，当世界各国对这类材料的研究尚处于保密状态时，王震西就已经开始从事稀土铁磁材料的研究，他所在的实验室是世界上进入这一前沿领域的少数实验室之一。就在日本正式宣布研制出钕铁硼后不到 3 个月，王震西领导的物理所、电子所联合攻关小组也研制出了高水平的钕铁硼，并且用低纯度原料代替高纯度原料，使成本大大降低。实测对比表明，他们研制的钕铁硼的性能超过西欧诸国，与美日相当，处于世界先进行列。

紧接着，王震西又请来了宁波磁性材料厂厂长，共同合作，不到半年，便建成了我国第一条钕铁硼生产线。

在钕铁硼材料由研究、开发到工业生产这场接力赛中，王震西胜利地跑完了第一棒，至于后边的工作，按常规，不是他们搞基础研究的科学家的事。

然而，王震西的心情却平静不下来，因为围绕着钕铁硼的这场世界性高科技竞争太激烈了。钕铁硼的磁性远远高于过去所有的传统永磁材料，用它可使汽车启动马达的体积和重量减少一半，核磁共振仪磁体的重量从数十吨降至数吨，各种微电机、超薄型扬声器等也将应运而生。人们预测，在今后 10 年里，钕铁硼的市场将惊人地扩大。为此，世界各国都投入大量的人力物力加速开发：美国通用汽车公司一次就投资 6800 万美元，日本住友、日立、松下、索尼、TDK5 大公司联合行动，西欧 12 国 53 个实验室制订了联合开发计划。在高技术竞争的后边是各国经济、军事、政治的竞争。

我国稀土资源是全世界各国储量总和的 5 倍，理应成为钕铁硼生产的大国。可是由于技术落后，我们却长期拿不出像样的产品到国际市场上竞争；我国的稀土资源只能作为原材料廉价卖给外国，外国做成产品后又高价卖给我们。

强烈的爱国心和高度的责任感使王震西坐卧不宁，不能再走过去那种把科研、开发、生产分家，慢吞吞跟在别人后面走的老路了。要么永远做廉价原料的出口国，要么利用我们自己的资源和技术，加速把科技成果转化为生产力，建立和发展我国的稀土永磁和稀土工业。问题就是这样严肃地摆在开拓者的面前。

王震西和几位志同道合的同志焦虑地商议着，一份成立一个把研究、生产、销售三个环节结合起来的科研生产经营实体，加速我国钕铁硼开发的报告送到了科学院领导的手里。

1985 年 4 月 8 日，当时的中国科学院副院长周光召听取了王震西的汇报，他深感这项工作意义重大，简单的支持是不够的，应该考虑得更深更远。于是，一个宏大的目标被提出来了，那就是要以全新的模式把科学院的有关力量组织起来，成立三环新材料研究开发公司，目前集中开发钕铁硼，将来还要开发超导新材料，逐步建立和发展我国的高技术产业，以进入国际市场为目标，创建具有中国特色的贝尔实验室！

时代需要一批优秀科学家投身到企业界，王震西彻底与传统观念决裂，勇于做开拓者

王震西由搞科研转向办企业，许多人向他投来惋惜和惊讶的目光。一些同志对他说："像你这样的人去办公司实在太可惜了。"一位科学界的老前辈曾两次赶来相劝："震西，你还是先抓紧时间多做些研究工作，等提了研究员再干别的……"也有人跑到王震西家里"祝贺"："这下你这个穷知识分子该发财了！"

是的，在科学家这条道路上，经过 20 多年的拼搏，王震西已充分显示出他的才华。1964 年他从科技大学毕业，先后担任过物理所课题组组长、研究室副主任、所学术委员会委员兼学术秘书、科技处处长，他参加研制了我国第一批磁控电子器件，获得科技大会重大成果奖。在法国奈耳实验室工作期间，他与法国科学家合作发现了一种发散性磁结构，现已作为非晶态材料磁结构的一种基本形式被广泛应用。他领导研制的钕铁硼材料获得了科学院科技进步一等奖。他还参与发起组织全国第一、二、三届非晶态物理和材料会议，主编了我国第一本《非晶态物理》专著。像这样一位有成就的优秀中年科学家，去搞科技开发、经营，不是太可惜了吗?

王震西自己也不是没有思想斗争。他已反复考虑过多次了。要迈出从科学家到企业家这一步，最困难的还是要打破旧的传统观念。中国两千多年来重文轻商、鄙薄技术的旧观念已经给我国的科技、经济发展带来了极大的损害。再说，现代科技的发展已经使从基础研究、技术开发到大规模工业化生产的周期大为缩短，技术更新的速度越来越快，特别是知识密集型的高技术产业，它的建立与发展必须依托于科学，国外的许多高技术产业就是由优秀科学家创业的。中国经济要腾飞，要建立新兴高技术产业，就需要有一批优秀科学家投身到企业界。这是时代发展不可逆转的潮流。

当然，走后一条路，对王震西来说要难得多：失败的风险，重大的责任，还有个人学术地位的降低，业务能力的停滞等等。但正如王震西所说："改革是一场深刻的革命，不可能要求人人马上都理解，总要有人去开拓，去尝试。为此，即使我个人什么都得不到，也是值得的。在改革的烈火中，将诞生出 80 年代的火凤凰。"

承上启下的历史责任，报效祖国的理想激励着王震西，他把自己的才智、

生命无私奉献给高技术事业。三环公司从事新材料的开发，不可能像经营电子计算机、家用电器那样很快见到经济效益。它的起步需要较大投资。1985 年下半年到 1986 年上半年，三环公司刚刚建立，经济效益尚未显露，社会上许多公司倒闭，不仅公司外的人，就是公司里的人，也有“公司的招牌究竟能打多久”的疑问。

可王震西坚持下来了。他宣布：“我们是为国争光，为创立中国的钕铁硼产业来办公司的。谁要是为钱，就请他不要到三环公司来。”三环公司在相当长的一段时间里没有奖金，他们的收入比在研究所时还低。直到 1986 年大家才有一点奖金，王震西好长时间仍坚持不要。他的想法是：“为国家赚了钱，我个人再拿钱。”

三环公司由不同研究所、不同专业的研究人员组成，与国内外几十家厂商有业务交往，公司的一切重大决策都汇集到王震西那里。人们佩服他的工作效率、管理才能、用人之道，连和他打过交道的外国人也称赞：“你们的总经理精明能干！”可是，有谁知道他付出了多少代价呢？他是用自己的生命在拼搏。他的身体相当不好，他说：“人生能有几次搏，对我来说，这可能是最后一次机会了。”

在研制钕铁硼产品时，王震西白天处理所里的工作，实验大都是中午休息和晚上下班后做的。

为了发展宁波厂的生产，人们已记不得他曾多少次奔波于京浙之间；为了摸清原料来源，他曾冒着酷暑亲自到贫穷偏僻的粤北赣南稀土矿区实地考察……

1986 年，他率团到美国谈判引进设备，紧张和劳累使他最后三天三夜睡不着觉，吃不下饭，连稀汤也难以下咽。

王震西本来就有胃病，前年肝区又开始疼痛，去年查出是多发性肝内结石。当医生的舅舅警告他：“你得好好休息，并发别的病就有生命危险。”妻子也说：“再干，连命也送进去了。”王震西何尝不想休息，可他深知中年一代承上启下的历史责任，这么多工作等着他去做，怎能就此罢手？

三环公司的工作人员中有 20 多人具有副研究员、高级工程师以上职称，许多人是从国外进修回来的。他们大都是中年骨干，国内不少单位高薪聘请他们，国外也邀请他们去合作研究，但是他们放弃了这些机会，把自己的才智献给了三环公司的事业。

王震西的理想正在一步步地实现。三环公司已形成完整的科研生产体系，产品进入国际市场，基础研究得到世界承认

1985 年 9 月，三环公司的产品送到法国国家科研中心，成功地用到超大规模集成电路蚀刻机上。同年 10 月，中国的钕铁硼产品在美国伯明翰高技术博览会上展出，获得广泛好评。从 1986 年 9 月起，三环公司的产品正式向美国、英国、东南亚出口，运到美国的一吨钕铁硼磁钢很快销售一空。

钕铁硼能吸住比它自身重百倍的物体，三环公司也像钕铁硼一样吸引着越来越多的国内外客商。全国有 20 多个厂矿企业同他们进行合作联营；天津、宁波、常熟、江阴市的领导亲自上门，要求把厂建在他们那儿，作为市重点企业。国外有 20 多个国家和地区的厂商、研究单位与他们建立了技术与商务联系；有些厂商要求做三环公司的代销商；还有的提出要同他们合资建厂，全部技术由三环公司提供。

他们正向着贝尔实验室的目标前进，有自己的产品、应用开发研究，还有为长远着想的基础研究，形成了从采矿、分离、原料制备、磁钢生产到应用产品开发生产的完整科研生产体系。三环公司的产品进入了国际市场，在基础研究上也得到了世界的承认。国际著名的法国路易·奈耳实验室提出了双方合作研究新型稀土永磁合金的两年计划，第六届国际急冷金属会议邀请他们去做专题报告。澳大利亚、罗马尼亚、加拿大等国的研究单位也提出了合作研究计划。

目前，三环公司的钕铁硼磁钢的年产量是 5 吨，30 吨的生产线年底可以建成投产，年产 200 吨、产值逾 2 亿元的生产厂也在筹建之中。他们开发的汽车启动马达、永磁吸盘等十多种应用产品将带来更高的附加产值。

三环公司的宏图在步步展开。

王震西在想什么？他说："我们好比把汽车开上了高速公路，只能加速前进。国外车好、燃料足，我们车差、燃料缺，竞争的压力很大。但无论对一个国家、一个单位还是一个人来说，这种压力都是一种催人奋进的力量！"

王震西和他的同事们一定会取得更多的成就，更多的科技工作者会像他们那样走上这条科技与经济相结合的道路。

她以全副身心奏出长城之魂——记击退病魔重返舞台的著名二胡演奏家闵惠芬

本报记者　余传诗　曾毅

（1987 年 10 月 13 日）

我国著名二胡演奏家闵惠芬 6 年前身患绝症，辗转病榻。最近，在中国艺术节主会场和华东、上海分场的开幕式上，闵惠芬以其重病之躯，成功圆满地演奏了技巧难度极高、内涵丰富、被誉为民族音乐发展里程碑的《长城随想》曲，引起了观众的热烈反响和关注。人们很想知道：闵惠芬是怎样创造这个奇迹的？

1982 年，二胡协奏曲《长城随想》在第十届“上海之春”首演以后，辗转 5 年，闵惠芬为黑色素肿瘤的病魔所缠，困于病榻和手术台之间。她为不能继续演奏《长城随想》这一民族交响乐的佳作而深感遗憾。

闵惠芬对这首乐曲中的民族精神和气质有着最深切的感受和领悟。1978 年夏，中国艺术代表团出访美国，在纽约联合国大厦游览时，闵惠芬和作曲家刘文金同时被那幅闻名世界的巨幅长城壁画震住了，长城宛如一条钢铁巨龙，蜿蜒起伏在崇山峻岭中，博大、深沉、苍劲、壮丽。长城的英姿在他们内心激起了交响乐般宏伟的气概和古今壮士的赤子情怀，演奏家与作曲家心灵相通，他们强烈地渴望用民族器乐来讴歌伟大的长城。两年后，新创作的《长城随想》曲在全国第三届音乐作品评奖中荣登榜首，它所蕴含的深厚的爱国主义的浩然正气融进了演奏家真切动人的思绪，化为琴声，再现出博大壮丽的艺术境界，激起人们心灵的振荡。

用民族乐器表现如此伟大的主题是要付出艰辛的艺术劳动的。在上海首次演出《长城随想》之前，闵惠芬已重病开刀，为练琴试奏多次晕倒，癌细胞的侵蚀，大量地消耗着她的体力，她要跟癌细胞的生长争夺时间。首演成功以后，中央人民广播电台播出了她的演奏，她在病床上抱着收音机激动万分，为以重病之躯完成《长城随想》的演奏，感到死而无憾。

5年来，闵惠芬在与疾病做顽强的斗争的同时，没有停止在民族音乐的园地里辛勤劳作。第一次手术以后，已经发现癌细胞转移，但她坚持到工厂、学校举行二胡独奏欣赏音乐会，边介绍边演奏，普及民族音乐。黑色素肿瘤向她发起一次又一次进攻，闵惠芬又先后经受了4次手术，腋下淋巴群被全部端走，胸大肌因手术被割断，她被迫暂时放下手中的二胡。但《长城随想》那刻骨铭心的旋律时刻萦绕于她的心怀，给她慰藉，给她活力。她一面锻炼恢复右臂功能，一面将自己对长城的体验和演奏《长城随想》的心得，逐章逐句地记录下来，整理成文，传授给学生，求教于同行。她知道生命是有限的，艺术是无止境的，病房可以成为学生的课堂。她只有一个心愿，掏出心窝来教学生，让他们来延续自己的艺术生命。重庆曲艺团的二胡演奏员刘光宇与闵惠芬素不相识，他花了许多时间凭借电台播放的闵惠芬的二胡协奏曲《长城随想》，硬是模拟着拉了下来，背了出来。闵惠芬看中了他的这股劲，收他为学生，悉心传授技艺。她说：我付出的代价是值得的，我从他们的精神中看到民族音乐后继有人，坚信他们会带着我们的心愿，以勃勃奋战的姿态，走在开拓、振兴民族音乐事业的道路上。

去年春节前后，闵惠芬的病情突然恶化，医院发出了病危通知，并进行了第6次大手术。奇迹出现了！闵惠芬顽强的生命力击退了病魔的又一次进击，癌细胞被控制了，病情稳定了。当她得知我国将首次举办中国艺术节后，她渴望重返舞台，再为祖国人民奏一曲《长城随想》。

9月6日，中国艺术节开幕式上，当闵惠芬端坐在舞台上凝神运气时，她又找到了5年前那种熟悉的舞台感觉，中央民族乐团缓慢、庄重的序奏开始了，她仿佛看到云雾缭绕中，万里长城若隐若现，几次转调，云海散去。她在序奏强有力地结束时，从空弦音“1”上拉响了第一弓，这是诗人歌手登临长城极目神州大地，对古老长城的第一声赞叹。这个“1”的长音，有一种磐石般的不可动摇的坚定感，定下了这段音乐凝重、深远的基调。

啊！久违了，《长城随想》！人们在充满诗意的境界中，衷心祝愿演奏家的身体恢复健康，祝愿她艺术青春常驻。

一腔报国志　多方获支持——26 岁的留美博士陈章良被北大聘为副教授

回国一个月，在国家有关部门支持下，他和几位教师通力合作，建成一个初具规模的生物基因工程实验室，并完成一些基础试验

本报记者　翟惠生

（1987 年 9 月 10 日）

本报讯　记者翟惠生报道：26 岁的陈章良，一个月前才从大洋彼岸留学归来，日前被北京大学聘任为生物系副教授，这在人才济济的全国一流大学里还不多见。

国家有关部门对陈章良十分支持，不久前拨给他充足的科研经费。他和北大生物系的几位教师通力合作，在很短时间内就把一个生物基因工程实验室建设得初具规模，并且完成了一些有意义的基础试验。

陈章良获美国华盛顿大学博士学位，国内一般人还不了解他，但他的一系列高水平的学术成就，早已引起世界生物技术专家的注意。今年 6 月，他在享有世界声誉的美国高登研究会议上做了长达 30 分钟的报告。在科技界，能够应邀参加这个代表着美国生命科学发展方向和最新成就的会议，这本身就是一种殊荣，而陈章良当时仅是一位正在攻读博士学位的研究生。

这位年轻的博士出生在福建省福清县一个农民家庭里。贫寒的家境使他到 9 岁才进学校大门，但从小磨炼出来的坚强意志和特有的聪敏却使他的学习成绩一直名列前茅。1978 年他考进华南热带作物学院，立下了用科学技术改变农村经济落后面貌的宏愿。1983 年，他被美国华盛顿大学录取为研究生，从此开始了向植物基因工程这项新兴高技术的攀登。

寒窗 4 年，陈章良始终“超负荷”地学习和工作。1985 年，欧洲分子生物学学报发表了 24 岁的陈章良的第一篇论文，宣布采用基因工程的方法首次将大豆蛋白基因成功地转移到矮牵牛（茄科植物）上，并使大豆蛋白基因在矮

牵牛种子里得到表达。这意味着不久的将来，人们可以用同样的方法把大豆蛋白基因转移到其他农作物上，以提高这些作物的蛋白含量并使其必需氨基酸得到平衡。1986 年 11 月，陈章良又在美国科学院院报上发表了另一篇重要论文，首次发现有一段遗传物质（DNA）可以控制植物基因在种子里特异性的表达，而且这段 DNA 在种子发育的一定阶段能把外缘基因表达能力提高 20 倍以上。这一发现对于今后研究在外缘植物上高水平地表达有经济价值的基因有重要意义。这些卓越的研究成果，使陈章良在今年 7 月提前一年半获得了博士学位。

是接受美国几家大公司和一流高校的聘请，在优越的物质条件下继续从事科学研究，还是回到祖国，为振兴祖国的科技事业效力？陈章良面临着两种选择。

陈章良深知，自己准备为之献身的生物技术研究是当今世界新兴高技术领域之一，它可以不断创造出新的优良品种和生物制品，如果与农业常规技术相结合，就可以达到事半功倍的效果。生物技术在医药、轻工等其他领域里也有广泛的应用前景。现在正是祖国急需生物技术人才的时候，一个喝农民乳汁长大、靠人民把自己培养成人才的青年，应该把全部聪明才智奉献给自己的国家。这样，今年 8 月初，陈章良刚刚获得博士学位，就立即启程回国，并在北京大学里安了“家”。

陈章良回国后连父母都没有来得及探望就埋头于实验室建设和攻关试验。当记者见到他时，他真诚而坦率地说，回国后，工作安排得到了国家有关部门和北京大学的大力支持，从上到下开“绿灯”，创造了很好的科研条件。北大和生物系的领导及潘乃穟副教授、刘春清工程师等给予的全面合作，保证了科研工作的连续性，使他在国外学到的先进技术能尽快发挥作用。他相信，只要大家团结协作，就可以在短时间内完成国家交给实验室的任务，并为将来发展我国的生物技术做出贡献。

·1988 年·

不是知情人　难解其中味

杭州市第一人民医院新楼落成主管基建副院长辞职

在应付种种不正常的关系上，他感到累了乏了

本报记者　叶辉

（1988 年 4 月 6 日）

本报讯　记者叶辉报道：春节过后，杭州市第一人民医院新落成的病房大楼急病人之急，适时开张接纳病人，赢得一片赞扬声。然而，与此同时，该院主管基建的副院长却辞职了。

他为什么辞职？据本人申述的理由是：不善处理各种关系。对此含糊的解释，只有知情人才解其中之味。

这位副院长为人正派耿直。1979 年他到这家大医院工作，1982 年被任命为副院长兼党委副书记。

1985 年，该院一万多平方米的病房大楼动工。这位一向凭介绍信办事的干部很快发现，庄严的红色大印在“关系网”面前失却了威严，许多该办能办的事光凭大印办不成了。具体经办的同志告诉他，不给关系户一点好处，什么也别想办成。

原则在“关系”面前退缩了。一切按原则，大楼建成不知何日；向“关系”低头，大楼指日可待。他无可奈何地屈服了。于是，竟一路绿灯：请人吃一顿，办事中的“肠梗阻”马上通畅；给人送一点，关系户脸上的表情肌马上

舒展开来。吃送之间，事情往往很快得到解决。

医院是个“没油水”的单位，财务制度极严，唯一能够自由开支的是卖旧瓶、破纸盒等废品得来的钱。但这笔钱一直由院长掌握，主要用于职工福利和奖励。用什么钱来支付请客送礼的费用？在具体办事的同志提议下，副院长只得多开“二次搬运费”——即请运输单位在应收的搬运费外另增加回扣给医院，此外还将旧房拆迁中留下的旧砖烂瓦卖掉。零钱碎金，汇成“请客送礼”的资本，于是旧瓶、废纸化作美味佳肴，谎报的公款变成醇香的美酒。餐桌上，副院长脸上堆笑应酬，而心里却在暗暗哭泣。

医院也有自己的优势，疏通关系的另一条主要渠道是看病。关系户一切优先，别人住院难，关系户一来准能解决，外面开不到的药给开，甚至还给开假证明：某关系户的儿子考大学，视力不佳，医院可以把 0.5 改成 1.0。

作为党员干部，副院长感到不应迁就这些行为；作为主管基建的领导，他又觉得不得不这样干。

基建涉及的关系户太多了，谁都想从中捞点油水。电力部门要“介绍”变电站的安装单位，环卫部门要指定化粪池的施工队，尽管这个来自乡村的施工队已被市建委归入清除出境之列，尽管医院也知道这个队工程质量低劣，但只能应允，不然，这些掌握某一监督部门大印的“上司们”就会“横挑鼻子竖挑眼”地找毛病。于是“生意大家做点，好处人人有份”。当然，满足关系户个人需要更是建房单位“义不容辞”的责任。一次，有个关系户提出要在自家窗户上装铁栅，医院没有圆钢，办事的同志就在大楼工地上“牵”回几根（那是建筑队的），加工后给他装上。一次，市政一位小头头开口“要弄几条烟”，医院也乖乖地给弄到送去。自然，油嘴一抹，笔下（或手下）生辉，香烟一送，脸上含春，该办的不该办的都一股脑儿给办成了。

从大楼设计到建成，该院在请客送礼上花了几千元钱，而这一切，副院长也都主动向卫生局纪委做了汇报。

望着拔地而起的新大楼，副院长心里酸楚楚的：大楼立起来了，而一个知识分子的尊严，一个党员的党性，一个正直的人的良心却倒了，倒在大楼坚实的地基之下。

在应付这些关系上，副院长感到累了，乏了。楼成之日，他终于提出辞职。

他不仅创造美——访昆明整形整容专科医院院长陈方中

本报记者　陈可

（1988 年 3 月 31 日）

“昆明整形整容专科医院，是顺应改革潮流和社会需要而创办的我省第一所民办专科医院。陈方中等同志依靠集体和社会，两年来取得了明显的社会效益和经济效益。他们打破了办医疗卫生事业必须由国家包下来的传统观念，为在卫生战线培养一批卫生事业家、企业家探索了一些经验和路子。”

——摘自云南省卫生厅（88）57 号文件

（一）“我们宁愿 1 人干 3 人的活，拿高工资；也不愿 3 人干 1 人的活，搞低收入”

陈方中现在是个大忙人，要想找到这位院长，可真不容易。扑了几次空后，终于和他约好，星期六下午 2 点面谈。可到了 3 点，他才从手术室出来。他端起早已冰凉的午饭，大口大口地吃得蛮香。

我趁隙打量着这间少见的院长办公室，总面积大约 8 平方米，桌子、柜子将它塞得满满的，因为它既是办公室，又是财务室、保管室兼收费处，多来一个人就感到无法转身。

陈方中看出了我的诧异，坦然解释道：“创业的道路就是这样，总得从零开始。好在评价一个医院，主要不是看你的房子和条件，而是看它的服务态度和疗效好不好。”

“正如这间房子具有多种用途一样，”陈方中话题一转，马上进入正题，“我们的人也常常身兼数职。因为我们的指导思想就是：宁愿 1 人干 3 人的活，拿高工资；也不愿 3 人干 1 人的活，搞低收入。”

回顾医院的发展历程，他们正是在这个人人赞赏、实际却很难办到的思想下走过来的。1985 年 10 月，陈方中等 6 人主动告别国家大医院，办起了这所集体所有制的小医院。他们坚决不走人浮于事的老路。条件差，不埋怨；人不够，加倍干。现在，全院发展到 42 人，既开展手术整形整容，又经营美容方面的技术经济实体。

拿医疗这一拨来说，15 个人加上友邻医院 4 名护士，管 3 个手术台、40 张病床。这个比例远远低于国家标准。院里只有出纳是行政人员，她不仅要管账，还要计价和收费；会计是外单位兼职的，每日工作半天，无须开全薪。陈方中本人挑的担子自然是最沉的，抓管理，跑外交，每个月还上手术台 60 余次。他告诉我，现在一天的工作量，比起从前在大医院，至少相当于一星期。后来，他设了一名助理，帮他处理日常工作。这个差事也不轻松，要身兼采购、保管、资料数职，还要看门诊，忙得不亦乐乎。在这里，加班加点是家常便饭，每人每日平均工作 10 小时左右。

高效率自然带来了高效益。两年多来，全院共接诊省内外患者 6 万多人次，开展各类整形整容手术 4300 多例，每人年创产值 1 万元，纯利 5000 元，职工月均收入逐年增加，现已达 240 元。这几个数字，在云南省卫生系统首屈一指。

（二）“我们用人的原则是：态度决定聘用，技术决定地位，效益决定分配”

“我们这里是没有铁饭碗可端的，搞的是聘任制，一年一聘。”陈方中介绍说，“能不能受聘，主要取决于他的劳动态度。”

“要是态度不好怎么办？敢不敢动真格的？”我追问道。

“敢。”陈方中肯定地回答，“这两年我们就辞退了 4 个。比方有一个护士，一段时间上班时老打瞌睡，原来她晚上都泡在麻将桌上，尽管她父亲是我过去的老上级，我也毫不犹豫地告诉她，你以后就在家里打麻将好了，坚决将其辞退。事后不少人来说情也不顶用。要知道，我们这个集体要求生存、求发展，全靠每一个人尽心尽责。它可经不起内耗和折腾。”

谈到当前知识分子最关心的职称问题时，陈方中淡淡一笑说：“我们是集体单位，国家不管。参照有关条件，我们自己评了一下，最高只到中级，搞的是‘单位粮票’，不过社会还是承认的。和端铁饭碗的人不同，我们大家对职称并不太看重。”

“为什么呢？”

“因为在国家单位，有了职称，地位、工资、房子等实惠会随之而来，所以大家争先恐后。在我们这里，你的地位高不高，关键在于你的实际水平。也就是说，有多大本事，手术台上见，文凭、职称不起决定作用。我们现在有8个大学生，整形科主任却是60年代军医学校毕业的。为什么？只因他肯钻研，技术进步快，大家真心佩服。

“另外，在分配上我们坚决贯彻多劳多得原则，搞科室承包，利润提成，拉开档次，以效益决定分配，职称多高无足轻重。我看也只有这样，才能淡化职称心理，减少许多麻烦。”

（三）“眼前有利益可得，长远有前途可望，这就是我们的方针”

“说实在的，尽管大家都在批评大锅饭的弊端，可真要叫他告别铁饭碗，又有些难舍难分。虽然我们的收入高出原单位一倍，还是有几个人主动辞职，原因就是因为怕政策变，不保险。”

说到两种体制的竞争，陈方中为我描绘了他心中的蓝图：“我想，作为院长，要管好这所小小的医院，主要还不是靠严密的规章制度，而是在于开发大家的智力，启迪大家的积极性、创造性。我们曾花了3万多元，先后从北京、上海请来23位专家进行培训指导，又举办素描班，培养大家的艺术情趣。我们因材施教提出不同要求。对于医生，要求他成为技术较为全面的整形整容医师；有的护士，则培养成熟练掌握单项美容手术的医士。这样，就能使我们在业务技术上保持优势，同时使每个人感到，他在这里所从事的，是一项光荣、自豪、有作为的事业。

“至于个人收入，我们要以满负荷的工作，换取更佳效益，争取今年人均月工资达到300元。现在，我们把利润的80%留作集体所有，已经积累了14万元的资产和资金。这笔财产怎么管理？按老观念，名义上是大家的，可实际上却没人感受到。我们打算，等再多一点，就将它分为若干股，每人都有相当数量的一份，使你看得见，摸得着，使你感到既是雇员，又是主人。到时候，大家的积极性一定会更加高涨、更加持久。”

“听说你们正打算申请贷款，新建一所小型现代化专科医院？”

“对。目前客观条件限制了我们的发展，满足不了社会需要。根据论证，我们提出了一个设想，向国家申请250万元贷款，用两年时间，建起一所150张床位的现代化专科医院，然后用10年还清贷款。省卫生厅、省计委都表示支持。除此之外，我们还要在地州办分院、办实体，为社会做出更大的贡献。一句话，眼前有利益可得，长远有前途可望，这就是我们的方针。”

“好啊，陈方中！”我心头忍不住赞叹起来，“作为一名整形整容医生，你不仅在创造美，你分明在探索新路，探索新一代卫生事业家的道路。”

不该发生的悲剧——记科技人员熊吉祥之死

本报记者　张祖璜

（1988 年 4 月 25 日）

一列 200 多人的队伍，抬着 80 多个花圈和 110 多条祭幛，缓缓地行进在湖南省湘阴县城关镇的大街上。成千上万的居民站立于街道两旁，以轻轻的啜泣声，悲恸地向一位有重大贡献的科技工作者默默告别。

这是 1986 年 11 月 24 日。目睹此景，人们惶惑的心境上，打着一个深深的问号：这一幕不该发生的悲剧，为什么在 80 年代的今天发生了？

一位全国三八红旗手的哭诉

在这前三天，即 1986 年 11 月 21 日凌晨，湖南省湘阴县县委大院内，一声声凄厉的恸哭，打破了黎明前的沉寂。

全国三八红旗手、湖南省劳动模范徐纯英哭诉着她的丈夫、一个科技工作者的不幸遭遇。

徐纯英的丈夫熊吉祥，助理农艺师，从事水产和科研工作 20 多年，多次评为优秀共产党员和优秀工作者。他和湖南师范大学教授刘筠及湖南省水产研究所蔡君放一道从事的“鲫鲤杂交”重点项目，被评为湖南省 1985 年十大科研成果之一，并获省科技成果二等奖。1985 年 7 月 23 日，湖南电视台报道了他在取得桂花鱼人工孵化成功之后，又获得鳜鱼人工繁殖成功的消息。不想，在次日，一场大祸降到了他的头上。

熊吉祥秉性耿直，人际关系一窍不通，常因科研上的事与人顶杠，因而成了县水产局个别领导人眼中“骄傲自大”的典型。他所在的县东湖渔场是承包单位，因管理制度和承包经营中有不完善的地方，存在一些经济纠纷，而

"他是副场长，虽然分管生产、科研，但有不可推卸的责任"。于是，他成了县一级机构整党的对象，又成了"双打"的重点人物。县水产局那位主要负责人对"运动"很有一套办法。首先点名，7 月 30 日便派出工作组，接着便是"隔离审查"，派出专人进行监管，让熊吉祥顷刻之间失去人身自由，继而以县水产局的名义，整理出熊吉祥贪污公款 1 万多元的材料。

1986 年 3 月 25 日，一批人冲进了他的家，将他的彩电、电冰箱、沙发和存折抄走了，连同科研资料、购煤折等物也一并搜出。熊吉祥的岳父家、内弟家受株连，同样遭到抄家的厄运。紧接着，手铐戴到了熊吉祥的手上。

被扭曲的法律

1985 年 12 月，湘阴县人民检察院检察员钟胜前就熊吉祥贪污问题进行了案前调查，奔走了几个月，没有找到贪污的证据。于是，他把熊吉祥及家属承包所得的奖金定为贪污；湘阴县科委在 1980 年后的三年中共给予熊吉祥科研补助费 1000 元，并出具证明，不能视为贪污，他隐匿证据，让熊吉祥"贪污"的账单上增加了一笔可观的数字，成为抄家和逮捕的"合法"外衣；他要更多的证据，威逼成了他的手段。

郑应根是东湖渔场的一名临时工。钟胜前七次传讯他到检察院，又是拍桌子，又是恫吓，吓得生性忠厚老实、不愿栽赃他人的郑应根成天神魂颠倒。

熊吉祥被关押了四个月，检察院才于 1986 年 7 月底向县人民法院起诉。县人民法院调查证实熊吉祥不构成犯罪，准备做无罪判决，并向县人大常委会写出了审查报告。县人大常委会负责人肯定了人民法院实事求是、依法办案的精神，并且同检察院交换了意见。本来检察院已认识到了关于对熊的指控有出入，决定撤诉，可事后，他们又以"熊吉祥有新的犯罪证据"为由，将"熊案"从法院撤回检察院继续侦查，直至熊吉祥在牢房里奄奄一息。

教授摇头叹息：晚了！晚了

熊吉祥，时年 44 岁，是一个身体十分强壮的汉子。春季来临，为观察鱼类交尾撒子，常常在湖边一蹲就是几晚；冰天雪地，也常赤身下水作业。人们以钦羡的口吻，亲切地称他为"河马"。

沉重的压力，无情的打击，使他的身体状况一落千丈。早在县水产局供销站隔离反省期间，他便开始吐血。1986 年 3 月 25 日，当他走进看守所之后，便以稀粥度命。在他病危的时刻，他做了如下谈话：“……在这期间，我多次向看守所的领导要求看病。每次钟胜前来提审我，我都提出看病的要求，钟胜前每次都回答：把问题搞清之后去看病！但是，时间一天一天过去，起诉书直到 8 月 20 号才来，所以病情一直拖着，无法治疗。到 8 月底，我又写了一个书面报告，是给检察院和看守所写的，把病情恶化的情况也写在了报告上。总之，我虽然要求得多，但是无人理睬我……”这段话已留下录音，如泣如诉，微弱的声音夹杂着艰难的咳嗽。

1986 年 9 月 29 日，经过有关方面的努力，熊吉祥才获得了“取保候审”的权利。可是，当他被抬进广州军区第一总医院时，73 岁的张老教授经过仔细检查，诊断为食道癌。老教授摇头叹息：“晚了！晚了！怎么拖到这个时候才来呢？早两个月来，不就好了吗？”

从 1985 年 10 月“隔离反省”，到 1986 年 9 月 30 日取保候审，熊吉祥经历了将近一年的时间。9 月 30 日，他对他的兄弟说：“只要保我一条命，我就要用成果获取工程师的职称。鱼类研究有广阔的前景，我还希望有出国考察的机会……”他对生活充满着希望，然而刚过 50 天，他终于离开人世。

尚未了结的案件

熊吉祥离开人世已经一年多了。但，人们对他的依恋之情并没有随时间的流逝而淡薄。人们企盼“熊案”了结。

科技人员为他呼唤，新闻界为他奔波，他的爱人徐纯英不断地请求各级领导为其申冤。

令人们欣慰的是：岳阳市人民检察院已于去年对“熊案”进行了全面的复查,5 月 15 日做出决定：“认定熊吉祥的行为不构成贪污罪”“决定撤销此案，由湘阴县人民检察院依据有关法律、政策，做好工作”。

岳阳市委和人民政府关心“熊案”，分别批示岳阳市科委和湘阴县人大常委会、县纪委、县政法委员会，要他们组织调查团进行调查。调查团于去年 11 月和 12 月写出了调查报告，进一步认定“熊吉祥贪污案”纯属错案，指出了办案过程中“左”的指导思想、违反办案程序和办案人员的粗暴作风等问题。今年 3 月，岳阳市委和市政府再次组成班子进行了调查。

但是，人们注意到，在一些与此案有关的人员中，还流传着这样一种说法："没有不办错案的，连包公也办错案。"人们要问：错还错得有理吗？时至今日，对制造这一悲剧的直接责任者还没有做任何处理。

一些科技人员呼吁：要让尊重知识、尊重人才、秉公执法之风盛行，熊吉祥的悲剧绝不能重演！

一场人才流动的"官司"

本报记者 张胜友 赤峰日报记者 杨士臣 屈广臣

（1988 年 6 月 15 日）

1987 年 12 月，内蒙古赤峰市红山区乡镇企业推行大面积租赁经营。区政府下发文件，鼓励各类管理、技术人员去承租乡镇企业。1988 年 1 月 3 日，红山区第二建筑工程公司（以下简称二建）的总工程师陈友才"悄然"投标租赁连年亏损的城郊建筑公司，成了这个公司的承租人。

消息传回二建，领导层被震呆了，简直不相信这是事实。他们马上找来陈友才询问情况，希望他能够放弃承租，留在二建。陈友才却掏出已签订的合同书说："此事已成定局，无法改变。"

一波未平，一波又起。陈友才来到城郊建筑公司不久，搞起了二级租赁——让下属的建筑队、修造厂等面向社会招聘管理、技术人才。二建又有 7 名工程技术人员出走，投奔他而去。这在二建工程技术人员中引起了很大波动。

二建的领导层被激怒了。他们说："绝不允许我们的工程技术人员就这样地一个个流走！"他们迅速制定了《在职人员流动管理办法》，规定：调出职工在离岗前，必须由接收单位按不同工作年限付给 5000 元至 5 元万不等的培训费。凡由企业资助上电大、职大等学习的人员调转，除如数返还上学期间的工资、学杂费外，要加倍收取培训费。调出职工办理调转手续前，必须将所居住房屋退出，子女、配偶一并带走（同样缴纳培训费）……

接着，二建将陈友才等 8 人在本单位工作的亲属（3 人，都在科室工作）从原岗位撤下待聘，待聘期间不发给工资、奖金。还扣发了陈友才等 8 人

1987 年全年的奖金。

二建的负责人又找了他们的主管局红山区城建局，要求配合二建卡住陈友才等 8 人。红山区城建局的负责人当即答应：二建不给陈友才等人办理人事调转手续，我们就不承认陈友才是城郊建筑公司的法人代表，不给他办理业务手续，让他们无法揽到工程。

双卡齐下，果然奏效。陈友才来到城郊建筑公司 5 个月有余。一点活也没弄到手里。

陈友才出走，在二建乃至红山区引起了震动。一度人言鼎沸，议论纷纷："真是不可思议，放着大企业的总工程师不当，到个乡镇企业去操心、受累、担风险。"

"不图三分财，谁起早五更，乡镇企业，票子捞得凶。"

"人各有志，人家或许要当企业家呢！"

二建的一位负责人说："陈友才这样做，我们无论如何理解不了。回想起来，二建这些年来，没有对不住他的地方。公司连续 3 年举荐他为红山区和赤峰市劳动模范，1986 年举荐他为内蒙古建筑厅劳模。1985 年，二建花 2.8 万元给他买了一套 3 室住房。1986 年，二建 0.3%职工晋级就有陈友才的份，还拿出 2000 元钱供他的女儿上电大，毕业后安排在公司的生产科。然而，他竟不辞而别，以怨报德，良心何在？"

陈友才为什么要走呢？他对记者说："我要离开二建的想法已有一段时间了，原因主要有三个：一是我有很多想法在二建得不到实现。我在一些会议上多次提出，企业在经营上要引入风险机制，在管理上要采用现代化的管理手段，如使用电子计算机等。但这些建议均没被采纳。这使我很苦恼。我要实现我的想法，便产生了当经理的念头。但这在二建是根本不可能的。二是我渴望一种新的用人制度，即通过竞争选人。三是我认为乡镇企业发展前景广阔，却十分缺乏管理、技术人才，我们科技人员应该到乡镇企业去施展才华，建功立业。"

陈友才又说："有些人以为在衣、食、住、行上关心知识分子就行了，就算尊重知识分子了，知识分子也就应该心满意足了。这是不够的，这应该说是对我们知识分子还不够理解。古代知识分子有兼济天下之志，今天的知识分子更有振兴中华宏愿，我们要投身改革，参政议政，直接参与管理。"

陈友才对二建制定的《在职人员流动管理办法》和有关部门采取的措施强烈不满。他说："我在二建工作了 21 年，许多大工程是我组织指挥的。二建为什么不讲我们的贡献，一味地要培训费呢？还要牵连亲属，搞株连，这是哪家的王法？都照这样，人才还怎么能流动？”“官司”打到红山区政府，区政府领导同志说：“陈友才等 8 名工程技术人员出去租赁乡镇企业，是投身改革，我们应该支持；二建在我区是个大企业，一下子走这么多工程技术人员，损失严重，也应同情与保护。走有走的道理，留有留的原因，我们只能做调解工作。”

前不久，区政府召开了两次调解会，二建的经理、陈友才和红山区有关部门的负责人坐在一起，协商此事。最后做出了这样的解决方案：陈友才等 8 人中，6 人去城郊建筑公司，2 人（王玉海、于朋军）回二建；二建不向城郊建筑公司要 6 人的培训费；6 名工程技术人员的亲属留在二建，陈友才的住房由红山区解决，其余 5 人的住房由城郊乡解决。

但问题并未到此为止，双方还都有各自的想法。王玉海、于朋军说：“参加竞争，投身改革，人人平等，为什么偏要我俩回去。”他们至今没有回二建，继续在城郊建筑公司工作。二建的负责人说：“这 8 人擅自离开工作岗位到别的单位去，违反了企业的规章制度，应受到企业有关规定惩处，这些人离开二建，我们只能按开除或自动离职处理。培训费要交，只是交多少的问题。”陈友才等 3 人的亲属至今还为待聘人员。

城郊建筑公司是个有 200 多名职工的企业，由于陈友才的法人地位得不到承认，不能承揽社会工程，已有 80 多名职工从这个企业中单拉了出去。这个企业现在军心涣散，怨声载道，职工们说：“我们原指望陈总工程师来，把我们的企业搞上去，谁知陈总工程师来了，我们连活都干不上了，这次改革不但没给我们带来好处，反而使我们的处境更加艰难了。”

时至今日，这场人才流动“官司”已逾半年，仍无公断。面对此种状况，陈友才更是焦急。他深感已走投无路，租赁合同无法履行；他准备辞职，把此事投诉于法律。

从“弄潮儿”到“流浪汉”——河南郏县人民医院赵章程数据管理改革夭折记

本报记者　侯红光

（1988 年 11 月 4 日）

1981 年春，在河南省郏县人民医院做了 22 年财务工作的赵章程，带头推出一个酝酿已久的利用经济数据管理医院的总体改革方案，经过初步实施，提高了医疗质量，改善了服务态度，减轻了病人负担，也增加了医院收入。但就是这么一个行之有效的改革方案，却遭到县卫生局和医院某些领导的否决，他们把赵章程赶出医院大门，并让他接受莫须有的调查，最后把他逼成了“流浪汉”，一家 7 口饱尝饥寒之苦。尽管从中央到地方的不少领导部门都批示要求解决赵章程的问题，但郏县卫生局和医院有关领导就是不予理睬。事过 3 年，赵章程和当地广大群众现在正在殷切地期待着问题的解决。

（一）

1981 年初春，河南省郏县人民医院爆出一条新闻：干了 20 多年医院财务工作的赵章程主动请缨，领衔在该院妇产科搞起了责权利相结合的经济改革试点。

舆论大哗，众说纷纭。赵章程不为所动，甩去杂务，一心扑在改革事业中，边实践边查阅书籍、资料，潜心思考……久经酝酿，一个利用经济数据管理医院的大胆设想，开始在他的头脑中形成。

1983 年 3 月，这项数据管理医院的改革试行方案出台亮相。赵章程被县委、县政府任命为县医院改革小组组长。

赵章程认为：医院本身就是一个组合型的经济实体，虽然它兼有事业单位的属性，但应该寻求一种事业单位企业管理的方式。医疗服务的过程实质上是医院经济流通的过程。医院的收入除了药品的利润外，全部来自医务人员的医疗行为。所以，不能把医疗服务和医疗经济割裂开来。只有有了医疗经济的活跃，才能促进医疗服务和医疗技术这个生产力的发展。

赵章程的改革方案，使数据管理能够掌握整个医院各科室的医疗环节和个人医务活动的正常比值，并能正确分析各类门诊病人的“一个人次”和住院病人的“一个住院日”的合理负担。他所在的医院，早在1983年就已克服了目前卫生系统还在普遍实行的“五定一奖”方法所带来的乱收费、开大方的不足。

许多朴素的改革萌芽出现在赵章程设计的数据管理方案中，诸如改革医院财务科，成立医疗经济储蓄所；归并二三线医疗服务科室，成立医疗服务公司等。

当时，有一则新闻报道介绍：郏县人民医院实行的数据管理医院的改革方案，是在正视医疗经济的基础上，对传统体制的突破。他们将医务人员的工作时间、医疗质量、劳务实绩和医院的各项收支等经济范围内的一切软性的和硬性的指标，加以科学统计和分析，继而整理输出合理的定额、比率，将判断信息转换为直观信息，最终用科学的经济管理取代盲目的行政管理。

数据管理医院的改革尝试获得成功。1983年郏县人民医院不但还清了5万元的贷款和借款，流动资金总额还增加了9.9万多元。1984年全年业务总收入又达到67万元。改革结果表明：医疗质量提高，服务态度改善，医院收入增加，病人负担减轻。医院因此收到的贺信、感谢信成筐成箩装不完。

国家财政部的一位领导同志闻讯到此考察后指出：如果河南省卫生系统都能像郏县这样做，日子就好过了。

1984年12月28日，数据管理医院的改革方案顺利通过科技成果鉴定。专家一致认为：“该项目具有科学性和推广应用价值。”

春风得意。赵章程夸下了海口，照这样干下去，5年时间可以赚回一个同等规模的医院。

不幸，就在这个时候，医院改革小组被撤销了，正在完善中的医院改革夭折了。

赵章程不甘心。他无法相信医院改革会被人当作儿戏。1985年4月，他被迫自荐到平顶山市第二人民医院继续改革实践。该院院长王吉魁别具慧眼，通过市人才交流中心将赵章程招聘了去。

令人不解的是，郏县人民医院的个别领导在赵章程调离后的数月内却连续以医院和医院党支部的名义，发出一封公函、四封电报将其召回，同时由一名副支书牵头组织专案组，查办赵章程的所谓经济问题达三月之久，后又不了了之。平顶山市第二人民医院不了解事情真相，害怕了，将有关调函和人事档案退交赵章程本人。

1985 年 7 月，赵章程因人为的刁难而失去了工作，成了“流浪汉”。

（二）

命运捉弄了赵章程。

赵章程又偏偏认死理，瞄准一条道非要走到黑。工作丢了，饭碗砸了，没人见他掉过一滴泪。相反，他横下一条心，一边上访告状，一边完善改革方案。

改革难，上访难，赵章程饱尝了个中辛酸。他不断地辗转于平顶山、郑州、北京之间，跑了上万里路，走访了 60 多家单位反映问题，花费了几千元。亲戚朋友见了面都不免摇摇头，劝他“舍下面子送个礼，认命”。

郏县人民医院这时也紧锣密鼓。断水、停电、责令赵家搬迁，甚至要拆除赵章程全家用以维持生计的一爿小铺。因为有人指责它影响医院院容。

赵章程病倒了，全家人哭作一团。从破纸板遮挡的门窗外吹来的寒风一阵紧似一阵，赵章程的妻子再也忍不住了，她泣不成声地嗫嚅着：“老赵啊，老赵！你这是图个啥啊？”

三个春节，赵章程一家人的脸上没绽出过一丝笑容。

改革方案、倡议书、状纸，赵章程忍辱负重写了 20 多万字。他一再叮嘱家人要循规蹈矩，不惹是非，为的就是能在栖居着自己一家三代 7 口人的 20 多平方米的空间里，享有一点可怜的写作权利。

只要有一线希望，赵章程就不放弃自己的努力。为了使数据管理医院的项目能够继续试验，他从自家小铺的贷款中拿出 1000 元寄往财政部，请求作为项目的科研经费。

我国医学管理的著名专家刘振声教授闻讯后，签名参加了这个流产项目的科研组。中国卫生经济研究会的薛福林同志也致函鼓励赵章程：“现代管理要求用数据说话，我觉得进行这方面的探索和实践是十分有意义的。”

中央办公厅、国务院办公厅、财政部、卫生部就赵章程问题都曾分别批转河南省。省委书记杨析综 1985 年就批示过问。郏县县委、县政府也明确指示卫生局：尽速解决赵章程问题，恢复工作，补发工资，报销上访费用，继续数据管理医院的改革。

然而，郏县卫生局一位领导却对此表态：赵章程告状无论告到哪里，都要找我们解决。

因此，在长达三年半的时间里，郏县卫生局和县医院对赵章程的问题久拖不议，议而不决。赵章程的四处奔波和各级领导部门的干预均告徒劳。

（三）

赵章程的遭遇，引起社会各界的关注。

郏县科委主任丁良彦在县人大、政协会议上曾就此多次提出议案。他措辞恳切地说："赵章程搞改革不图名利、不图官财，为治理医院出主意想办法有何不好？"

第一个为赵章程改革撑腰张目的原许昌地区老专员赵洪亮更是厉色疾言："赵章程告状，我是'后台老板'。我就不信有冤无处申，无人主持公道！"

附记：据悉，郏县已于近日决定恢复赵章程的工作。

沉重的思考——对于一位女研究生被骗案的追踪采访

本报记者　武勤英

（1988 年 9 月 3 日）

洪荒的精神世界比洪荒的土地更为可怕。听来是天方夜谭的故事，却发生在黄河岸边一位老实的农民身上。

"宫长恩，你犯了什么罪？"在山东郓城县监狱，记者与监狱长一起提问。

"俺买媳妇。"迟缓的鲁西口音打着战。

"你买的谁知道吗？"

"俺不知道，俺要知道了一辈子也不买她。"他急于辩解，手吓得有点哆嗦。笨嘴拙舌什么话也说不清。

作为一个女记者，我还从没让人这样怕过。而作为罪犯宫长恩来说，他是山东郓城县千百名买媳妇的农民中唯一被抓起来判刑的人。以强奸犯论处，判刑5年。

他从小失去父亲。30多岁守寡的母亲拉着他姐弟6人去讨饭。肆虐的黄河，给沿黄一带的村庄带来的是风沙盐碱和大片洪荒的土地。

近年来，长期吃救济饭的农民手头开始有钱了。30岁的宫长恩靠脱坯烧窑赚回来一沓沓人民币。他先为弟弟娶了房媳妇，又给自己和老母盖了三间新屋（分四次盖完）。家里就他缺一个知冷知热的媳妇了。

今年2月28日，有人通报他："又来闺女了，还不去相相。"于是，他捏着自己仅剩的800元钱，又贷款2000元，以2480元的价格，换得一个"媳妇"。就在这天晚上放鞭炮，摆酒席，迫不及待地成了亲。

当"媳妇"明白是被拐骗的时候，又哭又闹。告诉他，自己是上海某大学的研究生，求他放过她，她会马上让家里电汇3000元来，将来必有厚报。宫长恩不相信，硬扒姑娘的衣服。姑娘不从，又踢又踹，使他不敢靠近。两天两夜过去了，姑娘未饮一口水，不吃一粒饭，初来时发疯般抗拒的姑娘已筋疲力尽，奄奄一息。于是，原始的冲动使30岁的光棍汉恣意蹂躏了完全失去反抗力的姑娘。

他是全村公认的老实农民，老实得近乎窝囊。小生产者的劣根性，使他把买来的"媳妇"当成私有财产，什么妇女的合法权益，他不懂更全然不知什么是爱及怎样去获取。

郓城县北五六十里地的侯集镇宫庄村，是宫长恩的家。在这离黄河大堤只两里地的村庄，我听到了不同人对农民强奸研究生案的不同心态。

宫长恩的母亲是个朴实的老人。她见到记者的时候，眼泪欲流，但还是一口一个"俺那媳妇"。她说："俺家养了6只鸡，2只鸭，下了蛋不舍得卖，都给俺那媳妇吃了。俺攒点钱买个媳妇不容易，娶到俺家，俺喜哩慌。问她叫啥名她不说，俺给她起了个名叫秀梅……俺不知道她学问大小，要知道她学问那么大，一分钱不要，也要把她送回去……俺孩被抓走了，我哭了两天两夜……"

我问与宫长恩住邻居的村团支部书记，村里出这么件大事为什么竟不闻不问时，他回答说："在学校上学时也知道与坏人坏事做斗争，明知买媳妇不对，我也管不了，县里还管不了呢！人家花钱买的还有啥说？现在青年人结婚，少说得花四五千块，买个媳妇才2000多块，农村这事多啦，没人管没人问。”

“作为团支部书记，你为什么不组织青年们开展有益的活动，让他们通过正常交往自己找对象，何必用钱去买？”我责怪他的失职。

“吔，你不知道，年轻人在一块待着都说不正经，自由恋爱谁敢呐？找外村的男青年或女青年说句话，让人看见了，都说是不正经。”天哪，连基层干部还这样屈服于旧的封建传统，何况一般群众。这种倒错的观念怎么能不产生荒唐的“婚姻”？

研究生是同代人的骄傲，然而面对邪恶，她却那样无知、软弱。

研究生小A是这桩骗案的受害者。

她长得很漂亮，一米七的个儿，身材苗条，浓密的黑发在脑后束成一绺“马尾巴”。戴一副白色浅度近视镜，明亮的大眼睛在朦胧中忽闪着。显出大家闺秀般的娴静、温柔。公安局的同志介绍她和那个农民时，用“一个天上，一个地下”来比喻。

今年2月25日，她利用寒假准备毕业论文资料，到郑州河南工学院查找。她一直是学习尖子，担任研究生班的班长，年纪轻轻又入了党。她有点任性，爱坚持自己的看法，像当今一切有社会地位的青年一样，自我感觉非常良好。

就在她准备进京，进一步拜访名家和查找资料，在旅馆小憩时，一个招人喜欢的农村姑娘与她同住一室。那姑娘一口一个“姐”，大包大揽地要帮她购买异常“紧缺”的卧铺票。面对这么一个天真、热情的小姐妹，研究生失去了任何戒备。

自称李敏的小姑娘向她请求：“跟我一块到山东郓城跑一趟，提点银圆，只半晌时间，就能赚几百，回来分给你200。”小A笑笑，答应了。

2月27日，两人搭乘郑州开往济南的长途汽车上路，到郓城西关下车后，先后几经周转，“货”还没有到手。

2月28日晚9点，她们住在离县城几十里的李集一农民家里。李敏决定和小A分头去取“货”，并告诉她：“你到那点点数就行了，银圆有真有假，跟你去的有行家，不用你费心。”小A便跟着9个小伙子上路了。在夜色茫茫中又乘着三轮嘣嘣车颠簸了几十里地，一下车，她就听到鞭炮齐鸣，鼓乐大作，闹新房的人围了一院子，她这才明白，自己上当了。

在有关的案卷里我看到小A的一段话：“……我曾经把灯泡取下，触过电，或许电压太低，或许我的鞋太绝缘，未死成。我曾上过吊，但绳子离墙太近，我一伸腿又下来了，我拿着刀划过手，但未找到大血管，没有下手……我在宫庄那段时间一直在想着生与死。我想过，等玉米长高了，再逃，又觉得日子太难熬，我怕等不到那时……”她也曾想到过到教堂去，“或许神父会帮助我”。她唯独没想到组织，没想到过法律。

近年来，郓城县内买来的媳妇不少，其中，有些被拐卖的妇女千方百计往外逃，她们利用赶集或到乡政府的机会，看见穿绿军装或戴金色盾牌的人，就会不顾一切地跑过去，要求解救，成功率几乎达100%。

按理说，这些道理，学问高深的小A姑娘不是不懂，但她却把愿望默默埋藏在心底。乡亲们谁也不知她是大学生，不知她从哪里来，不知她叫什么名字。复员军人，38岁的党支部书记徐庆华在后来配合公安局解救她时立了功。他曾怀疑她是个中学生，去家打探过，她很冷淡，一问一个“不知道”。党支书痛心地告诉记者：“她如果早告诉我她的身世，她的共产党员身份，我说啥也不能让她在这儿受这么大委屈，国家培养一个人才不容易呀！”

当然，我们不能过多指责文明时代本应受到尊重和保护的女性，包括小A姑娘。但无论如何，一个有大学文化的人被一个无文化的人欺骗、出卖，实在令人心痛！

本是豆蔻年华的农家少女，金钱和私欲却蚀透了她的灵魂。

想不到她会是个阴险狠毒的骗子，像个刚走出校门的中学生，又像一个还在母亲身边撒娇的大孩子。生得红润丰满的鹅蛋脸，梳着两条搭肩的粗辫子，嘴角还有一颗美人痣。

“那个穿红褂的就是李敏。”郓城县公安局办公室的夏主任和范主任指点着监狱那间唯一的女号。她的眼睛直勾勾的，充满敌意，又故作轻松和满不在乎。

5月8日，上海某大学收到一封告知研究生下落的匿名信。5月9日，上海市公安局和校方代表赴济南。5月10日午夜时分，小A便被省地及郓城县的公安干警解救出来，她，一共失踪了71天。见到来搭救她的老师，小A跪倒在地，抱头痛哭。

6月6日，郑州市公安局火车站分局便同运青旅社严阵以待的服务员一起，将再一次来郑州作案的李敏抓获。当正义的手铐“咔嚓”一声锁住她的双手时，李敏还满不在乎地微笑着，她实在是个法盲。

李敏的母亲是河南省遂平县诸市乡人，先后嫁过七八个男人，长期流窜在四川、贵州等地以拐骗为生。李敏只上过一年学，父亲被判无期徒刑后，也跟随母亲出卖灵魂和肉体。她们没有固定的职业，没有固定的住所，她一会儿说自己是 16 岁，一会儿说自己是 17 岁，而在旅馆的登记表上，又自己写着 18 岁。她可以任意填写自己的名字，谁也不知她真名叫什么，支配她行动的只有一个字，那就是“骗”。商品经济的发展，给开拓者提供舞台，也给铤而走险者提供了机会，钱来得越容易（卖研究生，李敏分得 1400 元），也就越挥霍无度。李敏可以在一个下午玩打气球游戏花掉 80 元钱！

这件令人震惊的骗案正在审理中，它留给人的思考是深刻而沉痛的。

有的学习优异的学生，也许能爬上宝塔的高高的尖顶，但独立于社会的本领却异常脆弱。某些高才生处于隔世状态，他们不了解人生，不了解社会，正如研究生小 A 所说：“我真没想到世界上还有这么坏的人。”

他们缺乏法治意识与法的常识，小 A 在本来有可能用法的武器保护自己时，却寄希望那遥遥无期的“红高粱”。

大学生、研究生本应致力于学业。然而吹进校园的经商风潮，膨胀了一些学子的商品与金钱意识，从而产生心理紊乱。价值的天平倾倒了。金钱，几乎无一例外地成为文化人受骗的直接诱因。

离开郓城的前一天晚上，我在看守所见到刚刚抓获的罪犯。李敏的母亲已抓获，另两个主犯在逃。可以说，在整个追踪采访过程中，我的心似压着一块沉重的铁砣。在改革、开放、建设社会主义商品新秩序过程中，文明战胜愚昧，生机战胜腐朽的任务是多么长期、艰巨！

钱伟长滇西万里行

本报通讯员　王晓洁　张亚光

（1988 年 2 月 16 日）

1987 年岁末，昆明。一封《关于滇西地区开发的若干建议》的来信，被送到云南省委书记普朝柱的办公桌上。这封 3500 多字来信的落名是“钱伟长”。

去年 11 月 6 日至 23 日，著名科学家、全国政协副主席钱伟长应普朝柱的邀请，到滇西的保山、德宏、大理、丽江、楚雄、思茅、西双版纳等 7 个地州、11 个县做了短暂考察。返回北京后的第十天，他就写下了这封信，为滇西人民致富提出了许多宝贵的建议。

滇西之行，引起钱老深沉的思考：这块富饶的土地，长期为贫困所缠绕；国家年年拨款补贴，可各地州用于开发的资金却微乎其微；年人均收入在 125 元贫困线以下的有上百万人；交通不便，人才缺乏，资金不足，经济文化比较落后。富饶的贫困，这个历史造成的反差，如何改变？滇西要不要开发？“关键是要转变观念，从自然经济、半自然经济转到商品经济轨道上来。”钱老在滇西反复对干部群众这样说。

沙洲的启示

为使滇西地区的干部确立致富的信念，钱老走到哪儿，就把“沙洲的故事”讲到哪儿。

沙洲原是江苏省最穷的一个县，60 万人口生存在一条狭长的沙滩上。缺乏资源，没有工业，也没有水田。沙洲人硬是靠思变致富的信念，靠一双艰苦创业的手，从草棚里的第一家乡镇企业起家，组织基建队，搞商品经济，招才纳贤，发展沙洲……今日的沙洲（张家港市），农业全部实现机械化，农业人口仅占总人口的 20%。1987 年，全市工农业总产值达 52 亿元，名列全国各县之首。

钱老讲的故事并非传奇。它告诉滇西干部：地区要富，须先民富，民富而国强。否则，地方政府可能暂时富裕，群众贫困，只能使地方政府背上沉重的包袱。老百姓先富起来，滇西的开发才有后劲。要自力更生，从小到大地发展，等、靠、要上级拨款，盲目地搞大项目，不计成本不讲周转，违背商品经济规律，这条路是走不通的。要树立商品经济观念，从市场需要出发，开发本地独特资源，以积累资金，才是滇西腾飞之路。

重开丝绸古道

钱老此次滇西之行，路经永平、保山、腾冲，翻越了海拔 3000 多米的高黎贡山，横跨过怒吼咆哮的怒江，沿着当年南方的丝绸古道一直到中缅边境小镇——瑞丽。

在这个气候温暖、风光秀丽、民族风情浓郁的小镇，钱老欣喜地看到了内地见不到的边境贸易市场。市场上，到处摆满了货摊，印着外文商标的小商品琳琅满目，来自缅甸、新加坡、泰国、马来西亚、巴基斯坦、印度的商人穿梭不停，洽谈生意。钱老感到了古老的南方丝绸之路正在复苏。在听了当地干部汇报边民互市的情况后，他建议：滇西的产业结构，要向外向型发展，面向国际市场，兴办乡镇企业，就地取材，生产国际市场需要的中、低档的小商品，走以贸带工，贸工结合，支补农业的道路，以此带动整个滇西经济的发展。在钱老倡议下，一条瑞丽与沙洲的横向经济联合的通道敞开了，沙洲将派人出资来这里合作办厂，带动当地乡镇企业的发展。

可以实现的黄金梦

钱老在滇西各地，看到的是富饶得令人吃惊的资源，听到的却总是“缺乏资金，希望国家投资开发”的呼声。国家、省政府每年拨给滇西几个地州的各项补助款达几千万元，而这些钱大多用于“人头费”。钱老认为：要使滇西广大群众较快地脱贫致富，只“输血”还不行，关键是要提高他们的自身造血功能。在丽江地区，钱老认真查看了金沙江流域的地质地貌和水文资料，向随行人员宣布了他的“黄金梦”：“从现有的资料和史料记载中，可以断定：哀劳山区及金沙江沿岸第三纪与第四纪夹层中含有金矿。”

为了证实推断的可行性，钱老不顾七旬高龄，执意要做实地考察。吉普车在海拔几千米的山路上颠簸，从终年积雪的玉龙山，直下热气蒸腾的山谷，来到离丽江县城85公里的地方。钱老看着散布在江岸的一个个蜂窝般的淘金坑道，向当地干部建议，改变这种原始的淘金方法，用定向爆破法炸开金矿，并采用采金机提高淘金功效。他认为，如果能组织动员一万人，上1000台机器，到那时，滇西人民捧着金饭碗吃饭的日子将不远了。

钱老的滇西行，为滇西地区带来了致富希望，使滇西人民看到了一条用金子铺成的路就在脚下。

圣陶老人在最后的日子里

本报记者　韩小蕙

（1988 年 3 月 2 日）

也许是 94 年来太劳累了，老人在生命的最后 32 小时，睡了一生中最香甜的一觉。然后，平静地去了。

中国，失去了五四文学运动的最后一位元老，失去了一位著名的作家、教育家、出版家和社会活动家。冰心同志说："一座大山倒了。"

"感　谢！"

老人这次是今年 1 月 25 日凌晨 4 时多住进北京医院的。因感冒引起的肺炎，使他咳嗽得很厉害。他觉得心脏也不听使唤了，大夫们管这叫"心肌梗死"。

但他的神志一直非常清醒。他自己最早听到了死神的敲门声，对此，他很平静。14 日，他很坦然地对家人和大夫说："人总归都要走这条路的，顶多报纸登个医治无效。"

他对国家没有提出任何要求，只对家人表示了一个过去从未提出过的愿望，想在 3 月 2 日，在他夫人去世的忌日，带领全家四代儿孙，去为她扫一次墓。可惜，老人终于没有支撑到这一天，这唯一的遗愿，只能由儿孙们替他完成了。

2 月 14 日，李鹏同志代表党和政府来到病床前，问候圣陶老人。老人清楚地吐出两个字："感谢！"这是他留下的最后两个字。

遗　嘱

圣陶老人的遗嘱，早在 10 年前就写下了。当时老人也患了一场重病，他自己考虑到了后事问题。1979 年 12 月 11 日，老人写下了遗嘱，嘱咐家人丧事从俭，只“在《人民日报》自费登个广告，告知相识的人，说我跟他们永别了”。1980 年 12 月 21 日，老人又补写了三句：“非但不要开追悼会，别的什么会也不要开。像我这样一个平凡的人，为我开无论什么会都是不适宜的。”1984 年 2 月 12 日，老人又再次对遗嘱做了补充，表示要将自己的遗体捐献给医学院校。现在，北京医院的大夫们按照老人的遗愿，已将他的遗体解剖完毕。

通篇遗嘱，前后三次，不过 134 字。字里行间，无一处有为个人索取之意，满篇充满对世界的报答之心。其思想境界，令人高山仰止。

自古以来，文品、德品、人品兼而有之者几何？叶老一生，清廉如水，家人、秘书随口举出两个例子：一是从他担任中央人民政府出版总署副署长这个新中国的第一个公职起，乃至后来担任教育部副部长、中央文史研究馆馆长等职期间直至谢世，老人的私函（其实其中大量是谈公事的）一律自贴邮票。二是 50 年代中期，叶老夫人临终前所领的一年半劳保工资，本是国家规定的劳保待遇，但在叶老的坚持下，悉数还给了国家。

老有所为

1 月 16 日，叶老挥笔写下四个大字“老有所为”，这是他留在世界上的最后手迹，也是他晚年的心灵写照。他要争取时间，再多做些事。

——1986 年，叶老不顾 92 岁高龄，执意担任了《周恩来论统一战线》一书注释的审核工作。当时他的左眼已经失明，右眼也仅存一点光亮了，用他自己的话说，“通向世界的窗口都关上了”。在这种情况下，他以极大的毅力，完成了他一生中编辑的最后一册书。

——1987 年 6 月，叶老病愈从北京医院出院，护士拿来了例行的意见表。叶老没提个人的什么，却语重心长地说：“你们对我们做的都很好，但希望能普及一般人。”这是他代表人民对医院提出的最后要求。

——1987 年 6 月，叶老参加了民进全国代表大会；恳请辞去民进中央主席职务。在公开场合的最后一次发言中，他引用《礼记·大学》的两句话“有诸己而后求诸人，无诸己而后非诸人”，寄语大家严格要求自己，努力为人民工作。

——直至这次住院期间，老人还让长子和秘书帮他读《论语》，他说要把孔子的思想再系统地梳理一遍。

——前不久，《叶圣陶集》前四卷出版。即将走完生命之旅的叶老，没有想到为儿孙留下什么，却把全部10万元稿费捐献给“出版者之家”。缅怀按说，享年94岁，人们对圣陶老人的去世不是没有心理准备的。但是他去得太匆匆，仅15个小时之后，就是又一个新春了！

悲痛涌上人们的心头。邓颖超同志两次打来电话表示哀悼。邮电工人连夜送来了数百封唁电。一位与叶老素不相识的读者把迎新春的第一碗饺子摆在叶老遗像前……

“斯人先谢，世运转，未暂瞥。”圣陶老人，您放心地去吧，您定会在高高的九天之上，看到祖国不断取得的更大进步。